U0119012

国家社科基金项目"生态叙事的本体性研究"
（项目编号：18BZW031）阶段性成果

浙江省中国语言文学一流学科建设经费资助
（项目编号：XK18053AGK）

马明奎 著

盛筵红楼夜未央

《红楼梦》意象叙事研究

文化艺术出版社
Culture and Art Publishing House

图书在版编目（CIP）数据

盛筵红楼夜未央：《红楼梦》意象叙事研究 /
马明奎著. — 北京：文化艺术出版社, 2022.10
ISBN 978-7-5039-7304-8

Ⅰ.①盛… Ⅱ.①马… Ⅲ.①《红楼梦》研究 Ⅳ.
①I207.411

中国版本图书馆CIP数据核字(2022)第169901号

盛筵红楼夜未央
——《红楼梦》意象叙事研究

著　　者	马明奎	
绘　　画	源　幻	
责任编辑	蔡宛若	
责任校对	董　斌	
书籍设计	赵　蠡	
出版发行	文化艺术出版社	
地　　址	北京市东城区东四八条52号（100700）	
网　　址	www.caaph.com	
电子邮箱	s@caaph.com	
电　　话	（010）84057666（总编室）　84057667（办公室） 84057696—84057699（发行部）	
传　　真	（010）84057660（总编室）　84057670（办公室） 84057690（发行部）	
经　　销	新华书店	
印　　刷	国英印务有限公司	
版　　次	2023年6月第1版	
印　　次	2023年6月第1次印刷	
开　　本	787毫米×1092毫米　1/16	
印　　张	23	
字　　数	250千字	
书　　号	ISBN 978-7-5039-7304-8	
定　　价	78.00元	

版权所有，侵权必究。如有印装错误，随时调换。

前言

2003 年我在南京大学高访，指导老师是赵宪章先生。听完我的两个课题的一些设想后他指令我做《红楼梦》。他说，"你的思路还是旧的，能不能像巴赫金概括西方文化那样，从传统中国文化中找到一个核心意象，类似于'广场狂欢'？"那时我的思维沉滞却敏感："思路是旧的"是什么意思呢？新的思路应该是怎样的呢？听过一段课之后，我理解了他的意思：第一，我应该从形式元素及艺术逻辑做起，而不仅是故事阐释和价值批判。赵老师的意思是从浩瀚的文化历史题材中概括出一个形式要素，就其构成文本的逻辑关系以至最终形成一个本体性意象的学理上做工作，至少要包括三项研究：一是形式要素，二是逻辑结构，三是艺术生成。赵老师是将我指引到形式美学的路径上来。第二，形式要素及其逻辑关系，作为艺术构件最终应该被收摄到一个核心意象上来：既是文本建构的轴心，也是本体性建构的核心。是意象而不是题材，是逻辑结构而不是价值评判，是艺术生成及文体风格而不是历史索隐和文化反思，应该是赵老师强调的重点。当然，要做好形式研究，实现价值判断和文化反思是自然而然的事。第三，赵老师的理论资源是巴赫金，还有阿恩海姆和康德，我的工作则是从艺术生成的形式分析和逻辑描述进入，建构《红楼梦》文本的艺术逻辑和主题结构，然后进入题材分析。我自然想到胡塞尔、德里达、荣格乃至佛学，遂觉茅塞顿开却也压力倍增。

我终于去找赵老师了，告诉他："这个核心意象是盛筵。"赵老师所说的核心意象是整体文化结构的抽象，也是全部文化现象的概括，这一思路与巴赫金仿佛。我则必须避开这一思路，从荣格原型找路径，把握意象与题材的关系，把核心意象作为一个文化符号，首先，把它作为一种心理形式、一个意义结构和文体雏形亦即原型来描述。什么是原型呢？原型就是一种结构：既是生物本能的，也是深层心理的。只要有典型情境的刺激，心理能量加剧，原型就会被激活为表象亦即意象，题材即"由'外'入'内'"进入心里并且"发生形变或质变"[1]，双向结构，从而建构文本，这正是客观现实生活进入主体创作的心理学描述：这是一个意象与题材孕结的过程。赵老师在"新文体的符号转换"一章中指出："艺术作为符号，是人类情感的逻辑形式。它所表征的不是客体世界而是主体的情感或被情感化了的'内在生活'。"[2]这里的"内在生活"接近胡塞尔的"内在客体"，是积淀了原型、意象、模式等心理内容的象征义域和形式意向，是主体与对象、情感与世界、意义与题材结合的心理方式，而不是客观生活；主体对于题材的内在决定从"内在生活"开始，以意象和模式的方式实现。亦即意象作为一个灵魂，从内部制导题材的叙述策略并赋予特定意义，反过来题材又滋养意象并依据某种模式规约为意义实体，从而意象与题材生长为一个非主非客的象征性符号系统即文本。其次，模式是意象与题材结合的方式，也是文本及体裁的生成理路。从佛学看，原型相当于阿赖耶识，意象相当于心王，模式乃是诸心所，题材则是世界万有之色相。四者总摄于藏识，都是其形下变现的不同层级，内部逻辑相应于老子的"道生一，一生二，二生三，三生万物"。所谓核心意象，既是藏识意义的，也是题材意义的。从藏识讲，原型乃是其

---

1 赵宪章：《文体与形式》，人民文学出版社 2004 年版，第 187 页。

2 赵宪章：《文体与形式》，人民文学出版社 2004 年版，第 221 页。

下位逻辑主体，诸如意象、模式、结构等的心理之源；从题材讲，又是世间万有和文化现象的意象式概括。核心意象是从逻辑和价值、形式与内容、生命与世界、情感意志和历史实践诸范畴建构文本，也建构着人，它是本体神性与宇宙万物共构的大境界、大意象、大主体。人，就这样被提升，也是这样被赋予着价值和意义。

　　具体到《红楼梦》：一、盛筵能否充任核心意象？《红楼梦》是否存在原型、意象以及模式这样一些形式要素？二、这些形式要素之间又是一种怎样的关系？三、理论依据和文本支撑在哪里？赵老师说先做一个统计学梳理，看看《红楼梦》中的饮宴有多少，各自情形怎样，能不能概括出一个"盛筵"的核心意象。然后看看这些饮宴如何概括着《红楼梦》的题材并且隐括中国传统文化的整体结构。再次，饮宴意象的结构功能及其文化旨趣究竟怎样？我觉得有必要从一种新的方法或理念出发找到《红楼梦》研究的全新领域。我可以做一个折中的、软性的、借鉴而不生硬的学术尝试：第一要务就是确立"饮宴"概念。我把《红楼梦》的饮宴分为四类：一是喜庆大典以及大型祭祀、丧仪活动。都是贾府的伦理大事件。这类饮宴不仅吃饭饮酒，重要的是大型集会，是规模和排场、礼仪和身份，所以空间意义浓重得多。二是家族的节日庆典和个人的生日宴会，都与时间有关。三是诗文雅集、赏玩冶游，包括即兴小饮。这是《红楼梦》的诗意部分，是作者悲悼和哀叹的伤心处，香菱所谓"精华欲掩料应难"。四是礼仪往来世俗滥饮，渗入大观园的诗酒生涯，又把大观园延伸出贾府之外的大千世界。

　　梅新林的饮宴指宴会："意为宴饮的聚会，一般指比较隆重的饮食集会。"[1] 而我在梳理了大大小小44个饮宴之后发现：它早已超越饮食本身的意义规定，包括仪典、庆吊、往来、节日、雅集、小聚等贵族生活的立体多维，具有深邃广阔的文化功能和哲学命义。这些事

---

1 梅新林：《"旋转舞台"的神奇效应——〈红楼梦〉的宴会描写及其文化蕴义》，《红楼梦学刊》2001年第1辑。

件、活动、礼仪又不仅与饮食有关，重要的是，曹雪芹在写这些题材时是作为某种文化功能和内在结构来写的，不仅现实主义地写饮食。从饮食到盛筵之间，存在着巨大的心理逻辑的延展和文化含量的开拓之可能，随之，所有意象和题材联翩而至——

从宇宙深处，从荒郊大野，从庭院深处，以不同的方式进入大观园或贾府，奔赴一场盛筵，每个人都演了一场戏，然后散场。就盛筵中人、那些主宾来说则主要是逃离和死亡，如黛玉、宝钗、湘云、妙玉，如贾家四春，如袭人、金钏、司棋、晴雯、鸳鸯。死亡也是一种逃离，有的悟透，有的被迫，都是从盛筵走向幕后，走出大野，走入宇宙深处……她们有过巨大孤独和悲伤，经历了生与死、情与礼、爱与欲、美与乐的洗礼，最终决定于一种冥冥天意，这就是《红楼梦》的基本模式。全部叙事都缘起于大荒山那块顽石对于红尘世俗的渴念和向往，太虚幻境一干精灵则乘缘而来，结缘而住，因缘悲喜，缘尽而散。所谓"三春去后诸芳尽，各自须寻各自门"。大家都有缘分又都是路人，都依照自己的方式（人格模式和情感方式）扮演角色，最终又走回冥冥之中。盛筵总是要散的，盛场总是要收的，人也总是要走的。什么也没有，什么也不会有，只留下"白茫茫大地真干净"。从这个意义讲，伦理也不过是一个空架子，悲惨的不是这个空架子束缚人，而是人把这个空架子当成故乡和家园，贪嗔痴爱，势利倾轧，长梦不醒。他们甚至不懂得珍惜这个栖所：不是伦理束缚了人，而是人践踏了伦理。伦理旨在节制人欲，但又根本地放纵和怂恿人欲反过来与人俱灭。那么，人能够明心见性就是最最重要的，可是大多数人"油蒙了糊涂心"：沉睡不起，昏昧不醒，扭动抽搐，死有余辜。当然最痴心的就是曹雪芹了。他还想补天，还想拯救这个坍塌着的空架子，这就是他的兼美情教的文化拯救方案。事实上，无论情感原型，还是人格典范，都是文化，而不是人性；都是象征，而不是真实；都是盛筵，而不是生活；都是表演，而不是真意。当伦理框架就要崩塌的时候，这些典范就变成一些失去舞台背景、脱离人性真实的行头或道具，最后变成祭品荒裸在无奇的宇宙深处。整个贾府盛筵播演到月映中天时节，人疲惫了，灵魂逃遁了，肉体却狂放了。醒着的人只有三个结局：逃离、死亡或被放逐。回望那一帘盛筵寥落、灯火阑珊的夜色时，他们伤感不尽。

曹雪芹是逃匿到了荒郊大野，可他找不到天道和天理的终极依据，又逃不出天理和天道的宿命。他看透那些方式和典范的虚假，又脱不掉那身锦绣外衣。穿行到宇宙深处，又悲悯着故乡和家园，他的最后的目光微笑着看到人本身，只留下两个字：逍遥。表明世界的不可知和人生的无意义，人对自身是无可奈何的，却又是走出盛筵穿越幕后的唯一可把捉处。曹雪芹还是有话可说的：就像贾宝玉曾经有过一位林妹妹一样，曹雪芹也有一位红颜知己，他还想活下去，还想写书，陶情自适，孤愤自遣，《红楼梦》是他写给情人，写给自己，写给过去岁月的一部情书，如此而已。

目 录

第一章 《红楼梦》的核心意象

滿紙荒唐言　一把辛酸淚

都云作者癡　誰解其中味

紅樓夢開篇詩　源幻書

第一节
从单个意象到核心意象

一、意象的生成

《文心雕龙·神思》就有"窥意象而运斤"之说。严云受将它追溯到周易卦象，认为中国古典诗学中意象的概念"早在商周之际，即公元前一千多年就存在了"。黄霖、吴建民、吴兆路则分为主体性、迹化性、本体性、体验性和审美意象五种。[1] 但我还是认为：意象首先是一个心理学概念。韦勒克、沃伦说："意象是一个既属于心理学，又属于文学研究的题目。"[2] 并认同这样的意象分类：装饰性意象（decorative）、沉潜意象（sunken）、强合（浮夸）意象［violent（or fustian）］、基本意象（radical）、精致意象（intensive）、扩张意象（expansive）、繁富意象（exuberant）等。换言之，不论是存在于文学作品中作为表意符号，还是浮现于阅读过程作为审美对象，意象首先来自意识。作为一种人类文化现象，意象是宇宙万物心理化的结果。《易经·系辞下》："古者包牺氏之王天下也，仰则观象于天，俯则观法于地，观鸟兽之文与地之宜，近取诸身，远取诸物，于是始作八卦，以通神明之德，以类万物之情。观、取、作、通、类，是一个渐渐回向情感心理的过程，从天上到地

1　黄霖、吴建民、吴兆路：《原人论》，复旦大学出版社 2000 年版，第 124—127 页。
2　［美］雷·韦勒克、奥·沃伦：《文学理论》，刘象愚、邢培明、陈圣生、李哲明译，生活·读书·新知三联书店 1984 年版，第 201 页。

下，从鸟兽之文到近之身、远之物，直到神明之德和万物之情。这里的象，还不是我们言说的意象，但它将宇宙万物摄入胸臆以沟通神明，命名万物而成为表意符号："不论是择取，还是新构，都依靠主体能动性的发挥……从观物到取象，这是一个完整的观察、认识、提炼、营构过程，自始至终，一直伴随着事物的形象，追求象与意的联结。"[1]

确认意象属于心理范畴是一个关键。我们以此进入意象研究的两个过程：一是从作者的心理形式向世界万有存在的形式摄取，二是从主体情感意志到社会历史实践的价值生成。此二者同一于意象，乃由文本生成。荣格的理论是前一过程的深化："意象既是一种无意识的表现，又是一种暂时的意识内容的表现。因而，意象的含义的阐述并不只是来自无意识，也不只是来自意识，而只是来自它们的相互关联。"[2]荣格把意象划定在无意识与意识"相互关联"的模糊地带是为了强调意象的远古性质："当意象具有一种古老的性质的时候，我称之为原始意象。我所谓意象的古老性质，是指意象同神话中古老的主题有着明显的一致。"[3]这就意味着，意象并非一般表象，而是洞入人类心灵的"玄牝之门"：一是通向深邃的无意识积淀，二是联结着远古人类的巫术实践及神话活动。所以意象并不是个体性的心理概念，而是集体性和结构性的心灵概念。"荣格强调意识与心灵的不同，就是强调心灵世界的最深层是由无意识，特别是集体无意识所构成，而这正是比意识'大'而又掩蔽在意识阈下难以觉察的部分。"[4]集体无意识也不仅包含弗洛伊德个体无意识中的力比多亦即本能，而且积淀着一个民族、一个地域的文化历史实践及其心理模式：本能以及原型。本能是一种自然禀赋，原型则是心灵领悟，两者并不截然分开，而是在人的生命实践中逐渐融合为人所不能意识到的行为模式。无论是本能刺激和生理反应，还是认知活动和意志行

1　严云受：《诗词意象的魅力》，安徽教育出版社 2003 年版，第 13 页。

2　程金城：《原型批判与重释》，东方出版社 1998 年版，第 78 页。

3　程金城：《原型批判与重释》，东方出版社 1998 年版，第 78 页。

4　程金城：《原型批判与重释》，东方出版社 1998 年版，第 41 页。

为，人都是以类似本能的潜在模式为依据来完成的，既与人的先天智性水平有关，也与某种"典型情境"有关，其领悟亦非机械反应，而是积聚着巨大心理能量的生命和心灵活动。意象的生成正是这样，作为一种主体价值意向，它并不是纯粹个体性的，而是与一个民族和地域有史以来形成的价值典范和意志趣向有关，就像贾宝玉贪恋鸳鸯唇上的胭脂，而不是如亚当一般立即投入与夏娃的性实践，是由中华民族根深蒂固的伦理情结所决定的。就"象"的生成来看，作为一种心灵摄取成果，与审美文化实践形成的心理逻辑和情感方式有关。林妹妹爱宝玉也是死去活来，却只在泪帕上题诗，而不会像冯秋子笔下的蒙古老额嬷年轻时候那样，扔下羊群跨上爱人的马就走，这是蒙汉民族不同的情爱方式及其心理规则所决定的。[1] 贾宝玉眼里的胭脂，林黛玉心中的泪渍，老额嬷跨上的爱人的马都是意象，都隐喻着特定的意义和方式，说到底离不开民族文化历史的实践及特定文化心理原型的传承。

饮宴意象散漫在《红楼梦》题材的时时处处，既需要体悟也可以分析，但是作为统筹和概括全部饮宴生涯的核心意象，只能是红学家已言说太多的太虚幻境！太虚幻境是意象吗？如上所述，它与一个民族的心灵积淀和历史实践有关，在进入描述和分析时还必须考察几个问题：一、太虚幻境的心理来源是什么？所积淀的民族文化历史内涵是什么？二、它与题材的实践性关系和文本的叙述性关系如何？亦即太虚幻境与所有饮宴意象是否存在意义的通约性和结构的同型性？三、其后设命题是什么？又回到赵老师的命题：核心意象是一个文化本体性概念。

我认为，太虚幻境作为核心意象其本质是一个母腹原型，它来自女娲炼石补天的救世神话，主要来自人类的性劳作，它影射和概括着人类全部文化和创造的基本逻辑和文化结构。只有把握太虚幻境与性劳作的原型关系，才能找到其笼罩下整个贾府世界的内在逻辑和结构关系，才可以分析太虚幻境的伦理结构、审美理想、价值趣向以及悲剧必然，等

---

1 冯秋子：《寸断柔肠·额嬷》，太白文艺出版社 2001 年版，第 34 页，《额嬷》一文。

等。在我看来，太虚幻境不仅是曹雪芹情感心灵的折射，尤其是兼美情教的一个文化拯救的方案。唯其把这一方案认定为终极绝对，曹雪芹的绝望才是深刻独绝的。又作为文本轴心，其结构功能以道、性、情、礼诸典范来规约。亦即，如果把太虚幻境分析为空间、时间、宿命和世相四个哲学维度从而与道、性、情、礼关涉，就可以逻辑地导出思凡、历幻、悟道和游仙四个叙述模式。这里，我们借鉴了梅新林先生的研究成果。他讲思凡、悟道、游仙三个模式，以此概括贾宝玉的全部人生实践和情感历程，主要依据是弗莱的原型理论。窃认为再加一个历幻模式，乃可概括全部中国文化的内在逻辑：自天而下，经历伦理幻演及人的悲剧，体天悟道，然后逍遥。据此乃可解释中国士大夫的全部人格行藏和文化实践，解释贾宝玉及红楼人物的人格悲剧和情感历程。尤其能阐释叙述层次和文本结构。作为核心意象的太虚幻境，与《红楼梦》的全部题材之间存在着象征隐喻关系，而此种关系的本质是母腹原型及人类性劳作的心理呈现。以此，太虚幻境作为一个模式从内部制导着贾府题材的叙述策略并赋予特定意义，反过来，贾府题材又滋养太虚幻境并依据情礼兼美的典范生长为一个价值实体，从而意象与题材孕结为《红楼梦》的象征符号系统。

我同时想说明创作之根在于文化心理，而创作过程是文化心理向题材、话语和语境的延展和建构，是原型、意象、模式及结构与题材摄持、吞噬、并植及拓扑关系的确立，一个从形式化到价值化的过程。我们能够理解，曹雪芹既是"翻过筋斗来的"，必然有一番铭心刻骨的经历，但他的《红楼梦》创作，应该是从一个特定意象出发来概括所有题材，尤其是他的情感史、家族史指涉封建社会的败亡史，触发对于天人合一文化典范的反思，才能对人的生存境遇和价值状态作出如此精湛深刻的剖析和演示。太虚幻境作为核心意象是曹雪芹对于中国文化的哲学反思及形象概括，全部红楼叙事则是这一反思和概括的形下播演。两者之间存在同构和同一关系，它是以象征隐喻的艺术逻辑来联结的；这一联结价值化为一个"缘"字。何为缘？缘就是情。《红楼梦》的艺术精义不在于意象的把捉，不在于题材解读或故事索隐，而在于特定意象与题材叙事之间联结方式的断裂：就是太虚幻境作为终极价值及情感典范与社会历史价值及方式的脱节。从题材看，就是贾府众人走出太虚幻境的神意和诗性，成为一些饕餮之徒，他们唯一的使命就是堕落；从意象看，"情"这一承载着人的灵魂和精神的文化方式走向苍白、走向荒诞，缘作为情的神意指涉，失却人性内涵，不再成为天人之间的联结。这种断裂意味着天人合一典范的坍塌，其神意已然澌灭。曹雪芹看到情的方式不再能解释他所面对的生存事实时，才真正体悟了天理人情，才意识到人的归宿以及人的本质问题，后者是《红楼梦》的痛悼之处。我们不妨作一个尝试：拿掉太虚幻境，拿掉女娲炼石补天的原型，看到的就是一个情爱长篇，一个家族败亡故事，主题就变成控诉伦理，忏悔情感。这样的《红楼梦》就停滞于道德说教，削弱了体天悟道、反思文化及人性，乃至人的拯救等本体义域和哲学主题，《红楼梦》就回归到《石头记》，成为一个政治社会文本。这种研究非常卓越，但索隐出来的只是历史掌故，而不是审美和哲思。

二、从单个意象到核心意象

意象的生成与人的客观环境和规定情境有关，即所谓"典型情境"。文化心理积淀既作为遗传成果隐约着一定潜在模式从而内在地驱动着人的意向生成，更作为某种心理状态通过能量交感的方式与客观对象以及规定情境相启发，现实地决定着人的价值态度和审美襟怀。"典型情境"有三个含义：一是规定情境，二是心理能量，三是二者间的交感启发和相互作用。意象生成的心理事实是：在规定情境下，面对客观对象时瞬间突发的心灵悸动和神意领悟。"所谓原始意象的再现，实际不是作为整幅'图像'被遗传和浮现，而是具体情境下的'意'与相对恒定的联想物'象'的契合；它的反复性不是精神的遗传，而是人与自然（客观存在）关系及其在人的心理上产生的感受的不断反复，原型的瞬间再现是一种契合关系，是一种生成过程。它是人类后天实践中出现的现象。"[1] 程氏的观点有三点可取：一是认证意象作为一种原型的瞬间浮现，它是"意"与"象"的契合；二是指出这种契合是在具体情境下发生的；三是这种意象的发生并不是整幅"图像"的遗传和浮现，而是一种生成过程。不足之处是：一是否定了意象作为一种原型再现是人类精神遗传的结果，就事实上否定了意象的集体无意识本质。二是意象与人的后天实践有关系，但后天实践只构成客观环境和规定情境，并不是意象产生的直接来源。贾琏"实践"了那么多女孩子，可他并不懂得"作养脂粉"，他的意识心理不存在"女儿是水做的骨肉"这样的意象涌现，相反，他的心理传承中珍重情爱的心灵质地被伦理实践埋汰了而不是生发了。三是忽略了心理能量与客观对象之间的交感启发和相互作用。意与象契合既是瞬间之事，就不可能自然生成，而是需要一种外缘的作用，即典型情境下的灵感或顿悟。那么长期的文化审美实践就是此种灵感或顿悟的心理准备阶段。

我们一般反对绕过形式直达主题的艺术。我的理解是，此种形式虽然可以从概括题材和研究文体得出，但若是没有坚定不移的情感执着，坚持不懈的艺术追求，以及外部压榨所导致的心理悲怆，主体就不能"从对世界的反抗进入自我处置的理性自觉"[2]，就不能促成试图通过艺术确立存在的创作动因。所谓核心意象，正是王阳明所谓的"一点灵明"，亦即贾宝玉出家前痛心疾首强调的"太初一步"，它是经历了太多的苦难和悲怆之后方渐渐体悟的存在实相和人性本质，只有在这个意义上，艺术才成为人反映世界的根本方式。我们援引荣格的概念体系诸如原型、意象、模式加以诠释，只是一种言说的方便，根本地讲它是不能计算和测量的。与荣格无违，《红楼梦》的意象与题材之间，还隔着一段漫长的社会人生路程，既可能是一个家族败亡史，也可能是一部个体情感剧，但主要的是一部人的悲剧史及文化堕落史。在这样的本体性义域

---

1 程金城：《原型批判与重释》，东方出版社 1998 年版，第 88 页。

2 马明奎：《艺术生存论》，学林出版社 2007 年版，第 228 页。

内，宝、黛情爱就不能叫作爱情，而是"木石前盟"；"金玉良缘"也不只是钗、玉婚姻，而是修身齐家。"明心见性"是什么？就是要体悟太虚幻境这个核心意象衍化的生命幻相和人生历幻。人类的理性不仅仅在于无限地扩张自己的欲求，而在于体悟和反思存在状态和生存处境，尤其是了悟人性的本质和存在的实相，这是佛家智慧。但曹雪芹是这么体悟的，所以贾宝玉回归大荒山无稽崖青埂峰下，又恢复为一块顽石。

以此，我们重新设计叙述方式：在《红楼梦》的解读过程中窜入大量文化描述，形成最大视野的文本支持。当我以中国文化的本体性研读来支撑核心意象的阐释时，一如万川映月，在深沉悠久的中国文化的午夜时分，太虚幻境如高天明月般照亮着宇宙苍穹下每一道流泉和每一缕山溪，而每一道流泉和每一缕山溪又映现着这一轮中天圆月。太虚幻境有太多的法身变现，诸如镜子、月亮乃至情境和意象，关联着太多的饮宴题材，我们必须从神话扩展到民俗学乃至文化人类学，甚至进入少数民族文学，然后进入形式研究。亦即从原型落实为意象，从核心意象进入叙述模式，最后进入符号体系和价值典范，这是一个完整的艺术研究过程。在意象与题材之间，不仅存在漫长的历史路程，而且包孕从形式到价值的曲折历程，可概括为：四个艺术世界——大荒山无稽崖青埂峰、太虚幻境、大观园和贾府；四个叙述模式——思凡模式、历幻模式、悟道模式以及游仙模式；四个意象系统——石与玉、镜与月、花与泪以及酒与火；四个价值范畴——闲愁、骚雅、知音、意淫。它们都统摄于通灵顽石及其幻形神瑛侍者发祥的太虚幻境，太虚幻境作为核心意象又是所有饮宴题材的意象化和总概括。解读的难度在于它们浑然天成，孕结为一个艺术本体。其叙述趋向就是：从意象到题材，从模式到话语，从逻辑到价值。正好与巴赫金相反：巴赫金从中世纪欧洲的文化文学现象概括出一个核心意象"广场"，《红楼梦》则是从一个太虚幻境"异延"为广阔无边的伦理文化文学现象。巴赫金解决的是文化社会问题，我们却只能瞄准心理情结——走向曹雪芹的审美典范和悲剧心理。

曹雪芹的研究必须借助考据学成果，这当然包括悲憾身世、情爱关系、人格理想、悲剧理念等，最根本的是《红楼梦》的整体艺术方式。曹雪芹的悲剧理念（如果他有的话）可能不会是柏拉图或黑格尔式的，也不是鲁迅式的，而是天人合一典范的破裂：天的无常和人的荒谬。换言之，曹雪芹对于悲剧必然性的体悟是从个体的情感方式、人格理想以及"情"的怀想逐一破灭之后形成的。它不仅是艺术心理的分析，而且是一种存在方式的选择，一种脱胎换骨式的勘悟。这与情爱有关，与他的家族有关，更与明清鼎革、江山易主、伦理覆灭乃至数千年来建构的价值体系的崩塌有关，只能诉诸文本释读和情感印证。这里的关键是"情"，作为天人之间、意象与题材之间、主体价值追求与客观生活逻辑之间的一个软连接，被强调为《红楼梦》的题旨，这既是价值之旨，也是艺术之旨。情的本质就是一种象征和影射，所谓"意淫"，从主体讲乃是脂砚斋的"体贴"，从局外看就是"可心会而不可口传"。这是经典时代中国人的用情方式，虽然它并不为大多数人所遵循。情的方式就是诗意象征，就是心领神会，就是情境喻指。不仅宝、黛的情爱不能从肉体方面去猜想，就是叙事也不见得会处处埋一个故事、时时搞一个索隐，脂砚斋所谓"不写之写"是正确的。符号体系无不诉诸隐喻和象征，这就是以花喻人，以梦征事，以悲谶喜，以小见大。情的方式就是诗、梦、幻。这既是《红楼梦》叹悼的悲剧必然之所在，也是曹雪芹个人怀恋的灵性价值之所集，更是中国文化和艺术的精义之所归。

意象浮现于意识层面的时候是可以领悟到和意识到的，那是被典型情境催发，为客观对象所刺激，而且在引发心理能量的情形下；当它深潜于无意识层面时，就不再被领悟或意识，恢复为原型和本能。这就进入荣格的"相互关联"的过程。所谓"相互联结"，是指从无意识向意识层面浮升和涌现的心理过程。一方面顺着集体无意识的历时维度，衍入种族记忆及心理积淀，领承原型的神意，形成确定结构意向；另一方面则通过客观对象进入具体社会历史域界，领悟题材的本质，形成特定意义模式。客观事物被摄入胸臆变成意象时，表面上只是意识层面的事情，实际是心灵感知和价值选择的结果：主体以特定结构意向和意义模式进入具体社会历史情境，不仅把客观对象收摄为表象，尤其是领悟其神意和本质，激发起强烈鲜活的情感意志，重新整理和表述对象，形成意象实体，从而实现了原型与题材的相互关联。

韦勒克、沃伦讲："一个'意象'可以被转换成一个隐喻一次，但如果它作为呈现与再现不断重复，那就变成一个象征，甚至是一个象征（或者神话）系统的一部分。"[1]所谓"呈现与再现不断重复"，不仅是指意识层面的表象巡游，而且包含着心灵的选择、情感意志的发生及对象的重新建构和符号性表述。意象从无意识层面经过复杂深刻的心理过程达到意识表层，就获得个体独立性，获得表意符号的语义确定性，变成了主体情感意志的现实性。但是，意象的价值趣向和形式意向在回眸着原型神意的同时面对题材本质，因而主体的情感意志获得象征的指涉性。这种指涉性走向两个维度：一是意义灌注，二是形式重建。一个意象在作为表意符号象征某一对象时，不是赋予可以言说的意义，就是重新建构对象的形态，此种赋予和建构被反复运用，意象就进入社会历史和生命实践，变成象征，从而变成神话。

象征是意象进入社会历史的关键。换言之，意象是通过象征实现着对于题材的意义灌注和结构重建；这意味着意象本身是有意义可讲和可以进行结构分析的。韦勒克、沃伦讲，象征与意象一样"不断地出现在迥然不同的学科中"，用法不同，其"共同的取义部分也许就是'某一事物代表、表示别的事物'"[2]。比如在宗教里，"这一术语的基本含义是'符号'及其'代表的'事物间某种固有的关系，因而是转喻式的、隐喻式的：如十字架、羔羊、善良的牧者等"[3]。意思是：（一）象征是意象的文学表意方式，而且是广泛实用的转喻或隐喻方式。（二）意象作为

1　［美］雷·韦勒克、奥·沃伦：《文学理论》，刘象愚、邢培明、陈圣生、李哲明译，生活·读书·新知三联书店1984年版，第204页。

2　［美］雷·韦勒克、奥·沃伦：《文学理论》，刘象愚、邢培明、陈圣生、李哲明译，生活·读书·新知三联书店1984年版，第203页。

3　［美］雷·韦勒克、奥·沃伦：《文学理论》，刘象愚、邢培明、陈圣生、李哲明译，生活·读书·新知三联书店1984年版，第203页。

符号与其代表的事物（题材）之间存在"固有的关系"，对于特定对象和内容不仅具有灌注意义和重新结构的心理功能，而且通过广泛社会历史实践的约定俗成，在意象与题材之间确立某种"固有的关系"。（三）意象的进入不仅使某一对象象征化，而且作为大众方式使题材意象化。

凤鸣岐山就是周民族在中原大地发祥这一历史事件的象征化；十字架是希伯来民族的弥赛亚耶稣承担人类苦难、被钉上十字架这一宗教事件的意象化。亦即，意象在进入题材后，作为某种方式或形式凝结着、概括着、象征着某一历史事件。这类意象就不仅是心理成果，而且蕴含着历史事件及其意义和结构的分析，与题材实现象征同一。马丁·艾思林就说，"戏剧是我们作为人类生活在这个世界上的一种完美的意象"[1]，它"以更深刻的顿悟沟通了多层次、微妙的、散漫的谈话所无法表达出的人的体验"。因此他提出"戏剧的象征"的概念。[2]他认为，戏剧不仅以情节和冲突概括社会历史事件，它就是一种被扩张了的"'核心意象''总的幻象'或者整体象征"[3]，能表达复杂生命体验和审美经验，从而成为题材整体的象征化和意象化。

梅新林认为："《红楼梦》的成功之要在于现实性与超越性，即形而下的生动性与形而上的深邃性的完美统一，并通过开放性的象征体系表现出来。"诸如"红楼艺理与红楼哲理、世俗形象与神性形象、现实时空与魔幻时空、生活故事与意念故事、叙事模式与抒情模式、表层结构与深层结构、历史逻辑与情感逻辑等范畴"。此论十分了得，旨涉意象与象征，使百年红学从作者和家族研究推进到文化哲学及艺术建构的本体，推进到叙述和逻辑、模式与话语的深广领域。而在文化回归的方式上，以兼收并蓄的学术气象做深功夫得大解悟，真正走向世界的还有林方直。"我的红学研究可以叫作新索隐派，就是套用符号学的方法

1　[英]马丁·艾思林:《戏剧剖析》，罗婉华译，中国戏剧出版社1981年版，第91页。

2　[英]马丁·艾思林:《戏剧：现实·象征·隐喻》，郑国良译，《戏剧艺术》1987年第1期。

3　胡志毅:《神话与仪式：戏剧的原型阐释》，学林出版社2001年版，第103页。

重新整理《红楼梦》。"[1] 他又说:"运用符号学的新理论和方法研究《红楼梦》,系统总结曹雪芹的符号使用和符号编码艺术,着重探讨《红楼梦》的符号表意……在客体人物形象及境象上,作者的主体融入深邃寄寓;符号前文本包含的丰厚中华文化意蕴及其相关的定向指归;盈亏、凹凸、虚实、真假、空色、久暂、盛衰、生死、情孽等宇宙、生命、社会、人事的变化、转换、循环的哲理思想等。"[2] 从林先生的研究看到,他是从符号学出发,走出权威红学及正统理念,重新审视已有知识,再回归传统的。周汝昌先生讲:"符号学,在我中华来说,是最古老的文化形态与哲学浓缩结晶","我们的祖先,并不那么称呼,不说什么'符号学'之类的洋话而另有自己的措辞就是了"。[3] 可我还是认为,林先生的符号学与符咒、相术及猜谜的不同之处正在于逻辑理性对于中华符号体系的整理和认证。林先生厘剔出文本所蕴含的中华文化哲学的意旨,比较完整地呈现了《红楼梦》的符号系统和表意体系,与新批评及形式主义,与结构主义和解释学乃至语义学都有着相近的旨趣。他的《红楼梦符号解读》从人物到情节,从语言到意象,从结构到叙述……在"纯形式"层面对《红楼梦》做了一次语义符号学阐释,无一语不有来处,无一处不臻其妙。林先生超越文化哲学"构架",贴着符号和语义"肌质"[4] 潜入形式主义而执其壶奥。如果说梅新林进入形式的宏观界域,林方直就进入精细旨趣和精微义理,考证、索隐、探佚由此进入价值畛域。

所谓形式重建,我的意思是:当《红楼梦》不再是纯粹的现实主义叙事,而是曹雪芹萦怀结想、铭心刻骨地领悟到太虚幻境等意象,然后

---

1 笔者曾在 20 世纪 90 年代北方一所高校聆听林老师的红学讲座,亲耳听到老师如是说。林老师对炫耀符号学之类西方文艺思潮以自矜的学风有调侃意,但也表明自己对于西方学理的汲取。

2 林方直:《红楼梦符号解读·后记》,内蒙古大学出版社 1996 年版,第 394 页。

3 林方直:《红楼梦符号解读》"周序",内蒙古大学出版社 1996 年版,第 1 页。

4 美国批评家兰色姆在《纯属思考推理的文学批评》一文中指出:一首诗有"一个中心逻辑构架,但是同时它也有丰富的个别细节,这些细节,有的时候和整个的构架有机地配合,或者说为构架服务,又有的时候,只是在构架里安然自适地讨生活"。这一原理同样适用于其他艺术作品。

进入贾府叙事时，整个叙事都已象征化或意象化——探佚、脂批、版本乃至曹学又如何获得其历史的真实性和科学的合理性呢？我们须认证，只有文本是一个无法规避的事实。我始终相信赵宪章老师的理念：研究问题，而且从基本问题做起。文本阐释的题旨在于，如何使《红楼梦》从笼罩其上的各种政治的、学术的烟雾中清晰起来，亮出其本来面目。我的阅读体悟：不仅后四十回不是什么高鹗伪续，曹雪芹也未必是乾隆年间人，曹雪芹这个名字扑朔迷离，仅仅出现在敦诚、敦敏、张宜泉等人的诗稿或笔记中。我的感觉是：若实有曹雪芹其人也应该是明末清初由鼎革引发思考，对中华文化曾有过铭心刻骨之痛的思想家，如戴不凡先生所推断的，先有一位原作者"石头"，然后经曹雪芹"披阅十载，增删五次，纂出目录，分出章回"，传抄于世。乃尔又须进入情感原型和人格模式的考察。赵老师曾说："文学研究，如果算得上'学术'而不是一般的'鉴赏'或'随笔'，除其必需的逻辑推理外，最根本的还在于它的'实证性'。而实证手段也不能仅限于传统的文献引述及其重新整合，还应具有自身的特点和途径，这就是面向文学文本和建基在文本细读基础上的文本调查。"他强调说"文学研究中的'文本调查'类似考古学的'田野调查'。没有田野调查的'考古学'很难具备充分的说服力和可靠性；同理，没有文本调查的文学研究很难阐释作品的深层意蕴，所谓的'理论深度'其实是经验和感性的表达。"[1]问题是，文本阐释也会不自觉地受到思维定式的影响而回到旧的窠臼中去。所以我们必须更新思维，引入全新的方法论和批评理念，把已有知识包括脂批、版本等纯粹考据"悬置"一会儿，首先从一百二十回的基本文本事实出发，从梅新林的深层结构和情感逻辑出发，才有可能走入全新的领地，达到赵老师所说的"具有自身的特点和途径"。

就意义灌注言，一个意象本身是有意义可讲的，其义域要从人类的文化心理积淀悟出，这就是原型的领悟。荣格讲原型有四种：阴影、人

1　赵宪章：《形式美学与文学形式研究》，《中南大学学报（社会科学版）》2005年第2期。

格面具、阿尼玛和阿尼姆斯以及自性。阴影是无意识中未被语言表述的部分，体现为自性、心理能量以及情结和本能的非理性冲动，是自我的命运和世界的实相折射到心理、行为，弥散为人与对象、人与环境之间的神秘心理关系以及潜在情感状态。情结是行为模式中的情感执着部分，弗洛伊德讲情结与童年时代的挫折经验有关，是深刻独特的情感人生经历在心灵深处凿刻而形成的焦灼状态和价值集结。荣格认为在更深及更大层面，情结反映着种族记忆和文化意向。人格面具是文化典范和社会规则在主体心灵的培植，阿尼玛和阿尼姆斯是人格面具下的性向特色。唯自性是与阴影对立的心理决定因素，超越诸原型之上的终极绝对。自性与阴影犹如上帝与魔鬼、道德与利比多。离开阴影的感光，自性就消隐于诸原型而暗昧不显；没有自性的敞亮，心灵就会被阴影笼罩而长夜难明。意象的意义领悟必然是四类原型的凝结和交织，导致非常强烈的心灵感应特色和个体创造可能，而且指涉种族记忆，使单个意象在象征的意义上变成核心意象，形成整体文化及历史题材的意义概括。

就结构重建言，意象本身包含某种逻辑结构，但要从整体文化结构和题材叙述模式中得到参照。阴影、自性、人格面具乃至阿尼玛和阿尼姆斯，本来就影现着人的命运和世界的实相，影现着特定心理关系和情感状态，最终需要从人与对象以及客观世界的多种联系去参究。它可能是情与景、心与物的关系，也可能涉入事件及行为模式的分析。比如宝玉喜聚，黛玉喜散，两种情结都与花鸟相关，心灵特色和人格旨趣各不相同，"花谢花飞花满天，红消香断有谁怜"，这是林黛玉生命中一个无法排遣的意象，隐约一种花开必谢、终无收舍的生命和归宿的忧患。"这雀儿必定是杏花正开时他曾来过，今见无花空有叶子，故也乱啼。这声韵必是啼哭之声，可恨公冶长不在眼前，不能问他。但不知明年再发时，这个雀儿可还记得飞到这里来与杏花一会了？"杏和鸟就是贾宝玉凝注情思的两个意象，氤氲着人之于宇宙间空茫无绪、孤独无凭的伤感气息。人与花鸟以及二者间的生命共振构成存在事件。这固然与黛玉童年愁病孤独的情感人生经历有关，但是人与花鸟心灵感通、价值互证的关系是情结所在，它反映了中国文化人与自我、人与世界的情感同一性和价值同构性。其道德人格和诗意方式的共同性使宝、黛的意象怀想显示着共同的悲默独绝，必然到来的死亡和无可规避的宿命构成其基本生命承担，时间的流逝、尘世的变幻、孤独无倚的处境及物是人非的感慨，无不使他们感到人之于世界的悲凉，在"花自飘零鸟自羞"的感慨中表现了各自不同的坚定不移和卓异不随，花鸟意象成为倾诉对象，成为他们生命和存在的整体性象征。

索隐派学说开始显示它的深挚来。蔡元培先生最早注意到十二钗与明末士人之间的象征隐喻关系："书中本事在吊明之亡，揭清之失，而尤以汉族名士仕清者寓痛惜之义。"[1] 他指明诸钗与当时名士的影射关系，比如林黛玉与朱竹垞、薛宝钗与高江村、探春与徐健庵及王熙凤与余国柱，等等。从前我相信胡适，认为那可能是一种猜笨谜。有了情感原型和人格典范的观念后才重新理解了蔡元培先生：从情感到心性，从人格到作略，十二钗不仅是大观园世界的一个女儿队列，还隐喻着士大夫阶层特有的文化心理和情感方式——正是这一阶层承载着中国文化的天道精神和人格价值。这就需要实证，需要调查。就语境看，蔡先生的言说还是政治角度的。我的意趣在于：贾府是一个礼教世界，与大观园情教世界相对，共同表述着传统社会的矛盾状况，《红楼梦》正是从情礼相对的意义演绎着文化衰微的内部原因：天人合一的文化构式中"天"对于"人"的吞噬和压迫。伦理的严酷导致人的毫无出路，道德堕落、坐吃山空、子孙不肖就瀰漫为全面腐败，最悲惨的不是经济政治崩溃，而是"人"被毁灭。从这个构式的解体来探究曹雪芹的立意，我们获得红学研究的当代性及与权威红学对话的可能性：情感原型以及人格模式是全新的课题，是心理学、人类学，尤其是文艺心理学的重要命题，根本的是从人格典范的象征视域而不是从人物谱系的历史真实进入，本质是象征性和意象化的。蔡元培先生的索隐其意义不在于坐实红楼人物与历

1　蔡元培：《石头记索隐》，上海世纪出版集团、上海书店出版社 2008 年版，第 6 页。

史人物之间的历史秘义，而在于象征和影射所凝结的人格趣向和情感价值。《红楼梦》似在诉说：那些曾经我们奉行了数千年的人格典范和情感价值于顷刻间变得没有意义、没有价值，我们刹那间失魂落魄！比如伤春惜时、悲秋感遇这样的情感模式，隐约于黛玉葬花、宝玉问鸟之类情节，体现了自屈原以来中国文人对于宇宙自然的诗意怀想，对于存在终极未知性和个体的此在有限性的体悟和哀叹："伤春惜时悲秋感遇的诗意情怀根本地是没落的，但它又是美丽的。它一直抑制着、过滤着中国士大夫阶级的深刻政治动机和粗俗利欲企图，使这个阶级多少保留了中国文化源头处的圣心不泯和经纬处的清高不随，其理性力量穿透历史烟霾，与今天的人类处境搭界，这又不是一个'统治阶级的没落情绪'所能概括的。"[1]再如宝、黛情爱，隐喻着高山流水知音间阻的悲剧情怀，它深刻影响着历代知识分子，直到今天还以其卓然不俗的情感品位和优雅方式与现代男女的情欲酬偿区别开来。"由于自然是作为最高的和最后的本体来确立人的价值和意义，所以中国士大夫阶级的生命操行中，常常于政治现实功利之外，山水民情天地万籁之间寻求着一己心灵的解释和慰藉，那么知音之觅就成为这一个体操行的最高典范。知音是自然的和个体的，不带有政治功利色彩和现实粗俗欲求，完全是心灵的和精神性的。知音的超越性也在这里：渗透或伴随着知音之觅的狂狷之状越礼之行，都不具有反封建、反伦理的现代人文意义。"[2]我由此得出：贾宝玉不具有西方近代个性解放和民主自由的语义，故不能简单论定为家族叛逆或民主斗士的结论。

但是，情感原型的实证之外，还必须援以现代心理学或文化人类学的支持，我们首先找到荣格的集体无意识。该理论强调集体无意识作为一种先验前提，是以文化结构的方式传承的，这就使我们对于传统文化的认识不再总是强调国民性的愚弱，而是从文化结构及普遍人性的角度

1　马明奎：《暗夜孤航——〈红楼梦〉艺术精神研究》，内蒙古人民出版社 2001 年版，第 175 页。

2　马明奎：《暗夜孤航——〈红楼梦〉艺术精神研究》，内蒙古人民出版社 2001 年版，第 175—176 页。

进入，重新唤起对于自然和宇宙的认识，在理解传统的前提下进行现代建构。其次是皮亚杰的发生认识论。一种认知结构在被超越、被替代之后，作为一种潜在结构还储存在人类的意识深处，从而我们在进行认知分析的时候，观念和理性会受到这种潜在结构的影响。那么进入《红楼梦》的悲剧时就能感受到这个古老文化倒下时那种运数的不虞，尤其感受到曹雪芹那份宿命论的无奈和苍凉，于是将天道的悲叹转化为基本人类心理或普遍人性本质的诠释，悲怀消解为理性。

情感原型和人格典范的学术理念使性格理论相形见绌。性格理论是现实主义的概念：个性与共性，普遍性与特殊性，等等。情感原型和人格模式是消解这些范畴的；它是弗洛伊德的潜意识理论之后人类在自然本质和无意识层面认识自我的结果，它消解着社会学以及古典哲学的类型化和概念化，根本命义在于直面个体。其意义在于：生命的自然本质和个体意志是在文化传承的方式和意义上实现其普遍人性价值的。这就使我们对许多庄严的命题产生了荒谬感和错置感。比如用卫道士和叛逆者之类社会学范畴概括钗、黛，就使两个知己姐妹成为势不两立的政敌，金兰之契成了小人之争；再比如用封建统治阶级的代表人物概括贾政，把一个典型的清正的中国式严父诋毁为封建恶人，连爱子心切转而成恨这一基本亲情事实都不予承认。顺此而下，认定宝玉出家后给父亲磕了四个头就是反封建不彻底，就显得非常无趣。其实我们完全可以从常情常理来理解袭人、宝钗这类贤淑女孩那颗平常心：她们是封建，不够格成为伟大的现代主义战士，但她们对于宝玉的爱有着任何一个中国人都会理解称赞的真心和善意。可是一旦戴上那套坚执两分的哲学魔具，我们就变得冷硬异常不近人情。对于宝钗和袭人的污骂不仅是一种学术野蛮，而且有着整个民族近代以来被人击昏后的惶悚失措，目光昏昧到不识亲人了。一种思维方式和心理定势的改变非常重要，其本质是文化心理及文化结构的重建，使一个民族的文化传统从乱成一团的现代阴霾中重新找回自我。正是在这里，我们理解了林方直并重新理解了周汝昌：他们那样执着传统考据方式的红学精神并不完全是工具理性的强调，而且隐含着一个民族的文化走向消隐时的怆痛，我们不能有任何轻慢和浅薄。

三、饮宴与太虚幻境的象征关系

韦勒克、沃伦谈到个人象征和传统象征的关系："'个人象征'暗示一个系统，而一个细心的研究者能够像密码员破译一种陌生的密码一样解开它。许多'个人象征'系统（如布莱克与叶芝的系统）中，有大部分与象征的传统重合，即使重合的部分并不是最普遍被接受的象征。"[1]这里的所谓"个人象征"犹如我们所说的单个意象，"传统象征"则是核心意象，两者同样存在一种约定俗成的"固有的关系"。但是作为"传统象征"的核心意象建立在单个意象的"个人象征"之上，那么，单个意象的内部逻辑结构就成为核心意象乃至题材意象化的逻辑基础。宝、黛与花鸟是一种个体心理关系，但更是人与世界、人与自我关系状况的象征。自屈原以来，中国文人就有以香草美人自况的传统："故善鸟香草，以配忠贞；恶禽臭物，以比谗佞；灵修美人，以媲于君；宓妃佚女，以譬贤臣；虬龙鸾凤，以托君子；飘风云霓，以为小人。"[2]这是一种比德，一种"内模仿"式的人与世界、人与自我关系的体认，象征着中国文人的人格趣向和价值追求，从而象征就变成存在事件。就单个意象言，花与鸟显示着宝、黛各自的心灵感应和宿命体认，是一种个人方式；就核心意象看，又影射着木石前盟的原型关系，成为几千年来士大夫自我文化角色的体认和概括，形成其生命和存在的整体性象征。

单个意象通过意义灌注和结构重建进入社会历史题材，变成整体象征乃至文化构式和价值典范，是我确认盛筵作为《红楼梦》核心意象的学理支撑，但又是从广泛饮宴事件的语义释读和结构分析中概括出来；

1　[美]雷·韦勒克、奥·沃伦：《文学理论》，刘象愚、邢培明、陈圣生、李哲明译，生活·读书·新知三联书店 1984 年版，第 205 页。

2　（汉）王逸注，（宋）洪兴祖补注：《楚辞章句补注》，吉林人民出版社 1999 年版，第 3 页。

毋宁说一个一个饮宴事件就是一些单个意象，其语义结构呈示着、象征着盛筵这一核心意象的逻辑形态。

根据我的统计，《红楼梦》写了大大小小44次饮宴，占去近三分之一篇幅，大致分为四类。见下表：

序号	回次	缘起	时间	地点	主要人物	饮宴类别	备注
1	第一回	邀请	中秋节	姑苏，甄府	甄士隐、贾雨村	二人雅集	
2	第二回	邂逅	当是夏日	村肆	贾雨村、冷子兴	二人雅集	
3	第五回	梅花盛开	早春时节	宁府会芳园	可卿、凤姐等	女众赏梅冶游	
4	第五回	梦游	早春时节	太虚幻境	警幻仙姑、宝玉	品赏《红楼梦》曲	天上盛筵
5	第七回	邀请	不明	宁府	宝玉、秦钟、焦大	清淡饮宴	会秦钟
6	第八回	即席	冬天	梨香院	宝玉、宝钗、黛玉	即兴雅集	早知他来……
7	第十一回	贾敬生日	九月	宁府	邢、王、尤氏等	生日宴会	可卿病笃
8	第十三回	秦可卿死		宁府	凤姐、贾珍、宝玉	宁府丧仪	静虚求情
9	第十六回	贾政生日	十一月	荣府	两府人丁	生日宴会	元妃晋封
10	第十六回	给贾琏接风		凤姐居处	琏、凤、赵嬷嬷	小型家宴	说南巡
11	第十七回	贾政游园		大观园	贾政、宝玉、清客	游赏大观园	试才题对额
12	第十八回	元妃省亲	上元之日	大观园	元妃、贾母等	省亲大典	
13	第二十二回	宝钗生日	正月二十一日	贾母上房	贾母、薛姨妈等	生日宴会	
14	第二十二回	制灯谜	元宵节后	贾母上房	贾政等	节日饮宴	悲谶语
15	第二十六回	薛蟠邀请	五月初二	薛蟠书房	冯紫英等	世俗饮宴	黛玉见阻
16	第二十七回	芒种祭饯花神	四月二十六日	大观园	宝玉、宝钗、黛玉、众姐妹	祭饯花神	宝玉生日

序号	回次	缘起	时间	地点	主要人物	饮宴类别	备注
17	第二十八回	冯紫英邀请	四月二十七日	冯紫英处	薛蟠、云儿、宝玉	世俗饮宴	
18	第二十九回	清虚观打醮	六月初一	清虚观	贾母、凤姐、宝黛	宗教活动	张道士提亲
19	第三十一回	端阳节	五月初五	王夫人处	王夫人,薛姨妈	节日小饮	
20	第三十七回、三十八回	海棠结社	秋天	秋爽斋藕香榭	探春、宝玉	诗人雅集	
21	第四十回	贾母还席	秋天	秋爽斋缀锦阁	贾母、刘姥姥	游冶雅集	醉卧怡红院
22	第四十三回、四十四回	凤姐生日	九月初二	荣府花厅	贾母、邢、王、宝、黛	生日宴会	宝玉私祭金钏
23	第四十五回、四十七回	赖大儿子升迁	九月十四	赖大花园	薛蟠,柳湘莲	升迁庆典	闷制风雨词
24	第四十九五十回	赏雪	冬天	芦雪庵	湘、宝、黛、钗等	诗人雅集	"是真名士自风流"
25	第五十三回、五十四回	祭祖	除夕	贾府宗祠	合族人等	节日庆典	掰谎记
26	第六十二回	平儿生日	四月	红香圃	宝玉、宝琴、岫烟	生日宴会	湘云醉卧芍药
27	第六十四回	宝玉生日	四月	怡红院	宝、黛、钗、湘、探、妙	即兴雅集	芳官醉卧宝玉
28	第六十四回	贾敬殡天	夏天	宁府	珍、琏、蓉、尤二姐	无宴	情遗九龙佩
29	第六十五回	三姐玩弄珍、琏	夏天	宁府	珍、琏、蓉、尤二姐	世俗饮宴	三姐示绝
30	第七十一回	贾母生日	八月初三	荣庆堂	王妃诰命等	生日宴会	
31	第七十五回	贾珍斗鸡走狗		宁府	傻大舅	世俗滥饮	
32	第七十五回	节日	中秋节	宁府	贾珍妻妾	节日饮宴	鬼叹

续表

序号	回次	缘起	时间	地点	主要人物	饮宴类别	备注
33	第七十六回	节日	中秋节	大观园	贾母，政、赦	节日庆典	湘黛联诗
34	第八十五回	黛玉生日	二月十二日	贾母正厅	薛姨妈，众姐妹	生日庆典	宛如嫦娥下界
35	第九十二回	贾政参母珠		贾政书房	政，赦，冯紫英	世俗饮宴	
36	第九十三回	临安伯宴请	冬天	临安伯家	贾赦、宝玉	礼仪宴请	
37	第九十四回	海棠冬月开花	十一月	大观园	政、赦、宝、黛等	宝玉失玉	亦一"节日"也
38	第九十七回	宝钗出阁		荣府	黛玉、宝钗	金玉婚仪	
39	第一百二回	驱妖孽		大观园	贾赦等	道教法事	
40	第一百五回	贾政回府		荣宁两府	赵堂官、北静王	查抄宁国府	
41	第一百八回	宝钗生日	正月二十一日	荣府	贾母、湘云、宝琴	即兴家宴	
42	第一百十回	贾母去世		荣府	王熙凤等	丧仪	
43	第一百十七回	欣聚党		贾家外书房	邢大舅、贾蔷等	世俗聚饮	
44	第一百二十回	旧友重逢		世外	甄士隐、贾雨村	方外清谈	

　　四类意象可分为四个维度：空间、时间、品格、世相。按照意象化的原理，四个维度内化为单个意象的内在结构，这些饮啄事件就整体地意象化了。亦即从题材角度看就是一些家族生活的琐屑，大同小异无甚意趣。进入逻辑结构，每个饮宴都可分析为空间、时间、品格、世相等四个维度，凝缩着核心意象盛筵的内在结构及逻辑形态。换言之，单个饮宴事件的语义分析与核心意象盛筵的内在结构是对应同一的。饮宴事件就是一些单个意象：（一）堆积而氤氲出核心意象并呈示其内在结构；（二）实现题材的意义灌注和结构重建，呈现着一个时代的文化构式和价值典范，实现整体象征；（三）《红楼梦》近三分之一篇幅的饮宴事件

孕育了太虚幻境，又以之照临，将全部叙事象征化乃至意象化，回归为宇宙本体。这是一个万川印月又百川归海的大境相，正是《红楼梦》文本的生成过程。描述饮宴事件到太虚幻境的哲学构式及其模式、仪式、场景与题材叙述的文本关系，将构成《红楼梦》的全新阐释。

第二节
盛筵的逻辑形态

一、空间：大荒山道体之维

《红楼梦》文本呈示了四个叙事层面：大荒山无稽崖青埂峰—太虚幻境—大观园—荣、宁两府。红学家只重视荣、宁两府。有的涉及一点太虚幻境，但是只把它作为大观园的天上投影，而大观园又是荣、宁两府的附庸。余英时最早关注大观园与荣、宁两府的关系，并把它作为不同的价值品格来张扬，旨在改变红学研究的范式，可以说是《红楼梦》研究的里程碑，但是并没有受到普遍认同。因为红学家认定《红楼梦》并不是一本通常意义的小说，而是宫闱秘事。事实上《红楼梦》之所以与通常说部不同，正在于几个方面的超越品格：（一）超越通常说部搜奇猎艳的病态心理，在更开阔、更深广的本体屏幕上展示人生的荒诞和世界的悖谬；（二）超越现实主义笔法，在整体中华文化精神的滋育下实现了《诗经》传统与《离骚》传统的合流；（三）超越说部模式以及时间叙事，超越儒、释、道三家各自的单一价值模式，进入空间，进入象征，达到意象叙事的人性和人类高度；（四）超越补天救世的语境，揭示天人合一典范的破裂，宣布了传统文化的颓堕。就空间呈现而言，我认定，《红楼梦》包含家族叙事，但远远超越之；如果说饮宴的空间阴影呈现着天道天意对于人的存在的根本遮蔽，形成《红楼梦》叙事的宇宙化、神秘化及超验倾向，那么饮宴的时间意向就是道体本然的场域播撒和情境异延，一种指涉社会历史的结构性预设：它对应于伦理秩序并导入生活世相，从而规定着人的存在方式的面具化。《红楼梦》的饮宴不同于今天的 Party，体现着某种空间性的伦理结构和等级秩序。卡西尔谈到文明人的空间观念："在这里我们有一个同质的、普遍的空间。而且唯有以这种新的独特的空间形式为媒介，人才能形成一个独一无二的、系统的宇宙秩序的概念。"[1]《红楼梦》饮宴显现的空间观念不仅具备此种几何性质，而且继承了原始思维各种感觉空间的神秘性质，生成所谓天理伦常。大荒山—太虚幻境—大观园—荣、宁两府四者间的哲学关系就是"道生一，一生二，二生三，三生万物"，乃是中国哲学宇宙创化规律的幻现和演示。换言之，从空间到时间，饮宴的原型性质生发着天道天意向社会历史实践的建构意向，不仅排演着伦理秩序并且确认着道德身份，演示着人的生存状态和他者关系及其离散、败坏过程，而且传达了人之于世的寄寓感、荒谬感和梦幻感，演示一个古老文化幻灭的历史逻辑。且以道体、性体、情和礼来命名，四个世界不仅呈示本体哲学的精义，呈示天人合一典范从洪范到解体的人性过程和历史过程，而且符合《红楼梦》的文本事实。我们不能想象删去大荒山无稽崖青埂峰和太虚幻境之后的《红楼梦》与《金瓶梅》或《三生石》《歧路灯》之类有何区别。如果说《金瓶梅》之后此类小说的艺术价值只在社会学或民俗学的演绎中融入因果观念，曹雪芹就是在宇宙本体场域叙述人的存在的悲剧必然及历史逻辑。如果说《三国演义》在叙说家国社稷的大事，是宏大叙事；《水浒传》在揭露朝廷，发表险恶世情和阴谋政治之下小人逞意、君子失意、人不能阶进、民不能安生的悲凉现实；那么《西游记》就是在天外巡游，涉猎于人心与幻梦之间，本质是对于社会现实的否定。此三者都未进入个体关注，或者说此种关注不到位，把个体人作为家国、社会、世道中的角色和相位来描述，个体只具有类化价值，而不是独立价值和尊严的主体。只有《红楼梦》进入个体视野：

---

1 [德] 恩思特·卡西尔：《人论》，甘阳译，上海世纪出版集团、上海译文出版社 2003 年版，第 71 页。

上自元妃、贾母，下至丫鬟、仆夫，人间烟火，百业操劳，鬼神之事，乃至花草、树木、虫鱼、鸟兽，无不进入价值关怀，乃是大胸襟、大视野、大情怀。给每人、每事、每景、每物以应有价值关怀正是《红楼梦》本体审美的独特性之所在。

《红楼梦》不具有现代人性观念，也没有个体价值和尊严的观点，每个人还都是家族角色和文化符号，都戴着伦理面具，依据身份进入饮宴，这与公府上下有序、内外和融、亲情不昧又诗雅有致的伦理秩序是同构的。《红楼梦》开篇之初就以林黛玉进府和刘姥姥告贷渲染了贾府的伦理森严：一是家族本身的威严显赫及等级制度，二是伦理身份及行为方式，三是角色心理和场合意识。林黛玉"从纱窗中瞧了一瞧，其街市之繁华，人烟之阜盛，自非别处可比"。这是经济地理位势的概观，令人不敢懈怠。"又行了半日，忽见街北蹲着两个大石狮子，三间兽头大门，门前列坐着十来个华冠丽服之人，正门不开，只东西两角门有人出入。"正门的开与不开隐喻权势，针对进入者的身份和地位。华冠丽服意味着府第的势焰："正门之上有一匾，匾上大书'敕造宁国府'五个大字。"威严显赫之势可见。接下来是道德身份和角色意识的现场直播："轿子抬着走了一箭之远，将转弯时，便歇了轿，后面的婆子也都下来了，另换了四个眉目秀洁的十七八岁的小厮上来抬着轿子，众婆子步下跟随，至一垂花门前落下，那小厮俱肃然退出，众婆子上前打起轿帘，扶黛玉下了轿。"婆子与小厮的交替与伦理地位有关，一定身份品级遵守相应行为规范。林黛玉拜见两位舅舅而不被接见尤其显示了贾府伦理主人的角色心理、场合意识及其酷虐行为方式。

从贾府到人物到心理，都支撑着一个完好无损的道德面具，都归属于一个严密不苟的伦理结构，面具和结构与饮宴完全同构。李劼说："贾氏家族以贾母为首，秩序森然地排班列队，通过祭祀使祖宗们与之共享美好时光，然后又围着一桌桌宴席欢聚一堂，显示了家族在空间上的繁延。"[1]的是确论！贾府的饮宴就是一种礼仪排场：主仆上下，长幼尊卑，一丝不苟。重要的不是吃，而是饮宴仪式呈现的伦理状况和文化精神。"成礼的环节、礼器的运用、乐舞的编排中一以贯之，分明可见严整的等级化的礼仪……除了强调等级制森严不可逾越这种稳定政治秩序的功利目的外，礼乐文明的精神也在其外在活动形式中得到表达。"[2]这种礼仪化饮宴既作为重大事件也作为基本生活，坚定不移又行云流水，成就着社会结构的完形。康德说空间是"外经验"形式，时间是"内经验"形式，那是西方，中国正好相反：空间才是"内经验"形式。歌诗宴饮、礼仪往来、发丧喜庆都是一种存在方式：只需坐定位置，能吃则吃，当看则看，只要不越界、不失体，就可无虞。角色身份和伦理秩序确立着人与人的空间关系，面具生涯培养了局外心理：这是全世界再找不到的安适无忧，从始至终一个一个过节目，直到老死，直到天下大乱。

贾府的伦理秩序可以表述为一种空间关系：两层主子和三等奴才。头层主子自然是伦理主人，伦理结构的坐标轴。二层主子是一些有头有脸的奴婢，伦理结构的坐标点。最高权力通过这些轴和点上传下达左右分配，形成一张严密的统治网面，人被固定在某个点，只能顺着轴线位移，不可恣意穿越。第二十四回写宝玉吃茶，大丫头们出去了，"容长脸面，细巧身材，却十分俏丽干净"的小红越位侍候了一回，"秋纹听了，兜脸啐了一口，骂道：'没脸的下流东西！正经叫你催水去，你说有事故，倒叫我们去，你可等着做这个巧宗儿。一里一里的，这不上来了。难道我们倒跟不上你了？你也拿镜子照照，配递茶递水不配！'"自然是越庖代俎，主要是权力僭越，是身份和角色的错乱，一种场合和行为的不合时宜。森严的伦理秩序和如此坚固的权力关系使人的价值努力非常尴尬。小红只是人格受辱，另一位柳五儿在小姐妹间传递了一回茯苓霜就被软禁起来，"心内又气又委屈，竟无处可诉；且本来怯弱有

1　李劼：《历史文化的全息图像——论〈红楼梦〉》，东方出版中心1995年版，第120页。

2　刘冬颖、殷锐：《"燕礼"的还原与〈诗经〉中的宴饮诗》，《哈尔滨工业大学学报（社会科学版）》2003年第1期。

病，这一夜思茶无茶，思水无水，思睡无衾枕，呜呜咽咽，直哭了一夜"。这是因为：奴才也分三六九等。柳五儿连三等都不是，鲁迅所谓不曾做稳的奴才，一个局外人，挥骂出结构之外还不够，竟被当贼拘押了。

结构不变，伦理地位不变，人的价值状态就具有了宿命意味。宝玉对黛玉说：公府再怎样，也不愁咱俩的生活，这是自然。探春就不同了：伦理地位的尴尬扭曲了顽强的心性，她不得不唤亲娘作姨娘，尊大妈为亲妈。下面是她的一番辩诘，缘于赵姨娘凭生母身份讨利益被拒绝——

> 赵姨娘没话答对，便说道："太太疼你，你该越发拉扯拉扯我们。你只顾讨太太的疼，就把我们忘了！"探春道："我怎么忘了？叫我怎么拉扯？这也问他们各人。那一个主子不疼出力得用的人？那一个好人用人拉扯呢？"李纨在旁只管劝说："姨娘别生气，也怨不得姑娘。他满心里要拉扯，口里怎么说得出来？"探春忙道："这大嫂子也糊涂了！我拉扯谁？谁家姑娘们拉扯奴才了？他们的好歹，你们该知道，与我什么相干？"赵姨娘气的问道："谁叫你拉扯别人去了？你不当家，我也不来问你。你如今现在说一是一，说二是二！如今你舅舅死了，你多给了二三十两银子，难道太太就不依你？分明太太是好太太，都是你们尖酸刻薄！可惜太太有恩无处使——姑娘放心，这也使不着你的银子！明日等出了阁，我还想你额外照看赵家呢！如今没有长翎毛儿就忘了根，只'拣高枝儿飞'去了。"

> 探春没听完，气的脸白气噎，越发呜呜咽咽的哭起来。因问道："谁是我舅舅？我舅舅早升了九省的检点了！那里又跑出一个舅舅来？我倒素昔按礼尊敬，怎么敬出这些亲戚来了——既这么说，每日环儿出去，为什么赵国基又站起来？又跟他上学？为什么不拿出舅舅的款来？何苦来！谁不知道我是姨娘养的，必要过两三个月寻出由头来，彻底来翻腾一阵，怕人不知道，故意表白表白！

也不知道是谁给谁没脸——幸亏我还明白，但凡糊涂不知礼的，早急了！"李纨急得只管劝，赵姨娘只管还唠叨。[1]

这里出演的不是悲剧，也不是喜剧，而是一场"苦剧"。被扭曲的不仅探春，也包括赵姨娘。从人性角度看，赵姨娘之苦远甚探春：她与伦理中心隔了三层：女人一层，妾一层，女不奉母是第三层。第一百十二回濒死还透露了第四层和第五层：被贾赦污作和被阴司报应。[2] 所有罪孽只有一个原因：在错误的时间、错误的空间扮演了错误的角色！伦理早已规定了人的行为法则和存在界域，赵姨娘却领悟得不好——在那个世界，伦理是抽象绝对，任何反抗和努力都没有意义。赵姨娘与探春的区别在于：探春在校正着自己的身份，赵姨娘却营谋着僭越伦理。

正因如此，宝玉常常表现出类似哈姆雷特的忧伤，第八十一回迎春省亲诉说在孙家的遭遇，他简直痛不欲生："我只想着，咱们大家越早些死的越好，活着真真没有趣儿！"价值失落导致死亡渴求，习以为常的存在方式引发痴心拷问："我想人到了大的时候，为什么要嫁？嫁出去，受人家这般苦楚！"念及"对酒当歌，人生几何"就感慨："好一个'放浪形骸之外'！"从门庭走出世界，"但见萧疏景象，人去房空。又来至蘅芜苑，更是香草依然，门窗掩闭"。那种人生如寄的浮游感，那种无收无舍的空茫感，那种荒谬莫名孤愤无趣的存在空洞感，一次次逼他思考人的归宿——凝结着无穷无极的悲欣愁怨，感悟着无边无际的荒谬凄凉，饮宴意象正是如此深刻地彰显了人的缺席。那些盛筵嘉宾、红楼主人、大观园里的女孩们，一个个歌罢掉头曲终人散，奔赴各自的归宿，敷衍着盛筵必散的铁律；单个饮宴意象由此提升为核心意象盛筵，成为红楼叙事的总归趋和总意脉。风俗画般的公府生活描写，使

---

1 曹雪芹、高鹗:《红楼梦》，山东人民出版社 1980 年版，第 698—599 页。

2 第一百十二回赵姨娘临终说："我跟了老太太一辈子，太老爷还不依，弄神弄鬼的算计我！我想，仗着马道婆出出我的气，银子白花了好些，也没有弄死一个，如今我回去了，又不知谁来算计我！"前半句一般被理解为鸳鸯的鬼魂作祟，其实是借此暗示：正如当初强逼鸳鸯，贾赦同样强逼了赵姨娘，只是一个明逼，一个暗作。此一观点在书末有详细论述。特识。

我们感受着闹嚷之下挥之不去的悲凉，感伤意绪笼罩了大观园的角角落落，正如鲁迅先生所叹："悲凉之雾，遍被华林。"时间的流逝播演为存在的空洞，荒谬的世界横陈着赤条条伦理骨架，人，已经丢盔卸甲，一张张道德假面变成无趣鬼脸，蠢然失神，这正是伦理世界败灭的历史逻辑！

二、时间：太虚幻境的性体之流

卡西尔讲："在神话思想中，空间和时间从未被看作是纯粹的或空洞的形式，而是被看作统治万物的巨大神秘力量；它们不仅控制和规定了我们凡人的生活，而且还控制和规定了诸神的生活。"[1] 神话思想是指思维方式和前定心理，即"前逻辑"。东方或西方，古人或今人，心灵深处仍潜藏着某种时空阴影：（一）空间和时间是终极绝对的神秘力量的体现。（二）此种神秘力量控制和规定着人的生活。（三）"还规定了诸神的生活。"《后汉书·祭祀志》记载："立春之日，迎春于东郊，祭青帝句芒，车旗服饰皆青，歌《青阳》，八佾舞《云翘》之舞。"这有四事：立春、东郊、祭祀、歌舞。立春是时间，东郊是空间，青帝居东方，是中国神系的春天值神，主管草木荣发之事。一个"迎"字反映了中国古人顺应自然时序、虔敬宇宙大道的文化心理。与大多数史前民族一样，中国古人也认为万物有灵，全宇宙是一种神性存在，体现为自然秩序和时间节律的神秘意志。人是宇宙中之一物，不仅遵循宇宙的根本意志，而且感通天道、涵泳万物，在生死往来大化流行的时间之流中把持自己的存在。《庄子·大宗师》讲一个叫子来的人"喘喘然将死"，朋友子犁前来看视："伟哉造化！又将奚以汝为？将奚以汝适？以汝为鼠肝乎？以汝为虫臂乎？"如此直接地拷问归宿，可知对于生死的洒脱。但是子来的回答有更洒脱者：

---

1 ［德］恩思特·卡西尔：《人论》，甘阳译，上海译文出版社 2013 年版，第 66 页。

　　父母于子，东南西北，唯命之从。阴阳于人，不翅于父母。彼近吾死而我不听，我则悍矣，彼何罪也？夫大块载我以形，劳我以生，佚我以老，息我以死。故善吾生者，乃所以善吾死者也。今大冶铸金，金踊跃曰："我且必为镆铘！"大冶必以为不祥之金。今一犯人之形而曰："人耳！人耳！"夫造化者必以为不祥之人。今一以天地为大炉，以造化为大冶，恶乎往而不可哉！

　　赋天地以大炉神意，予造化以大冶神能，将人的生死与大化运演同一起来，主张顺时任命，熄灭个体意志以实现人的价值回归。庄子说的大块和造化就是一种空间本体性，是存在和世界的最高主宰，但包含了阴阳变迁和大化流行的时间意向：空间本体涵泳着生命和死亡的本源和归宿，人的存在迁化为自然秩序及阴阳变化。与之有别，佛家置生死于时间洪流，主张迎头赶上，领承宿命。黄檗出家多年，母亲哭瞎双眼，为了见他一面给过路僧人洗脚：儿子腿上有个肉瘤！可黄檗两次伸出净腿，讲了一通因果离去。邻居告诉母亲刚才正是你儿子啊。老人疯了一般起身急追，追到一条大河边时黄檗已到对岸，她就纵身跃入。黄檗眼睁睁看着大放悲声："一子出家，九族升天，有我黄柏，诸佛勿欺！"咦！不是"向死而生"或"向生而死"，黄檗看的是母亲的过去世和未来世。在生命轮回的业惑中，死既是了断也是重新开始。黄檗是通过时间来拯救母亲的。纵任时流，横夺生死，就把捉了天道宿命，从而确立了人的存在。回到立春：歌舞是人的活动，目的却是娱神，亦即通过歌舞礼仪以求风调雨顺，在顺应天时参赞造化的宇宙存在中，时间就成为人天之间的巫术通道和感应方式。

　　空间神性衍入时间意绪之后，天时观念衍化为天道观念，变成人的天命观点。在上古时代，不仅国家社稷的政治军事要以占卜来考究天时领承天命，一个人的穷通寿夭也诉诸时间，变成可以体认、可以把握的宿命。孔夫子有"知天命"的说法，天命与时间有关，作为"普遍的、神秘的，实际上也是绝对的范畴，它超越个体"[1]，成为可以测知的宇宙存在模式。周易占卜后来变成生辰八字，测算到一饮一啜，已无神意，成为一种计算；人不再直面神祇，而是通过时间来掌握天道体认宿命，时间就具有了神秘性和普遍性。中国人婚丧嫁娶、起房造屋、修桥补路直到单位挂牌，都要看时间，顺天时，设禁忌，一些重要时间还要通过仪式来纪念。随着人的地位提升，天命逐渐被理解为客观情势外部因素；于天时、地利、人和三维中，人和被更加强调。天时已不包含人天感通、灵性感应，时间意向成为人的一种告白，虽然在心理深层还残存着其终极性阴影。随着科学理性昌明，人类把时间理解为生命的内在依据，吉凶、寿夭、穷通成为时间参数，人以此超越着历史的定义。"若夫日出而林霏开，云归而岩穴暝，晦明变化者，山间之朝暮也。野芳发而幽香，佳木秀而繁阴，风霜高洁，水落而石出者，山间之四时也。朝而往，暮而归，四时之景不同，而乐亦无穷也。"春令夏时，冬雪秋白，不仅牵动着喜乐之情，启发着人朝往暮归览物惜时，时间本身就是观赏和领悟的对象。人不再战栗于天道和天命之下，不再存活于对立的对象关系之中，而是"目送归鸿，手挥五弦，俯仰自得，游心太玄"，在时间之流的涵泳中领承宿命，体天悟道，向往着永恒的空间本体性。所以《红楼梦》的节日就不是一般的人物性格播演，而是一种时间意绪和终极领悟，它包含三层意义：

（一）自然时序映现天道运演的意脉，流逝着几千年来传统文化的"文采风流"。文运即天道，即大观园的运数。自然时令禅替，隐约其间的天道和天意无言自在地传递着兴和衰的消息，晦明着生与死的大限，人的领悟变成时序的留连、风物的吟咏、春花秋月的伤悼、花谢鸟飞的哀叹。

二兄文几：前夕新霁，月色如洗，因惜清景难逢，未忍就卧，漏已三转，犹徘徊槛下，竟为风露所欺，致获采薪之患。昨亲劳抚

---

1 谢选骏：《神话与民族精神》，山东文艺出版社 1986 年版，第 230 页。

嘱，已复遣侍儿问切，兼以鲜荔并真卿墨迹见赐，抑何惠爱之深耶！今因伏几处默，忽思历来古人，处处攻利夺之场，犹置些山滴水之区，远招近揖，投辖攀辕，务结二三同志，盘桓其中，或竖词坛，或开吟社：虽因一时之偶兴，每成千古之佳谈。妹虽不才，幸叨陪泉石之间，兼慕薛林之雅调。风庭月榭，惜未宴集诗人；帘杏溪桃，或可醉飞吟盏。孰谓雄才莲社，独许须眉；不教雅会东山，让余脂粉耶？若蒙造雪而来，敢请扫花以俟。谨启。

此笺写于第三十七回贾府的升平盛世："贾政自元妃归省之后，居官更勤慎，以期仰答皇恩。皇上见他人品端方，风声清肃，虽非科第出身，却是书香世代，因特将他点了学差，也无非是选拔真才之意。"圣意明确，前景看好，家族事业文采风流两值嘉辰，所以宝钗调侃宝玉说："天下难得的是富贵，又难得的是闲散，这两样再不能兼，不想你兼有了，就叫你'富贵闲人'也罢了。"而探春的雅约和告白正是一种印证："采薪"是生病婉称，典出《孟子》："有采薪之忧，不能造朝。"清景难逢是作雅，竟为风露所欺就成病，故李纨叹谑："雅的很哪！"病而雅，雅而作，一种宇宙凄悠、大梦正酣的梦幻感油然而生。到第七十回林黛玉重建桃花社，湘云就说："一起诗社时是秋天，就不发达。如今却好万物逢春，咱们重新整理起这个社来，自然要有生趣了。"可是雅而病的迁衍中流逸出某种天意：读罢林黛玉的《桃花行》，宝玉是"痴痴呆呆，竟要滚下泪来"。接下来就"舅太太来了，请姑娘们出去请安"，诗事竟如此不畅！然后是探春寿日："合家皆有寿礼，自不必细说。"诗是作不成了，贾政的书信又到了，宝玉惊慌诗社搁浅，湘云的柳絮词就成为时序禅替、天道预势的一个谶语：

> 岂是绣绒才吐。卷起半帘香雾。纤手自拈来，空使鹃啼燕妒。
> 且住，且住！莫使春光别去！

似与之呼应，先则尤二姐吞金，后即大观园抄检，阴影凝滞，愁云惨淡，败运已然到来。将湘、探二人的文字作一个对比，看得就更明白："孰谓雄才莲社，独许须眉；不教雅会东山，让余脂粉耶？"这是当日的豪情。时至今日："且住，且住！莫使春光别去！"就显出韶华已逝、风流不再的苍迈和春光流连、去意徘徊的凄凉。

正是在这种无可言喻的时间感伤中，诗酒饮宴变成红楼人物的生命播演和价值呈示，变成天命和天道的玄机秘义。海棠结社乃是大观园的盛事，就像夜宇长空的曼渺轻云，衬托着中天圆月的皎洁和童年梦幻的忧伤。女儿们诗情烂漫嗔莺咤燕，青春美浓漶漫着娇憨的诗情。可是从第三十回到第五十四回，悠久的公府繁华之下，她们总是显得非常孤弱。我们被一种时间的焦虑困扰着，总在为这些孩子们担忧：这样的日子能过多久呢？宝、黛正是以此体悟到缘的重要："他年葬侬知是谁？""不知将来葬我洒泪者为谁？"从暮春时节的葬花，到青杏枝头的叹悼，更加"秋霖脉脉，阴晴不定，那天渐渐的黄昏时候了，且阴的沉黑，兼着那雨滴竹梢，更觉凄凉"。人是那样的孤独，世界是那样寂寞，缘就成为唯一的诗意看守。不仅如此，生日饮宴启示着时间感觉，开示着个人的命运和结局。第六十三回寿怡红，红楼人物自执令签各自寻思：宝钗之牡丹，黛玉之芙蓉，湘云之海棠，探春之红杏乃至袭人之桃花，香菱之并蒂，麝月之荼蘼……不是花色，而是花季，是不同宿命的时间性显现。第七十回放风筝："一时风起，众丫鬟都用绢子垫着手放。黛玉见风力紧了，过去将籰子一松，只听'豁喇喇'一阵响，登时线尽，风筝随风去了。众人都说：'林姑娘的病根儿都放了去了，咱们大家都放了罢。'于是丫头们拿过一把剪子来，铰断了线，那风筝都飘飘飖飖随风而去。一时只有鸡蛋大，一展眼只剩下一点黑星儿，一会儿就不见了。"暮春时节，女儿风筝，大观园大势已去，天地间无收无舍。中秋节、元宵节乃至四时之景，《红楼梦》的时令隐约着文采风流的飘逝和天道不挽的悲憾，构成红楼盛筵下最令人情不能已的宿命意识和死亡感觉。

（二）节日透露天机，预示着家族命运和盛衰情势。元妃省亲张灯结彩天人共庆，公府之盛臻于极致。至除夕祭宗祠、元宵开夜宴，犹自礼乐教化，庄严肃穆，钟鸣鼎食，不可一世。到了中秋节就大为改观：

只听桂花阴里，呜呜咽咽，袅袅悠悠，又发出一缕笛音来，果
真比先越发凄凉。大家都寂然而坐。夜静月明，且笛声悲怨，贾母
年老带酒之人，听此声音，不免有触于心，禁不住坠下泪来。众人
彼此都不禁有凄凉寂寞之意。

所谓月盈则亏，盛极而衰，贾府的颓败气息已闻出来。第九十四
回"赏花妖"是个不可忽略的"节日"：钗、黛姊妹乃至赦、政兄弟都
被传来吟诗作赋，表面看是即兴饮宴诗文雅作，其实大家都知道这是一
次花妖作怪的"不时而艳"，是贾府总崩溃前夕的一个"非时而节"，那
种家事不祥、天意不测的消息通过一种神秘意绪诉诸人的感觉传达出
来。可见，节日铺排不仅仅是自然叙事，还包含着天道的神秘启示，一
如《长安古意》所叹悼："节物风光不相待，桑田碧海须臾改。昔时金
阶白玉堂，即今唯见青松在。"既有世事难测人生无常的空幻感，也有
"祸兮福之所倚，福兮祸之所伏"的荒诞性，根本上却是一种神意呈示。
弗莱说："未知的或不可知的实体的神秘是外部的神秘，只有在艺术也
在阐明其他什么事物的时候才包含在艺术之中：对人而言宗教艺术主要
关心的是崇拜。"[1]《红楼梦》不是宗教艺术，但节日饮宴显现的正是天道
天意发出的道德警示，并非"外部的神秘"，它就在自然时序的演化中。
第七十五回中秋夜宴，贾珍是煮了一口猪，烧了一腔羊，备了一桌菜蔬
果品，带领妻妾纵欢作乐——

那天将有三更时分，贾珍酒已八分，大家正添衣喝茶，换盏更
酌之际，忽听那边墙下有人长叹之声。大家明明听见，都毛发悚
然。贾珍忙厉声叱问："谁在那边？"连问几声，无人答应。尤氏
道："必是墙外边家里人，也未可知。"贾珍道："胡说！这墙四面
皆无下人的房子，况且那边又紧靠着祠堂，焉得有人？"

一语未了，只听得一阵风声，竟过墙去了。恍惚闻得祠堂内槅
扇开阖之声，只觉得风气森然，比先更觉凄惨起来。看那月色时，

也淡淡的，不似先前明朗，众人都觉毛发倒竖……[1]

不测，阴噤，愁惨，凶兆。应了那句："天欲之亡，先令其狂。"贾珍虽然"心里也十分警畏"，还是没有警悟，"勉强又坐了一会，也就归房安歇去了"。什么也没有发生。一切都一如既往。然而人在规避神秘的同时规避了自己。贾府盛筵就这样顺着时间的轨道坏塌下去：存在方式成为死亡方式。

（三）饮宴的时间意绪体现着对天道荒诞的质疑。饮宴既是一个个应时而至的天道播演，宿命就成为盛筵歌舞的幕后操作。人作为角色在饮宴中畅饮，在时间里感念，悲欢离合只成为时间的余绪，兴衰际遇不过是天道和天意的一些不曾经意。热热闹闹的盛筵吞噬了多少孤苦无告的悲怨和哭泣。时间改写着一切，唯独不能改写可怜者的宿命。第一百二十回写甄士隐与贾雨村重逢，是一场不能算作饮宴的饮宴，但时间形成首尾大回合。如果说那条汗巾随着时间巡游回到蒋玉涵身上，体现了天道天意的轮回，那么香菱这样的善良女孩，历尽世间苦难，已经领承天命，她应该得到拯救了吧，她还是悲苦地死去。

> 老先生有所不知：小女英莲，幼遭尘劫，老先生初任之时，曾经判断；今归薛姓，以承宗祧。此时正是尘缘脱尽之时，只好接引接引。

整整一生兑换成苦难煎熬，等来的却是死亡的必然。这就是天道，这就是宿命！我们不禁要问：天道公平吗？宿命合理吗？生死之缘究竟是什么？"原来是敷衍荒唐！不但作者不知，抄者不知，并阅者也不知；不过游戏笔墨，陶情适性而已！"正像西方学者把资本主义政治经济的罪恶搪塞为叙述和阐释的腐恶一样，曹雪芹把天道荒谬宿命无奇托付于叙事本身："说到辛酸处，荒唐愈可悲。由来同一梦，休笑世人痴！"天道的无明使人的存在回复为时间悲默："奈何天，伤怀日，寂寥时。"这就是饮宴，这就是存在，这也就是人本身！

1　曹雪芹、高鹗：《红楼梦》，山东人民出版社 1980 年版，第 982 页。

三、诗酒生涯：大观园的人品心性

"蜡烛辉琼宴，觥筹乱绮园"的饮宴生涯滋育着家园亲情和生命诗意，这是盛筵最深刻动人的价值。然而，它是一种人的象征化和诗意化，以消解个体的独立意志和自然本质为内核，本质是阿尼玛（男性心理的女性倾向）情结的伦理化。此一情结与血缘亲情相应和，一方面人的自然欲望被伦理滤净，走向道德，另一方面家族身份的天然合理性转化为人之于世的宿命性：品格和心性就成为森严伦理下唯一的人性亮色。人不是真实地活着，而是优雅地自赏着也被别人情色地观赏着。阿尼姆斯原型变现为贾宝玉，阿尼玛原型则分散为"皆必从'石兄'挂号"的各色女子。在观赏与自赏的"意淫"中，她们诗意地打量对象，优雅地检点自己，生命的自然本质消失，变成诗、酒、美、乐，这不正是伦理性别关系的理想构图吗？

所以大观园不是谁都能进入的。它需要家族身份和伦理地位，需要才情心性。情色意会与诗心体贴是彼此依托的，人在诗与酒、情与色、礼与美、乐与淫之间寻觅着让而不度的伦理宽松和道德域限。秦可卿就是一个例证：她之进入册籍，既由于才情心性，也因为伦理道德，而"情天情海幻情深"才是根本。把伦理家族理解为枯索无趣的道德王国是不得其中三昧的：盛筵的旨趣在于伦理道德之于情色意会和诗心体贴的隐约松动。不是所有家长都像贾政那样清肃板正，天理与人欲之间不全是僵硬坚执的道德戒律，而是有活泼泼的真性情。情与淫的区分只在一个"才"字上。妲己褒姒以来历朝历代妖艳女子往往从淫乐入手进入权力中心，违背母仪、僭越君父的哲学文化原因正在于此。所谓意淫就是既获得道德通关，又兼具才情资格，然后溔漫成一场天国盛筵，一个神异诡奇的幻梦。这也就是兼美：伦理化的诗、酒、美、乐并借以象征性地实现人性价值。如果说太虚幻境是盛筵的扩展，秦可卿就是兼美理想的象征：亲情道德化为诗雅，乱伦诗意化为意淫。几十次冶游雅集尽情挥洒着亲情诗意：试才对额，海棠结社，白雪红梅，是真名士自风流。伦理秩序与诗意亲情如此和谐统一，是依据这样一个前提："通部情案，皆必从'石兄'挂号！"[1]余英时就认定："'情案'之'情'即是'情榜'之'情'。这样看来，书中诸人与宝玉之间关系的深浅、密疏，必然会在很大的程度上决定着他们在情榜上的地位。"[2]情案之有无不论，情却是一个重要概念，概括了太虚幻境及盛筵意象的文化精神和人性旨趣。余英时说，情分为两类："一是爱情之情，一是骨肉之情。"[3]他说："《红楼梦》的两个世界一方面是泾渭分明，而另一方面又是互相交涉的。情与淫的关系也正是如此。曹雪芹并非禁欲论者，因此他从不把欲无条件地看作罪恶。他也不是二元论者，所以又不把情与欲截然分开……大体说来，他认为情可以，甚至必然包括淫；由情而淫则虽淫亦情。故情又可以叫作'意淫'。但另一方面，淫决不能包括情；这种狭义的'淫'，他又称之为'皮肉滥淫'……"[4]余英时的情淫之辩只是一些体验的整合，并未从哲学上言明。我的理解是这样：

> 简而言之，情就是灵性的社会化，它本质上是扬弃肉体欲念的，所以警幻仙子将它称为"意淫"，与"滥淫"相区别。其次，它是生物意义的人进入社会后，灵与肉分离而被社会伦理整饬和异化的结果；就此而言，它与礼是相对应的。或者说，在人的灵性和物欲整饬统一的基础上，相对于被伦理化为社会物的自我，情的本质是与社会伦理相对待的。这种对待具有三个层面的意义：一是作为个体意志价值的灵性、才情，它与"德"相对待；一是人的行为的社会方式，即被人称作"泛爱"的"意淫"，用脂砚斋的话说，就是"体贴"二字，它与"礼"相对待；一是作为人生境界的"情天情海"，真美之境，它与"天人合一"的伦理社会人生境界相对待。显然，它包含个体价值、任物方式和人生境界三个层面。宝

---

1 《脂砚斋红楼梦辑评》，中华书局 1960 年版，第 517 页。

2 胡文彬、周雷编：《海外红学论集》，上海古籍出版社 1982 年版，第 41 页。

3 胡文彬、周雷编：《海外红学论集》，上海古籍出版社 1982 年版，第 50 页。

4 胡文彬、周雷编：《海外红学论集》，上海古籍出版社 1982 年版，第 51—52 页。

黛爱情的动人之处正在于此。他们都是"情人"，又以情相处，共同追求着纯净美好的人生境界。所谓"大旨不过谈情"，正是这个"情"，而绝不仅止于世人理解的爱情或儿女私情。一言以蔽之："兼美"。它与那种将人异化为社会物的礼是相对待的两个范畴。[1]

换言之，阿尼玛和阿尼姆斯情结在贾府无数次的饮宴个案中，完全可能是人的生物性炽燃，一种利比多冲动，比如贾琏、贾珍与尤氏姐妹的夜宴。但是进入伦理，进入大观园，就价值化为"意淫"，情作为根本文化精神变成诗、酒、美、乐，成为心性和人品的播演。曹雪芹的不解之处在于，他所倡导的情，应该具有三个品格：个体意志的独立性，诗雅酬唱的象征性，心心相印的审美性——经过伦理整饬，本应该变成天然生命特色与家族伦理亲情的诗性同一，这是多么美好的生命和世界图景啊！可是人的情感体现着顽强的性向特色，一旦提升为亲情诗意就伦理道德化，结果是情回归为礼。所谓兼美，就是人性与诗意、个体与伦理、审美与道德的统一，本质是人的象征化和角色化。问题还在于，只要灌注真实的人性内容，象征化和角色化就变成岸然道貌的皮肉滥淫，这是一个死结。秦可卿就是这么被冤枉为红楼第一淫者的：她的的确确是做到了"情既相逢不曾淫"，可是有谁信呢？所以她悬梁自尽了。既向往天伦之乐的伦理圣境，更追求个体意志的独立不倚，可她所面对的价值前景只有珍、琏、蓉、蔷。诗心不改？雅意犹存吗？她就只能"质本洁来还洁去"——返还太虚幻境，就是死。而那些普通女孩们心比天高命比纸薄，一个个嫁了汉子变成死鱼眼。她们利势纷争，变成一些禄鬼和小人。所谓盛筵必散不仅指伦理结构坏塌，道德沦丧，人心不古，而且指欲望荒裸，才情污陷，情感枯萎，性命夭亡。集四者于

---

[1]　马明奎：《暗夜孤航——〈红楼梦〉艺术精神研究》，内蒙古人民出版社 2001 年版，第 15 页。

一身者可卿也！[1]可卿死因有四：一是男性缺乏，阴虚致竭；二是才情空逝，枉担了淫乱虚名；三是与宝玉滥淫未能成就情爱；四是忧郁凝滞久病不愈。贾宝玉梦游太虚幻境前宁府赏梅，秦钟、宝玉才情比较，其实是在影射秦可卿的灵性、才情、情爱及生命四者的无可归依。《红楼梦》盛筵诗情由空间向时间融渗，进入人的存在后就成为一个巨型肥皂泡：影现着五彩斑斓的梦幻色彩，浮游于伦理世界的丽日晴空，一阵风就吹破了，这就是明清士大夫孜孜以求的文化拯救方案。始于人性，堕于伦理，旨在拯救，归于幻灭。

遗憾的是曹雪芹只能归罪于人的道德堕落和天的荒谬莫名，于二者氤氲之间似有所悟，便古圣一般在"登高必跌低""否极泰来"的自我欺骗中作逍遥游，就是结尾的自嘲："既是'假语村言'，但无鲁鱼亥豕以及悖谬矛盾之处，乐得与二三同志，酒余饭饱，雨夕灯窗，同消寂寞，又不必大人先生品题传世"……他是说"天道颓堕"

四、世俗关联：贾府世界的伦理道德

空间性天道本体及时间性伦理秩序，乃是人的存在的基本依托，诗意和亲情是其基本精神。大观园盛筵犹如一个童梦，曼纱于生命的苍穹；又如暗夜深处的一场戏，华彩绚烂，人声熙攘，渐入孤寂。作为核心意象，盛筵从两个方面与世俗生活相衔接。

一方面是心性。"情"作为一种阿尼玛情结，走向道德面具和伦理实践，走入原儒梦迹与世俗嘈杂的光怪陆离，一直走回人性本质。这一走向变现为可卿与凤姐之间那份神意相通的知心，那种才情相当的真心，那颗能体察世道人心的良心。尤其变现为贾母与刘姥姥那种古道热

---

[1] 笔者认为可卿并非如红学家考证的与贾珍淫乱，而是相反：病患阴虚而枯竭，俗谓干血痨者，系缺乏男性所致。可卿本是道德积极分子，贾蓉又移情凤姐，或有乱伦之想，奈贾珍凶恶却无能，枉背了"爬灰"浑名，辜负了"擅风情秉月貌"之才情，故可卿病死后，贾珍哭得泪人一般，但已无法明言。畸笏叟令雪芹删去此一回，正以此也。

肠的交情，那份患难之交的道义，那腔重新理解贫穷和富贵的真诚。刘姥姥不仅是混进大观园的食客，更是一个连接、一份牵挂、一种神意。她的身世际遇凝结了一个民族的苦难经验和终极体悟，是大地母亲原型呈现。所以她首先被贾母认同，刘姥姥与贾母在善恶因果的感念上完全一致。因为刘姥姥的到来，贾府盛筵就有了一桩最珍贵、最深刻的历史依据，就残存了一份对于苦难、对于贫穷、对于芸芸众生的牵挂，从而获得拯救人性、慰勉存在的终极神性。作为贾府的客人，承载着原始经验，更作为伦理精神的神圣余存，刘姥姥是大观园盛筵的清醒者和守护人。只有刘姥姥的恩情才是真正道德的和伦理的，是领承天道和天意的真情性。刘姥姥祛除着盛筵阑珊时节的鬼气，照亮盛筵狼藉中的诗意苍白和人性短缺。当不可一世的王熙凤把金手镯捋下来交托给这位村妪时，我们还能想起"三宣牙牌令"那场哄笑，那时林妹妹给了老人一个雅号：母蝗虫。如果说茫茫大士和渺渺真人是在宣谕天道和天意，刘姥姥就是在滋养人心，她教诲大观园的女儿们如何"重新理解贫穷"（荣格语）。曹雪芹的体悟只四个字：福善祸淫。不是一己诗意，不是伦理亲情，这些都不可靠；真正可靠的是善，是大千世界、芸芸众生的仁心推衍和圣意相恤。唯行善积德乃是人之于世值得遵行领承的天道和天意：曹雪芹从时间维度建构人性价值的旨趣，于此又返回到伦理天道，是没有办法的事。他没有看到：就人性本质而言，刘姥姥亦非圣者，她只是一个利益需求者，在后世鲁迅先生那里就变成一些看客和庸众，这是人性的历史逻辑。曹雪芹借一双昏花老眼注视着这个世界：那么多、那么多的饮食男女，都从亲情流连走向势利飞奔。我们分不清贾芸和"醉金刚"倪二以及"马贩子"王短腿之间的侠义和势利，我们同样看不清刘姥姥的神意和圣性。贾宝玉走了，走向大荒山无稽崖，回复为一块顽石。"那赤子之心有什么好处？不过是无知，无识，无贪，无忌。我们生来已陷溺在贪、嗔、痴、爱中，犹如污泥一般，怎么能跳出这般尘网？"诗酒生涯亦不过"聚散浮生"四个字，贾宝玉无限感慨："古人说了，不曾提醒一个。既要讲到人品根柢，谁是那太初一步地位的?"曹雪芹的反思从社会历史实践深入到集体无意识，赤裸无碍地面对了天道，于天人之际，他找到逍遥。

秦可卿不仅是体验贾府伦理黑幕的绯色人物，更是一个冤主，一份悲默，一缕鬼气。她的身世际遇凝结了一个文化的悲剧内核及人性体悟，是阿尼姆斯原型的现实形态。所以她首先被王熙凤认同；秦可卿与王熙凤在伦理经验和道德情感上完全一致。因为秦可卿，大观园的诗酒美乐就有了最珍贵、最深刻的价值依据，就残存了一份对于屈辱、对于尊严、对于世间情爱和人性本质的全新理解，因而获得无可言喻的关于人性和存在的警悟。作为兼美情教的主持人和实验者，最早退出盛筵的局外人，秦可卿成为大观园盛筵唯一的清醒者和看守人。秦可卿的诗意是人性的和真实的，是勘破天道和天意的真情性。秦可卿的出现播演着盛筵阑珊时节游逸的鬼气，隐喻了盛筵中人的诗意苍白和人性空缺。当王熙凤第二次见到这位"鬼魂"时，她已入穷途，我们还能想起她当年的不信鬼神、杀伐果断，那时的王熙凤被秦可卿称为"脂粉队里的英雄"。秦可卿的悲剧不在于"淫丧"天香楼这桩冤案，而在于她钟于情而不能实现为"淫"的哲学尴尬和人性困顿。如果说茫茫大士、渺渺真人只是宣谕着天道和天意，秦可卿就是在劝诫女儿们的心性和诗情："世人都把那淫欲之事当作'情'字，所以作出伤风败化的事来，还自谓风月多情，无关紧要。不知'情'之一字，喜怒哀乐未发之时，便是个性；喜怒哀乐已发，便是情了。"这表明秦可卿的"情"只是"喜怒哀乐已发"，但未涉入"淫"的"恣情任性"而已！所以她自承"钟情的首座，管的是风情月债，降临尘世，自当为第一情人"。曹雪芹的意思是：情之本，乃是性，作为诗意和象征，氤氲于发与未发之间就是真情；一旦进入人性实践，就变成欲，变成伦理毁坏的根本人性力量。如果说伦理道德是压抑人性的外部力量，欲望就是人的第二种浇灭力量。不仅伦理是可恶的，不仅欲望是可怕的，情之本身就值得怀疑；家族伦理和诗意亲情固然不可靠，而人这东西就更没有根据——个体之于大千世界的存活如果不是诗心相印和情礼相约，就必然导致道德崩溃、人欲横流乃至纲常紊乱。与那虚假幻渺的诗意象征比，伦理至少算是人的一个屏障！这就是曹雪芹从伦理空间反思人性价值的成果，惜哉又返回到他深恶痛绝的家族事业中去，贾宝玉就变成甄宝玉，这又是没有办法的事。曹雪芹看不明白：就人性本质而言，秦可卿就不是什么"钟情的首座"，她也只是一个女人，一个情欲炽盛的少妇：尚未迈出人性第一步就披了一个"淫"的污名，后世在鲁迅先生那里就变成身心破碎却执着于节烈观念的祥林嫂。秦可卿对鸳鸯说："至于你我这个情，正是未发之情，就如那花的含苞一样。若待发泄出来，这情就不为真情了。"其实她本人就没有弄明白这个含苞"未发之情"与贞妇烈女之德有什么区别，转瞬即逝的生命和死亡中她只看透一样，就是人性的自然本质根本不可抗拒。曹雪芹借色情的世眼注视着这个世界：那么多饮食男女，都在从诗意流连向情色飞奔。我们分不清鸳鸯执持的究竟是女儿真情还是奴仆之德，也分不清妙玉的为人究竟是"情炽人愈艳"还是"过洁世同嫌"，我们甚至看不清秦可卿是一个淫妇还是一尊女神。贾宝玉走了，走向大荒山无稽崖，回复为顽石："那赤子之心有什么好处？不过是无知，无识，无贪，无忌。我们生来已陷溺在贪、嗔、痴、爱中，犹如污泥一般，怎么能跳出这般尘网？"盛筵中人都不过"福善祸淫"四个字，贾宝玉感慨地说："古人说了，不曾提醒一个。既要讲到人品根柢，谁是那太初一步地位的？"曹雪芹的价值建构从社会历史的反思深入到集体无意识，赤裸面对了人性本质后，找到逍遥。

另一方面是意象性人物的结构功能和叙述策略。甄士隐是从外部观照，第一回元宵节送贾雨村上路，烟消火灭预兆贾府抄没，后面迎接贾雨村回归，详述太虚预说后事，都是贾府命脉的外部影射。贾雨村则入内考察，从陪送黛玉进府到一脚把贾府踢翻[1]，他是贾府败灭的亲历者和肇事者。如果说香菱是甄士隐纵入贾府的眼线，亲历了伦理世界的罪孽，黛玉就是贾雨村送进大观园的诗人，酬唱了太虚幻境的血泪诗情。

---

1 脂批及学者颇有雨村踢蹴贾府而致其抄灭之说，笔者亦持此论，后面有论述。

某种意义讲，香菱和黛玉是甄、贾二人结构功能的延伸：甄士隐牵扯神意，贾雨村控制人心，前者隐喻着黛玉作为大观园的明星人物，后者影射香菱成为贾府世界的代罪之身。从黛玉到香菱，贾府世界的神性、诗意每况愈下。通篇看来：开篇是甄士隐惊梦，结尾是贾雨村醉睡，中间秦可卿托梦和刘姥姥醉卧就不是率性由笔。四者归一即情僧，乃是盛筵对于《红楼梦》的结构提携和语义收摄。秦可卿和刘姥姥作为两条线索，将甄士隐的神意与茫茫大士、渺渺真人的天道天意，将贾雨村的人心与柳湘莲的偏执、"醉金刚"倪二的泼赖都贯通起来，从而大观园的诗酒美乐与世俗生涯，盛筵意象与贾府题材及全部《红楼梦》叙事，实现了有机结合。从语义角度理解，盛筵的世俗关联就是《红楼梦》的价值趣向——饮宴演示人性冲动，概括世俗经验的语义域界即亲情诗意向情色势利颓堕的人性本质和历史必然：空洞宇宙，深沉暗夜，盛筵的圣心诗雅阑珊为梦幻余绪，饮酒作乐堕落为情色利势，一切都衍入大千世界芸芸众生。贾珍、贾琏、贾蓉、贾蔷、冯紫英、蒋玉涵、薛大哥、邢大舅、倪二哥，《红楼梦》的世俗滥饮无情地嘲讽着谦谦诗雅。礼仪往来只是势利交割。大观园并不是世外桃源，孤守于伦理残损、诗意枯竭，以伦理圣境的流风余韵为命脉，把伦理统治的暂时宽松当作生命存在的模拟，只有醒世和警世的意义。在强大的现实面前，她们以各自的方式发出拷问：人，究竟是个什么？贾宝玉赤诚地匍匐在荒裸大地，诅咒而感慨："你们这些人，原来重玉不重人哪！"[1]

　　从结构上看，盛筵的世俗关联显现为《红楼梦》题材叙述的历史进向：核心意象与客观题材互相建构生成本体。前者分别为阴影、人格面具、阿尼玛及阿尼姆斯、自性四个维度，后者分别为大荒山、太虚幻

1　第五十五回探春说："我但凡是个男人，可以出得去，我早走了，立出一番事业来，那时自有一番道理；偏我是女孩儿家，一句多话也没我乱说的。"这是对于男女身份的不屈和不服。迎春却只管拿一本《太上感应篇》去看，是一种无言的抗争。第七十四回惜春说："状元难道没有糊涂的！可知你们这些人都是世俗之见，那里眼里识得出真假、心里分得出好歹来？你们要看真人，总在最初一步的心上看起，才能明白呢！"总之，大观园的女儿们都在不同程度和不同方式上，对存在及人的本质进行着拷问和探询。

境、大观园及贾府四个层面。两者的异质同构延宕着文本的叙述结构和心理逻辑：阴影隐喻空间，代表天道和天意；人格面具延展为时间，演绎着兼美情教；阿尼玛及阿尼姆斯情结变现为诗酒美乐，体现着诗性价值；自性绵延着世俗关联，呈现着人性的历史进向。从价值意向到文本建构的整个操作过程显现为空间和时间与价值和历史互相结构的天人构式，天人之间以一个"情"字联结起来，就是"情天情海"的太虚幻境。作为核心意象，盛筵从天道、伦理、价值、历史四个维度组织题材、结构情节、编织文本，蕴含天人分离导致人性失落的题旨，就是情的湮灭。以此把握《红楼梦》，正是解开其叙事与结构之谜的关键。

第三节
盛筵的文化功能

一、文化功能

饮宴是事件，并且意象化，导致一种特殊的阅读经验和心理氛围。元妃省亲是天地一家、神人拥护的公府盛事，是可卿殡仪、贾府送鬼之后的迎神大典：繁花似锦，荣宠至极，百年望族，赫赫扬扬。其后元宵夜宴更是梦至沉酣，显示了贾府末劫临期的辉煌一瞬。到中秋赏月情景就大变："甄家犯了罪，现今抄没家私，调取进京治罪。"然后俏丫头夭风流，美优伶归水月，开启了贾府衰亡。实在令人警心：元妃归省前有秦可卿托梦，预说公府败灭；中秋赏月湘、黛联诗又预示了"寒塘渡鹤影，冷月葬诗魂"的幻境悲情；贾珍闻鬼叹透露了全面崩溃的天机！从天地悠久、月桂中天之景向梦幻凄迷、鬼气阴森之境的变幻，事件叙述逐渐心理化，饮宴情境随之意绪化，在宇宙空茫的梦幻感中皴染家族兴衰，在人生如寄的孤独感中渗入死亡意识，渲染烘托出某种"神意"和"天意"：大厦将倾，人鬼唏嘘，人之于世幻渺无奇；"君子之泽，五世而斩"，荣辱自古周而复始。伴随着呼之欲出的生存焦虑和挥之不去的死亡体验，饮宴意象化为一些心情残片：或锦绣绮靡，雍容华贵；或文采风流，灿烂旖旎；或凄清冷寂，残夜将尽；或悲怆寥落，孤寂凄凉。那些龌龊下流的世俗滥饮则嘈杂离乱于悲喜莫名的家族事件中，渐而失色，人的怀想幻逝为一些梦呓灵迹。

饮宴的象征化亦非常明显。从叙述功能看，饮宴分为两大类：一类是大事件，铺排渲染进入阅读体验，成为象征本体。如可卿出殡和元妃省亲就并非纯叙事，而是象征体：象征贾府的吉凶祸福。另一类是征兆或迹象，预示后面的结局或印证前面的情势。中秋夜宴闻鬼叹就是贾府败灭的预警，贾母的听箫冷落与贾珍的淫乐污浊共构象征体，成为家族败灭的征兆。当年杀伐果断的王熙凤于贾母死后力绌失人心，败局已定。到"欣聚党恶子独承家"就无力挽回了：道德颓堕，伦理败弛，亲情荼毒，象征变为事象——大厦倾矣，大势去矣，百年望族的荣显完结了。所谓象征就是更开阔语义域界的比喻，在事件本身的意义之外还影射或暗示更大的意义和语境。饮宴象征化还表现在人物心性和家族气象上。"赏中秋新词得佳谶"就是个典型例子。贾府到了月满中天时节：夜梦沉酣，苍苔露冷，彻骨凄寒，是一种说不出的大孤独和大寂寞。傻大舅薛大哥玩小幺吃花酒，后面竟是政、赦弟兄恶心透顶的脏笑话：恶俗的性意识加之凶险的势利心。饮宴意象正从空茫的宇宙意绪向着逼仄污暗的人心流注，直接呈示终局：伦理坏死，家族败亡，子孙流散。可见饮宴意象不仅象征，而且收摄其所照临的客观题材并重新整理表述，"尤其是领悟其神意和本质，激发起强烈鲜活的情感意志"，获得与伦理天道的"固有的关系"，变成象征本体，从而于文本叙述中具有了普遍的文化结构功能。

饮宴象征化摄持四个文本层次：大荒山、太虚幻境、大观园以贾府。四个世界又与饮宴原型的空间、时间、品格和世相四个维度相关联，形成从宇宙到个体、从心理到命运、从终极存在到生命本质的广阔语义域界，诸层次间灌注了深刻不昧的哲学文化逻辑。第一层次是茫茫大士、渺渺真人往来照应的大荒山，一僧一道挟持宝玉咏歌而去的鸿蒙太空，是空间性意向衍展的本体性境界。如宝玉所言："这个地方儿，说远就远，说近就近。"乃至茫茫大士、渺渺真人、甄士隐以及后来的贾宝玉，都以"劫"和"世"之类佛学概念来计量时空。超越于生死之外，变幻于形质之间，似真还假若存若亡。这一干人从根本意义上说是一些空间的无限性意象和存在的终极性概念。由于这个层面的存在，《红楼梦》笼罩了一层神秘玄妙的宗教宇宙色彩，显示了迥异于贾府和大观园的哲学意味，可谓之道体世界。

第二层次即警幻仙子主持的太虚幻境，一个时间性所在，却是整个伦理世界的价值起点。红学家大都无视这个世界的独立性，把它看作大观园的天上投影，反之把大观园看作它的人间幻象。《红楼梦》明明写道：那顽石是从大荒山携至太虚幻境灵霄殿上警幻仙子处，挂号结缘，入世贾府的。这是一个"人"的诞生：既是道体向伦理演进的历史化进程，也是生殖向道德人格建构的价值化过程，太虚幻境是一个不容忽略、无可替代的逻辑阶段。从推衍看，大荒山历经几世几劫，然后有太虚幻境，太虚幻境不仅是十二钗的始发地，而且是最后归宿，尤其是贾府世界的一个蓝图。换言之，十二钗于警幻仙姑处挂号投胎才真正开启了伦理世界的进程，第一层级是大观园，第二层级是贾府，在文本开展过程中，太虚幻境笼罩两者，接洽人物命运，索引事件起落，一直到贾府坍塌，宝玉出家。从建构看，太虚幻境的价值历史性与大荒山空间道体性相衔接，作为一个哲学构式统摄着全部饮宴事件，成为核心意象，我们称之为性体世界。

第三、四层即大观园和贾府：仰赖天恩祖德之庇荫，俯摄九州四海之王土，上自创世之主娲皇，四大家族比类连属，皆其外延；下达冥界地府，海鬼夜叉勾魂鬼卒，都其臣属。这是一个等级森严又礼崩乐坏、周而复始又气数不支的伦理大世界，是佛家六道三界之说可以解释的诸法界，分别为情的世界和礼的世界。此二者既有别又同一。情的世界具足诗酒美乐，是伦理世界价值典范的生动现实；礼的世界则势利攻伐，体现了大观园幻灭的历史逻辑。前者播演太虚幻境的心性和品格，后者展示势利和情欲的人性必然。前者是价值预设，后者是人性事实。失却诗酒美乐的世俗生存就是鬼气游尸，故诸钗夭亡后人去楼空、妖孽横出；但心性和品格离开世俗之确证又无所依托，成为苍白的幻影，宝、黛情爱心证意证无以实现，最终"无立足境"。这是人与世界、价值与历史、核心意象与客观题材关系状况的基本表述。

四个层次依次展开，就是《红楼梦》的文本生成。返回荣格：太虚幻境就是盛筵的"心理迹象"，一个诗意化了的价值方案，既与大荒山道体相联系，又构成大观园及贾府世界的内在逻辑——它始终处于统摄和组织题材的中心地位，始终摄持着、笼罩着、规约着贾府的饮宴叙事，一如月印万川，将凄悠明彻的天意天道播撒到贾府世界的每一条小溪、大观园的每一棵花树。事实上，荣格提供的只是一个简单的心理构式，一如英伽登"意向性建构"，它与题材的历史性关联存在着无限复杂的叙述情结，甚非线性直达。"吾未知其名，字之曰道。吾强为之名曰大，大曰逝，逝曰远，远曰反。"这是《红楼梦》文本层次相推相诘的哲学关系最贴切的表述。大荒山即道体世界，至大无外，至小无内，涵盖一切，又所征无是。从大荒山到贾府存在着这样的含属关系：后者在前者的包容归趋之下，前者映现渗透于后者的悲喜兴衰之间，两者不离不弃。太虚幻境则是道体世界"逝"这一段，自道体进入时间，进入价值关怀，是性体的世界。太虚幻境者，远离本体、虚幻非实也。相推相诘并不是根本对立两无相干，而是一体殊相自他不二。太虚幻境是道体逻辑的形下相位，境由心生，所谓"因空见色"。"逝曰远"是大观园的世间枯荣，道体已入世相，其繁华温柔之情，诗意亲情之势，离开本体更远，故曰"远"。"远曰反"就是贾府的世相生灭盛筵聚散。反者返也；生灭相续，周而复始，近乎道矣。当然这并不就是文本叙事的先后上下顺序，而是：诸层次感通呼吸，相映成趣，同一而各有其致，相违而并不相悖。从反面推诘的叙述旨趣看，贾府的每一次隆重仪典无不是后事的先兆：大不吉利事有吉利先之，贾政升迁之于贾府查抄是也；大喜庆事则有大不喜庆先之，秦可卿丧仪之于元妃省亲是也。如果从相应相随的道体运演看，则有"道生一，一生二，二生三，三生万物"的顺生意向，大荒山—太虚幻境—大观园—贾府的历史进程与之相应。就相推相诘言，我们从寻常日用间感悟到贾府的颓败之势和不测之机；就相应相随而言，又不能不担忧人心的险恶无善必然导致崩塌不挽的历史趋势。自道至一，至三生万物，宇宙生命的演化就是一个伦理纲常废弛堕落的过程，体悟道体，反观尘世，顺逆之间，有返本归根以复命之悲愿。贾宝玉正是由此悟入，回归大荒山，所谓"远曰反"：经历了顽石通灵、幻形入世、红尘失玉、悬崖撒手的人生过程，他亲证了老子所开示的生命宇宙幻化之规律。

二、叙述模式

饮宴的价值意向和历史进向规约着《红楼梦》的叙述模式：思凡、历幻、悟道和游仙。南帆曾说，"我们力图将引起审美情感活动的多种相互作用的因素整理出一个可以理解的秩序，一种大略可见的轮廓。在审美情感活动的某些主要来龙去脉确定之后，我们将把所得到的结论作为立足之处进一步跨向叙述方式的探讨，最终由此总结出小说艺术模式的构成"[1]。亦即，整理审美活动的主客观因素从而找到一种秩序，以之探讨叙述模式。南帆的模式显然包含了题材叙述与审美情感两个方面，失之太简。叙述模式不仅是主体审美情感的多种活动因素的成果，更是文化心理的积淀和历史价值建构。那么意象对于模式的规约就显得非常重要；模式对于题材的概括也就不仅仅是主体情感活动与社会历史题材的线性嫁接。换言之，模式不仅是题材的简单概括和意义抽象，而且是文化历史深远积淀的心理形式，本质上是一种价值构式。意象与题材的衔接必然是一种心理或原型的打通，必然是意象的价值趣向和结构功能与题材的社会本质和历史方式之间的联结。

思凡模式。梅新林认为思凡模式体现了原始先民的两难选择："他们一方面总是力图从神的控制中挣脱出来，走向自我独立；另一方面又不时地为神的远离自己而感到惘然若失，甚至无所适从，而不得不去尝

1　南帆：《论小说艺术模式》，《文艺研究》1987 年第 1 期。

试重新沟通神人关系的种种途径。"[1]

（一）思凡的发生是因为感叹神界不如人间快乐，是出于红尘诱惑。

（二）思凡的具体内容是功名（济世）与性爱，也就是"富贵场"与"温柔乡"的双重变奏，最初是重在前者，然后逐步向后者倾斜，结果往往是以悲剧而告终。

（三）思凡总是须经历"出发—变形—回归"三个阶段，构成了一个从哪里来，回到哪里去的循环圆圈。下凡总是暂时性行为，最终还是要回归本源。

（四）思凡须得某种神秘力量的帮助和导引，或受天帝、帝后之命，或者他们准允，或者通过其他中介，将神人沟通起来。[2]

这一模式固然概括了千百年来同类故事的叙述路径，但重要的是对于世俗生活即性爱与功名的肯定，这一价值意向与中国人一直以来遏制自然欲求的生存状态有着深刻的关联；在实现欲求的意义上天神是人的幻影，只是对有限生命能力的人加上神异夸张而已。这与上帝对于人的价值关怀、人对于天国的诗意畅想之类灵魂饥渴迥异其趣。换言之，模式就是一种象征，在这里就是一种现世无法实现的人性欲求借助神异来实现的价值构想，我们只需整理一下，就得到这一模式与饮宴的同构：

（一）神界人物以一种时空性机缘（诱惑的现实性）发出思凡冲动。

（二）神界人物进入世俗生活，所谓"富贵场""温柔乡"，红尘最繁华热闹处，世俗生活的价值典范，一种排场和秩序。

（三）诗意酬偿过了，欲望满足过了，穿越"温柔乡"和"富贵场"，神性和诗意也幻灭了。

（四）结局是勘破世相、了悟实相，最后回归。

显然，这是盛筵意象的一个扩展，也是贾府题材的一个浓缩。可以

1　梅新林：《红楼梦哲学精神——石头的生命循环与悲剧指归》，学林出版社 1995 年版，第 59 页。

2　梅新林：《红楼梦哲学精神——石头的生命循环与悲剧指归》，学林出版社 1995 年版，第 63 页。

说：思凡模式是盛筵意象的流动变形，贾府题材是其现实完形，在盛筵意象走向贾府题材的叙述进程中，思凡模式是一座桥梁——不仅思凡，历幻、悟道、游仙诸模式也都是意象与题材的中介，核心意象作为文本结构的一个轴心，其结构功能必然是以模式来实现的，模式就是结构和意义的同一性，象征和隐喻的现实性。非此同一性和现实性，意象与题材就不能结合而生成艺术本体。就思凡模式而言，原本是一种空间阴影下的根本情欲冲动，亦即大荒山的原型母腹意象，与之接洽的必然是少女原型的太虚幻境，性欲冲动的诗意化和象征化，其形下展放就是大观园的诗酒美乐，木石前盟与金玉良缘一身二任。

历幻模式。凝滞于空间阴影的笼罩之下，顽石迁怨无才补天的价值困顿，"自怨自愧，日夜悲哀"。因而一僧一道降临之际"不觉打动凡心，也想要到人间去享一享这荣华富贵"，口吐人言："如蒙发一点慈心，携带弟子得入红尘，在那'富贵场'中、'温柔乡'里受享几年，自当永佩洪恩，万劫不忘也。"已不是被诱惑，而是在乞求了。梅新林讲："天国之神为何下凡？从行为动机上来看，主要有二：一是出于济世，二是出于性爱。"[1] 惜哉此石，既非天国之神，亦非仙界之灵，一块粗蠢顽石，它真的凡心偶炽了。换言之，顽石之灵性就是人性，以女娲锻炼而获致，其神性诗意只是灵性之精粹，最高价值追求亦无非是情欲两兼。到黛玉魂归、宝钗完婚之日，贾宝玉只实现为一个真实的俗人！故警幻仙姑先意淫谕之，再滥淫警之，苦口婆心劝谕心性，"夜叉海鬼"还是将他拖了下去。与灵神魅鬼比较，阴影普遮的人类无意识掩藏的生命自然冲动才是真正的人性主宰。刘姥姥作为神（纯善无欲）和秦可卿作为鬼（纯情无碍）两座丰碑已经为他找到边际，亦即，从神意路子走下去就是刘姥姥，从诗意路子走下去就是秦可卿。俗世尘心，人性最高境界无非如此。可他不悟，直到失玉，灵性顿失，扭下去就是蠢动了，所以他开启了回归之旅。思凡模式显示的就是神性诗意从人的存在中失

---

1 梅新林：《红楼梦哲学精神——石头的生命循环与悲剧指归》，学林出版社 1995 年版，第 60 页。

落；由于神性的缺席，人的诗意追寻也就渐趋枯萎。人与世界只是一种心理阴影与宇宙神秘的时间性衔接，所谓缘。如果说人性冲动也是一种苟且和酬唱，神意和诗意就如幻如烟，这就是历幻。

思凡蠢动意味着顽石进入价值域界以及伦理实践，在一场旷日持久的家族盛筵中势必要找个角色来做，这就是向着神瑛侍者、怡红公子、贾宝玉乃至情僧，亦即从大荒山向太虚幻境、大观园以及贾府的历史性演进。"历幻是一种宿命的展开和收合；悟道则是一种宿命的解脱和真性的提升。历幻是一种人之于世的无奈，是人对于世界虚假性的领悟；悟道则是人对于自身悲剧性的把握和面对，是一种自我否定式的人性反思。"[1]这当然是一种概括的说法，关键是一个"幻"字。佛家讲心生万法，器识诸界无不是心法幻演，究其实是一个"空"字。但人的自然本质是一个根本无法消解的生命情结，伦理秩序和道德面具播弄情教圣意，俾诗意化、象征化乃至仪式化，用以教化天下、统领世道、收拾人心，结果播演了一个自空演幻的过程：天理灭，人欲存，神性和诗意沉沦，溺于不堪。此即历幻模式：

（一）历幻本于现实世界对于人的根本制约，不是名落孙山，就是家族阻挠，既不能顺利捞取功名，也不能成功地实现爱情，持之既久，即成弊症。

（二）每当这种时节统治者便出示"沐皇恩""延世泽"之类价值典范，世道人心就鬼气游尸跟着扭动，哄转的只能是贪心。人照死，灵性照灭，情感虚假神意略无，人走到生命尽处，一如黛玉泪尽宝玉心枯，所谓失玉。那么，人的出路在哪里呢？

（三）此时就有世外高人指点迷津，不是郎生携游石窟，就是道士幻术致梦，遂悟得功名美色都不过一个幻字，幡然醒觉。[2]

（四）于是披发入山或剃度成圣，追求出世间，成就大觉悟，所谓

1　马明奎：《暗夜孤航——红楼梦艺术精神研究》，内蒙古人民出版社2001年版，第302—303页。

2　参见蒲松龄《聊斋志异》"贾奉雉"和"续黄粱"两篇，时代文艺出版社2000年版，第392页和第145页。

历幻。

这一模式完全适应于神瑛侍者与绛珠仙草的木石情缘。在失玉之后的贾宝玉看来，这份情缘的幻灭是家族阻挠造成的，他鄙弃世人陷于爱网尘劳不能自拔，叹恨自己不得不随着家族意志扭动，悟性仅止于八苦。[1] 至香菱产难，伦理作业做到尽头，演来幻去只保持了一副伦理骨架：秩序、身份、诗雅及美乐，本质是盛筵场中人格面具的诗意化和亲情化，一种原儒情怀诗意构图，真实的人还是没有步入，故名之历幻。历幻模式是对存在建构的历史进向的彻底否定，仅止于此，曹雪芹的文化反思并未超过同时代任何一位思想家，甚至不是《红楼梦》的最高水平。

悟道模式。梅新林的学说依旧是四点：

（一）悟道之发生是因为要给沉溺的世人指点迷津，使其免除人生灾祸和痛苦。所以往往通过梦境或幻觉的独特方式将现实和超现实的虚幻世界沟通起来，以实现欲望的虚幻满足，表达欲望满足后的醒悟，"人生如梦"既是模式本身的展开历程，也是最后了悟的人生教训。

（二）悟道的具体内容仍是功名与性爱，也就是"富贵场"与"温柔乡"的双重变奏，而且往往是先娶名门之女后达富贵，两者兼而有之而以前者为基础。最后结果也往往是被谗遭贬，甚至妻亡家破，以功名与性爱一同幻灭的悲剧而告终。

（三）悟道历程也同样须经历"出发—变形—回归"三部曲，构成了一个从哪里来，回到哪里去的循环圆圈。进入虚幻世界总是暂时的，最终还是要从中退回，皈依宗教。

（四）悟道须得某种神秘力量导引或启示，多以宗教僧侣扮演红尘迷津的点化者。[2]

这一表述已臻极致，但关键是这个"道"字，犹如历幻模式那个

1　怨憎会、爱别离、求不得、五阴炽盛，加上生、老、病、死，便是佛家所谓"八苦"。特识。

2　梅新林：《红楼梦哲学精神——石头的生命循环与悲剧指归》，学林出版社 1995 年版，第 101—102 页。

"幻"字，正是胖大和尚拷问的："什么'幻境'！不过是来处来、去处去罢了。我是送还你的玉来的。我且问你：那玉是从哪里来的？"然后笑道："你自己的来路还不知，便来问我！"这有两个要点：一是来处来、去处去的本体，包括大荒山在内整个虚幻不实的存在世界；二是"自己的来路"，所谓"自己的柢里"，即人性本质。悟道是人对于自身悲剧性的把握和面对，一种自我否定式的人性反思。其所来乃大荒山也，其本质乃顽石也。无奇的生命蠢动，并无可悟之道；人性价值又无非是神瑛浇灌、绛珠还泪之情缘，一场情幻而已！贾宝玉那个自我，早已在宝姐姐的床上生子纳福了；情缘与肉体之间人就是一物，阿尼玛者，宝玉谓之"玉"（欲）也，所谓悟道，不就是悟了一个欲字吗？就是人性的真实底里。与情幻相参，凤姐托孤村妪姥姥倒是显示了存在的真意：唯有那份善意和慈心是真价值，是人的真根本。如果说伦理世界是一副道德假面，那么三生情缘亦不过是阿尼玛情结的拟形、人的根本情欲的锦衣绣额。诗酒美乐，镜花水月，到头来空劳牵挂。悟道模式完成了诗意价值的穿越，直面了生命底里。如果说历幻模式是对于存在幻相的勘破，悟道模式就是对于人性本质的领悟。

游仙模式。从甄士隐梦幻识通灵到贾雨村归结红楼梦即游仙模式。梅新林指出："由凡男贾宝玉的上游太虚幻境，下居大观园，既是一种阴阳交合，同时也是一种母体复归。"[1] 思凡模式终止于顽石心性痛到极处，历幻模式终止于木石情缘幻灭之时；如果说悟道模式是饮宴生涯的醒悟，游仙模式就是人生实践的最后归宿，所谓归根复命。梅新林讲，"东西合一""上下分化"同步展开，使中国神话"最后终于形成了天上仙宫、凡间仙窟与海外仙岛三维时空结构的仙界体系"。游仙精神有两种不同的追求："一是重在肉体长生与感官享乐的'形'游，一是重在精神超越的'神'之游。"[2]

1　梅新林：《红楼梦哲学精神——石头的生命循环与悲剧指归》，学林出版社 1995 年版，第 178 页。

2　梅新林：《红楼梦哲学精神——石头的生命循环与悲剧指归》，学林出版社 1995 年版，第 160 页。

在我看来，悟道是游仙的前提，游仙是悟道后的终极选择，事实上"形游"与"神游"在贾宝玉这里是同一的。他既悟彻伦理世界之虚假，亦悟出三生情缘之空幻，关键处在于悟彻人性本质的无可救药：那些经历了败灭死亡的人们，犹自贪恋情色利势，奔竞补天济世，蠢猪泥狗而已。典型人物就是甄宝玉。从"恣情任性"的诗意方式回到经邦济世的人生老路，再下去就是政、赦、琏、珍，贤妻美妾，齐家治国，就像鲁迅笔下的那只苍蝇：飞了一圈又回落到起点上。所谓"甄宝玉送玉"，送来的不过是言忠言孝的"金经玉典"，贾宝玉呼作"禄蠹的旧套"。所以愤嫉之至："我想来有了他，我竟要连我这个相貌都不要了！"再如胖大和尚索银，贾宝玉决意把通灵宝玉还他，这是彻底否定人的存在的"情极之毒"。贾宝玉不仅看透世界，尤其看透人本身，贾宝玉的"游"是大千世界芸芸众生间的逍遥，与形游神游没有关系。贾宝玉既不是向往仙乡，也没有欲望冲动，形游神游只是一种捉形拟意，本意却是和光同尘，与世委蛇，拔尘绝俗，与道共济。贾宝玉的"逍遥游"不仅是了悟了仙乡之无有、伦理之必坏，而且是正视了人的荒谬无奇。

全部叙述进程提交了这样的结构意向：从思凡到历幻是核心意象向历史题材，亦即人性欲望向着诗酒美乐的诗化人生的无限趋近；从悟道到游仙则是两者的分离，即情的方式不再能概括和解释所面对的生存和情感事实，他真正体悟了天理人情，然后才意识到归宿及本质的问题，正如李劼所谓"泪尽石醒，人去园空"[1]。灵性诗意与伦理存在的分裂导致人裹挟于一种凶险叵测的欲求冲动向着价值世界的暗昧飞奔，这就是存在的真实。贾宝玉有了如此清醒的理解之后，逍遥就变成悲怜和告别，这就是盛筵意象的第三个旨趣——

1　李劼：《历史文化的全息图像——论〈红楼梦〉》，东方出版中心 1995 年版，第134—135 页。

三、兼美理想

盛筵意象隐喻天人合一的兼美理想，灵性诗意与人性本质的断裂又显示了天人分裂的历史进向。大荒山是盛筵的本体性呈示，空间阴影的原型延展，所谓"太初之母"（primordial mother）或"大地之母"（earth mother），"象征着生育、温暖、保护、丰饶、生长、富足"。[1]窃以为它就是母腹，即"玄牝"。思凡模式的本质就是性模式，女娲炼石即生殖劳作，价值变体即神瑛浇灌。太虚幻境是盛筵的完形，是与性模式衔接的少女原型，梅氏以为它"象征着精神的实现与满足"，"代表美的极致，一切欲望的满足，英雄在两个世界（按指幻想与现实）中追求的福祉目标。在睡眠的深渊里，她是母亲、姊妹、情人和新娘……她是圆满承诺的化身"。[2]的是确论，然犹未足。我以为它就是一个大子宫，既是"玄牝之门"流逸出来的人性趣向，又是天道本体性向伦理实践性建构的价值取向，一种历史进向。大荒山向太虚幻境的推演必然走向与大观园和贾府的连接，乃是母腹与女体乃至完整生命的禅替和幻变。问题是，进入太虚幻境，母腹原型就促逼为伦理秩序和道德假面构拟的金玉良缘，在时间阴影笼罩的巨大心理版图上，它与少女原型幻演的木石前盟及浇灌情缘一起，作为人的存在建构和价值追求，诗意化为大观园的诗酒美乐亦即兼美图景，本质上是一种礼乐教化、天伦之乐，与伦理家族的种属认同和角色象征根本一致，因而最终回归为礼，结果是花落人亡，情礼两休，天人分裂。

原儒经义中是有着烂漫天真的人性价值的，虽然讲克己复礼、敬天应命，但根底不离人性，与后世理学的纲常伦理化并不相同。从文本看，太虚幻境与大荒山也是游离的：女娲炼石的历史意向在于补天，但是充满荒蛮的道家气息；警幻仙姑则旨在警情，其意淫言说也真性不

1　梅新林：《红楼梦哲学精神——石头的生命循环与悲剧指归》，学林出版社 1995 年版，第 178 页。

2　温儒敏编：《中西比较文学论集》，北京大学出版社 1988 年版，第 117 页。

昧，却是儒家韵致。两者在思凡与历幻阶段是和洽如一的。但是补天意向进入伦理实践就变成贾宝玉的鄙弃功名"拒绝生产"；而警情旨趣进入大观园的还泪情缘，又变成怡红公子的空劳牵挂、痴心不改。贾宝玉"在两个层面上扬弃和剥离了生存的欲望基础，一个是历史层面上的建功立业，一个是生命层面上的传宗接代"[1]。从"情不情"到"情极之毒"，从拒绝伦理到勘破情缘，贾宝玉多次发出死亡呼唤之后就对人及存在俱做出了否定，在价值意向与历史进向之间，情的连接就完全断裂了。情既为幻，人亦非人，兼美变得无趣，存在就完全虚脱，贾宝玉回复为顽石就是《红楼梦》的最后结局。究其实，盛筵的文化内部逻辑决定了人物的命运，萨特所谓存在决定本质。

饮宴在进入整体象征后提升为太虚幻境，以之为核心意象组织叙述从而建构《红楼梦》的文本，演绎中国文化的根本命脉。换言之，太虚幻境的盛筵就是中国文化的一个浓缩。余英时讲，曹雪芹"创造了一片理想中的净土，但他深刻地意识到这片净土其实并不能真正和肮脏的现实世界脱离关系。不但不能脱离关系，这两个世界并且是永远密切地纠缠在一起的。任何企图把这两个世界截然分开并对它们作个别的、孤立的了解，都无法把握到《红楼梦》的内在完整性"[2]。显然是从两个世界的哲学文化关联上说的；如果从叙述看，不仅盛筵意象本身包含了价值趣向与历史进向分裂的逻辑必然，而且是从核心意象与客观题材的互相结构中演示这种分裂趋向。太虚幻境与大观园及贾府并不是两个并列的历史空间，而是叙述的两个逻辑阶段：前者是后者的价值轴心，一种意象化概括，是逻辑上位。文本显示最早的太虚幻境是对于贾府世界的整体观照，是大观园的影像，换言之，贾府及大观园是依照太虚幻境的逻辑结构和世俗关联建构起来的。到第五十四回，达到和谐统一的极致，嗣后就渐渐发生断裂：抄检大观园是两个世界终于不再和谐的明证，黛玉魂归与宝钗成婚就最后地撕裂了两个世界的亲情同一和诗意融渗，一

---

1 李劼：《历史文化的全息图像——论〈红楼梦〉》，东方出版中心1995年版，第123页。
2 胡文彬、周雷编：《海外红学论集》，上海古籍出版社1982年版，第36页。

个世界被另一个世界剪灭了，这是从横向时段来看；如果从纵向结构去看，太虚幻境矗立于大荒山下，与大观园和贾府神意连属，搭建起伦理殿堂的尖顶，乃是《红楼梦》的灵魂栖地。贾府就是一座庭院，大观园是殿堂，盛筵的现在时，太虚幻境是图腾和徽章。呼应着贾府的饮宴生涯，太虚幻境成为整个伦理世界的聚形摄魄，神意隐约于大观园的诗酒美乐之间，消长于贾府兴衰之际，成为《红楼梦》中人性闪烁的暗夜星辰，成为搭建于天人之间的虹桥。大观园毁灭于钗、黛分离之时，太虚幻境的光影幻现至鸳鸯归尽，惜春和紫鹃是最后的看守者。盛筵意象就是太虚幻境，就是贾府伦理世界的豪华宴饮，也就是大荒山世界笼罩着的人的存在闹剧。恰如甲戌本凡例赋诗所云：

> 浮生着甚苦奔忙，
>
> 盛席华筵终散场。
>
> 悲喜千般同幻渺，
>
> 古今一梦尽荒唐……

剩下的就是那个"情"字：情之于礼，毕竟存在着个体性与族属性的区别。正是在这里我们认证了盛筵意象概括中国文化的本体性功能。中国文化是一种情文化，是盛筵的扩展，一场天地人神共和的大仪典、大梦境，呼吸氤氲间，人的真性存焉，存在实相存焉。遗憾的是人没有从这场旷日持久的宴席中走出来，走到阳光地带，我们还在诗意与现实、历史与价值、个体与群体的梦影中醉睡。曹雪芹最早在 18 世纪初的峭寒岁月就走出来了，成为孤独者，一个无情之人。可是他已明白，《红楼梦》之幻岂止三生情缘、五世圣泽，它是雪白梅红，是整个中华。周汝昌的"文采风流"，谁又能坚守之？

第二章 大荒山：神话故事体系论略

第一节
大荒山世界的民间立场

一、从女娲到刘姥姥

大荒山并不是一个时空概念，而是语义界域，一个叙述立场和心理阈限。从语义看，大荒山是一个道体性境相，一种超时空意绪。牛顿在《自然哲学之数学原理》中讲："绝对的、真实的、数学的时间……与任何外界事物无关地、均匀地流逝。"这是一种抽象的、逻辑整理出来的物理时间，显现着等量均分匀速向前的特性。但它与存在的感觉不相宜："当物体的速度接近光速时，它不适用；在大质量、高引力场，包括黑洞的情况下，它也不适用；它也不适用于牵涉到原子和亚原子粒子的极小尺度上。"[1] 言及宇宙创诞、人类发祥，这个时间观念就更成问题。康德研究宇宙是否时间上有开端、空间上有极限之后，"他称这些问题为纯粹理性的二律背反（也就是矛盾）。因为他感到存在同样令人信服的论据，来证明宇宙有开端的正命题，以及宇宙已经存在无限久的反命题。正命题的论证是：如果宇宙没有开端，则任何事件之前必有无限的时间。他认为这是荒谬的。反命题的论证是：如果宇宙有开端，在它之前必有无限的时间，为何宇宙必须在某一个特定的时刻开始呢？"[2] 所以

---

1 ［英］彼得·柯文尼、罗杰·海菲尔德：《时间之箭——揭开时间最大奥秘之科学旅程》，江涛、向守平译，湖南科学技术出版社 1995 年版，第 9 页。

2 ［英］史蒂芬·霍金：《时间简史——从大爆炸到黑洞》，许明贤、吴忠超译，湖南科学技术出版社 1995 年版，第 18 页。

他认为，时间是人把握宇宙和生命的"内形式"，是一种主观条件。曹雪芹显然没有读过康德，也不是在研究科学意义的宇宙创诞问题；他是把《红楼梦》的语义界域拓展到宇宙创诞之初来探究生命和存在的本质，大概没有问题。在明末清初，曹雪芹不仅会有"万法唯心"的观点，可能直觉到"宇宙的开端并没有物理的必要性"[1]。在一个不变的宇宙中，时间端点必须由宇宙之外的存在物所赋予；大荒山是一种心性幻演，它是变现的，不存在"时间的端点"或"宇宙之外的存在物"；或者说曹雪芹就不是从物理角度来探讨问题的。如果说女娲是最高神祇，她的工作也只是补天而不是创世。茫茫大士、渺渺真人亦未曾教导宇宙创诞或生命起源的知识，只是往来于大荒山与世尘之间偶尔谈及几世几劫的时间概念，如第一回甄士隐午睡梦至太虚幻境，见一僧一道谈玄论道：

> 你我不必同行，就此分手，各干营生去罢，三劫后我在北邙山等你，会齐了，同往太虚幻境销号。

这里的"劫"就不是物理时间，而是道体演化的概念。社科院专家本："劫——佛家用语。梵文音译'劫波'之略，意为'远大时节'。佛教认为，世界有周期性的生灭过程，它经历若干千万年之后，就要毁灭一次，重新开始，此一周期称为一'劫'。每'劫'中还包括'成''住''坏''空'四个阶段。到'坏劫'时，有水、火、风三灾出现，世界便归于毁灭，故后人又将'劫'引伸作灾难解，如后文'劫终之日''生关死劫'等。"[2]可知曹雪芹体悟生命和世界的本源时把时间与空间及生命存在联系起来，印证了霍金的观点："时间不能完全脱离和独立于空间，而必须和空间结合在一起，形成所谓的空间—时间的客

1　[英]史蒂芬·霍金：《时间简史——从大爆炸到黑洞》，许明贤、吴忠超译，湖南科学技术出版社 1995 年版，第 19 页。

2　曹雪芹、高鹗：《红楼梦》，人民文学出版社 1987 年版，第 3—4 页脚注③。中国艺术研究院、红楼梦研究所校注。

体。"[1]换言之，《红楼梦》在表述人的生命存在时，大荒山是曹雪芹依托的一个哲学文化背景，一个叙述起点，一个讲故事的意义界阈，用心不止于醉余睡醒解闷消愁之际"把此一玩"，更不会是歌颂"大贤大忠、理朝廷、治风俗的善政"，而是从"无极太极之轮转、色空之相生、四季之随行"[2]的宇宙视域来体悟，乃有这样的阐释可能："石头是人、是心、是性、是天、是明德。"[3]

《山海经·大荒西经》："大荒之中有山名曰大荒之山。"地理学家讲《山海经》"基本上是一部反映当时真实知识的地理书"[4]。脂批却提示：大荒，荒唐也；无稽，无稽也。并强调"补天济世勿认真用常言"[5]。也就是说大荒山笔涉虚拟，旨在言外，根本不必作物理时空或现实地域解。《淮南子·览冥训》《列子·汤问》均有女娲补天的记载，是"幻中言幻"[6]的中华神话，是"不但作者不知，抄者不知，并阅者也不知"的道性拟义和语义域界。但它是一个叙述起点；从宇宙说起，与从贾府说起是很不相同的语义范围。从贾府说起就是社会题材，就是经济政治伦理道德；放置到大荒山从女娲炼石说起，就是宇宙义域之下超越社会历史经验的哲学文化反思，从而规定了《红楼梦》文本释读的权限：可以说哪些话，可以在怎样的意义上去说，我们可能或已经离开语境规约有多远。董小英讲"中国人之所以在小说一开始谈天说地，有一个重要的叙述意图，就是说明事物的最根本的来源，说明这些事物的'征兆'"。她就是举《红楼梦》的例子："有诗为证：'欲知目下兴衰

1　[英] 史蒂芬·霍金：《时间简史——从大爆炸到黑洞》，许明贤、吴忠超译，湖南科学技术出版社 1995 年版，第 31 页。

2　[美] 浦安迪编释：《红楼梦批语偏全》，北京大学出版社 2003 年版，第 3 页。第一回 "上书四字，乃是 '太虚幻境'。两边又有一副对联" 处批语，《戚蓼生序钞本石头记》，台湾广文书局 1977 年版。

3　[美] 浦安迪编释：《红楼梦批语偏全》，北京大学出版社 2003 年版，第 7 页。张新之妙复轩评本，《评注金玉缘》，台湾凤凰出版社 1974 年版，总评。

4　中国《山海经》学术讨论会编辑：《山海经新探》，四川省社会科学院出版社 1986 年版，第 13 页。

5　甲戌本《脂砚斋重评石头记》第一回夹批。

6　[美] 浦安迪编释：(红楼梦批语偏全)，北京大学出版社 2003 年版，第 3 页。第一回："那僧便说已到幻境" 处批语，《蒙古王府本石头记》，书目文献出版社 1986 年版。

兆，须问旁观冷眼人。'"[1]董小英是说到点子上的，大荒山世界把《红楼梦》的语义拓展到无始劫以来、无尽藏之际，将心理阈限成就为一种叙述立场。

从叙述看，曹雪芹持一种远离权势摒弃名流的民间立场，所谓"从千里之外，芥豆之微，小小一个人家说来"，从茫茫大士、渺渺真人与刘姥姥之间建构起某种神性关联。王熙凤就说："一则借借你的寿；二则你们是庄家人，不怕你恼，到底贫苦些，你贫苦人起个名字，只怕压的住他。"贵族口吻中的民间是一种历史感和宇宙感，贾母所谓"积古"，一种联结着贫穷和苦难的真纯无碍，能够在最深广最澄明的视野"旁观冷眼"从而获得神意。当然这是中国文化的观念：神圣与贫穷和苦难，而不是与高贵和豪阔相关联。毛主席说过："卑贱者最聪明，高贵者最愚蠢"，就是讲贫穷之神圣、卑贱之清醒。"身后有余忘缩手，眼前无路想回头。"曹雪芹经历过从豪华入贫贱、"翻过筋斗来的"苦难，因而能够在生命的真心处和世界的穷尽处感知存在，理解人生。所谓大荒山无稽崖青埂峰，就是由繁华入寂寥所体验的宇宙空茫和生命赤裸，一种实在着、消磨着的生命境界和存在境相。

从心理看，大荒山是一个巨大无遮的心理阴影，凝结了古老民族艰辛劳作的记忆及天塌地倾的忧思，即终极绝对处。从女娲到刘姥姥，正是"太初之母"（primordial mother）向"大地之母"（earth mother）的让渡和蜕变，作为原型，它"象征着生育、温暖、保护、丰饶、生长、富足"，也隐喻死亡、凄凉、无助、贫寒、衰朽、无奈，与普通民众息息相关。曹雪芹经历过抄家败灭，那种大地母亲的依恋和人之于世的凄凉惨痛隐然于心：曾经的矜持和尊贵已西风瘦马，古道颠连。鲁迅先生慨叹："心事浩茫连广宇，于无声处听惊雷。"《红楼梦》只有叹息，没有惊雷，但是从芥豆之微到浩茫广宇，曹雪芹不仅走出体制和权势，走出主流话语，而且实现心理整合：只有在大地母亲化育生命的发祥处与渺

---

1 曹雪芹、高鹗：《红楼梦》，人民文学出版社 1987 年版，第 21 页。

渺茫茫归彼大荒的人生穷尽处，才能找到"事物的最根本的来源"。有人说"翻遍中国的古代典籍，也还是找不到一个创造了宇宙与人类的万能之神，以及一以贯之的群神网络。也找不到这样一个神系中的主神，多次干预并指导人类生活的明确记载。"[1] 他好像是在说他方异国。如此悠久的文明怎么能没有一个最高神祇及其群神网络呢？盘古和女娲且不说，作为概念体系，包括神话在内，中国历史文献的"群神网络"不仅具备而且深远：最高神祇不在世外，而在内心；天理良知、赤子之心、礼义廉耻乃至天命观点，绵延不绝的儒道学说和普世伦理无不是面向神圣的灵魂操作。连五脏六腑都有神识主宰。"在神话社会化的过程中，神话中伦理观念的因素也不断增强"，"神话的历史化正是这样与神话的伦理化互相关联着"。[2] 所谓伦理化，它就是神意化，就是"举头三尺有神灵"，神话、神灵、神祇同一于日用伦常。"藏性随缘，从真起妄"，"如是扰乱。相待生劳。劳久发尘。自相浑浊。由是引起尘劳烦恼……故有风轮执持世界"[3]，可知宇宙生成都是藏性走向心识的人性过程，正所谓"藏性随染缘而生起山河大地"[4]，并非上帝制造。所以，顽石"不觉打动凡心，也想要到人间去享一享这荣华富贵"。茫茫大士、渺渺真人叹道："此亦静极思动，无中生有之数也。"所谓藏性随缘而染，有神意氤氲而成生命境界，显现为浩瀚虚空意绪向无始劫时间意向的濡染和融入，从"最根本的来源"看，藏性就是万物之根、生命之源，道家叫作"无中生有"，又是心理域限的。

二、民间叙事和天道意识

民间叙事相对于"大贤大忠、理朝廷、治风俗的善政"这样的主流

---

1 谢选骏：《神话与民族精神》，山东文艺出版社 1986 年版，第 165 页。

2 谢选骏：《神话与民族精神》，山东文艺出版社 1986 年版，第 213—214 页。

3 宣化上人：《大佛顶首楞严经浅释》，上海佛学书局印行，1992 年，第 377—384 页。

4 宣化上人：《大佛顶首楞严经浅释》，上海佛学书局印行，1992 年，第 377 页。

叙事，旨在天道意识。大荒山是时空合一、心物不二的境界，所谓道体演化的实相，亦即终极绝对的存在，在四个维度上展开。

第一维度是道体演化的空间性意向。诸如几世几劫生灭有无的变现，镜花水月梦幻真假的存在，山河大地时令节气的灵征异兆，都融渗到《红楼梦》叙事全域，神意隐然又荒诞不经，根本特点是时空合一。韩少功说："中国人是最有时间观念的，世界上没有哪一个民族有如此庞大和浩繁的史学，对史实的记载可以精确和详细到每一年、每一个月，甚至每一天。但另一方面，中国人又是最没有时间观念的。"举证是"中文没有时态，没有过去时、现在时、将来时的差别"[1]。韩少功所谓"另一方面"的理解是浮表的。中国人的时间观念是以空间存在为前提，最初就联系着价值考量，至少在孔子的时代就超越了物理时间观念。"子在川上曰：逝者如斯夫！不舍昼夜。"孔夫子不仅感叹时间等分匀速流水一般逝去，更重要的是人之于天地间的存在，是生命和历史在天道运演中的空间变现和价值意义。"子在川上"是空间占位。佛家的三界六道就不是纯粹空间概念，色界和无色界就与欲界不同，亦即三界生命在同一物理时间的生命形式和空间形态各不相同。逝者如斯，昼夜与俱，生命之河沿着天道的河床浩浩汤汤，无可遏止。"子在川上曰"是人与时间对话，是面对浩茫宇宙时的无边怀想，而世界远不止海德格尔的天、地、神、人四维，而是本体排斥等分计量，无限回归空幻实相。《楞伽经》讲："非种种幻相计著相似，一切法如幻。"南怀瑾释之："执着现象界的种种幻相，不能认为是一种相似性的幻。因为身心内外与宇宙间一切现象，都是不实的，并没有绝对性的存在。"[2] 现象界的事物幻化生灭，快速如闪电，都是"自心的现量"[3]，时间性的涌现不可作皮相观。因此《红楼梦》的艺术生成不是先有贾府后有大观园，然后有太虚幻境、大荒山这样一个物理进程；而是相反，顽石通灵然后

1　韩少功：《马桥词典》，作家出版社 2009 年版，第 220 页。

2　南怀瑾：《楞伽大义今释》，复旦大学出版社 2001 年版，第 171—172 页。

3　南怀瑾：《楞伽大义今释》，复旦大学出版社 2001 年版，第 169 页。

被弃，一种空间性境遇，感召幻境结缘时间停顿，乃有大观园及贾府的世间存在。心识变现为空间，于幻相构拟中呈现生命的节奏和进程，所谓"妄念尘心分立同异、自相扰乱、尘劳既积乃成世界"，既是生命与存在同一，时空共振、神人共和的洪荒之流，更是梦幻真假生命变现的潮汐之岸。

> 尚窥之中大如屋。伏身入，则光明洞彻，宽若厅堂；几案床榻，无物不有。居其内，殊无闷苦。道士入府，与王对弈。望惠哥至，阳以袍袖拂尘，惠哥已纳袖中，而他人不之睹也。尚方独坐凝想时，忽有美人自檐间堕，视之惠哥也。[1]

这是《聊斋志异》中巩仙为尚秀才创设的"袖里乾坤"：尚秀才从窥袖到入居是第一时段，道士与鲁王对弈纳惠哥入袖是第二时段，秀才独坐惠哥堕檐是第三时段。袍袖内—鲁王府—秀才家，三个空间以道士与鲁王对弈为漂移轴，呈现了道体衍入心识从而漂移演化，变现为山河大地民情风俗的进程。"有天地、有日月，可以娶妻生子，而又无催科之苦，人事之烦……"[2]道体流行，衍化为世俗生存，生命和存在刹那变现，时间与价值亦此亦彼，无所谓现在时、过去时或将来时，终极也好，绝对也罢，既不可数理把握，就必然回归现象体悟，回向神意领承，此所谓民间观点。

民间趣向指涉广泛的世俗认同：荣、宁二府盛极而衰的变迁，太虚幻境生灭有无的变现，大观园的镜花水月梦幻真假，乃至贾府的时令节气灵征异兆，诸如海棠冬月开花，祠堂夜闻鬼叹，乃至婚丧嫁娶、礼仪往来、饮宴庆典、利势往来乃至吉凶祸福、进退穷通、世态炎凉等宿命性体悟，都是大荒山的哲学文化命义。司马牛忧曰："人皆有兄弟，我独亡。"子夏曰："商闻之矣：死生有命，富贵在天。君子敬而无失，与人恭而有礼。四海之内皆兄弟也。君子何患乎无兄弟也。"[3]子夏的意思

---

1 蒲松龄：《聊斋志异·巩仙》，岳麓书社 1988 年版，第 281 页。

2 蒲松龄：《聊斋志异·巩仙》，岳麓书社 1988 年版，第 283 页。

3 杨伯峻译：《白话四书》，岳麓书社 1989 年版，第 341 页。

是，命在孤弱，又何必"独亡"之叹？死生、富贵、个体、群伦……人不能拷问天命。那么人该怎样呢？就是一个"礼"字。"恭而有礼"的伦理操行必然获致"四海之内皆兄弟也"的群伦状态，寿夭，穷通，吉凶，祸福，虽非人力，亦有可为。所谓"不舍昼夜"，就是追逐着时间之流，任运自在，与道相随，运用之妙存乎一心。

这并不意味着中国人唯天命是从，苟且委蛇如宋儒教诲的"存天理，灭人欲"。人固然要敬畏天命，但不是崇奉上帝祷告忏悔，畏于终极绝对而不能稍有越限。而是大道播演之神意内化为人的道德担当：礼的操守。佛家讲观心守一、念兹在兹。可是守的或念的是什么？即使"白骨观"[1]或"丹田守"也是以礼（世法）为前提的；这个"礼"不只是行为规范，尤其是一种穿越世尘、约束身心、担当世俗、敬沐神性的生命操作。"朝闻道，夕死可矣！"孔子没有说这个道就是本体神性，但人可以在道德实践中体知。礼的操守主要是内心及灵魂的看守，"包括了天道与人道"，形而上与形而下[2]，最终落实到人的行为："据于德，依于仁"，在为人处世和内心修养两个方面持守不随。南怀瑾先生讲："一个人如果真正立志于修道，这个'修道'不是出家当和尚、当神仙的道，而是儒家那个'道'，就是以出世离尘的精神做入世救人的事业。"[3]也就是超越以礼待物，从生命实相参究起始，进入参赞造化的道性追求：

> 讲宇宙的现象，整个的物质世界属于"地大"；人身上的骨肉等固体的体质也属于"地大"。"水大"指宇宙间的水蒸气、海洋、河川、冰山，都是"水大"；人身上的唾液、汗水、血液、荷尔蒙等也是"水大"。"火大"则指热能。至于"风大"，物理世界就是大气流；在人身则指呼吸而言。归纳起来就是四大，宇宙、人身不

1　白骨观是佛家观心守意方法之一，即从想象人身百骸脱失肉血而成骷髅始，达到尽观五脏六腑的内视能力。

2　南怀瑾：《论语别裁·上》，复旦大学出版社1990年版，第318页。

3　南怀瑾：《论语别裁·上》，复旦大学出版社1990年版，第179页。

外乎这四大类。[1]

这里构建了身体与宇宙之间的道体同质关系。转言之，身体虽是缘性和合、由形体肢节拼成的一个假我，但人的存在就是以此为根基，"穷究那个生命的根本，和宇宙那个生命同体的，那个根本的东西"[2]。唯其如此，人才能遵行大道无所滞碍，服膺天命无所畏惧，大限临头时能顺天应命，吉凶、祸福、命运、机缘随心应化：所谓"假于异物，托于同体；忘其肝胆，遗其耳目；反复终始，不知端倪；芒然彷徨乎尘垢之外，逍遥乎无为之业"[3]。正是大荒山的民间观点及价值旨趣了。那么礼与情、情与道就不再是对立关系；礼的操守、情的怀想及尘间事业就裹挟于大化洪流，任运自在，无所愧憾。

三、大荒山的时间体验

第二维度是道性流转的时间体验。贾府和大观园的时间体验是从侯门公府的空间拓展中影现民间旨趣而获得的：刘姥姥的乡野，袭人姊妹的美艳，天齐庙张道士的疗妒汤以及平安州的匪盗、江西粮道的凶险。《红楼梦》旨在建立一种从公府到民间的联系，往来照应，皴染渗透，从而以一种民间的宿命观点来呈示天意、映现天道，在不断预示贾府结局的谶纬进程中排演人物的命运，并且指涉天时气候、生日庆典以及吉凶之兆。我们几乎获得这样的认知：天道即民间，民间即存在。

> 却说那女娲氏炼石补天之时，于大荒山无稽崖炼成高十二丈、见方二十四丈大的顽石三万六千五百零一块，那娲皇只用了三万六千五百块，单单剩下一块未用，弃在青埂峰下。谁知此石自经锻炼之后，灵性已通，自去自来，可大可小；因见众石俱得补天，独自己无才，不得入选，遂自怨自愧，日夜悲哀。

1 南怀瑾：《论语别裁·下》，复旦大学出版社 1990 年版，第 546 页。
2 南怀瑾：《论语别裁·下》，复旦大学出版社 1990 年版，第 547 页。
3 曹础基：《庄子浅注·大宗师》，中华书局 1982 年版，第 104 页。

此大荒山叙事之缘起，指涉：（1）空间，大荒山无稽崖青埂峰；（2）时间，女娲炼石补天时；（3）品格，女娲作为神祇；（4）世相，通灵顽石代表人性。摄持四个时段：（1）女娲炼石弃石；（2）茫茫大士、渺渺真人携石幻境投胎入世；（3）"又不知过了几世几劫"，空空道人与灵石对话，抄传《情僧录》；（4）曹雪芹"披阅十载，增删五次，纂成目录，分出章回"。四个时段以石头串联，呈现顽石通灵，幻变为神瑛侍者及甄、贾二玉，最后回归大荒山的全部人生经历。这是道体衍化为世间存在的时间进程，也是诗性幻逝归根复命的价值进程。就天道言，它是周流不息自在无为的大化之作；就宿命言，又是天之遗悦幻演人形进入历史，从贪恋到空茫的人性播演。天道与宿命之间，人的存在意向转化为宿命领承从而与天道自然相与俱去。何为天道？什么是宿命？就是时间运化过程中那个本体神性提交给人的某种机缘。唯女娲炼石，"只用了三万六千五百块，单单剩下一块未用，弃在青埂峰下"的机缘，乃有顽石通灵、感奋天意而入世这一段世间传奇。贾府叙事是其中的一段，重点是神瑛落草到绛珠离世，亦即木石因缘的在世幻演，其世俗价值在于天道自然的体悟和自我宿命的把握，但首先是一种时间性把持。全部《红楼梦》叙事婉转于自然时令不断推移的进程中，春风夏雨冬雪秋霜，隐喻着天道容与、家族盛衰乃至人之于世无可规避的悲剧性和宿命感。开篇写贾雨村寄居葫芦庙，只是甄府的一介常造之客。中秋节诗酒成就了他与甄士隐及娇杏的不同心理关系和世间存在状况。甄士隐与娇杏都是贾雨村的知己：一个是真知，着意相助或不免义利之嫌；一个是谬托，两次回头其实与眷顾无关。中秋节成为宿命和天意的演播现场：真知己却相昧至深，仙凡异路不啻云泥。第一百零三回知机县急流津贾雨村遇故，本是他急流勇退之机缘，可他不遑顾念当年的恩遇，竟仓皇自去，所谓"昧真禅"。相反，谬托之情却成就了深契之缘：娇杏居然莫名其妙做了贾雨村夫人！我们不禁要问：那个天道和天意究竟是什么呢？

中天明月，阴晴圆缺，玩之有味，悟却不逮。领承着古久而深刻、穷通却无聊的荒谬感，不觉回肠荡气：天道流转非时间之箭的线性流逝，而有神意存焉。"吾未知其名，字之曰道。吾强为之名曰大，大曰逝，逝曰远，远曰反。"人是无法把握天道的，只能领承宿命：一个价值幻灭过程，一种时间经验的悲剧必然性。大荒山即道体之域，谓之大，是无始劫以来、无穷际以尽的本体性时空。太虚幻境则道体进入价值，所谓"逝"，是时间为机缘的性体世界；幻境诸钗感召宿命，在特定时间挂号结缘下凡入世，所谓机缘。"逝曰远"相应于大观园的枯荣，其温柔繁华及诗意亲情应和着雪白花红的时间之流，幻演着伤春惜时、镜花水月的尘间悲情。"远曰反"即盛筵聚散：起始于中秋，结束于冬末，贾府经历了元宵、中秋、除夕，时令的推移昭示天道的不可抗逆，宿命的降临演示着价值幻灭、心意流失的悲憾。岁月之矢引发贾宝玉对于时间的思考：女儿变老变丑，姐妹出嫁离散，生老病死，存在空茫……都随着时间推移而层层深入。与之相应的是黛玉的薄命之思，探春的家运之叹，王熙凤的寿夭穷通，乃至刘姥姥的四进四出，都是牵系着时间焦虑的人对于天道的拷问和怀想。作为《红楼梦》的主体价值群落，诸钗命运同样是在时序的禅替中悲喜变化，终而物是人非，风流云散。时间成为屏幕，映现着蜉游世尘、生生灭灭、令人感慨的梦幻感和宿命性。

四、宇宙时间幻化为意象性人物

第三维度是道体实相的神性品格。《红楼梦》还活泛着一些神性人物：茫茫大士、渺渺真人、甄士隐、贾雨村、刘姥姥。这些神性符号统摄着两拨市井人物：一拨在民间动乱，游走于贾府的男人们，如鲍勇、柳湘莲、冯紫英等；另一拨是进入并栖居贾府的女子，如宝琴、李纹、岫烟、二尤等。他们都是因时而至，乘运而来，既是亲证，亦为烘托。宝琴之流是在大观园容采风华、贾府鼎盛时节赶来捧场的，她们不是幻境女儿，而是市井人物。情榜之论，与太虚幻境的旨趣大相径庭：

"常听人说，金陵极大，怎么只十二个女子？如今单我家里，上上下下，就有几百女孩子呢。"警幻冷笑道："贵省女子固多，不过择其紧要者录之。下边二厨则又次之。余者庸常之辈，则无册可录矣。"

警幻仙姑说得明明白白："余者庸常之辈，则无册可录矣。"又何来三副四副册籍？问题还在于：宝琴以下都是一些食客，是大荒山时间意向的余赘。曹雪芹的民间立场由大雅窥大俗，于大俗处见大雅。送殡可卿时宝玉遇见二丫头等村姑的热切深挚，与秦钟的色情眼光有清晰的区别。而曹雪芹的眼光与贾宝玉尚有不侔：在曹雪芹看来，宝玉赞叹不已的宝琴，食客之极品也；她不像刘姥姥，既不能诗也无论雅，只是来借银子；这位薛宝琴一进贾府就占尽风光，差点抢了薛宝钗的阵地。第六回刘姥姥进府告贷，看到的伦理森严与五十三回祭宗祠薛宝琴看到的庄严肃穆一脉相承，唯刘姥姥惶悚无措，宝琴则世面见得多，静而不语罢了。刘姥姥是四进四出，宝琴姑娘则灵光一现，但在觊觎贾府势焰这一点上，她们如出一辙。直到贾府事败，两人的真意才迥然分别：刘姥姥奔走呼号拯救危难，宝琴则隐而不现。柳湘莲出家，冯紫英售珠，鲍勇先生驾到，都是在贾府运舛命蹇时节，乃至通灵宝玉的丢失、可卿鬼魂的出没，无不成为贾府败运的时间刻度。《红楼梦》以大观园为中心，摄入民间关联，谱写宇宙全图。诸如冷子兴论贾府世系，静虚老尼贿赂王熙凤，乌进孝进贡，薛蟠遇贼，贾赦逼扇，张华亡命，贾政失策江西粮道，乃至刘姥姥救巧姐回归乡野，大观园及贾府无不营卫于现象世界的时间性嘈杂。这些题材的空间性意义并不大，都是盛筵场外的一些物候性掌故，民情风俗映现着本体神性，显现了诗酒生涯和伦理秩序之外的大野风情。从鼎盛走向衰亡，从盛筵走向民间，从闹嚷嚷的势利场走回冷清清的宇宙深处，贾府叙事持存着梦幻离奇的时间意绪。元妃省亲的疲倦缭乱，元宵灯谜的警心不测，中秋闻笛的死亡气息，直到抄家败亡劫后余生，都给人一种宇宙空茫、无收无舍、天荒地老、万劫不复的兴废感和空茫感。不像巴赫金阐释《巨人传》那样的人性张扬和欲望放纵，中国文化的宇宙观点和民间立场是一种存在的荒谬和归宿的倒错，一种时间警觉和道德紧张，一如陈子昂所吟叹的："前不见古人，后不见来者。念天地之悠悠，独怆然而涕下！"

这里不能不重提刘姥姥。如果说甄士隐《好了歌注》是一幅时间流变的存在错乱图谱，具有超越历史、回归终极的神秘性，他本人的遭际就是这一错乱的现实注脚。甄士隐在空间意向上是忽远忽近、忽生忽灭，只有时间上是不变的。换言之，现象世界的物理时空对他是无效的，正像诗书礼仪对于薛蟠是无效的一样。甄士隐所领悟的，既不是秦可卿预见的诸子流散后事不济，也不是王熙凤亲历的事败无策乞求民间，而是伦理的荒谬和不测，存在的凶险和颠倒。《红楼梦》人物唯有甄士隐是纵浪时间之流而生灭无坏，既规避贾雨村荣显的炽焰，又珍重香菱产难的机缘，与时间较量：不是时间赢了他，而是他把握了时间，从而加入了茫茫大士、渺渺真人之流，回归永恒。与他相比，贾雨村是从时间走失的人，他是乘运而来，败兴而归，在时间的圈套里一个跟头又栽回到民间去，可他勠力把控着时间赠予他的一切。他误把时间当空间，身份变幻，仕途浮沉，青眼黑白之间他居然追问："何处修来，在此结庐？此庙何名？庙中共有几人？或欲真修，岂无名山；或欲结缘，何不通衢？"一种空间性好奇。甄士隐就嘲讽他："葫芦尚可安身，何必名山结舍。庙名久隐，断碣犹存。形影相随，何须修募。岂似那'玉在椟中求善价，钗于奁内待时飞'之辈耶？"惜其未悟，当面错过。再次来到急流津觉迷渡口时已然褫籍为民了，才与时间相遇：不是他赢了时间，而是时间捉弄了他。在道体广大空间无限的永恒面前，他那点利势攻伐又算得了什么？只有民间的才是真实的。世俗红尘的时间价值根本无法超越大荒山道体的空间神性，它呈现着中国文化精神中大道通天、我命由我的根本道学旨趣。

就此言，唯刘姥姥是角色与身份、人情与天理、时间与宇宙、存在与自然融集一身的人物。她的全部旅程牵系着贾府的兴衰，是她将神性留驻人间。刘姥姥的生命大于贾府，她的存在高于大观园。刘姥姥不是一首诗，也不是一尊神，她只是来自乡间的穷亲戚、告贷人，但又是一位行脚僧，从贾府化缘，也为贾府种下福田，千辛万苦，春种秋收，既收获瓜果野趣，也播种道德人心。然而她更像一位老秀才，做得起时间的文章，下的是道体功夫。她的神性与大地同在，她的灵性与自然同春，她的精神则弥漫天地，成为末劫临期的公府唯一播洒进来的阳光雨露。这个宇宙因她的存在而成为人的世界。第一百十三回王熙凤病危，冤亲债主缠绕，生死只在一念，直至刘姥姥到来她才心神安定下来。她托付两件事：一是给女儿说媒，二是替自己祷告。在王熙凤的处境下刘姥姥是唯一的真神。与之相比，第一百十六回贾宝玉二游幻境也是生关死劫，恰遇着姊姊妹妹，他喊叫："我迷住在这里，你们快来救我！""忽见那一群女子都变作鬼怪形像，也来追扑。"同样是一种颠倒：村野姥姥成为拯救的神祇，天仙美女回复为妖孽。《红楼梦》告诫人们：真神不在天上，而在民间！

与上帝不同，大荒山的神祇只是一些神性意象，混迹穿行于世间，不在世外高栖。它们宣谕天机，设言预势，参赞造化，引渡痴迷。乃是造化与天机同一，神性与人性浑成，有相而不著于象，有名而不拘于名，超脱于形质之外，幻现于诞妄之中，落拓不羁，喜怒无常，随机婉转，神意隐然，显示着"不生不灭、不增不减、不垢不净"的民间风格和超越姿态。对于世间苦乐，它们只作点化而不施行拯救，不作神圣状，不居庄严相，不恃华严藏，平等而尊重地奉事着微贱贫穷的圣性人生。就真性言即心即佛，与众生不离不弃。刘姥姥正是在这个意义上成为了世间真神：她把天道神意引向民间，于日用伦常间镕铸浩瀚的人间真情。她四进贾府两预奇警，与秦可卿内外呼应前后映照，整体观照着贾府和大观园的盛衰，不虞之时，乘愿而来，迎头赶上，只身急难。刘姥姥的出现与那些怪异、谶言、梦幻、神签包括鬼魂夜叉出没有着本质区别：神意孤持，热肠古道。这是大荒山为贾府埋设的一个神异灵验的道德预警系统，她隐约于时间，成为人心与天意、道德与宿命、人世悲欢与天理伦常之间的一条暗道，保留了血脉沟通神性感应的可能。仅仅从艺术符号或叙述手法去阐释是不够的，刘姥姥是天道运演的图谶，人世变迁的消息，现象世界含蕴的神圣灵迹，是终极神意全息性和超越性的性相表述。

五、曹雪芹的民间身份及文化反思

第四维度是道体延入世相。关于曹雪芹家族和身世的考据须归趋于生命体验和存在反思。可以肯定的有：一、他出生在一个钟鸣鼎食之家、诗礼繁华之族，自幼驱驰于温柔富贵之乡，但是家族败灭了。关键是曹家的衰亡与明清鼎革、与历代封建王朝的覆灭有着完全一致的道德状况和人性原因，就是欲望得不到正常实现，人变得疯狂肆虐，干犯天理，获罪抄家。症结在于严苛的家族制度和峻厉的伦理秩序，它只摆设盛筵，只提交道德面具，不提供人性条件，不允许真实地活着，人只能做客，不能久居。二、曹雪芹应有一段铭心刻骨的爱情悲剧，不仅受到家族的阻挠或者利益掣肘，而且属于宿命意义的不可能。曹雪芹不仅屈心抑志感时伤怀，所谓曾经沧海难为水，一失足成千古恨，而且体验了缘中有因、命里无份、阴差阳错、天不我助的宿命。宝、黛情爱的悲剧至少有四个原因：（一）木石因缘的本意是还泪，而不是百年和合；（二）上下阻挠，人心不济；（三）宝玉失玉，错失良机；（四）心气不足，猜忌误事。在这场爱恋中，曹雪芹不仅看到人性状况的悲惨及家族命运的不挽，而且领略了传统情感模式和人格典范的失落，铭心刻骨遂致失魂落魄。

情感模式和人格典范是曹雪芹怀金悼玉的根本所在，牵系着中国文化的终极理念和最高价值。没有对于传统文化的心领神会，就不会有大伤恸和大悲哀。不仅盛筵排列的公府叙事演绎了家族制度的渐趋败灭，还有花、月、水、石、镜、玉、火、泪等浸染着传统精神和意脉的诗性意象，融渗于题材叙述，渲染着月华中天、盛筵如梦的生命体验和存在意绪，从而参与了核心意象所统摄的诗性建构，但它们属于两个不同的文化符号序列，而不是人性建构：（一）自《山海经》始，老庄、楚辞、陶渊明、魏晋药酒、唐宋传奇至《聊斋志异》，有着洪荒宇宙气息和神秘巫觋特色的道家文化；（二）自乐教始，穿越《诗经》、《礼记》、韩柳，直至王阳明、李贽的儒家文化。二者交织于盛筵，凝结为天地神人相亲共和的大美之境，幻现为大观园的诗酒美乐梦幻人生，构成曹雪芹苦心孤诣的兼美文化拯救方案，所谓情教。钗、黛为代表的大观园人物系谱不仅隐含着存在与诗性、伦理与人性的价值对立，也存在着两类情感模式和人格典范的对峙——它们是诗，是梦，亦是幻，唯独不是真实的人。情爱、家族乃至整个儒家正统，无不演绎着错乱崩溃时节的呼告无门和孤渺无助。曹雪芹眼睁睁看着它走向幻灭，走向无趣，抽思离魂却无力拯救。他只有回到民间，回到荒漠大野。天道是什么？人是什么？人之于世的真正目的和最后归宿究竟是什么？曹雪芹的疑惑处和清醒处都在这里。黛玉一族自天外而来又回归天外而去，实现了道家意趣的真性情；宝钗一族则从大地而来又回归大地而去，扮演了原儒意义的忠臣义士和笃诚君子。然而都出演了悲剧：殊途同归。为什么？回到民间，曹雪芹接受了事实，伦理戕害着人性，家族捆绑着灵魂，人无可救药。漫天风烟，一怀愁绪，人没有归属感。文化导致悲剧，自性溟漠，影绰着存在的烟瘴——

> 我所居兮，青埂之峰。我所游兮，鸿蒙太空。谁与我游兮，吾谁与从。渺渺茫茫兮，归彼大荒。

这就是结论，也就是存在的实相。

六、《红楼梦》民间叙事的四个系统

民间立场生发了《红楼梦》文本建构的四个表意体系。（一）意象象征体系；（二）神话故事体系；（三）影射谶言体系；（四）情节叙事体系。四个体系相应于大荒山、太虚幻境、大观园及贾府四个艺术世界，是曹雪芹时间经验和价值反思的结果。神话故事和情节叙事体系构成《红楼梦》的历史层面，其语义界域扩展到溟漠广大的宇宙中去；意象象征和影射谶言体系则构成诗意层面，价值体验深入到精微要妙的灵魂深处——史以征雅，拷问着天；诗以变骚，表述着人。骚雅并作，乃构成两支文化的运演和分派：领承天道和天意，表述人性和人心。大作成焉。《红楼梦》叙事的成果是两个序列、四个体系的全部失灵：天道神意运演到宝玉出家就再无意趣，只留下曹雪芹的玄夜清泪；人性诗意归结为刘姥姥的急难也走到尽头，只留下行善积德，已近乎乞求。盛筵意象是两者的概括，衍化为时间长河里的洪波巨浪。夕阳西下，人在天涯，归于民间。只有立定民间立场，伫望高天明月，穿透梦幻烟云，曹雪芹才看清：两支文化四个体系只适合抒写悲情，不能确立人的存在。只有刘姥姥，那位皱纹间充满阳光风气的老人，笑微微迎面走来，使他重新理解了贫穷，重估了这个世界曾经给予现又追回的荣耀和梦想。不是叙述技术，而是终极怀想，曹雪芹找到了表述情爱、反思人性的方式，这就是民间叙事。

民间叙事就是指价值观点和表现方法是民间的。叙述不是纯形式、纯逻辑的客观播演，而是价值建构。站在民间立场与名流或权势立场的叙述完全不同的。一是以民间的眼光打量着世界和对象，从怪异中演绎神圣，从荒诞中表现庄严，或者相反，从神圣中演绎怪异，从庄严中表现荒诞，乃是一种非伦理超价值态度。二是运用民间素材和方法建构独特的表意体系，市井风情和民俗节目都渗入贵族庭院伦理中心，形成题材叙述的传奇性和风俗化。三是根本人民立场。四是广大宇宙义域。值得回味的是：《红楼梦》的民间立场包含贵族立场，反过来是不行的。那些站在贵族立场对刘姥姥的贬损和污辱，就是从曹雪芹的历史高度的堕落，那种鷃鸡似的世眼比贾芸更艳羡贾宝玉的贤妻美妾，她们的价值理念大似贾雨村。事实上，《红楼梦》叙事从辽阔雄浑的民间视野穿越两支文化的烟波浩淼，一直目送着它们从天际消失……民间叙事体现了对于贵族心态的反观，显示着宽容而悲悯的价值情怀。它表明曹雪芹是从贵族走过来的，回落民间后有了对于苦难和人性的深度体验，而不再是矜持作怪，一如三宣牙牌令时的正副小姐们。曹雪芹的整个生命发生了变化，叙事的气度和容量也就不同了。从贵族立场到民间立场的转变，是曹雪芹骚雅并作、超拔庸凡，获致天人境界的根本原因。

四个体系摄于核心意象太虚幻境，一场天国盛筵——大象无形，乃是曹雪芹民间叙事的神意所在，也是四个模式的抽象概括。它散见于《红楼梦》一百二十回文本的 44 次宴饮集会，又是统摄万端涵盖一切的总意象，两者如万川映月。这场天国盛筵笼罩着大观园和贾府的全部诗酒生涯，但它不是孤零意象，更没有严格的现实主义依据或浪漫主义原型；它既在题材之中，又在拟形之外。就像灵魂不会出离躯体，太虚幻境在曹雪芹心中蕴蓄既久，隐而不出，只有站在民间立场从民间角度找到盛筵意象的构建理路，方得其玄奥：

> 文字不可能把方方面面都说到，能够做到的只是描述特点，其本质是对所描述形象做不完全叙述，因此在文本中以文字出现的不完全叙述，本身不能构成形象，仅仅是个提示。它需要读者根据文字的提示，根据记忆同时性的原理，补充人的音容笑貌和补充当时场景：时空感觉，也根据格式塔的原理补充序列，给这个形象做自己的填充，让形象活起来，因此形象的很大一部分是由读者自己构制的一个幻觉的形象……[1]

董小英援用的是热奈特，显然受到苏珊·朗格的影响。她也不是讲核心意象的生成原理，但我正是以此与赵宪章先生的核心意象联系起来。对于一个具体的人物，不完全叙述从而构制幻觉形象是重要的；而对于核心意象，作为一种幻觉形象的构制就是至关重要的。具体的人物形象可能只是经验和记忆的浮出，一个核心意象的生成则不仅需要经验，尤其需要整体文化精神以及全部生命体验的反思，需要记忆同时性与格式塔原理的综合。赵老师讲："完形心理学的'形'，又不完全等同于一般意义上的客观物体的表现形态。任何'形'，在完形心理学那里

1　董小英：《叙述学》，社会科学文献出版社 2001 年版，第 53 页。

都是经由主体知觉活动重新组织或建构过的经验中的'整体'。换言之，人们可以将任何一种物理（心理）现象看做一个整体；而只有将研究对象看做一个整体，才能得出科学的结论。"[1] 我的理解是，"心理现象"的整体应该如赵老师所说，"不仅意味着将某一作品看做一个整体，而且还意味着将作品及其'观看'、客体及其主体建构、作品本身及其环境，等等，都看做一个整体，一个过程，一个在各种关系网络中交互作用着的整体"[2]。

将《红楼梦》的核心意象还原为一种整体经验，亦即在记忆同时性的原理上，就是一次次饮宴：它只是描述，不是建构。而在格式塔原理上就大为不同，它至少分两个方面：一是经验中的饮宴作为客体的逻辑结构和文化功能；二是主体"观看"及饮宴的全部文化环境和心理条件。二者在整体观念统摄下建构为一个"过程"，"一个在各种关系网络中交互作用着的整体"，就是民间，就是宇宙，就是兼美。"观看"是赵老师形式美学的要妙之处，有三个要义：一是整体性，二是过程性，三是建构性。这是我将四个表意体系归属于核心意象太虚幻境的学理依据。

曹雪芹"观看"贾府败灭和大观园幻逝，第一个"观看点"就是他感慨而不解的天道和天意。从婚丧嫁娶、礼仪往来、饮宴庆典等日用伦常"观看"到吉凶祸福、命运征兆、谶言幻梦，进而从"妄念尘心、分立同异、自相扰乱、尘劳既积、乃成世界"的时间性，推衍出一个生灭变现、梦幻真假的空间化"过程"，这是意象符号体系的心理来源，说到底就是曹雪芹心灵深处阴影及意象的投射，一些宇宙图谶。

《红楼梦》写实部分进入家族事务和饮宴生涯，是第二个"观看点"。这是人性本质的观看：主要是伦理帘栊道德假面下的人性丑陋和心性恶俗。就像刘姥姥为贾府的豪华壮丽担忧一样，不是杞人忧天，是整体存在的焦虑。整座公府排班列队地饮宴，各种心态诸般意趣的玩

1　赵宪章：《文体与形式》，人民文学出版社 2004 年版，第 129—130 页。

2　赵宪章：《文体与形式》，人民文学出版社 2004 年版，第 133 页。

乐，大观园或荣、宁二府，诗酒美乐吃喝嫖赌，连不劳俗务的林妹妹都感叹说："咱们家里也太花费了。我虽不管事，心里每常闲了，替你们一算计，竟出的多进的少，如今若不省俭，必致后手不接。"宝玉笑道："凭他怎么后手不接，也短不了咱们两个人的。"我们常常义愤填膺地批判封建伦理道德和专制家族观念，却忽略了这两个对立层面的同一性：执持专制权力的主人们与追求个性自由的诗人们共同操作着一个大结局：道德败坏，坐吃山空，后继无人。其荒诞怪异处是：当诗人们将一己的德与才、情与礼、美与乐熔铸于真实的生命成长时，正好接洽了主人们在背后经营的一个人性自然也是历史必然：淫。太虚幻境中宝玉与兼美的意淫，秦氏卧房里可卿与宝玉的淫乐，原本是同一回事。腐败堕落的常常是聪明灵秀者；抛家去国者又是锦绣帷中人。与之相比，猪狗一般的薛蟠，病猫一般的贾环，流氓贾琏，痞子贾芸，都是秃顶的癞疮，除了恶心并无大害，远不致出家离世，把贾府一族放了鸽子。

影射象征体系源自阿尼玛和阿尼姆斯，是第三个"观看点"。传统士大夫的梦想和两种文化的交融，孕育了这样的人格方式及情感模式：于风花雪月间徜徉心性，恣肆才情，诸如竹之于品格，花之于命运，雪之于高雅，月之于情爱，等等。这是情感的精致处，也是传统人格的诗心氤氲处。这是审美观看，曹雪芹却把这份琴心雅性投掷于刘姥姥这样的村妪俗态，形成强烈的心理逆差，在感慨高古至善的同时彰显了风花雪月中的人性匮乏。前面提到过"三宣牙牌令"，是由金鸳鸯主持、王熙凤撺掇、贾母认可的恶作。那些花团锦簇诗酒美雅的正副小姐们，在越剧《红楼梦》中是这样表述："曾记得：菊花赋诗夺魁首，海棠起社斗清新。怡红院里行新令，潇湘馆内论旧文。"她们每个人都附丽于一种名贵的花，诸如林黛玉的风露清愁（芙蓉）、薛宝钗的天香国色（牡丹）、贾探春的日边红杏（杏花）及史湘云的香梦沉酣（海棠）……魏紫姚黄，莺叱燕咤，似乎把屈原以来香草美人的比德乐事和风流雅操做到极致。与之相比，刘姥姥就是一头只管吃不抬头的猪。林黛玉以"携蝗大嚼"来鄙视之，宣示自己的高雅，众小姐则以笑弯腰笑疼了肚子来表达我辈的高妙，可她们只缺一料，就是对于苦难和卑贱的尊重和理解。对于刘姥姥来讲，她们就是一些欺凌者，一些有毒的草。这是阶级对立吗？是，绝对的阶级对立，绝对没有博爱和平等。博爱和平等，同情和怜悯，只是一领锦袍！相反，刘姥姥倒是知天认命自得其乐，因为有目的在：想打人家的秋风。一些学者据此指认为老奸巨猾功利目的，有人还要研究刘姥姥的公关艺术。我们看到：与这些学者比较，曹雪芹似乎更具同情心和理解力。以此，荣格的阿尼玛和阿尼姆斯情结在《红楼梦》中就岔分为两种对立的价值趣向：曹雪芹及刘姥姥超越情色觊觎的，对于人的宽容、仁爱、厚道、谅解；而在薛蟠、贾琏、贾珍父子那里就改变为淫心和欲念。在贾敬丧仪上，薛蟠从拂麻挂幛的林黛玉身上投了这种淫欲之心：他简直要酥倒了！同样的人与花之间的意象影射和象征关系其审美取向分为道德宽容和肉体欲念，反观自己，曹雪芹看到士大夫阶级的根本生命缺憾：大地和人民的根本认同。

神话故事体系是曹雪芹对于文化传统和存在状态的反思，与象征影射体系一起，是诉诸天道终极的第四个"观看点"。它是把市井风情和民俗关目渗入贵族庭院和伦理中心，形成题材叙述的传奇性和风格表现的神异化，体现了价值理念的人民立场和历史深度，在宇宙义域上实现天人合一典范的哲学反思。"观看"作为一种民间姿势，是面对自我的大众态度，一种时间性建构方式。从顽石通灵到灵石回归，中间穿插了茫茫大士和渺渺真人、甄士隐和贾雨村，乃至空空道人（情僧、贾宝玉、神瑛侍者）一系列神意人物，及其变幻法身指点迷津，比如宝玉、凤姐魔魔时的行咒持法；比如贾雨村二遇士隐却误失机缘；比如宝玉失玉后胖大和尚索银还玉的现身说法；比如二入幻境后贾宝玉的面圣悟情；等等，都是以奇幻的手法，将"观看"从历史题材的叙述引渡到原型的呈现上来，让我们看到存在事象与真性本我的同一，两者交相作用形成心物同一、物我无判的存在境域，经由核心意象太虚幻境，构建了从大荒山到大观园及贾府的整体性，生成宇宙视域和人民观点的本体景观：刘姥姥不计，贾政、贾珍不能，甄士隐和贾雨村又不曾的价值关怀，也就是曹雪芹的终极价值关怀。

就像我们可以根据刘姥姥而不能根据甄士隐或贾雨村的心性一样，我们"根据文字的提示，根据记忆同时性的原理，也根据格式塔的原理补充序列"来补充音容笑貌和现场感觉，体悟饮宴、概括盛筵，剔抉出大荒山的原型，从而构制核心意象。那么"观看"就变成观赏。大荒山不仅显示了本体叙事的终极性意向和灵魂无措时的民间观点，衍化出《红楼梦》四个叙事节奏：顽石通灵—木石前盟—金玉良缘—福善祸淫，而且相应于思凡—历幻—悟道—游仙四个叙述模式。而福善祸淫或者游仙天外正是曹雪芹民间视野的收放与离合；在道体神意与大地母性的意义上，刘姥姥不再是借贷者，甚至不是观赏者，而是一尊拯救着存在却觌面未识的真神。

第二节
女娲炼石补天的神话学旨趣

一、从天人之境到礼乐一体

如果说大荒山是佛道一体的天人之境，隐约民间立场的真性无碍，由此开启的太虚幻境就是礼乐一体的原儒幻梦，体现着贵族盛筵的绮靡典雅。二者转相因袭，相反相成，从天人之境奔赴原儒幻梦，然后梦醒天涯，返璞归真，就是《红楼梦》的基本文化逻辑，也是中国文化入梦出梦、气数渐尽的玄机脱演。盛筵必散是其基本表述。

民间立场的本意是从天人之念溯源天道自然，自远古而下，穿越经典和神圣，直逼人性本真。如前所说，《山海经》《搜神记》、魏晋药酒，直至《聊斋志异》的洪荒气息宇宙义域，与《大戴》《礼记》、唐诗宋词直到《金瓶梅》的末世离乱是本不相属的。一个是大野风寒月落乌啼；一个是贵族华筵夜半钟声。前者是天道自然，后者是人格典范。从前者立命，于后者安身，是士大夫数千年不易的价值梦想。梦做久了就心理疲惫，到曹雪芹时代，华胥之梦命将非命，中国文化已臻末世光景。格物致知，求平造淡，和光同尘，得大自在，已是明清士大夫的末世情怀，去洪范定式、经天纬地、成大事功的汉唐雄风不可以道里计。彼起此落，力不从心，倚天不应，自立无门，千载而下就成为中国人的普遍心态。从价值看，补天的乏力转化为济世的厌倦：入世即入构，典范不啻枷锁，出世又不甘寂寞，山野风味只落得门可罗雀。两间备受诱惑，

却说是高雅心性。从天道走失，从伦理逃逸，极山野而薄暮，望明月而
却步，便回归欲望放逐自己，就是曹雪芹时代士大夫的存在状态，所谓
惶惶如丧家之犬。他们曾以天道自任，以社稷为责，结果却是"一场欢
喜忽悲辛"。往古的圣者曾经的智者，都做了梦者。梦中红颜，眼前青
灯，绛珠血泪，顽石心性，就是他们的灵魂状态。

　　曹雪芹算是不甘心也不死心的痴迷者了！直到补天无解、济世招
损、事败抄家、回落民间的时候，才真正理解了贾宝玉。他不是贾宝
玉，而是甄宝玉，说不准就是贾雨村。想当年，也有苍生之念、家国之
志，不免驻足富贵，怀恋温柔，锦绣丛中陶情，绮罗堆里作厌。天道不
虞，人心难测，世道浇漓，竟一败涂地。这世界犹如一个袋子，抛物线
般把他抛撒到凌空而降的幻梦中，醒觉时那件爬满虱子的华衮锦袍也脱
去了，结果赤身裸体。他还以赤子自认，在风和日丽下婴儿般坐到山溪
洗浴，却没看清那水是脏的，尽是一些蛤蟆蚧蛤之类……他终于学会用
脏水洗脸，便自称逍遥。结果是：顽石上的苔藓和那棵弱草上的清露辉
映着天边血色。天亮了，梦醒了，就是一部《红楼梦》。

二、无知无识无贪无忌的顽石意象

　　与盛筵关联的第一个意象是顽石。顽石是曹雪芹存在体悟的概括，
是价值形态而不是自然物态，所以不必对地质年代或物理成分作考据。
其价值特性就是"无知，无识，无贪，无忌"。梅新林认为石头是源于
神界、代表神意的本真之物[1]，说得没错，但不究竟。中国文化的最高价
值形态不是神意，而是本然形态，即法执我执尽去，真谛俗谛圆融，识
认自家面目，还归旧日风光。一种然其已然，是其所是的存在状态，所

1　梅先生讲得非常确切："'石'源于神界，'玉'跌落至俗界；'石'是本真，'玉'是
　　幻像；'石'代表自然无为，'玉'代表世俗欲求。就此而论，王国维先生以'欲'释
　　'玉'，'所谓玉者，不过生活之欲之代表而已矣'。虽然无训诂学上的依据，但却完全
　　符合'石'之为'玉'即从自然无为到世俗欲求的生命进程。"梅新林：《红楼梦哲学
　　精神——石头的生命循环与悲剧指归》，学林出版社 1995 年版，第 16 页。

谓"明心见性"。问题出在"神界"一词。大荒山是民间，是宇宙，天地神人同一的本体性，而不是神界。神界是太虚幻境，是变了鬼魅向宝玉抓扑的姊妹们所居的真如福地。石头与玉的区别只在那一点灵性。女娲炼石，就是为了通灵，使质蠢无文的顽石稍通人性。灵性即人性，即世智聪辩，无知无识无贪无忌的反向价值。因为通灵，所以有染，羡慕世间繁华，求僧道带它下凡享受一番。把大荒山认作神界是错了大方向。顽石的自性本然是无知无识无贪无忌，其世俗染着才是太虚幻境的诗酒美乐，道在两者之间也。甄贾宝玉的界点正在于太虚幻境的神意：驻足于太虚幻境就是甄宝玉；再一轮历幻，无休无止的诗酒美乐。所以贾宝玉出家前嘲讽薛宝钗说："倒是你这个'从此而止，不枉天恩祖德'却还不离其宗。"香象过河，横流截断，滔滔人欲，戛然而止。回向本真，回归大荒山，这才是曹雪芹的终极价值观点。曹雪芹拷问天道和天意之后，在太初一步上做功夫，反思人性的本质，认定灵性即情、即欲、即轮回主体，是人间世全部悲剧的根源，所以他走回佛家老路，对世俗欲念作了价值否定。今天讲人道主义，要对曹雪芹作某种反拨：如果没有女娲炼石，顽石通灵，没有染着成势的人性欲求，顽石而神瑛、怡红公子乃至贾宝玉的历幻就无缘成就。没有人的存在，《红楼梦》就毫无意义。我们要从其艺术建构中披沥出真正属人的价值并看护之，就必须对女娲炼石神话作出考究——

　　把西方文化作为参照是必要的，但一定是把对象搞清楚之后的事，而不意味着用一个既定窠臼套定对象从而做出有违对象本质的简单判断。中国文化的主体是与境界对出，而不是西方方式的孤独存在。顽石意象与大荒山是对出的，后者构成前者的相应境界和生命共在，两者不可分。在这里，顽石与女娲、与大荒山、与女娲所补之天是四维结构，共构天地神人的本体，而不是上帝与亚当和蛇三维。顽石从无稽崖青埂峰出发，就不仅是一个主体的蜕变，尤其是一重境界、一番天地的幻变。红尘历幻悟道回归是又一番天地、又一重境界，反映着人与存在的感通和呼应。神瑛侍者和甄、贾二玉只是顽石的灵性变化缘境幻形，这就根本取消了顽石只是那块口衔玉石，一部摄像机之类说法。顽石是主体，顽石历幻呈示的人性价值（灵性）幻灭及其逻辑必然才是曹雪芹不解又不昧的悲剧情怀。只有描述大荒山及顽石向太虚幻境及神瑛的价值转换关系，才能体悟存在的悲剧性。大荒山的民间意向呈示了贾宝玉明心见性的人生抉择，蕴含这样的价值趣向：超越佛家旨趣和神性品格，奔赴生生之德的天人大道。

三、大荒山的生物原型即母腹

青埂峰即男根，太虚幻境即女阴，女娲炼石喻男女之事也。民谚有女阴是天之说，言性事为见天，佛家谓女阴乃六道出入之门。南怀瑾言人之根在首，中国文化以阴为天、母为地，玄牝之门在上部而不在下部。面若桃花，花面逢迎，皆象征女阴，故羞面如羞阴。玄牝之门在面，太虚幻境在天。老子曰："人法地，地法天，天法道，道法自然。"地法天者万物生于天，亦即生于母腹玄牝也。太虚幻境就是一个大子宫：一僧一道携顽石挂号，众情鬼随缘，象征了贾宝玉及众女儿于母腹成孕。此有两事：既言性事，大荒山及太虚幻境均为母腹，女娲及警幻仙姑皆母性，原无男性，何来性事？乃其一；前面说顽石自性是无知无识无贪无忌，其世俗价值才是太虚幻境的诗酒美乐，也就是说大荒山是相应于"无知无识无贪无忌"的真性之境，如何有世俗贪恋之事发生？乃其二。这两个问题不解决，大荒山本体之建构就不牢靠。

问题还须追寻到天人哲学。这有三个规定：（一）不似西方上帝是男性，是超越于世外的绝对终极之存在；中国文化的本体是阴阳和合、天地浑一、不做分别的。西方文化的本体是与主客体分离的，分别为神、人和万物三维；神与人、人与万物是一种征服与被征服从而导致签约的关系，主体性各自独立不相依赖。中国文化则是本体与主体、主体与客体、客体与本体感应相通浑成境界，四维而一体，亦即道体。本体是永远在场的，有时作为主体，有时作为对象，有时作为主体和对象及他者共构之境界状态共在着，不可以分别言说。（二）既无分别就没有对立，本体与主体、与客体、与他者及共在境界圆融同一，相互依存。天地神人不作分别，即心即佛，亦即天地万物，故"道在屎溺"。所以，中国文化最忌势利交攻破坏氤氲之境（在佛家叫作"破和合僧"）；尽在不言中乃是其极致，分别言说即为"煞风景""不识相"。没有对立，人就不能从本体独立出来，同时也可以无限扩张，逾本体而为天地之心、万物之灵，直至世间的主宰。那么中国文化是如何安顿人与天地万物的关系呢？这就是伦理，一个结构性的网络或秩序的存在。（三）中国文化中天地神人是以伦理秩序来确立其价值界域的。心生万法，心即万境，人与人、人与天地万物间不存在契约关系，而是心证意证，神性感应，一种荣辱与共、兴衰与俱的共在关系。所以结构决定一切，关系就是全部，存在价值就在其中也。伦理身份也不意味着对立，而是相应境界和状态，一种"观看"而不可以僭越的权限，一个意义域和伸缩度。此种结构对人的要求不可以言说、不可以量化，只能心领神会。一切都掩于幕后，一切又必须做到表面，人与幕后、人与言说、人与自性都分疏而同一。一个人必须诚心敬意，修身齐家、然后才能治国平天下。能够限定和换算的个体价值不存在；顺任于大化，敦隆于伦理，颠簸于世事人情中，人乃可获得属于自己的价值地位。

现在我们看前面的问题。其一，大荒山、太虚幻境均为母腹，女娲、警幻仙姑均系母性，就不可以有性事吗？非也。作为一种本体性存在，大荒山就氤氲着性向，宜男亦宜女，关键在一念。《楞严经》说："尘劳烦恼，起为世界，静成虚空。虚空为同，世界为异，彼无同异。"宣化上人释："因性觉妄起无明而生三细，复缘境界而起尘劳烦恼。妄因既成，依正苦果即现，故说起为世界。"[1] 三细即三种非常微细之惑，乃是妄起无明不觉所致。惑即妄念，是一种能，故又称之"妄能"，既为本体，亦是主体，都空相也。三细"以最初一念无明妄动，将整个如

1　宣化上人：《大佛顶首楞严经浅释》，上海佛学书局印行，1992 年，第 382—384 页。

来藏真空，变成晦昧空境"[1]，不仅大荒山有顽石之红尘一念而成相应境界，太虚幻境、大观园及贾府，无不是一念成染幻空托有，然后悲欢离合。性事之念乃静极而生动之事，大荒山母性岂能无之？

如前所说，大荒山是空间阴影笼罩着、积淀了远古种族记忆的巨大无遮的心理板块。阿尼玛和阿尼姆斯是这样：母性性向显现男性意象。所以，中华始祖传说典型的三例——石裂而生夏启、简狄吞鸟卵生商、姜嫄氏踏巨人迹而有周，都隐约一个简单事实：没有父性的前提下，母腹性向显现为从石到口再到脚，由外而内、从无机到有机、从物理性到伦理性的价值追寻过程。"见巨人迹，心忻然说，欲践之，践之而身动如孕者。"[2]姜嫄氏所感应的是"巨人迹"而非巨人，显然是迫近伦理而隐约了初民对于性的羞耻感，性事却完成了——荣格集体无意识是性向特色，女娲炼石神话是身体劳作，两者根本是相应的。当代人的变性亦不鲜见，动物界则常有：牝鸡司晨，雄鸡生卵，无非一念而有性也。女娲炼石而性事氤氲，体现了中国文化在人类创诞的逻辑起点上超越肉体事实而趋于静极生动、妄起无明的理趣，人性观点是祛欲离垢的。所以女娲的性劳作无男性在场。《山海经·大荒西经》："有神十人，名曰女娲之肠，化为神。处栗广之野，横道而处。"言女娲之肠而非性器官，化为神而非男女诞出生人，已沾了一点生殖气息，如母亲讲女儿是妈妈肠子里爬出来的。《太平御览》卷七八引《风俗通》："俗说天地开辟，未有人民。女娲抟黄土作人，剧务，力不暇供，乃引绳于泥中，举以为人。"事曰"抟土"，抹净生殖意味。直到《西游记》孙猴子出世，也是一块仙石，"自开辟以来，每受天真地秀，日精月华，感之既久，遂有灵通之意"，直到"一日迸裂，产一石卵"，而后由猴子进入人的历史。我们可以确认，这些创诞生命的神话其原型都是生殖事件，但是渗入了价值意向及伦理规约。

卡西尔讲："神话仿佛具有一副双重面目。一方面它向我们展示一

1　宣化上人：《大佛顶首楞严经浅释》，上海佛学书局印行，1992年，第381页。

2　司马迁：《史记·周本纪第四》，岳麓出版社1988年版，第20页。

个概念的结构，另一方面则又展示一个感性的结构。它并不只是一大团无组织的混乱观念，而是依赖于一定的感知方式。"[1]这涉及原型的概念了。荣格讲原型是"没有意义的形式"，遗传而有的精神结构和行为模式，代表某种类型的知觉和行动的可能性，但它尤其是一种领悟模式，能够激活人的集体无意识并借以领悟具体历史内容的潜范式，"是人类'典型情景'的反复发生和普遍一致基础上形成的情感模式"[2]。所以性事无师自通。原型生殖意向包含着价值可能及逻辑依据。第一，它持有特定象征意蕴；第二，持有共同心理诉求，对同一对象或事物有相似的心理反应和情感寄托。[3]上述始祖传说即有三个特点：一是共同的诞育主题，以创造神异人物为目的；二是回避性器官及性行为，托言石裂、吞卵、践巨人迹；三是双性形象缺一。以生育事件为题材又规避性行为以及性双方的一方，都在为人物的神异化张本，反映了母系时代人类对于性事的神秘感及神圣性，正是文化创造和价值建构的心理前提。一、最高神祇，石、鸟卵、巨人以及女娲等。二、创造对象主要是人。三、"化出""炼石"之类事件，是性劳作神圣化和象征化的关键——依据性经验很容易识认其"典型情景"。四、主体与对象共构境界及其存在状态。以人类的性模式体悟宇宙万物之创诞，本体性正在于母腹意向，其神秘感和神圣性是人类文化创造的价值之源。伦理是神圣的，爱欲是模糊的，性行为却是不齿的。这就是中国文化。

其二，"无知无识无贪无忌"乃是性觉妄起无明，幻空托有、有无相生的真性之境，不仅不排斥世俗欲念，而且是人性走向价值建构的哲学心理依据。唯其"无知无识无贪无忌"，乃有大荒山静极思动与太虚幻境诗酒美乐的相应，生命不假外力而自然生成，这是中国文化的超异处。"道之为物，惟恍惟惚。惚兮恍兮，其中有象；恍兮惚兮，其中有

1　[德]恩斯特·卡西尔：《人论》，甘阳译，上海世纪出版集团、上海译文出版社2003年版，第119页。

2　程金城：《原型批判与重释》，东方出版社1998年版，第181页。

3　程金城：《原型批判与重释》，东方出版社1998年版，第181页。

物；窈兮冥兮，其中有精。"[1] 南怀瑾释："恍惚"是一种"心地光明，飘然自在，活活泼泼"的灵智境界。[2] 老子的道在宇宙也在人，二者是同一的，就人的生命言，太初一步是"自性光明"的灵智状态，唯此乃有"参天地的造化之机，不生不灭，永恒存在"，才能成宇宙、生万法，成为人之最初和本体之最高。"叫它是'道'，是'神'，是'心'，是'物'，是'天'，是'帝'，是'如来'，都同是代表这个不二之道的别名。这个东西永远不会改变，永远不可磨灭，横竖三际，遍弥十方。"[3] 亦即道与人、与宇宙万物是同一的，是氤氲着生命存在境界的"自性光明"。大荒山正是道的境界：一是恍惚缥缈，似有若无，所谓"其中有象"；二是茫茫大士、渺渺真人、顽石、世界万有，都是因缘感应，若存若亡，所谓"其中有物"；三是"不知过了几世几劫"那种缘起性空、无为自在、乘缘而上、自性具足的灵性本体论，所谓"其中有精"。母腹意向就情境化为"道之为物"的生命逻辑"道生一"。

四、性劳作蕴含着神圣价值

母腹追寻是人类坚执的情结之一，母腹意象蕴含着人类创造的行为模式和价值原型。"荣格认定人的后天的行为方式是有一个先天的原始

1　南怀瑾：《老子他说》，复旦大学出版社 2002 年版，第 277 页。

2　南怀瑾先生如是综述：（一）"道"就是道，也便是人世间所要行走的道路的道。（二）"道"是代表抽象的法则、规律，以及实际的规矩，也可以说是学理上或理论上不可变易的原则性的道。（三）"道"是指形而上的道。南怀瑾先生还把"道"与"天"对举，同时解释了"天"的含义：（一）天文学上物理世界的天体之天，如《周易》乾卦卦辞"天行健"的"天"。（二）具有宗教色彩，信仰上的主宰之天，如《左传》所说的"昊天不吊"。（三）理性上的天，如《诗经》小雅的"苍天苍天"。（四）心理性情上的天，如《泰誓》和《孟子》的"天视自我民视，天听自我民听"。（五）形而上的天，如《中庸》所谓"天命之谓性"。这里的意味是显然的：道家之"道"实际上就是儒家之"天"。"假定宇宙万物确是从本无中而生出万有万类"，南怀瑾先生讲，佛学中是不承认一个情绪化的权威主宰亦即上帝的存在，而是讲"因中有果，果即为因"的因果互变，万有的形成，有生于空，空即是有，因缘和合，"缘起性空，性空缘起"。见南怀瑾《老子他说》，复旦大学出版社 2002 年版，第 47—49 页。

3　南怀瑾：《老子他说》，复旦大学出版社 2002 年版，第 47—49 页。

模式在起作用，在制约着后天的行为，这种模式就是人类自远古祖先遗传下来的精神原型。"[1] 这一原型的追寻和领悟乃是艺术创造、文化创造的引擎和源头。"这个源头就在于人作为宇宙自然中的一种特殊动物，他首先具有人的自然属性，在这种自然本性的前提下和基础上，人类在自己的历史实践中生成人性、精神和文化。"[2] 而自然属性又不仅是生物本能的实现，尤其是一种"劳作"（work），它"划定了'人性'的圆周。语言、神话、艺术、科学、历史，都是这个圆的组成部分和各个扇面"[3]。以此母腹、生殖、性，在人类祖先那里不只是性事件，而是神圣劳作。道理非常简单，原始人对性的态度要神圣得多也保守得多，不仅有生殖崇拜，而且以生殖来解释宇宙万物的枯荣变化，性事中蕴含神圣价值。现代人的性观念开放自由，他们把性与人的事业分别开来，本质上是人与天地诸神的分裂和独立。就通灵言，其景象光明，真性无碍，顽石遵循自然自在的人性逻辑；就炼石言，神意旨在补天，母腹趣向成人，顽石遵循圣成道德的伦理圭旨。两者本来是同一的，性劳作同时是一个以人性为原点、从生物过程演示价值生成的意向结构，但是木石结盟、怡红诗情的爱欲冲动走到金玉良缘时，价值趣向发生了由道体向圣性衍化的断裂，不仅浇灌之恩、还泪诗情从人性剥离，回复为天道，而且婚姻、孕育无不追加了神圣课业和家国重任。贾宝玉出家与甄宝玉的回归正是道体（明心见性）与圣性（赤子之心）的分野：前者的起点是贾宝玉"失玉"，后者的结点是甄宝玉"还玉"；贾宝玉要领承的是那块清净顽石的本体性：道之为物，潇洒不羁，任运自在，与大化同流；可甄宝玉送来一件承载着家族命脉的"神器"，明教学说，圣贤经纶，就是薛宝钗的赤子之论。与红学家将"甄宝玉送玉"误解为真的把那块口衔美玉送还一样，甄、贾宝玉都误会了对方的价值投放，结果是

1　程金城：《原型批判与重释》，东方出版社 1998 年版，第 39 页。

2　程金城：《原型批判与重释》，东方出版社 1998 年版，第 173 页。

3　［德］恩斯特·卡西尔：《人论》，甘阳译，上海世纪出版集团、上海译文出版社 2003 年版，第 107 页。

玉石相对、冰炭不投。但是贾宝玉反观了本我。曹雪芹在纵观贾宝玉的红尘历幻，体悟数千年中华文化的兴衰，概括《红楼梦》主题的时候，就由价值分裂回溯至人之起始——母腹，正是一种探有勘无、求迹于天人之际，贯古通今、领承于本体自然的深刻理性：曹雪芹看到道体与圣性的分裂。悲剧在于人性被分裂了！这就是兼美情教方案中才与德的裂变。遂此，大荒山母腹原型推衍出太虚幻境的盛筵意象，两者的叠映体现了相反相成的内部逻辑，就是大荒山母腹意象的四个维面及其哲学文化关系。

（一）时空。大荒山者，"荒唐也"，"无稽也"，无始劫以来、无穷尽之际的本体性境界，佛家藏识之幻现，乃是一种境相，"说远就远，说近就近"的机缘和来处，一个由时间性逆推而有的空间性所在，全部生命和存在的缘起性空。从原型看，性意向被本体化为宇宙意志，逻辑地导出太虚幻境的价值趣向——诗酒美乐不是个体狂欢，而是天伦之乐。大荒山的核心事件顽石通灵，由于女娲炼石的神性在场，其母腹意向就不再是生殖事件，而是人性欲望转为伦理意向，导致思凡冲动。

（二）炼石。"谁知此石自经锻炼之后，灵性已通，自去自来，可大可小"。"灵性已通"四个字是关键。《圣经》赋灵关目是上帝向对象物吹一口气，灵性乃足，即已活人。女娲则用火锻炼，真意是感荡生机，激发本能，以塑造"补天""济世"之材，价值相位在人间。炼石不仅隐含了性事件，旨趣更在于炼石成器，在人性生物本能中渗入补天济世的神性趣向，性事成为神圣劳作。从核心意象看，炼石隐喻人性冲动的伦理方式；它由神性操作并通过仪式达成人与本体的感通，从而将人欲神圣化、诗性化，其最高价值典范就是太虚幻境的兼美乐境，所谓天人合一。

（三）品格。顽石通灵不是被上帝赋灵，而是经女娲煅炼后的灵性感荡，人性粗通，"自去自来，可大可小"，而且"自怨自叹，日夜悲哀"，具足人的位格。作为孕体，"人的原型"已生成，补天或历幻是其价值出路。品格有二义：一是真性的诗意形态；二是圣性的伦理角色。

顽石通灵具备了"一除邪祟，二疗冤疾，三知祸福"的神性，又成为神瑛侍者，于灵河岸灌愁河三生石畔为绛珠仙草浇灌，乃有木石前盟。诗酒美乐的价值诉求与补天济世的神圣领承——同一为太虚幻境的兼美，就是生命与存在、品格与伦理、天国诗意与世间荣华的性相融合。

（四）历幻。进入太虚幻境，顽石就成为神瑛侍者，"人的原型"开始了人性的历史。从生物原型看即灵肉俱足的生命体在母腹的初步完形；就价值趣向看又包括了历幻和圣成两件事：历情之幻即生命本质的参悟；圣成之道即存在实相的勘破。悟情是从伦理实相的勘悟而实现的，其极致是黛玉之死，它明确地告诉读者，伦理世界就是这样的不能成人之美。圣成则是从人性本质的体认来实现的，其极致就是凤姐托孤，它告诉我们，天道之不显盖在于人性的贪婪。所以顽石出发之时就规定了回归之日，所谓引登彼岸。思凡模式是一个总模式，其命义是人的存在不过是情魔的陷溺和俗障的遮蔽。从核心意象看，残夜向尽时节人走向大野，走向宇宙深处，无知无识无贪无忌乃是人之于世最后的也是本来的状态，所谓混沌，所谓万境归空。从文本结构看女娲炼石的四个节奏相应于大荒山、太虚幻境、大观园及贾府四个世界，蕴含了盛筵的逻辑结构，生发着《红楼梦》叙事的全部四个模式。

五、与上帝造人神话的参究

我们不妨以上帝造人神话再做一番参究。上帝是最高神祇，超越于存在之上的终极绝对，既赋予人神性，又把人逐出伊甸园，人不但获得独立自主性，而且与上帝建立了灵魂契约。这里，上帝、蛇、宇宙万物都成为人的对象，从而形成人的存在条件；人则必须在宇宙万物的生存竞争中执着那灵魂之约，世间存活以此价值化为对于上帝鸿恩的领承。

女娲炼石通灵，但赋灵的最高者逐渐世俗化为一位大祖母，外我的神性资源又无法获得，本体与现象界的分离就无法完成，因而不能诞生真正独立的主体。主体没有独立，就无法实现人的自然本质，氤氲于"惟恍惟惚""窈兮冥兮"的创造之能就还原为生殖本能，最高价值原则是诗性，是人的天然品格而不是神性，也就缺乏灵魂之约的绝对有效性，人的存在必然是一种伦理共建，问题就变成这样：神替代人操作而不是神性监护，人就只能任运自在，面对神的时候就是小鬼，逃脱神的时候就是畜牲，作为一种类生存，人只能从时空兜揽里讨生计。何为天？"民以食为天"。何为道？"道在屎溺"。何为上帝？"老百姓就是上帝"。《红楼梦》那些超越存在之上又混迹现象之间的"癞头""跛足"之辈，操持仙品又不离世相，就成为一些象征符号。最高创造者的神和独立存在的人始终没有诞生。只有道德，只有诗情，诗情与道德和洽，濡染为最高人格境界，成为存在的唯一依据。

女娲是大荒山世界的神祇。茫茫大士、渺渺真人、顽石都可视为女娲的对象性存在。李劼讲"女娲形象在《红楼梦》中是作为至高无上的神明出现的，其意味一如《圣经》中的耶和华。"[1]笔者曾对女娲最高神的位格作过论述[2]，认为这是中华文化的一个哲学假相。问题从道的追问开始：道并不如南怀瑾所说是西方上帝的别名，也不是上帝一样的终极逻辑上位，更没有在创造万有之后高悬世外成为抽象绝对；相反，它是与女娲，与茫茫大士、渺渺真人，与顽石，与万有众生的和洽同一。女娲炼石和茫茫大士、渺渺真人的携石，都不是神的创造之功，而是顽石通灵心生万法，从而天地神人和合为一的宇宙全息图景。最高神格女娲也不是最高者，而是道体衍化出的第一位，其相位相当于上帝创世神话的亚当；女娲是人而不是神。中国文化的价值建构充盈人性且涌溢着诗性（灵性），但缺乏神性的最高监护，女娲炼石铸灵就迁衍为历史关怀和世俗操心。唯此也才能解释女娲作为中华大祖母的神格移位，从而理解历幻进程中贾宝玉最深刻的意趣是求仙问道、乞灵敬鬼。贾母、贾政及元妃都是亲情，都是伦理，不是神

1　李劼:《历史文化的全息图像——论〈红楼梦〉》，东方出版中心1995年版，第179—180页。

2　参见马明奎《女娲炼石补天神话与〈红楼梦〉文化解读》，《文学评论丛刊》第7卷第2期。

性。由于神性缺乏，贾宝玉的独立人格就很不坚实，一旦出离伦理呵护，诗意品格堕落，欲望蠢动就会泛漫为滔天罪孽，正是伦理主人的隐忧之所在；而贾宝玉的焦虑是：就没有一个神意本体或俗世保障来安顿他的诗性人格。他不解：那些灵秀聪明的女孩一嫁了男人就变成死鱼眼！灵石本有的神性和诗意呢？"粉渍脂痕污宝光，绮栊昼夜困鸳鸯。"问题变成这样：女娲铸灵很不成功，她所熔炼的是火，情欲，是人性而不是神性。所谓"灵性已通"只是现象世界着染真性的妄起无明！"沉酣一梦终须醒，冤孽偿清好散场！"在一场终归醒觉的幻梦中，人的本质只能是一种自然规定，亦即伦理松弛、诗意蜕失之后的物性让度，而不是先验神性。那么，神性饥渴与情欲躁动就构成贾宝玉的价值困顿；幻境结缘只是激荡着诗性与情欲的生命内在紧张，人性的诗化形式提交到神瑛侍者面前，木石前盟镶嵌于兼美构图，成为中国文化的价值典范。木石前盟是什么？就是以泪报德，诗性与圣性完美结合，成为诗，成为梦，最终成为幻。结晶是泪。

女娲炼石、二圣[1]携石都有提升价值的意味，但他们做的还是生物层面的工作：渺渺真人"念咒书符，大展幻术，将一块大石登时变成一块鲜明莹洁的美玉，且又缩成扇坠大小的可佩可拿"[2]。这是外科手术。携石幻境变成赤霞宫神瑛侍者，乃是完形手术。第三步是成人礼：太虚幻境，天国盛筵，一边道德嘱托，一边意淫说教，一边又是云雨私情。道德、诗意、情欲，三位一体如如极乐。神性饥渴与情欲蠢动似乎获得和谐。我们想问：此乃是道德化境、诗意灵境，还是情欲酬偿的乐境？三者的关系如何？如何同一和洽起来？是真实的吗？能确立人的存在吗？等等。由于缺乏神性制导，太虚幻境的诗意停滞在色与德的层次，黛玉之袅娜与宝钗之妩媚得以兼美只是一种粉色流连；所谓意淫就是将淫欲之念诗意化为童年梦幻，道德化为伦理亲

1　二圣指茫茫大士和渺渺真人。特识。

2　引文自北京燕山出版社 2000 年 5 月版中学生课外名著阅读推荐图书《红楼梦》，第 2 页，又以人民文学出版社 1982 年 3 月版《红楼梦》（社科专家本）参校。凡不注明者，均引自山东人民出版社 1980 年版程高本《红楼梦》。

情，象征化为情而不淫——这里有怜惜珍重，但主要是将人置放于宇宙本体的空旷高绝处品赏，体现为德的感念、情的相契、性的意会，本质是一种人的象征。情欲，唯一的人性内容偏偏是诗意化和代偿性的。所以警幻警策："此仙闺幻境风光尚然如此，何况尘世之情景呢。"一个"幻"字石破天惊！从大荒山推衍下来，太虚幻境的兼美不过是"三生万物"的价值替代方案，在情欲膨胀与神性饥渴激荡于人性紧张之间，诗意是一个象征性中介，更多地融渗了童年梦幻的眷恋和伦理亲情的畅想，一床虚拟的、透明如蝉翼般的伦理帷幄。诗意与情欲也亦彼亦此，那面道德帘栊隔而不隔，提供给情欲的是一厅绯色甜饮，与上帝铸灵以智慧果为戒的神人契约不能同日而语。神性是什么？就是伦理道德。情欲是什么？就是皮肉滥淫。所谓"悦容貌，喜歌舞，调笑无厌，云雨无时，恨不能天下之美女供我片时之趣兴"。两者之间，人该咋办？"从今后，万万解释，改悟前情，留意于孔孟之间，委身于经济之道。"话是这么说的，警幻仙姑却秘授云雨，推宝玉入房中，掩门自去。作为人的诗性本质，"天分中生成一段痴情"就这样流质化为意淫的回春价值！道德与情欲诗化为佳酿，意淫畅想就随着贾宝玉的梦魂飘落到秦可卿的睡床：兼美原本是乱伦！怡红公子的成年礼没有获得顽石自性的"光明心地"，而是意会警幻仙姑的意淫说教，在兼美情教的怂恿下实现了自然本能。这是顽石通灵以来第一次人的自我实现：贾宝玉与侄媳可卿和丫鬟袭人实现了性酬偿，从而获得成年资格，成为灵肉相谐、情礼相兼的价值个体。神性找到了吗？他一头栽进情欲迷津。灵性并未构筑起神性堤防，却孕育了男女之欲；兼美作为文化拯救策略，生出一个可怕的东西：人欲。于是圣性替代了神性，道德角色遮饰了人性事实，情爱价值被推衍为诗泪相答，这就是木石前盟。

如前所说，女娲炼石熔铸的是情欲，是将情欲提升为道德，而不是神性，顽石的哲学命义就不是梅新林所谓"自然无为"[1]，而是补天济世干求之道。贾宝玉的出世也并非清静无为，而是"加入石头的行列"（克尔凯郭尔语）。"那红尘中有却有些乐事，但不能永远依持，况又有'美中不足，好事多磨'八个字紧相连属。瞬息间又乐极生悲，人非物换"[2]。可见尘世间并无神性立足之地，所谓"历幻"，就是诗性之约（木石前盟）在兼美方案下走向破产，诗意品格在伦理世界无以立足的价值幻化过程。道德是虚假的，情欲是肮脏的，人们却趋之若鹜；人性是诗意的，亲情是温暖的，人的生存却不能以此确立。人只有回归粗蠢无文的顽石状态，才可以勉强存活。回到赋灵，"一生二"的哲学路径推衍到黛玉回归才完成了灵肉分裂。失玉之后，贾宝玉的诗性就枯竭了，只留下肉躯蠢动。兼美情教方案幻灭，天理伦常解体。木石前盟经贾政笞子、贾母掰谎、钗黛分离诸般磨难宣告失败；它经历了灵与肉、情与礼、真与假、有与无四个哲学地步，贾宝玉完成了圣性告别、诗意勘悟、存在实相的醒觉以及真性本我的体认，成为最早的独立人。

1　梅新林先生讲："从形象符号的象征意义来看，所谓贾宝玉者，贾即假，贾宝玉即假宝玉，即假玉，也就是真石，是'石'与'玉'的双重复合体，具有'石'与'玉'的双重属性。'石'源于神界，'玉'跌落至俗界；'石'是本真，'玉'是幻像；'石'代表自然无为，'玉'代表世俗欲求。"（《红楼梦哲学精神——石头的生命循环与悲剧指归》，学林出版社 1995 年版，第 15—16 页）

2　曹雪芹：《红楼梦》，北京燕山出版社 2000 年版，第 1 页。

第三节
太虚幻境：伦理世界的天国盛筵

一、太虚幻境的根本伦理性质

民间立场勘破太虚幻境的世俗趣向，虽然它高悬于伦理苍穹之上。大荒山就是庄子的混沌，方其始也，天地混沌，状如鸡子。[1] 女娲炼石就是盘古开辟，妄起无明，一念起天地分判，一身死变现天地万物。[2] 天道自然开启与农神节诸神死而复活、春夏秋冬四时流行的西方旨趣相近。如前所说，女娲氏是人类大祖母，端然云间，碧日紫霞，炼石补天又与其兄婚配[3]，渐落渐低，直到回归民间。从历史衍变看，大抵与旧石器时代相映照，隐约了母系社会的世俗化端倪。到太虚幻境就幻化为警幻仙姑，一个漂亮女子，生殖意味清晰起来。太虚幻境不仅是受孕怀胎的母腹，而且是一个仙乡，是曹雪芹无意识残存的神性意象，一个诗性构想。但是进驻这个仙乡的不是神性，而是道德；人的情欲被伦理整饬

1　袁珂：《古神话选释》，人民文学出版社 1979 年版，第 1 页。"天地浑沌如鸡子，盘古生其中。万八千岁，天地开辟，阳清为天，阴浊为地。盘古在其中，一日九变，神于天，圣于地。天日高一丈，地日厚一丈，盘古日长一丈。如此万八千岁，天数极高，地数极深，盘古极长。后乃有三皇。"

2　袁珂：《古神话选释》，人民文学出版社 1979 年版，第 11 页。"昔盘古氏之死也，头为四岳，目为日月，脂膏为江海，毛发为草木。"又："秦汉间俗说：盘古氏头为东岳，腹为中岳，左臂为南岳，右臂为北岳，足为西岳。"

3　袁珂：《古神话选释》，人民文学出版社 1979 年版，第 45 页。"昔宇宙初开之时，有女娲兄妹二人，在昆仑山，而天下未有人民。议以为夫妻，又自羞耻。兄即与其妹上昆仑山，咒曰：'天若遣我二人为夫妻，而烟悉合；若不，使烟散。'于烟即合。其妹即来就兄，乃结草为扇，以障其面。今时取妇执扇，象其事也。"

为诗、为梦、为幻，意淫就是人的诗性表述。从人性看此种表述并不能实现道德自治，相反怂恿人的情欲，把诗性引向诗酒美乐，最终引向皮肉滥淫。《红楼梦》判词叹道："情天情海幻情深，情既相逢必主淫。"张扬兼美情教的原儒走到神性的脚趾边：本意是遏制人欲，提升人性，塑造诗性，事与愿违，反而诱发了本能，使人回复为饕餮之徒。要么停留在诗性构想，不进入历史；要么将精神子宫回复为性器，堕入淫滥泥淖。兼美无法解决的正是人欲与诗情的矛盾。

太虚幻境提交了一幅伦理全息图谶，既是诗意流注的圣殿，又是天理昭彰的祭坛。三十三天为天，情天情海为地，灵河岸为界，风月宝鉴为徽标，却以伦理为秩序。换言之，太虚幻境是作为价值方案来设置的，要解决伦理世界人的价值出路问题。相应于道体演化中"一生二"这一段。李劼是这样说的："所谓道生一，就这样生成了：女娲（道）生顽石贾宝玉（一），这在《圣经》中，是耶和华生亚当，而且二者都来自泥土。"[1] 非也。大荒山的道体之境；女娲补天是"道生一"；女娲炼石相当于上帝用亚当之肋造夏娃；无知无识无贪无忌之顽石提升为神瑛侍者，同时隐喻甄、贾宝玉乃是"一生二"；神瑛浇灌、绛珠幻形以及还泪情缘和金玉良缘乃是"二生三"：

神瑛侍者

黛玉袅娜　宝钗妩媚

"那一干风流孽鬼下世"就是"三生万物"了。从被弃青埂峰下到游走太虚幻境，顽石而神瑛，承自女娲炼石而有的灵性应该是一脉相通的——女娲的圣意（而非神性）向着警幻仙姑的价值运动彰显，神瑛侍者的灵性趣向与天理伦常的价值取向衔接，即荣、宁二公之灵的"道德托孤"。那场警幻仙姑转承荣、宁二公之嘱托的天国盛筵，使顽石意象所包含的价值趣向发生了历史性车转：由个体的灵性向伦理道德转变，

1　李劼：《历史文化的全息图像——论〈红楼梦〉》，东方出版中心1995年版，第125页。

其价值形态就是诗意化和象征性的意淫。社会历史实践失却了自然本质的人性规定，又缺乏神性价值的制导，女娲炼石的灵性趣向与天理伦常的世俗价值在道体逻辑上兼容，人就本质地道德化、历史化、象征化了。神性只留下一个空壳！

幸而不是这样。上帝驱逐亚当是由于理性的萌发，标志着人的独立即人道主义升腾，上帝作为一个价值系谱悬置在人的天空，观照着人性的价值途程。那么中国文化又是如何安顿人的价值呢？就是太虚幻境的兼美情教方案。

首先，道法自然之式：物我未分，主客未判，圆融自在，灵性沛然的本体世界氤氲着天人同一的哲学构式。道是圆融自在、无所不包、弥纶一切的终极存在，伦理道德自不在其外。女娲幻化为警幻仙姑，通灵顽石幻化为神瑛侍者，太虚幻境乃是天人合一之境。"道生一"与"一生二"之间的那个"一"，不是天外之道生出一个世内之"一"来，而是道于"一"的自性本位上的神性彰显，又是三生万物的总根源，二者都是道体的作为。不仅道与万物之间永远保持着天然的本体关联，"一"就是神意自足的本体幻现，与伦理道德和社会实践有着逻辑上的同一。道体的形下落实就是一种结构性和秩序性的伦理建构。所以，荣、宁二公之灵的道德托孤并非横逸斜出的世外之物，它就是女娲炼石的神意所在；女娲炼石的神意与伦理主人的圣意，形上形下一脉相承，是道体运化进入价值间时的境界分别。就女娲变现言，其神意内部躁动与顽石思凡心切并无二致，既是人性的顺化自然，更是伦理的母腹意向，顽石的神性向往（如果存在的话）就成为幻境神界的空谷之响，回应它的唯有一棵绛珠仙草，木石前盟就是这样一个蕴蓄神意和诗性的灵魂之约。然而警幻仙姑只是一个"少祖母"，神瑛侍者是她的宁馨儿，太虚幻境就是一个精神大子宫。从顽石挣离，神瑛侍者以梦幻方式进入情教，成为道体神意与伦理圣性孕育的价值典范：兼美。而才美、意淫、诗雅、亲情，都是以伦理性质来规定的。他与绛珠的诗性之约是左顾右盼而不得要领，孤处于伦理之域，成为仙乡个案，成为人性的尴尬——历幻就是这么发生的。在伦理价值体系中，木石前盟只是一个童年之梦、诗性怀想；中天明月升起到午夜天空时，就接近了终点。

其次，兼美理想与天道之式是圆融同一的。太虚幻境与大荒山只是伦理与天道的区别，就天人合一的哲学构式讲两者是相应的。道家之游，儒家之和，融洽为一种诗美，凝结于盛筵，涵化为天地神人的共和之境，幻现为大观园的诗意人生，就是曹雪芹的兼美文化方案。太虚幻境既有原儒乐教的性质，又脱胎于道家之大荒、无稽，是道本体向伦理主体的过渡和转化。所以太虚幻境一方面伦理秩序森严，另一方面生命活泼自然，在童年梦幻和真性自由之间，以诗相接，以礼相格，以情相洽，以德相属。道德含量的渗入使人的价值建构成为与天相应、与礼相随、与道相契的大梦境、大乐境，尤其是一个大圣境。人成为梦者。

最后，太虚幻境的价值建构是与曹雪芹时代的文化思潮相应和，张扬真情性、真性灵，以原儒精义激活程朱理学的僵死桎梏，表面上格物致知，敦伦教化，重振纲纪，补天济世，骨子眼却是求平造淡，和光同尘，得大自在。明清鼎革，士大夫幻想拯救世道人心，越诗教上溯原儒乐教，"假闺房儿女子之言，通之于《离骚》、变雅之义"[1]。固持"乐正"之典[2]："三百五篇孔子皆弦歌之，以求合《韶》《武》《雅》《颂》之音，礼乐自此可得而述。"[3]贾宝玉在太虚幻境阅册之外，就是听《红楼梦》十二支曲，所谓"天地之命，中和之纪"[4]，亦所谓"命者，教也……天地之教命也"。从诗谶到乐教，表面是大观园女儿的才情预设和道德档案，本质是教化天下儿女子的天命演示，一个伦理圣境。

太虚幻境与大观园的不同是：人性本质及自然欲求从伦理与诗情的中间汇入，生成天伦大化之境：诗酒美乐。正是乐教精神的生动现实：一是生命之大自由。太虚幻境的乐教并不是靠森严伦理秩序和艰苦道德

1　朱彝尊：陈伟云《红盐词》序。

2　杨伯峻译：《白话四书》，岳麓书社 1989 年版，第 331 页。子罕第九：吾自卫返鲁，然后乐正。

3　司马迁：《史记·孔子世家》，岳麓书社 1988 年版，第 419 页。

4　《周礼·仪礼·礼记》，岳麓书社 1989 年版，第 434 页。

修持来实现，而是以"闺房儿女子之言"来怡情移性，以兼美之真谛和实相警策痴心妄想，从而"变骚变雅"以重构宿命。二是诗意化和象征化。"子闻韶，尽美矣，又尽善矣。"[1] 既是审美，也是人格，是审美形式与人格精神圆融为一的诗境。贾宝玉所领受的正是与仁相通、偕诗共美、文质彬彬而又"思无邪"的生命人格境界。览册阅籍，听歌赏曲，欢饮佳醪，云雨乐事，都是"喜怒哀乐之未发谓之中；发而皆中节谓之和"[2] 的人生大美，与贾府礼乐教化的意旨相同，又有着自由宽松的人性空间。警幻仙姑的教义也正在于此，使贾宝玉"乐和于内"，从情感喧嚣中沉静下来，达到心灵的澄明宁静："不过令汝领略此仙闺幻境之风光尚然如此，何况尘境之情景哉！而今后万万解释，改悟前情，留意于孔孟之间，委身于经济之道"，就是以"雅"来重释礼教精神，给势将冲奔的人欲留出一线希望，达成道德与人性之圆融，所谓"兼美"。

然而贾宝玉还是栽下去了，栽到海鬼夜叉的迷津里去了！肉体事实就是与秦可卿的乱伦。不是亚当夏娃偷食禁果后的人性惶悚，而是神意盎然、道德托孤强化了的人性尴尬。在大荒山的神意走向伦理的途程中，完全不能超越的正是生命自然的本质——人欲。太虚幻境使这一本质得到某种象征性和代偿性实现。但是，神意形式进入伦理实践就蜕变为道德角色，情感意志与家族伦理之间发生着内在本质的分裂，就是木石因缘与意淫说教的分离。兼美只是一张无力飘举的羽翼，在无限坠落的历史之域变成图腾，成为另一种桎梏。太虚幻境不是人的故乡。

作为大荒山道体播撒的时间节点，太虚幻境不具有物理客观性，不可以道里计、不可以数字化，而是心识所幻，意向性建构。阿尼玛及阿尼姆斯情结的道德面具，一张伦理结构图谶，一个盛筵的粉色帷幔。就像一个春情女子的自荐真爱，人家盯的是色情，结果是警情与纵欲、伦理与人性、生命内在紧张与宇宙天道运演的奇妙结合——乐。太虚幻境的乐教精神只具有诱惑功能：孔夫子奔走呼号、"三月而不知肉味"的

1　杨伯峻译：《白话四书》，岳麓书社 1989 年版，第 311 页。

2　杨伯峻译：《白话四书》，岳麓书社 1989 年版，第 294 页。

韶乐，到了贾府就成为那个时代的流行音乐，虽然只在庄重仪典上播放，其实已经满大街都是。乐教本旨是中和，是礼乐，是诗意亲情和童年梦幻，本质上却是母腹怀想：无知无识无贪无忌的人格操练眨眼就变成珠孕暗结和蜜月风情。它是人类的故乡，但不是人的归宿。人性必然要实现，太虚幻境注定是要幻灭的。

所以，太虚幻境张设各种机构看守人的诗情，警戒人的欲望，实施道德教化：放春遣香是用命，朝啼暮哭在警情，诸钗册籍更是伦理秘籍警情宝典，警幻仙姑是住持。她谛承女娲精神，荣膺荣、宁二公之嘱托，并将幻境明星可卿付嘱宝玉，诲以意淫，授以云雨，诗酒美乐，情而复淫，根本理念却在于伦理。在太虚幻境的天国盛筵里，金陵十二钗的编组体现了曹雪芹的苦心孤诣：依据她们与神瑛侍者的情缘和血缘，从黛玉和宝钗两边分开：一边是情，一边是礼；一边是才，一边是德；一边梦幻，一边现实。中间是一个乐字，把诗、酒、美、乐都漶漫为淫。乐与淫只隔着一张纸：就是道德。意淫（诗性）给它舐开一个洞：可以窥视。警幻仙姑还配设了一面风月宝鉴，就像庭前的影壁，张扬着伦理的容采风华，遮住世人的色情目光，遮掩着华屋里边的不堪。前面金碧辉煌，后面却蠢蠢乱动。兼美方案悬挂在荣、宁两府的内帷，变成举烛夜游的行乐图，构成伦理盛筵的内模式。太虚幻境作为一个编排、摄持和安置题材的流程，曲水流觞映现着伦理世界的森罗万象和天光云影，既召集主人们的诗雅，也引来不速之客。册籍、诗酒、云雨，意淫说教只是一种铺垫，就像一个庭院设计好了雕梁画栋，装饰内画，铺设缌褥，摆好酒席，正宗情节是迎接一双世外仙客：他们从宇宙深处走来，在灵河岸边结缘，三生石畔授记，一个美丽故事发生了，就是木石前盟。木石前盟是太虚幻境的人性事件，长期以来被误读，红学家们的忽略与贾母的格外关注犯的是同一个错误，那就是只把它认定为云雨私情或者风月故事。其实，木石因缘是母腹原型的人性彰显，大观园诗酒美乐的精义所在，惜哉偏离了炼石补天的神意，辜负了警幻仙姑的教诲——情欲萌动之时贾宝玉心不由己地与侄媳合作了云雨之事，这也是木石因缘的本义，一如李劼所说："这浇灌前提蕴含了多少男欢女爱的历史内容！"[1]可是一进入伦理就腰斩为两截：前半截是黛玉主演的大观园时代，后半截却是宝钗领衔，堕落为宁国府时代。两者构成乐教播演的逻辑悖论。钗、黛合一是前半段的经典乐章，后半段应该是贾宝玉的修齐治平情礼合一，惜哉钗、黛分离，礼崩乐坏，高鹗以后的红学家错认为是高鹗伪续的结果。事实上，薛宝钗只是林黛玉进入伦理实践的法身，从原型看钗、黛是一体的。钗、黛分裂是乐教内在逻辑的断裂，是人性本质与伦理精神的分裂，而不是两个独立个体的生命成长。

黛玉一极回归太虚幻境，还原为情鬼；宝钗一极则走出伦理，走回大野，成为这个冰冷世界最后的温情。幻境诸钗原本是来捧场的，她们汇集于大观园，随着木石因缘的自生自灭，于钗、黛分离之日渐次离去。笑着来，哭着去，悲悲喜喜，直到灯火阑珊人去楼空。然后伦理华屋坍塌了，那些睡迷了心神的污浊须眉都变成游神恶鬼……

二、木石前盟演示了神意和诗性的悲剧

太虚幻境是巨大宇宙版图上一域神性之光，是贾府上空笼罩的一抹朝云，一派暮雨。前面是木石前盟发祥，后面是诗泪仙缘了结，中间是宝、黛情爱的播演：阳光风露，彩虹明灭；风急天高，云收雨歇。毕竟是海市蜃楼，终归一空。太虚幻境飘逝于天际，大观园回归冷寂，留给荣国府的只是窗前的风竹，阶上的苔痕，庭院的秋声，暗夜鬼魂，几声哭泣，几声叹息……在大观园自生自灭的过程中，太虚幻境始终是这个歌诗之乡的聚魂摄魄。乐教精神在其发轫的同时预告了人性毁灭，它是盛筵的华章：吟唱着优雅和诗意，留下了哀婉和悲伤。那些来来去去的幻境精魂散播为大观园女儿的心性和品格，一些情感模式和人格典范：悲秋伤春，怀才不遇，谬托知己，红颜薄命……

1　李劼：《历史文化的全息图像——论〈红楼梦〉》，东方出版中心1995年版，第133页。

顽石从大荒山来到太虚幻境的根本目的就是知会绛珠仙草；木与石的共在是《红楼梦》的最高存在。在大观园时代，宝、黛是主人公，诗泪相答是主旋律。大观园的全部目的和使命就是培育滋长并从生命存在的事实层面完成宝、黛情爱。宝、黛情爱幻灭的根本原因是内在的，就是木石前盟的诗情爱意且只是还泪报德。还泪报德是成功的，诗情爱意却是令人叹憾：诗性品格的持守以诗美理想的必然幻释为代价。由于失玉，贾宝玉变成甄宝玉，木石前盟扭曲为金玉良缘，其成果并不是宝钗入主荣国府和贾兰再历大观园，所谓"兰桂齐芳"，而是与甄宝玉的诀别："证同类宝玉失相知。"失玉后的贾宝玉丧失了神意，但是残存着人性，这就是情欲；然而甄宝玉出现了，这份人性就变成德行。诗意业已湮灭，人性从大观园撤离，神瑛侍者就走出太虚幻境，回复为顽石。"顽石通灵—木石前盟—通灵失玉—顽石回归"成为《红楼梦》的主题变奏。

太虚幻境幻现于贾宝玉梦游。警幻仙姑"欲往荣府去接绛珠，适从宁府所过，偶遇荣宁二公之灵"。特邀的是黛玉，所邀乃一场天国盛筵，却接洽在宝玉身上。这就是缘，一个不期而遇的机遇，应和着当初的红尘之念，相契了还泪报德的诗意，就赶上了一场资格性饮宴，梦游变成赴宴。贾宝玉的一生都在奔赴这场盛筵，既作为神瑛侍者，也作为怡红公子，与千嗔万怨的林妹妹，与悲怀而美艳的女儿们共赴这场诗情的盛筵。于是乎，一双自由精魂在一段特殊的时间凝滞，《红楼梦》就为此演化出一个预设性所在：离恨天外，灵河岸上，三生石畔的太虚幻境。贾宝玉的梦游分为四个节奏：一是阅览册籍，知会宿命；二是聆听意淫说教，领承道德训诫；三是赏阅《红楼梦》十二支曲；四是与可卿云雨，将意淫实现为滥淫。作为女娲的幻境法身，警幻仙姑的意淫说教代替了铸灵，她以乐教精神为旨圭，将"玄牝之门"的价值冲动伦理化为情礼相兼的道德风标，建立起一套诗酒美乐兼备却灵肉分离的意淫学说，就是太虚幻境的价值规定。这个规定并不以外在契约来约束人的行为，而是阐明灵性之源不假外求而自有，"天分中生成一段痴情""可心会而不可口传，可神通而不能语达"。可以说，如此规约赋予了木石前盟以泪报德的道德质性，但离开真实的人性太远。换言之，木石前盟实现的是诗，是梦，是人格审美，唯独不是人本身。自然本质被抽绎为美乐和合的诗、情礼相兼的德、灵肉相催的情。生命价值从自然本质的实现拐入"孔孟之间""经济之道"。从炼石通灵到幻境结缘，贾宝玉始终没有确立人的主体地位，没有实现人的自然本质，诗意象征导致神性的无边怀想，情礼兼美的结果是生物自然本性的枯萎。神圣一体的情教就变成贾宝玉幻灭人生的预演，就是木石前盟的双重悲剧：伦理世界不能培育神性和诗意，诗性审美也不能拓展人的出路。

三、历幻是神意和诗性的幻灭

从女娲炼石的母腹意象到太虚幻境的兼美方案，从木石前盟的诗性追求到神瑛历幻的历史穿行，《红楼梦》衍化为情节层面的精心设计，构成曹雪芹对于生命和存在的回思纵览。母腹意象不是《红楼梦》的核心意象，但是荣格意义的原型，所谓"玄牝之门"。它包括四个生物节律：受孕、赋灵、结胎、降生。衍化出四个情节意向：炼石、浇灌、挂号、下凡。与时空、心灵、品格和历幻四个价值向度相应，隐约大荒山、太虚幻境、大观园以及贾府四个空间层面。有两条线索：一是母腹意象的性模式衍化的时间维度，概括贾宝玉从出生、泛灵、恋爱到婚姻诸人生阶段，是伦理价值的散塌过程；二是太虚幻境含摄的从浇灌意向到诗性追求、从诗酒美乐到顽石回归四个诗意桥段，是灵性价值的幻灭过程。作为中轴，将二者联结起来的是神瑛侍者这个人物，其内在本质分裂为甄、贾宝玉及两个派生性人物：一是呼应着茫茫大士、渺渺真人，承担伦理世界预警圣职的秦可卿；二是映照着甄士隐、贾雨村，深入到大观园实施拯救的刘姥姥。秦可卿是由兼美而空亡，引领众姊妹回归太虚幻境；刘姥姥则从死亡界域走脱，将诗性种子播撒到阳光雨露的荒郊大野。两个维度回合了《红楼梦》开篇的预设："因空见色，以色生情，传情入色，自色悟空。"贾宝玉从前一维度跌入后一维度，然后回归大荒山的。

木石前盟与女娲炼石遥相呼应，是同样的赋灵关目——神瑛侍者的灵性浇灌作为一个惊世骇俗的价值运动，冲击着兼美情教的天理伦常，激荡生命诗情，形成人性与伦理的冲崩。有必要厘定一下"诗性"这个概念。诗性是神性的形下之维，是个体而不是群体的生命特色，一种充溢于天地间的无遮无碍的自由精神和独立意志，它以感应万事万物、体悟真性本然、张扬生命诗情、实现人性价值为指归，超越历史逻辑，形成个体价值内驱——也正因此，诗性与情教伦理相违背，走向幻灭。更重要的是诗性价值缺乏自然本质的人性内涵，在角色象征的意义上与伦理衔接起来，就是兼美。兼美是大概念，炼石与浇灌是两个小概念，兼美本应该包含赋灵与浇灌两个价值维度的统一，但是，熔铸道德理想与浇灌诗性生命，是兼美蓝图试图融合实际上根本不可能的两个对立的价值取向。如前所说，兼美是一个价值方案，在对待人欲的态度上不是重复道德说教就是诱引肉体事实，诗性和本能都不能实现。"大曰逝，逝曰远，远曰反。"[1]"玄牝之门"的生命逻辑必然导致母腹意象的归根复命。

"历幻"是一个价值解体的过程。正如浇灌与炼石的分离，大观园与贾府的分离是母腹意象自然生命意志与神圣劳作意向的历史性断裂，结果是人性本质的凸显。无须回忆性劳作生命互证、情性氤氲那一刻短暂妙乐的时光；生意消乏，两性分离，清晰呈现的生物本能阐释着道德建构的人性本质。什么是"万物负阴抱阳，冲气以为和"？就是性实践。生物过程也是价值过程，它隐喻着"大曰逝，逝曰远，远曰反"的历史正向，也隐含了逻辑解构的反向。从历史正向讲是"三生万物"，神圣意向沉溺于肉体事实，实现着人性真实；幻境结缘到大观园诗情乃至贾府淫乱是一个伦理散塌过程。从逻辑解构看是"冲气以为和"，诗性追求实现为肉体蠢动，贾宝玉撤离大观园，回复为神瑛侍者又重

1　梁海明译注：《老子》，山西古籍出版社 1999 年版，第 44 页。

游幻境，这是一个价值幻灭过程；自然本质的宣泄势不可挽，结点是人的诗性本质的勘破。胖大和尚责问："你自己的来路还不知，便来问我！"贾宝玉终于勘破：人性的本质是欲而不是诗！散塌与幻灭都是自然本质冲奔的结果。没有神性的提携和制导，诗性就不存在；埋汰诗性和神意的是洪水猛兽般的人欲和酬应世故盗用世情的道德假面。在圣性界域内，伦理道德与肉体情欲冲撞博弈；母腹意象及性模式携带巨大生物能量，无可遏制地冲破理性藩篱，完成着人的价值还原。"大"是道体之大，"逝"是人性的冲奔无羁，"远"是诗性和神意的理性边际，"反"是存在实相之返还。通灵顽石从性模式出发，又以顽石身份回归，"玄牝之门"乃是历幻人生的必由之路径。木石浇灌的诗性呢？"万境归空。"亦即诗性回归母腹。"沐皇恩""延世泽"无非是周而复始的盛衰循环，意义等于零。

四、木石前盟的悲剧意义

结缘者，行识相感也；挂号者，胎寄受生也。幻境册籍乃是佛家的生死簿、造业册，前生来世之造命也。太虚幻境的人类学意义是以仪式象征手法回顾了贾宝玉投胎入世、幻形为人的母腹生理过程，但它又抽象概括了有情生命自然衍化的一般逻辑，反映了中国文化对于生命发祥、人类创诞的世俗观点。太虚幻境与大荒山连体合璧，取象于道家炼丹结庐造化仙乡的神仙学说，与秦汉黄老哲学、神仙家求仙访道的传说有关。炼丹之说分外丹和内丹两路，外丹求命，内丹求性。太虚幻境以内丹修性隐喻兼美求真之义，大荒山则是外丹结庐的天地造化之功，隐喻宇宙生成之始，故有女娲炼石通灵。通灵之石被推入丹田母腹，和合而孕结，在《西游记》太上老君的炼丹炉里看得更加明白。

　　一如女娲炼石与真正的赋灵（前面说到的赋灵指人性的禀赋）无关，木石前盟与太虚幻境兼美情教也没有关系。两个个体之间的柔情蜜约，是甘露与泪水往还的生命温暖，是"道生一，一生二，二生三，三生万物"的价值推衍中唯一真实的个体事件，也是母腹意象真正超越自然本能的诗性价值！如果说兼美情教熔铸了性劳作的母腹意向，木石前盟则是这一构想中挣离伦理、走向个体情感实践的人性努力，这是以历幻为表征的、与情教宏旨相违的诗性追求，是真正远离尘俗、只属于心灵的神意和诗情。只有木石前盟才是《红楼梦》的真正主题。所有题材只有与这一主题取得联系才生成意义。木石前盟开拓人性价值的三个意义：（一）木石同一，因缘和合，以情相感，以泪报德，是一种纯粹精神和心灵的相知、相遇、相悦、相许，而不是伦理扭结或肉体滥淫。木石前盟的价值原则是意淫，从而与滥淫相区别。（二）木石因缘的世俗规定不是爱情，而是情爱，知己之情，是中国士大夫个体价值追求的最高典范，是功名事业无以实现、补天济世两相无望，于穷困潦倒中唯一的心灵安顿。知己非爱侣亦非朋友，但兼有爱侣和朋友之谊，是一种缘分，一种灵魂相许，是漫漫生命旅程、漠漠宇宙大化唯一的人性温暖和心地光明。知己之间两心相通，与天道大化感应，相向而求又自生自灭。木石因缘无所谓悲剧，其实现也就是它的消逝，乃是道化本然。跛足道人的《好了歌》在此得到确切注解。悲剧是从形下落实说起的。知己之情一朝走到义利和婚姻就走到尽头。以泪报德不排斥神授色与，最高旨趣却不在此，而在生命图腾的建构，是一个灵魂逐渐明澈、自性清晰起来的过程，它更是一种宿命了然于心、万象不萦于怀、生命纯挚一如、存在浑然不觉的价值理性和生命境界。林黛玉不可能变成薛宝钗，但薛宝钗可以接替林黛玉，把木石因缘推入世俗，使之道德化、利益化，最后荒谬化。如果说木石前盟以神意相感、诗性相荡、情心相悦的诗化人性宣布其成功，金玉良缘则是以伦理相成、道德相求、情色相得、心性相离而宣布失败。金玉良缘是木石前盟的社会历史形式，它表明，木石前盟在现实情境中是完全没有出路的，它只构成生命和存在的最高价值，悬挂在天外，俯瞰着人间，只是一个价值图腾。（三）作为太虚幻境最重要的人性事件，木石前盟与另一事件匹配，就是荣、宁二公之灵的道德托孤。道德托孤同样只是一个价值期许，是伦理世界对于人性价值的道德关切：通过太虚幻境的天上盛筵实现人性滋长的文化预警和乐教劝谕。道德托孤的文化策略就是把人性处置到社会和家国的历史运动中，实现补天济世。但是，它是以人性的扭曲和诗性的失落为代价的。从神意诗性到道德圣性，其间的人性逻辑是断裂的，所以历代先哲都以诚心敬意修心养性来校正之，并将人的灵性和诗意作为负面价值抛弃掉，这就是贾政对宝玉的笞楚。道德文章不是不好，而是失却灵性诗意，等于泯灭天性，人变成模具或玩偶，最糟糕的时候就是行尸走肉。它不仅与人性相违，且与乐教精神相背；圣心只是一个"仁"字，如果"仁"心失去温热诗意，就是人的死灭。

木石前盟的文化拯救意义由此而发。它以美丽诗意和深挚感情完成着两个孤弱灵魂的相扶相恤，它本来就是礼乐文化的精魂之所在，构成曹雪芹情教兼美方案中与契约或戒律完全不同的诗性中介，其特质在于"心性"二字。但是宋儒以后明清以来，把灵性当作理性的排斥对象，人欲祛除掉了，诗性变成德性，礼乐变成礼教，道德成了空壳，变成人性桎梏，横亘在天人之际、情礼之间、才德之域。曹雪芹正以诗意化和象征化的方式来救治礼教和文化的死亡症候，在伦理躯壳中灌注灵性，在礼教结构中加入诗的精神和酒的雅趣，旨在实现人欲。可是，木石前盟只是一剂清凉散，伦理世界患的是热毒症，冰火不投，药不祛病。太虚幻境的兼美之乐只是伦理世界的恐怖事件，也是木石因缘势将湮灭的梦幻春景。

木石前盟的根本缺失是木与石的同一性关系——形上形下的相应，神意诗性共在，而不是独立个体存在。由于对立关系的缺席，相互确证不能形成，独立个体也就不存在。结果是石自沉，水自流，两两幻失，终无意趣。不存在独立个体的共在就是童年无性状态：只能心心相印，不能患得患失，偶有骤变即趋幻灭，此即宝、黛情爱的典型形态。要命的是千嗔万怨的林妹妹虽未忘失终身之念、婚配之想，根本上却是一种亲情嗔责和诗意斟酌；她并没有也不会提出明确的人性要求包括婚姻请求。爱、诗、欲、礼，都在暧昧之间。所以在他们感情的初始阶段，贾政是小题大做、捕风捉影，贾母却视为儿戏、化而略之。他们的情爱和诗意根本没有，也不可能提到伦理世界的价值日程上来。心证意证只是一个象征，根本是虚假的，甚至是一个欺骗。所以黛玉临终恨声呼宝玉。在《红楼梦》的长篇大赋中，所有女孩都作为艺术符号被编码、分配到不同的花色和名号，诗意盎然，不无真意，根本上却只是一种仿真和模拟，儿童时代的一个烂漫的春梦。木石因缘不能解决任何人性问题，却是一个凄艳而虚幻、空耗着生命和血泪的圈套。可以设想：十个百个贾宝玉也哄不转一个林妹妹，只有一件能满足她，就是婚姻，这正是贾政、王夫人、傻大姐和红学家齐心一律猜忌宝、黛要发生性事件的哲学文化原因。木石因缘的悲剧意义并不在于它忘失了人性，而在于从枯索的伦理世界里抽回可能的人性内容，它只在那里播洒泪雨施放泪雾，使人性抽象化，再一次消解了人性。它形成与伦理的共谋关系：诗礼一家，唯雅俗之辩和性相之分耳。它构成风月宝鉴的正面影像，却幻现着情色和情色后面饥渴的灵魂。曹雪芹石破天惊地发现了这个伦理世界最深刻美丽的残酷：在整个后四十回的悲情演绎中，一方面演示肉体的礼法规制，并把它安顿到伦理的豪华绸褥上，诗酒歌飞，观赏其淫乱；另一方面演绎着以泪报德，以木石前盟的阴风鬼气制造贾宝玉的精神错乱和心灵折磨——睡在宝姐姐的床上却做着林妹妹的旧梦，身边是一本正经的柳五儿，三个假人，一片真心，就是薛宝钗的赤子之心。木石因缘欺骗了林黛玉，也羞辱了薛宝钗，玩亵了所有的柳五儿们。曾经的神瑛侍者，当初的怡红公子，此刻却变成纯粹的情色大王。贾宝玉从身心两方面都堕落了。甄宝玉正是在此种光景下出现的，就像那些说了几千年套话的正人君子们，甄宝玉年轻的生命散发着古老的气息，他讲演着仕途经济、功名利禄的圣贤鬼话；木石因缘、神瑛侍者、顽石之灵统统死亡了。贾宝玉由此醒觉，捐弃形囊，游心天外，迈出与伦理世界最后告别的步伐。木石前盟的人间真情是一个弥天大谎，它以虚幻满足饥渴的心灵，同时诱惑一颗颗诗意的灵魂走向堕落。红颜知己成了所有知己的红颜；在漫长的中国文化的历史长河中，诗礼儒雅的文人墨客就是这样与女子亲密起来又捐弃出去，兼美等于淫。这就是秦可卿的生命，也正是秦可卿的鬼魂一直笼罩大观园的哲学文化原因。

太虚幻境就是伦理世界的一张语义结构图，能够解释这个图谱的是警幻仙姑；把它看透的却是贾赦老人和贾敬先生；身受其害而不觉、醉心其中而不醒的是秦可卿。作为爱情的古典嬉皮，她是人类情感的一个巨大的嘲讽。兼美是不可能实现的，木石前盟只是沉寂的宇宙长空下一道渐渐幻逝的泪影。贾宝玉的悟情并不是悟到金玉良缘的封建野蛮，而是悟到木石前盟的虚假，所以他最后告别太虚幻境，回归大荒山下。太虚幻境不是人的故乡和家园，只是一个梦魇。女娲锻炼的精魂没有安顿到人的生命中，没有完成人性的社会历史化，也未发动真正的人性运动。她只到人间念了一些诗，唱了一通曲，喝了一顿酒，装模作样扮演了一回角色。演得情真意切，假得令人感动。只留下四个字：不离不弃。就此而言，中国文化的确是一个精美绝伦的艺术，但不提供真实人性，更与生存现实无关。用它来补天济世不仅可笑，而且可悲。所谓"由来如一梦，休笑世人痴"。执持者当回事地劝世救人，就有点可疑了。

唯一的一个例外是脂砚斋。我同意周汝昌先生的考据，更同意霍国玲女士的幻想：脂砚斋是曹雪芹与他美丽情人的合称：脂是胭脂，砚是笔砚，斋是书斋。他们一个作小说，一个会画画，流落民间，咫尺天涯。但他们共同创作了《红楼梦》。

第三章

大观园：情节叙事体系论略

顽石通灵、幻境结缘、木石前盟、金玉良缘无疑是四个中心事件。"通灵"只是设言，"结缘"无非设境，木石前盟、金玉良缘却是红楼真故事。"前盟"与大观园偕逝，"良缘"则与荣国府俱灭。木石前盟是宝、黛情爱的本质，核心义项是以泪报德，如花，似梦，是诗；金玉良缘是钗、玉婚姻的关键，关键处在"不离不弃"，结果是既离且弃。它是礼，如水，似幻。情爱中的贾宝玉是神瑛侍者，吟诗、护花、做梦；婚姻后变成甄宝玉，循礼蠢动，似水流年，梦幻空花。贾宝玉常常是惊梦怵觉，泪流满面，终至失玉，变得麻木无神，纯然一具行尸走肉。二游幻境是追魂摄魄，看破世相；离家出走就是识认本质，归根复命。贾母是为贾宝玉看护梦境的，却把梦调成一个大包；刘姥姥是为他守护灵魂的，却把他引荐给抽柴的女孩，又把他从郊外引渡到天外……

　　抽柴寻梦是初历幻境的余绪，那是宝玉未悟之时的懵懂诗思；二游幻境则是郊祭金钏的落实，已是勘破世情后的怆痛无觅。所谓"寻梦"，寻的就是世外仙姝林妹妹，结果只寻得个潇湘妃子，他顿悟了：与林妹妹血泪以之的情爱亦不过一份前缘而已，缘尽而散；所谓"郊祭"，祭奠的是宝姐姐，一支金钗，雪中无埋，井底生涯，势欲出离。中间两个"错接"：一是五儿承错爱，二是宝玉证同类。前者接续晴雯故事，但是酸文假醋，寒薄入骨。唯一的价值可能，是把贾宝玉诱入宝钗的婚床，五儿只是宝钗的一个替身，在宝玉入俗前实行了一次性诱导，让他再一次看清那副金锁，觉醒了情；后者铺垫了宝钗的赤子之论，所谓甄玉"送玉",本当同类相知,却是冰炭不投,将他逼出现实世界。贾宝玉从甄宝玉身上反观了"假我",看到自己欠着一万两银子的世间饥荒:那不是井底生涯,而是火坑煎熬!"佳人双护玉",合家凑银子,表面上阻截挽留,实质是索债逼命,直到赶考前妻妾失声、老母痛哭,已经是心别,四拜贾政就是诀别。从紫鹃到宝钗、到贾政,贾宝玉走过情、礼、天三个里程,总算拔出俗波,汇入僧道之流,回复为一块石头。石自沉,水自流,世间幻梦,天外传奇,只落得几滴眼泪,一片叹息,如此而已。

第一节
大观园的文化结构

一、"京华何处大观园"

大观园的领袖人物是贾宝玉，核心事件是以木石前盟为内核的宝、黛情爱——全部大观园叙事都围绕着此一内核组织编排，其意义和价值亦由此得到解释。与此相应建构出一个装载并播演其意义和价值的空间存在，可能摄取、折射甚至临摹了各式各样的园林，但本质只能是虚构，一个意义和价值的实体。一旦如此，20 世纪 60 年代关于"京华何处大观园"的考据就只具有素材梳理的意义，而不具有文物价值。大观园只是一个境界，心识所幻、因缘而设、以人织景、因情造境的艺术虚构：可能在江南但不是江南；疑是恭王府又不是恭王府。大观园的使命是完成木石因缘的诗情播演，包含三个层面：一是兼美的文化拯救理念；二是木石因缘发生、发展、幻灭过程；三是题材改制、情境设置及叙述技术。笼统抽象地谈大观园的意指是没有意义的。

大观园是情教方案的形下落实，才与德、情与礼、诗与酒、花与月、流水与落花和谐统一的世界，一个兼美之境。作为太虚幻境一干情鬼的人生舞台，大观园的基本课务就是诗酒美乐：她们来了，去了，来得天真，去得凄美，最后散尽。她们以贾宝玉为中心，以钗、黛为两极，形成一个人物性格系谱：

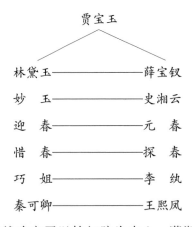

这就确定了以怡红院为中心、潇湘馆和蘅芜苑为两极的位置关系——如果从大观园的立体位置关系看：上面笼罩着太虚幻境的神意，下面筑基于贾府伦理，大荒山那块顽石变幻为神瑛侍者结缘于太虚幻境，其徽章就是衔于口内、挂在胸前的那块宝玉，也就是怡红院的镜子，跛足道人让贾瑞只照反面的风月宝鉴。这是一个哲学魔镜：一边是美人，一边是骷髅，正反对待真性如一。以此，神瑛侍者又指涉甄、贾两个宝玉，大观园也时时映现甄府花园。把大观园解作曹家西园或恭王府等现实原型的确有负曹雪芹的苦心。大观园的幻形设计旨在显示诗酒美乐的普遍性，正如贾府之于甄府乃至薛、史、王诸府的普遍意义，而且显现着兼美构式内在分裂的必然性，最后体现为甄、贾二玉的分道扬镳，这才是大观园幻灭的根本原因。在这个前提下，外部世界的浇灭才是有意义的。探春就说过："可知这样大族人家，若从外头杀来，一时是杀不死的，这是古人曾说的'百足之虫，死而不僵'，必须先从家里自杀自灭起来，才能一败涂地！""自杀自灭"之所以发生是人性的本质使然。从大观园与外部世界的关系看，虽然存在着伦理的终极同一性，但是大观园神意和诗性的追寻与补天济世的功利干求和淫乐腐朽的人欲酬唱有本质区别；从价值看，幻境女儿虽然都怀有情与诗的共同追求，但是人格典范和情感方式却存在情与礼、才与德、灵魂与现实的不同选择。从现象看，大观园处于内外两重困难之间：园子里，她们如诗如花美妙绝伦，但是生活在严格的伦理控制之下，人性本质无以实现；园子外，她们又是骄傲的公主和高雅的诗人，作为伦理世界的好孩子，享受一份亲情罢了。从未来前景看，她们追求的那个世界、那份神意诗性，那种道德、情欲与诗美融洽同一的幻境兼美是根本不能实现的。大观园只是一个逻辑构想，意向性存在，诗酒美乐也只是伦理盛筵容采风华的装饰，顶多是伦理主人世俗操劳心疲力乏时节的童年之梦、会心一笑。贾宝玉及众儿女的诗情只是伦理世界风花雪月的雅作：一缕愁思，一丝怀想，一声叹息而已！

关于大观园的文化本质有许多其实并不矛盾的观点。考据家更愿意从文学原型意义做出解释。周汝昌先生就说："盖什刹海的城外水源从德胜门旁（西北方）流入，过德胜桥，南流环抱现今之所谓'恭王府'，再向东通过'响闸'（正名万宁桥）而流入什刹海——正是围抱了一个圈子，将恭王府及四周之地圈成了一个'蓬莱仙岛'（'文采风流'是老杜赠曹霸画师的词句）。"[1] 这自然没有问题。曹雪芹创作《红楼梦》不仅现实主义地模仿了他所见过的、听过的园林，且与曹家的史实有关，这都没有问题。但我还是不能同意先生另外的观点：

> 这个被名家判定为"理想世界"的幻境中，十二正钗中除孀妇李纨外，只有七个少女是住过大观园的，包括本姓主人与异姓客寓者，即迎、探、惜、黛、钗、湘、妙。元春只是夜里游观了一回，不及天明就走了，再未重来，不能算是"境"中人。剩下的：凤、巧，根本不在"境"内，一直住于"现实世界"里，清清楚楚。秦可卿呢？"幻境"还未盖造之前，她就"画梁春尽落香尘"了，她连这处"理想世界"也没赶上——何况她纵使不是先此而逝，也只住在"更现实"的东边宁府绣房中。[2]

老先生问："这样的'理想'与'现实'的所谓'两个世界'，是如何'分庭抗礼'的？"按先生的意见，"大观园与太虚幻境的'关系'，被名家弄得'风马牛一码事'了"。其实，"理想世界"论者与周先生不

---

[1]　周汝昌：《红楼夺目红》，作家出版社 2003 年版，第 37 页。

[2]　周汝昌：《红楼夺目红》，作家出版社 2003 年版，第 39 页。

是在一个层面谈问题的。我以为双方都正确。周先生从文学原型上考据，既非常必要也相当权威，但是，这是一个艺术生成问题，不是大观园世界审美或文化价值的话题。我之所以赞成"理想世界"论是因为：一个价值理想的逻辑建构，一个文化方案的哲学构图，与构建这一理想和方案所依据的现实模型及其地理位置，是两个完全不同的范畴。现实模型也有建筑蓝图，也有文化审美的讲究，但那与曹雪芹写《红楼梦》无关。曹雪芹肯定模仿甚至假借过某些园林底稿，但根本目的是表述他的兼美理想和文化构想，自有一套文化蓝图，"理想世界"是从这个意义讲的。也正因此，大观园与太虚幻境取得逻辑上的联系并写入文本，但与考据出的恭王府或慎郡王随园存在不小差异。"理想世界"论者只是说：大观园虽然建筑在贾府的地基上，或者是恭王府或慎郡王随园的翻版，它仍然表述着曹雪芹的文化理想和拯救方案，就是以情为旗帜，以诗酒美乐为旨趣，早在太虚幻境就勾画好了的兼美之境。即使只有"金陵七钗"住过，也不能说大观园不是曹雪芹的理想世界。相反，他尽可能让那些美丽女孩有理由进住大观园，比如香菱学诗，比如薛宝琴等人与贾府的亲戚关系。如果驻足于原型考据，那么请问：太虚幻境的原型呢？大荒山呢？一个人人争向往之的大观园与太虚幻境的关系是否就如周先生所说的"风马牛不相及"呢？完全不是。大观园是太虚幻境兼美理想的落实，是一个诗酒美乐的生命境界和存在状态，唯此才那么美丽动人，那么让贾宝玉和曹雪芹伤怀。大观园就是贾府世界的精魂之所在，即使伦理主人，对于大观园的摧残也是那么痛心。这里的本质是父亲杀掉了孩子！所以探春痛心疾首地说："你们别忙，自然连你们抄的日子有呢！你们今日早起不曾议论甄家，自己家里好好的抄家，果然今日真抄了。咱们也渐渐的来了……"探春看到家族伦理的冷酷和人心世故的不测，曹雪芹看到天道伦理对人性的浇杀，对美丽女孩的荼毒，对于神意诗性的拔除和扼杀——大家族败灭的根本原因在此，而不在彼。

我们有另外的关切，就是与西方杀父娶母相反，中国文学中有着杀子奸媳的桥段，那么多脏唐臭汉故事就不说了，仅《红楼梦》就有：贾珍与秦可卿"爬灰"，贾蓉与王熙凤"养嫂"（婶），贾赦毒打贾琏而宠秋桐、私赵姨娘而宠贾环，不一而足。虽然没有从肉体杀死他们的孩子，可从精神、灵魂和才情上浇灭，同样惨无人道。以此考究大观园，追溯到贾府伦理，乃至天道终极，我们才获得与曹雪芹对话的可能。大观园与太虚幻境的哲学文化关系并非"西方的'乌托邦'的变词"，更不是"一天至少要跑五六次去到'现实世界'里吃三次饭，晨昏'定省'尊亲长辈"也不能说明大观园与贾府没有任何差异。相反，先生不理解的也正是贾府长辈们搞不懂的：大观园的女孩们有着与成年人很不相同的情感思想，她们有诗，有梦，有幻想，有爱情，而不仅仅礼仪道德。贾宝玉就对稻香村非常鄙视："却又来！此处置一田庄，分明见得人力穿凿扭捏而成。远无邻村，近不负郭，背山山无脉，临水水无源，高无隐寺之塔，下无通市之桥，峭然孤出，似非大观。争似先处有自然之理，得自然之气，虽种竹引泉，亦不伤于穿凿。"[1]可以说这是对贾府礼乐精神的否定。贾宝玉的"天然图画"就是指人性自然——诗情和真爱，而不是道德说教和伦理操作。只有成年人把物质享受指认为人性的本质，孩子们认定的是诗、是神意、是纯洁美丽的爱情。她们与长辈们是如此深刻地对立，还要"一天至少要跑五六次去到'现实世界'里吃三次饭，晨昏'定省'尊亲长辈"，正是曹雪芹的愤嫉处，大观园幻逝的痛心处。

二、木石前盟和金玉良缘

大观园的基本故事就是宝、黛情爱。我们不叫爱情而叫作情爱，是因为曹雪芹男女情感其最高境界不是今天的爱情。宝、黛情爱有三个特点：（一）木石前缘，而不是后天的经济基础感情凑泊。在中国文化看

1　曹雪芹、高鹗：《红楼梦》，人民文学出版社 1982 年版，第 232—233 页。

来，天地间的男女如果没有一种叫作缘分的东西在，就不可能相遇，更不应该强扭到一处。没有了缘分，男女交合就是失却灵魂依据的蠢动，是刺激和淫乐。而缘分是超越经济利益和伦理制约的，她来自神意，虽然是私情，却是一种面对天意和宿命，诉诸领悟而无法言说的感情。所以，无论月下老人神话还是木石前盟的构拟，都在表述一种人之于世的神意和诗情。与之相比，伦理缔结经济搭配都是外缘，都是人力撮合、力量对比的结果，唯有这缘，这份无由却不禁的情感，才值得终其一生去追觅。（二）人间知己。太虚幻境结缘，女孩都"从石兄挂号"来到大观园的，但是只有绛珠还泪是此番尘缘的根本动因。问题在于：经过漫长的情感斟酌和心灵碰撞，逐渐体认了那份缘，理解了各自的心，尤其是在护念和斟酌这份感情时那种世间冷漠的体验，使他们产生了超越伦理、超越世俗的个体自觉和独立意识，因而在许多问题上能形成对话，比如聚与散的不同观点，归宿与死亡的共同追问，尤其是林黛玉"无立足境，方为干净"的续语对贾宝玉境界的拷问，乃至《五美吟》女子命运的怀想，都萦回着人之于世的感慨与悲悼，隐约着生命忧患，从而获得超尘离俗的品格。（三）相濡以沫的体贴，形影相随的柔情，生死以之的决心，深深挚爱的真情。事实证明，这份情感须臾不可离：始于一见钟情，长于青梅竹马，爱于前世因缘，恨于世俗纷扰，斟酌于情泪之间，以了缘为终结。宝玉一失，绛珠离魂，天上人间，渺然河山。贾宝玉真正的人性追求从黛玉逝去开始。此前他基本是在捕捉灵感。黛玉死了，生命的诗性和神意就丧失了，他这才深刻感受到活着的乏味和无聊，乃至厌恶肉体。[1] 通观大观园这部情爱连续剧，前面叫斟情，后面叫悟情，黛玉之死是一个界点。斟情的结果是体验到情缘的宿命性和绝对性，悟情的结果是发现了神意的虚幻和诗性的不实。贾宝玉从真假体悟到有无，悟出实相，勘破本来，于是回归。

1　第一百十五回"证同类宝玉失相知"，宝玉不仅慨叹，而且悲哀。他说："他说了半天，并没有个明心见性之谈，不过说些什么文章经济，又说什么为忠为孝，这样人可不是个禄蠹么！只可惜他也生了这样一个相貌。我想来，有了他，我竟要连我这个相貌都不要了。"这已经是肉体厌恶了。

金玉良缘就非常勉强做作。第一，没有先天的缘分，而是家族利益的扭结。为了这个缘分，薛家散播了许多传说，诸如也曾有癞头和尚和跛足道人开示，必须一位有玉的人来匹配宝钗这戴金的人，金莺儿又说她家姑娘有三种好处，等等。钗、玉婚姻也显得太匆急了些：元妃薨逝，甄家翻船，加之宝玉失玉，已经预告了贾府败灭的消息。这不是良缘，而是厄运了：宝钗哭了整整一夜。另外，贾母有终老之需，贾政又有放外之行，家事萧条，后事暗淡，贾母就说："说要娶了金命的人帮扶他，必要冲冲喜才好，不然只怕保不住。"保不住的不光是贾宝玉的性命，而且是贾府世系的命脉，所以宝玉必须做孝顺子孙，不能有非分之想。宝钗呢尴尬之至，又不免抢嫁之嫌。第二就更无可言喻，宝钗在所有方面都是成功的，唯独情私爱欲方面是个老夫子，也不是少女不怀春，而是生命的诗情和神意自觉放弃了，伦理道德成为她生命的根本支撑。这样的薛宝钗与鄙弃禄鬼国贼的贾宝玉自然是格格不入。第三，宝玉观念中她就是宝姐姐，而不是林妹妹，少无相适，长不相契，心理间隔较深，礼貌甚于情爱。赤子之论是最后一次谈话，所谓"冰炭不投"。在辞别薛宝钗的那一刻，贾宝玉是将整个伦理世界抛弃了，薛宝钗就不再是一个具体的人，而是一种道德理念和世俗价值——被抛弃了。

宝、黛情爱的成熟是由于宝钗的出现，宝、黛情爱的幻灭则因黛玉离去；薛宝钗是作为伦理监测者和价值见证人与黛玉共同完成了木石因缘的哲学文化鉴定。林黛玉体悟空，在痴迷地作诗；薛宝钗演示幻，在清醒地做梦。黛玉是在深细咀嚼着诗境的孤苦和悲怆，宝钗却在梦醒之后尽情体验着孤独和凄凉。大观园的最高价值是诗意的美丽，根本缺失伦理支持，钗、黛之间是伦理价值与人性诗意的矛盾，本质是兼美构式的内在分裂。我们说过太虚幻境缺乏最高神意的监护，缺乏独立人格的支撑，作为伦理特色的情感典范被无限地强调了。可事实上，人就是人，既有自然本质的规定和伦理现实的制约，诗意和神性就只能是一种象征可能性，真正的价值实现是不可能的。如果说秦可卿演示了钗、黛合一兼美方案的不可收拾，薛宝钗就现成地标举了该方案的悲惨结果：

人与世界共亡。两者间有一位拯救者王熙凤，可她只在瞒骗从而图谋一己利益的最大化。曹雪芹只好把拯救的希望托付给千里之外芥豆之微的刘姥姥。在他看来，刘姥姥虽然没有诗性，但是有真情和道义；虽然没有神意，但是古道热肠，坚执天道天理，是神意的俗身和诗性的假托。曹雪芹不愿面对的是，他推出的只是一个文化躯壳，就像今天的假广告，真实的人性并没有诞生。

"才子佳人相见欢，私订终身后花园，落难公子中状元，奉旨完婚大团圆。"大观园情爱婚姻故事基本没有出离这个套式，但意趣迥然。前两句概括宝、黛情爱差不多，只是将情感置换为前缘，"私订终身"诗化为情诗往来，以泪洗心。庆幸的是黛玉没有双亲，就没有人再逼着公子落难了还去考状元，以换取伦理认可，这就大大强化了诗的含量。后两句就大异其趣。公子并未落难却失了玉走了真魂，状元不谈了，急急忙忙完婚，圣旨也顾不得了。洞房花烛，了无意趣。如果说那个模式播演了才子佳人的贵族雅趣——他们根本就是在玩情色，但是没有清晰的人性意识，只是伦理装饰了的性蠢动。而宝、黛情爱则清晰有序地表现着神性爱意向着诗化人格的转移，虽然这种转移是非常悲惨的。这就不像西方文化，找到爱就找到了上帝，找到了终极依恃；贾宝玉只找到自性却又是本空的，皮相地看就是蠢然一石而已。于是《红楼梦》演示了两个主题：天坍塌了，人没有希望。就是存在的真实。

大观园舞台上演着一场一场诗剧。《红楼梦》全天候全方位落实着太虚幻境的兼美方案，譬如一场盛筵的开局到高潮，它有两个标志：（一）礼乐的完备和亲善。花月满园，与人相随，道德文章，灵性沛然。（二）诗性的飞扬和发挥。文采风流，歌诗联唱，花枝春满。貌似兼美理想实现了。表面上花好月圆，结果是"花落人亡"！这是人的主题。另一个主题荣国府盛筵的坍塌，也有两个标志：一是礼崩乐坏，纲常紊乱；二是道德败坏，人欲横流。以钗、黛分离为界，大观园两极分化了。先于宝玉失玉，黛玉一组纷纷逃离，她们以对抗存在的方式去死，以死的方式对抗存在，回归幻境；后于金玉完婚，宝钗一组纷纷撤离，流落大野，完成了伦理世界的道德破产。又考据：宝钗、湘云都改嫁了[1]，李纨更是薄命，连小孩子巧姐也承刘姥姥搭救回归乡野。盛筵撤除也就完成了兼美方案的解体——天人分离，伦理分裂，前者指灵肉，后者指涉情礼。

三、大观园世界的神性构拟

据考，大观园与曹寅西园、李煦苏州织造府及北京恭王府都有关系，这不重要，重要的是它进入《红楼梦》就成为大观园，成为省亲别墅。修建这个园子的直接动因是皇妃省亲，贾赦、贾政批准，山子野设计，贾琏具体操办，荣、宁两府合力建造起来的。秦可卿之死是奠基仪式，元妃省亲是剪彩仪式，宝玉挨打是序幕，也就是宝、黛情爱的第一次宣布。大观园第一场盛筵是"海棠结社"，完成了角色分配，初步显示幻境人物的文采风流。

前面说过，大观园的诗性缺乏神意的监护，这是与西方神话参究的结论。木石前盟不是来自女娲的神意吗？不是有灵河岸三生石畔的缘分在吗？可是那份神意已经转化为伦理圣意。现实世界是没有神意的，只有道德。那么曹雪芹是否想过这个问题呢？当然是想过了。大观园有座牌坊"天仙宝镜"，刘姥姥认作玉皇庙，而又与贾宝玉梦中的太虚幻境相叠映是一座地标性质的建筑。这是一道神圣之门：走过皇妃，走过村姑，也走过文人学士，但走得最多的还是大观园的女孩子。这是大观园与太虚幻境、大荒山的衔接处。那块"省亲别墅"的图腾高悬于云端、深隐于幻境，幻现为宝玉的口衔宝玉及怡红院的镜子。与此相应，茫茫大士和渺渺真人不时出现，或持诵以除宝玉之污垢，或赐镜以救贾瑞之淫狂，或领引宝玉再游幻境，使之参悟仙缘，乃至以一万两银子的孽债决断宝玉的俗缘，看起来都是在救困急难，但真正拯救了大观园的是刘

1　宝钗改嫁后面将予论述。特识。

姥姥，她救出大观园最后一名女儿。曹雪芹的用心可谓良苦：在建构大观园之初就拉到元春的赞助，搭建了与皇室的姻亲关系，应该说找到一顶保护伞；不仅如此，他还派出王熙凤大力支持，使海棠结社与白雪红梅成为最华美的篇章。神意人物，皇妃懿旨，伦理现实，无不回护着这个精彩世界，应该确保无虞了吧？事实上贾母老人的心念从未离开大观园，从未离开她的宝贝孙儿金贵孙女们，不仅关照吃喝日用，而且参与活动，尤其是从道德角度给予温而不昧的人性关切，可以说，与凤姐的支持、元妃的照应、神仙中人的拯救相关合，形成严密有效的保护网，大观园根本不存在不虞和不测。可是，所有监护都不能解决一个问题：人性自然本质和神性诗意生涯究竟如何去和谐统一！

把刘姥姥与大观园联系起来令红学家很是难堪——她不是一个食客吗？不是一个告贷者吗？不是母蝗虫吗？吃一头牛不抬头，大火烧了毛毛虫的村妪，酒屁臭气污染了怡红院所有的精致美妙，想来妙玉要砸碎茶杯以示清绝的话语也是可以理解的了。可是，就是这个村妪却真正关照过怡红院，而且切近地映照过大观园的神器风月宝鉴——

> ……左一架书，右一架屏。刚从屏后得了一门转去，只见他亲家母也从外面迎了进来。刘老老诧异，忙问道："你想是见我这几日没家去，亏你找我来。那一位姑娘带你进来的？"他亲家只是笑，不还言。刘老老笑道："你好没见世面，见这园里的花好，你就没死活戴了一头。"他亲家也不答。便心下忽然想起："常听大富贵人家有一种穿衣镜，这别是我在镜子里头呢罢。"说毕伸手一摸，再细一看，可不是，四面雕空紫檀板壁将镜子嵌在中间。因说："这已经拦住，如何走出去呢？"一面说，一面只管用手摸。这镜子原是西洋机括，可以开合。不意刘老老乱摸之间，其力巧合，便撞开消息，掩过镜子，露出门来。

刘姥姥做了四步：一是错认自己的影像为亲家母；二是批评亲家母贪占园里的好花；三是误入镜中，不识本地风光；第四是撞开消息找到门径。与宝玉梦游或观赏做个对比，其间要妙足以让我们警心。

第五回宝玉进入幻境，仙子们一见宝玉无不怨谤道："我们不知系何'贵客'，忙的接出来！姐姐曾说今日必有绛珠妹子的生魂前来游玩，故我等久待。何故反引这浊物来污染这清净女儿之境？"这是第一次，神瑛错接（贪占）绛珠神缺，与刘姥姥错认亲家母有显然的隐喻关系：不识自己的本来面目。

第十七回试才题对额来到正殿，众人认定是蓬莱仙境，刘姥姥大磕其头。"宝玉见了这个所在，心中忽有所动，寻思起来，倒像那里曾见过的一般，却一时想不起那年月日的事了。"读者明白，是太虚幻境。这是第二次，所谓不识本地风光，误入神界仙乡。

第五十六回甄家进宫，宝玉听说江南也有一个宝玉，回房卧榻乃梦游。"原是那嵌的大镜对面相照，自己也笑了。"此是第三次，甄、贾宝玉神会，抽思离魂，空有皮囊，误入镜中，不识自家风光。

第四次是二游幻境悟情了缘，开启回归之路，所谓找到门径。

如此相契，我们能说是偶然巧合无心经营吗？只能理解为：刘姥姥的苦难人生涵摄了贾宝玉的全部生命世界，怡红院醉卧是刘姥姥的神意与贾宝玉神性的寻找，惜夫千山万水失之交臂，错过了。这意味着大观园的诗酒并不曾实现太虚幻境的预设：诗意终将渐灭，神性终归虚无，人性拯救不能从神意和诗性获得，而只能从神意和诗性的幻灭中体悟，最终从民间获得。曹雪芹的叙事就是如此缜密地演绎了他的神意构拟：与刘姥姥的宇宙意向和大野风情相比，贾母监护、王熙凤支持、元妃娘娘的荣宠乃至茫茫大士、渺渺真人赤臂上阵，都不过繁华照眼，利势依恃，心生万法，本质一个"空"字。归根到底，女娲炼石衍化的太虚幻境只是一个象征，意淫滥淫无不是人性堕落的渊薮，儒道合流的兼美情教不能解决人性欲望，即使太初一步的神意和诗性也是苍白的。可见，天道只是善，而不是美。把刘姥姥看得一钱不值都是贵族盛筵的：俗眼青白。曹雪芹的悲惨在于：即使刘姥姥的善，也还是伦理世界的理念，明月中天，神意全无。善不能自救。刘姥姥只能救一个巧姐，而不能拯救大观园，更不能拯救整个伦理世界。贾宝玉就是这么离尘弃世的。原儒乐教的赤子之心与警幻仙姑的意淫说教都是神意和诗情的幻演，不是宇宙存在的真谛。

四、大观园的空间叙事

大观园矗立于荣、宁两府的连接处，地基是会芳园。诗酒美乐散播于春夏秋冬四时交替，矜持于庄严肃穆的伦理，笙歌细乐，灯火辉煌，白雪红梅，人间仙境。但是西边的道德，东府的肮脏，森严壁垒，坐吃山空，加之园子四下埋伏的老婆子，高堂华屋监视着的夫人们，乃至马道婆、赵姨娘、园里的家贼、园外的大盗……都构成大观园的严重威胁。当贾府伦理渐渐露出那下世的光景时，大观园变成一座鬼城：小姐除蔽，奴才查抄，到老色鬼贾赦巡幸、黛玉鬼哭，大观园就灭尽了。贾母做东道的伦理盛筵接待了一位天外来客和它的陪随大员们，她们簇拥着一块石头花枝招展地来到人间，写、唱、喝、玩，又回到天上去，只留下一尊花冢，一座危巢，一片废墟。天国盛筵，原不过尘间一梦。它是文化悲剧，更是人的悲剧，根本地讲，是存在的悲剧。

大观园叙事就是演示木石前盟的悲剧历程，既提供幻境人物的尘世栖所，也落实兼美情教的人间诗情，作为天人合一的典范，它是数千年中国文化的一个诗性概括和完美建构。从道体演化讲，属于"二生三"这一段，基本哲学任务是价值典范的分裂。从历史实践讲是大荒山、太虚幻境之后第三个场域。做个比喻，顽石通灵是一粒种子，太虚幻境就是母腹，大观园是婴儿的摇篮，其发祥是人间的喜悦，其幻逝是生命的成长。不幸的是摇篮尚未成就即被摧折，所承荷着的婴孩被风摧霜打死于非命——她们领承着人性饥渴和伦理催逼的双重煎熬，灵魂窒息，终至坏死："大地平稳地坠毁，月亮向上升去，金属锅里的水纹。"[1] 18 世

---

[1] 《五人诗选·顾城·童年》，作家出版社 1986 年版，第 373 页。可释为生命神性和诗电的异化：大地是母腹，是神性所在，可是坠毁了；月亮是诗意，是童年圣洁的灵魂，只能向上升去。留给人的现实存在，就是生计，所谓"金属锅里的水纹"。

纪早春时节，中国文化的天空还沉霾于中古时代的暗夜，西方那早已嘶哑的人性呼号在这里只是梦呓。曹雪芹不同于一般士夫，他是一个夜半梦游身不由己的孤独者，不仅宣布了漫夜破晓，而且撕破黎明前的黑暗，揭露了天道、天理、天意的虚幻，洞察人性、人情、人欲的凶险。不像拉伯雷或巴赫金那样只从下部彰显人性，曹雪芹认定下部的黑洞就是宇宙黑洞。与虚幻的天道、天理相比，那个黑洞中构拟的人的存在——大观园的诗酒美乐更是幻中之幻、梦中之梦。一缘所牵，缘了无痕，最后还是要回到黑洞中的。这是一个西方式的结论："存在的就是合理的。"它的反题是"人应该加入石头的行列"。亦即人的存在就是不应该存在。曹雪芹梦游一般提前走过黑格尔到萨特的哲学路程，直到近世，才由鲁迅把梦做醒。

　　曹雪芹从大观园外廓或纵深推出荣、宁两府。本质上讲这是同一个世界，大观园只是它的后院、景深、高度，是明月独照的夜空。大观园的光华照亮贾府的黑暗和肮脏，贾府的狰狞和恐怖反衬出大观园的天真和无邪。就像灵魂最终不能控制肉体一样，曹雪芹把贾府看作是大观园的躯壳和宅舍，宅舍坏了，灵魂必然逃遁。问题是这枚精致的灵魂进入母腹时代就携带了"先验模式"。被伦理预设的灵魂，其形下意向正在于人欲。大观园对于贾府的意义在于：它是一种灵魂的诱引。所以秦可卿赞赏鸳鸯的决绝，大谈情的"发与未发"，说的正是灵魂的不被欲望诱引。可事实上，曹雪芹也好，秦可卿也罢，都在自我欺骗：既被预设，何来纯洁？早在炼石时代，那块顽石就已悲喜不常、凡心偶炽。大观园的纯洁只是一种叙述的结果；曹雪芹在建构《红楼梦》时既把大观园与贾府作分别观，尤其又作一体观：相与、相携、相融、相渗，互相发明又互为依据，根本说来，地理叙述关系映现着哲学文化关系。荒郊漠漠与庭院深深，于两者间的深邃幽暗处，出一诗礼繁华地，就是大观园。由荒郊野外进入深深庭院，饮酒赋诗，听戏观景，灯火阑珊，人影散尽，一直到雕梁朽坏，大梦初醒……

　　大观园的重要景点是怡红院、潇湘馆、蘅芜苑，其次是秋爽斋、紫菱洲和藕香榭，再次是稻香村、栊翠庵、枕霞阁。秦可卿、王熙凤和巧姐住在园外：一个东府，一个西府，一个居无定所。它们的叙述关系：怡、潇、蘅是第一群落，秋、菱、藕为第二群落，村、庵、阁为第三群落。从第一群落到第三群落乃至园外，不正是一个从照眼繁华到剑拔弩张，直到暗夜枯寂的历史过程吗？

怡红院是元春省亲的主殿，隐含着大荒山与贾府的神性关联。元春与宝玉的关系也不仅是姊弟，主要是神意对于灵性的监护。惜哉此种监护在元妃省亲时就霉变为圣意回护，进入荣国府就是伦理监督。文本印证：宝玉失玉与元妃薨逝发生在同一时段：第九十五回。如果说秦可卿拉开盛筵序幕，有点滑稽，那么王熙凤作为大观园的经纪人就令人感到灵魂战栗，既赞助也出卖，她的调包计彻底摧毁了大观园。而巧姐只是流落民间的储君，象征性地保存了大观园一线血脉。三个人传灯接火，把大观园盛筵一直演绎到风烛残年、残夜向尽……

请注意这三个人对应连接：秦可卿临死托梦付嘱的拯救大业由刘姥姥承担；王熙凤的大观园联诗由薛宝琴独占鳌头；香菱因学诗进入大观园，伦理身份又承担着薛家命脉，一身而关照圣意和诗性两路，其悲惨遭遇与巧姐相拟，最后产难而亡，将双重使命带入大野的意向恰与巧姐暗合。刘姥姥、薛宝琴和香菱就成为三个群落的牵线人物。所谓牵线，是指她们扭结着大观园与贾府外部世界的空间语义关联，成为两者的引渡人。我们不能想象，刘姥姥直入怡红院，薛宝琴打量着荣禧堂，香菱则隐约了从黛玉到薛蟠以及从大观园到荒郊大野的伦理大溃退。刘姥姥与怡红院的关系前面已述及，现在看薛宝琴和香菱。

不妨纵览一下三位牵线人在大观园盛筵的会聚情况。《红楼梦》巡礼式大规模集结有四次：第一次是第十七回宝玉试才、第十八回元妃省亲，专家本合为一回，甚有道理。前面是贾政率众门客游览大观园，推出领袖人物贾宝玉，后面就是元妃省亲。这位神仙一般的姐姐不仅充任大观园的助产婆，而且作为神意俗身完成了与神瑛侍者的接洽——

　　　　元妃命快引进来。小太监出去引宝玉进来，先行国礼毕，元妃命进前，携手揽于怀内，又抚其头颈笑道："比先竟长了好些……"
一语未终，泪如雨下。

所谓"其名分虽系姊弟，其情状有如母子"，二人隐喻女娲与顽石、
警幻与神瑛之间的神意哲学关系。与之相应，贾母影射薛宝琴；薛宝琴
不仅出身高贵，家资雄实，遍历名胜，是贾母唯一宠爱至极的外姓女
子：留住，关照，赏赐与宝玉一样的孔雀裘，命惜春画入大观园图画。
还不止此，王夫人认了干女儿，王熙凤又张罗着说媒，薛姨妈不得不将
宝琴已许梅家特予说明。第五十回是宝琴专章，梅花象征着宝琴。马瑞
芳质疑："宁国府的家祭怎会邀请外人参加？"[1] 她说："小说人物要有自
己的喜怒哀乐，要有自己的生活故事，要有完全私人化的生活场景，薛
宝琴都没有。她成为作者某种创作意图的体现，她只在集体活动中晃来
晃去，大观园最美丽的薛宝琴是最缺少个性，也最不成功的人物。"[2] 极
是。其实薛宝琴完成了一个任务：把广大无边的世外与贾府核心联系起
来。贾府的核心就是荣禧堂，一个伦理圣地。薛宝琴收摄了广大无边的
世外诗性，与贾母凝聚贾府之内的全部神意如出一辙而且相映成趣。薛
宝琴的意义正在兼美，即兼黛、钗、妙、湘诸美但又不同，其哲学内蕴
充满矛盾，曹雪芹的时代又没有更开阔更新湛的思想文化资源足以滋养
这个人物成长，所以她的形象其实是枯萎的。曹雪芹可以勘破人性和存
在，但找不到救赎的办法。所以薛宝琴走不出贾母的视野。以薛宝琴影
射贾母是无妨的，但以贾母映照薛宝琴却是痛苦的，虽然她们都没有走
出天道的大限，但是贾母的典范在宝琴的时代已经式微，而薛宝琴也不
能延续贾母的古道热肠，只能相互观照，构成互文性。亦即贾母在场就
隐喻着薛宝琴也在场，贾母去世同样影射薛宝琴幻逝。薛宝琴的不了了
之表明诗性之灭不择义域不分圣俗；就其价值持存讲，只有鸳鸯殉主可
与之对应。秦可卿说："不知'情'之一字，喜怒哀乐未发之时便是个
性，喜怒哀乐已发便是情了。至于你我这个情，正是未发之情，就如那

1　马瑞芳：《从〈聊斋志异〉到〈红楼梦〉》，山东教育出版社 2004 年版，第 214 页。

2　马瑞芳：《从〈聊斋志异〉到〈红楼梦〉》，山东教育出版社 2004 年版，第 214 页。

花的含苞一样，欲待发泄出来，这情就不为真情了。"鸳鸯之死象征了大观园神意的终结。这里存在一个宝琴向鸳鸯的精神过渡："喜怒哀乐未发"向"喜怒哀乐已发"，亦即诗性向神意的过渡。大观园三枝梅：宝琴、妙玉、鸳鸯。宝琴的精神，妙玉的气质，鸳鸯的风骨，是大观园诗性的象征。宝琴嫁了梅家，妙玉就住在梅花的世界。第五十回栊翠庵摘梅，贾母对梅花之极赏流溢于字里行间，这也与贾母非常喜欢鸳鸯形成影射。但三枝梅是不重复的，从宝琴到妙玉，直到鸳鸯，可以描述出诗性湮灭的路径。梅花精神只有一个结局，就是鸳鸯，秦可卿提前演绎过了；妙玉不是诗性的正果，而是彻底的悲剧。梅花组合完全不能拯救诗性。

回到三个牵线人物：从互文讲，贾母在，薛宝琴的神意就到场了。早在元春省亲之时，贾母瞥见亲孙女就像宝琴参加祭宗祠，可谓神意先行。第五十回白雪红梅，宝琴与贾母会合，其后第五十三回就直入荣禧堂，"细细留神打量这宗祠"——大观园域外的诗性与贾府伦理的鬼气就这么极不和谐地对接了：诗性流入鬼气乃是大观园全部悲剧的开端！与之遥相呼应的"域外"，就是劫持妙玉的"江洋"大盗：他们就不是"细细留神打量这宗祠"了，而是从"江洋"窜入栊翠庵劫掠尼姑美色，哪里有什么诗性？就是罪恶，就是动物性，即情欲。这使得妙玉这位"域外"人士大不同于宝琴那位"域外"人士："妙师傅的为人古怪，只怕是假惺惺罢？……那里象我们这些粗夯人，只知道讽经念佛，给人家忏悔，也为着自己修个善果。"可见"域外"这个意象从来就不是好东西，虽然宝琴是到过真真国的真的海归人士了！以域外来拯救诗性，看来是没什么指望。曹雪芹的拯救无方可觅。那么刘姥姥呢？香菱呢？

最早贾政游园时就看重稻香村："倒是此处有些道理。固然系人力穿凿，此时一见，未免勾引起我归农之意。"需要将稻香村与巧姐联系一下：正由于保存了这一点点"归农之意"，一点对于乡野老人的济助，那不曾湮灭的善心成了大观园最后一位女儿的侥幸存活。刘姥姥的乡野就这样入构了。不妨听听贾政的训诫："你只知朱楼画栋、恶赖富丽为佳，那里知道这清幽气象。终是不读书之过！"显然是提醒读者的话头。貌似刘姥姥的乡野是一个与薛宝琴的域外映照着的意象。如果将宝琴在荣禧堂的"注视"与刘姥姥在怡红院的"醉卧"做个联系呢？

回到香菱。《红楼梦》开篇写甄家元宵节失女，神仙一流人品的甄士隐"渐渐的露出那下世的光景来"。元妃省亲也是在元宵节："当日既送我到那不得见人的去处，好容易今日回家娘儿们一会，不说说笑笑，反倒哭起来。一会子我去了，又不知多早晚才来！"元妃于寅卯之交回宫，薨逝于甲寅年十二月十九日，交卯年寅月，正所谓"虎兔相逢大梦归"。

第二次是第三十七回至第四十一回的海棠结社白雪红梅。漫长的大观园诗酒生涯，刘姥姥醉卧、香菱学诗、宝琴征梅入画，三个牵线人汇至一处，自不必说。关键是刘姥姥关照过怡红院，宝琴打量着荣禧堂，香菱则将诗性从潇湘馆到蘅芜苑直到栊翠庵一路衍射过来。我们知道，香菱与栊翠庵无关，但与妙玉直为影射：都出身名门，都有孤苦屈辱的经历。香菱落入薛蟠之手与妙玉被歹人劫持何其相似乃尔！结局又是同践孽缘共赴死难，隐喻大观园幻逝，隐约甄士隐于繁华热闹场的冷眼冷心。

第三次就是抄检大观园，集结了三个有趣人物：王夫人、王熙凤和王善保家的——试想贾宝玉的三个宝号：绛洞花王、混世魔王和遮天大王。[1]这次抄检收拾了三个人：凤姐、晴雯、司棋。三个人身份颇有趣。凤姐是贾母跟前的红人，自然也是王夫人的心腹，更是宝玉的监护人，应该是最没理由被收拾了。可她首先被王夫人误责。为什么呢？因为王熙凤是集道德、情欲和诗意于一身的"兼美"人物，虽然不会作诗，"一夜北风紧"却抛砖引玉，为芦雪庵联诗"留了多少地步"。王夫人对她的误会就像她对于诗的理解一样，是得其形而昧其意。王夫人的潜意识里，王熙凤那点子诗意就是淫欲！王夫人让一个重大淫秽嫌疑之人查

1　参见周汝昌《红楼小讲》，北京出版社 2002 年版，第 175—176 页。

抄大观园的淫秽，与王熙凤逼着王善保家的自打嘴巴是一回事。伦理围捕将晴雯和司棋裸出，都是王熙凤的影子，大观园精英，王夫人整治她们的本质是浇灭神意、诗情、个性。三人的结局更令人回味：王熙凤临死重托刘姥姥；晴雯与金钏一样受到贾宝玉眷顾，隐约那个雪下抽柴小女孩的故事；司棋回到乡下死于情烈，回归了刘姥姥的神意。三个人都以自己的方式与刘姥姥建构了深刻的生命关系，显然不是无意所为。纵观三个牵线人物：宝琴是荣府盛筵的幕宾，香菱是宁府家法的弃儿，刘姥姥是等候在荒郊大野的拯救者。薛宝琴是从贾府没落与大观园失联的，这枝梅最终供奉在梅翰林的花瓶里，她的消失正如薛宝钗的撤离，是从诗性和神意的走失，令人生起与贾宝玉一样的无边喟憾。

第四次是驱妖孽：尤氏发病，贾蓉、贾珍、贾赦三个宝贝在折腾。毛半仙呼来伏羲、文王、周公、孔子四圣；三道士请下马、赵、温、周四将；加上吴贵老婆挺尸，喽罗小厮称妄，可谓牛鬼蛇神纠集，圣贤小人乌合，使"崇楼高阁，琼馆瑶台，皆为禽兽所栖"。神秘张致和云遮雾障，与刘姥姥的心眼口实相去并不太远！

大观园的空间化人物关系内塑了《红楼梦》文本的叙述角度。三个牵线人刘姥姥、香菱、薛宝琴穿梭引渡了四次集结，生成四个叙述者：（1）曹雪芹自称石头，以游仙模式统摄全部红楼叙事；（2）贾雨村隐喻薛宝琴，夤缘进入贾府，目睹神瑛侍者神性枯槁，指涉历幻模式。（3）甄士隐牵制香菱，衍入大观园，感应着诗意式微，指涉悟道模式。（4）刘姥姥从盛筵阑珊遥望着灌愁河彼岸，昏浊的泪光迟滞于贾宝玉的瘦颊，指涉思凡模式。我们不禁想起20世纪初落水而亡的诗人朱湘：

> 有风时白杨萧萧着，
>
> 无风时白杨萧萧着，
>
> 萧萧外更听不到什么；
>
> 野花悄悄地发了，
>
> 野花悄悄地谢了，
>
> 悄悄外园里更没什么。（《废园》）

五、从游仙到历幻

曹雪芹、甄士隐、贾雨村及贾宝玉四个叙述视角是如何认证的呢？这就是牵线人穿梭引渡集结题材时的蛛丝马迹：凡与香菱相关的情节如吟诗联句、诗酒美乐，都与甄士隐有关；凡是抄检、升迁、吉凶、进退之类进入宝琴视域的事件，都与贾雨村有关；仙乡灵迹天国神意之类与刘姥姥有关的拟意、预说、谶语，都是贾宝玉的视角。这又是艺术直觉和阅读体验，非逻辑导出，下面模式运用的分析可印证之。

游仙模式。一种穿越仙乡诗境的传奇，以回归道体为旨归，体现了忏悔、嘲讽、认同的叙述旨趣及终极价值观点。指涉"此开卷第一回也"的凡例所涵盖的道体性义域，是《红楼梦》叙事的第一层次，叙述者石头即曹雪芹。戴不凡有石头是原作者之论，在我看来，石头只是曹雪芹的一个视角，在后面的叙事中他又分派出至少三个叙述者，其民间立场非常明显：

> 今风尘碌碌，一事无成，忽念及当日所有之女子，一一细考校去，觉其行止见识，皆出于我之上。何我堂堂须眉，诚不若彼裙钗哉？实愧则有余，悔又无益之大无可如何之日也！当此，则自欲将以往所赖天恩祖德，锦衣纨绔之时，饫甘餍肥之日，背父兄教育之恩，负师友规谈之德，以至今日一技无成、半生潦倒之罪，编述一集，以告天下人：我之罪固不免，然闺阁中本自历历有人，万不可因我之不肖，自护己短，一并使其泯灭也。虽今日之茅椽蓬牖，瓦灶绳床，其晨夕风露，阶柳庭花，亦未有妨我之襟怀笔墨者。虽我未学，下笔无文，又何妨用假语村言，敷衍出一段故事来，亦可使闺阁昭传，复可悦世之目，破人愁闷，不亦宜乎？[1]

这段文字明显分为三层：一是惭愧我堂堂须眉诚不若彼裙钗；二是忏悔当日背父兄教育之恩、负师友规谈之德；三是表明心迹，以敷衍故

---

[1] 曹雪芹、高鹗：《红楼梦》，人民文学出版社 1982 年版，第 1 页。

事"使闺阁昭传""悦世之目"。这显然是纨绔落魄风月情殇，既负闺阁又无所成，乃认同了父兄教育、师友规谈的忏悔，隐情已成内伤：叹息冷嘲，实有隐痛，大似贾雨村的心态，比较符合曹雪芹回归民间后的身份和心境。

民间立场是贵族立场的超越；并不像红学家的执着不懈怨愤满腔，而是想得开，看得透，理解得通脱，也沉痛得入骨。所谓"悦世之目，破人愁闷"就是宣布"加入石头的行列"，"狂欢式的笑"透示着"情极之毒"的冷——

> 第一，它是全民的（……），大家都笑，"大众的"笑；第二，它是包罗万象的，它针对一切事物和人（包括狂欢节的参加者），整个世界看起来都是可笑的，都可以从笑的角度，从它可笑的相对性来感受和理解；第三，即最后，这种笑是双重性的：它既是欢乐的、兴奋的，同时也是讥笑的、冷嘲热讽的，它既否定又肯定，既埋葬又再生。[1]

一言以蔽之：存在的嘲讽。但本质却是认同。当一个人不再希冀、从心底抛弃世界时，才会心平气和地看取一切，把自己深深隐藏起来，正是曹雪芹迄今不能确证为作者的原因。不仅活得无谓，连死也无趣，就选择了传奇的方式。传奇是唐宋传奇旧称，非戏剧，是小说。曹雪芹会如何叙述自己的故事呢？一是省事。马瑞芳谈甲戌本凡例："没有明确地点，着意闺中，不干涉朝政……目的只有一个，尽力抹去《红楼梦》的政治色彩，避免可能给作者带来文字狱。"[2] 二是梦幻笔法。规避家事，拓展语境，把家事国事、铭心刻骨的情私拓展到宇宙义域，所谓历幻和悟道。"字字看来皆是血，十年辛苦不寻常。"只有把世事看彻，才会有灵魂的清明。曹雪芹的梦幻里包含了多少无可言喻沉痛啊！三是怀金悼玉。从贵族回落到民间，不是谁都能淡然处之的。家事国事已无谓，唯情私一念愿留迹天地间，曹雪芹以传奇释怀也算对闺阁的一个交

1　巴赫金：《拉伯雷研究》，李兆林等译，河北教育出版社 1998 年版，第 14 页。

2　马瑞芳：《从〈聊斋志异〉到〈红楼梦〉》，山东教育出版社 2004 年版，第 227 页。

代。嘲讽、忏悔、沉痛生成一种戏弄而通脱的价值态度就是游仙：精神
独立和灵魂自由，而不再是性爱享乐或长生久视。

> 大如雀卵，灿若明霞，莹润如酥，五色花纹缠护。这就是大荒
> 山中青埂峰下的那块顽石的幻相。后人曾有诗嘲云：
>
> 女娲炼石已荒唐，又向荒唐演大荒。
>
> 失去幽灵真境界，幻来亲就臭皮囊。
>
> 好知运败金无彩，堪叹时乖玉不光。
>
> 白骨如山忘姓氏，无非公子与红妆。[1]

顽石不正是游仙之主吗？可它还在嘲讽"公子与红妆"。曹雪芹借
世人之口传达对于世俗的鄙弃，恰恰暴露了骨子眼里的富贵贪恋。且看
元妃省亲：园中香烟缭绕，花彩缤纷，灯月相映，细乐声喧，说不尽的
太平气象，富贵风流。

> 此时自己回想当初在大荒山中青埂峰下，那等凄凉寂寞；若不
> 亏癞僧、跛道二人携来到此，又安能得见这般世面。本欲作一篇
> 《灯月赋》《省亲颂》，以志今日之事，但又恐入了别书的俗套。按
> 此时之景，即作一赋一赞，也不能形容得尽其妙；即不作赋赞，其
> 豪华富丽，观者诸公亦可想而知矣。所以倒是省了这功夫纸墨，且
> 说正经的为是。[2]

这个叙述者非曹雪芹莫属。自我调侃涉及两个看点：一是质蠢无
文又贪恋世间。石头幻形美玉，仿佛五色煊烂。老子说："五色令人
目盲。"此石执持幻相追迷世俗，所谓心法两盲。"又安能得见这般世
面"，正是昧却真我混迹世间的嘲讽。二是艳俗媚世，穷酸入骨，假作
清醒，其实矜持。他如是说：质既粗蠢俗念又重，本欲歌赋颂圣粉饰太
平，"又恐入了别书的俗套"，这不是一种自我戏仿吗？一种神意和诗性
的"脱冕"（巴赫金语）。此时的石头更像贾雨村，令人想起当年见到甄
家丫鬟时的穷酸。

1　曹雪芹、高鹗：《红楼梦》，人民文学出版社 1982 年版，第 123—124 页。

2　曹雪芹、高鹗：《红楼梦》，人民文学出版社 1982 年版，第 245 页。

也有深挚之时，但已是阅历尘境、迷途知返时节，就是石头与空空道人的对话指涉贾雨村与甄士隐最后的相逢，还是三原则：第一，不借汉唐纪年之俗套；第二，不蹈风月笔墨之凶险；第三，不落才子佳人之俗构。国事、家事、私欲均不涉及，超脱情色，亦算得真情性了。第十七回借"题对额"独步远迈，写尽神意诗性，表达了对于天然品格和真情至性的叹赞。所谓"百尺竿头，更进一步"，甄士隐讲："大凡古今女子，那'淫'字固不可犯，只这'情'字也是沾染不得的，所以崔莺苏小，无非仙子尘心；宋玉相如，大是文人口孽。凡是情思缠绵的，那结果就不可问了。"这番话的真意不在鼓吹礼法，而在情的拷问，一如"开辟鸿蒙，谁为情种？都只为风月情浓"的命题。所谓通灵就是情识的发动，幻化出神性和诗意，幻演下去就是风月情浓，所谓"知情更淫"。唯其神意和诗情觉悟，人的存在才愈出愈奇。圣性介入推助神意和诗性向情色迅跑，直到天塌地倾。情的反思表明曹雪芹由历幻而悟道，完成了人的本质和价值的彻底否定：识妄鉴真，"情极之毒"，大善大俗，和光同尘。所谓"因空见色，以色生情，传情入色，自色悟空"，亦所谓"趁着这奈何天，伤怀日，寂寥时，试遣愚衷，因此上演出这怀金悼玉的红楼梦"。不就是对于人的存在的悲憾吗？

历幻模式。是一种神性叙事和价值反思：劝谕、悲憾、冷嘲，涵盖太虚幻境的全部情幻故事。何为幻？就是神意在现实世界的诗情幻演，诗性颓堕为情色之欲的人性必然。历幻就是历情之幻。神意运演到神瑛面见绛珠时再无意趣，只留下曹雪芹的玄夜清泪，这是木石前盟的全面反思。该叙述以甄士隐为视角，从第一回梦幻识通灵到第一百二十回急流津觉迷渡口接引香菱，演绎了大观园的兴衰幻灭。香菱作为甄士隐的眼线纵入大观园，既是个中人，也是见证者。

如前所说，顽石的神性诗意幻化为灵河岸上三生石畔的木石前盟，幻境结缘又使这桩情诗公案打入尘间，就是贾宝玉与林黛玉的情爱，分为四个阶段：木石前盟—潇湘诗情—泪尽而逝—绛珠现形。许多疑案悬而未决，比如木石前盟的主人公神瑛侍者究竟是顽石之幻形，还仅是顽石下凡历幻的寓形之所？贾宝玉与林黛玉有过私情密约并被人发现吗？潇湘妃子泪尽而逝，是第一百二十回本的焚稿病亡呢，还是周汝昌先生考证的落水而死？绛珠现形的真如福地有无情榜之事？……这些问题在原型意义和哲学意义上会有完全不同的阐释，但是无论怎样，都必须符合曹雪芹情幻叙事的基本主题，离开这一主题的任何考证都只有原型的意义而不具有文本价值。就木石前盟而言，它试图确立人的诗性本质以及男女情缘的神意性质，在护念这一情缘、斟酌这一本质时，人和世界的体验就超越伦理否定世俗，升华为个体生命自觉和独立宇宙意识，此即木石前盟的哲学文化意义。我以为，就人的诗性本质和情缘的神意性质看，神瑛侍者不可能孤兀独出，应有神意之本和诗性之源，这就是顽石通灵。事实上，无论是甄士隐论情，还是石头与空空道人对话，皮囊之消，红尘意绪，都是叙述角度的顽强表现，无非是提醒读者：情幻叙事原本来自大荒山无稽崖青埂峰下。回归顽石即入粗蠢，神意诗性只是一种幻相！所以又不免流露一种世俗留连的寒碜，诸如此类贵族矜持：

> 况贾政世代诗书，来往诸客屏侍座陪者，悉皆才技之流，岂无一名手题撰，竟用小儿一戏之辞苟且搪塞？真似暴发新荣之家，滥使银钱，一味抹油涂朱，毕则大书"前门绿柳垂金锁，后户青山列锦屏"之类，则以为大雅可观，岂《石头记》中通部所表之宁荣贾府所为哉！据此论之，竟大相矛盾了。诸公不知，待蠢物将原委说明，大家方知。

太似大英公爵对于美帝财阀的俗眼青白！由于高鹗站在曹雪芹原创之局外，意识到顽石与神瑛的哲学文化关系，所以在统改和补润过程中逐渐剔除曹雪芹的叙述口吻，彻底删除此类叙述角度之顽强显现，榫通贯接，就形成潜在有哲学内部逻辑的情节文本，惜夫专家本回护原稿，回复石头叙述，成为赘疣。石头站出来讲话实在大煞风景。

神瑛侍者与通灵顽石就是灵肉关系。顽石质蠢，是为肉躯，神瑛乃灵性所幻，两者结合即成胚胎，从原型讲即性事成孕，然后才有幻境挂号、投胎入世，即人之发祥。唯此，顽石之灵升华为神瑛之神意和诗性，乃有通灵失玉、泪尽而逝——通灵失玉是回归之路的开启，泪尽而逝则是木石因缘的了断，曹雪芹如果确曾有黛玉泪洒斑竹、落水而亡的构想，那么必有宝钗或湘云作为娥皇或女英去客死江湘了，惜哉黛玉自己就说"湘江旧迹已模糊"，只有泪的意象的强调，并未表明她或宝钗或湘云都要投江。大观园逝尽前后，林黛玉的归处是太虚幻境，薛宝钗则改嫁甄宝玉，湘云也只是孀居而并未负石，只有贾宝玉归彼大荒了。将贾宝玉前身只追溯到神瑛侍者是无视神意和诗性、拒绝人性拷问的情色观点；真是那样，贾宝玉的归宿就只能是太虚幻境了！可是第一回就交代得清楚：顽石的结局是引登彼岸，回归大荒山，回复为顽石。所以《红楼梦》又称《石头记》。如果回归幻境挂上情榜，就不是"远曰反"，而是返不回去以假作真了。

　　所以林黛玉只有泪枯病亡，完成钗、黛分离，其尘间遗蜕就是金玉完婚，这是只有曹雪芹才能设计出来的千古绝唱！泪枯病亡即泪尽而逝，诗意渐灭，前提是通灵失玉，神意丧失。就像当年灵河岸上三生石畔神瑛侍者守护绛珠仙草一样：贾宝玉是大观园中唯一守护林黛玉的真神和花王。周先生的"三王说"极确：绛洞花王王夫人，混世魔王王熙凤，遮天大王王善保家的。真正的花王神瑛侍者的神性和诗意，都耗散于三个王姓妇人身上了！"三王"原是她们！通灵失玉，神意远逝，绛珠泪尽，诗性枯竭，金玉良缘只是伦理扭结，根本无法维系二宝之间的格格不入，太虚幻境的兼美方案只能演悲剧，岂不明白？

　　从如是哲学文化逻辑看，编造贾宝玉与林黛玉私情密约是大胆的。如果真是那样，我们就无法辨别宝、黛诗情（"意淫"）与贾琏、鲍二家的"滥淫"之不同：难道就是前者能诗后者无韵吗？照此逻辑，晴雯、司棋、平儿都不能诗，王熙凤、秦可卿、巧姐不曾有诗，也都归入淫欲之列吗？问题还在于：宝、黛情爱是根本排斥肉体欲念的，尽管进入人的存在后必然会发生人欲！正是在排斥肉体欲念这一点上，我们认为，木石前盟的诗性张扬，兼美情教的意淫说教，与伦理所强调的德才情礼是一脉相承的。木石前盟兼美意淫都不过伦理道德，都是消解自然本质、制约真情至性、规诫人去补天济世的"陈腐俗套"！曹雪芹的超越之处正在于勘破诗性幻相，不仅发现伦理道德的腐朽，尤其发现木石情缘的虚假：神意和诗性对于人性本质是无可奈何的。所以他唱着哀伤的调子，悲憾自陈："趁着这奈何天，伤怀日，寂寥时，试遣愚衷，因此上演出这怀金悼玉的红楼梦。"如果宝、黛酬唱了情私，还有什么可怀可悼？如果说伦理道德是虚假的，那是指它违背自然本质，与真实人性不符；如果说木石前盟是虚幻的，那是指它只能诗意象征地疏解人的情感意志，而不是人性的实现。事实上，连女娲炼石铸灵都是道体的形下幻现，一种"逝"和"远"，顽石下凡就是情堕于欲、性迷于幻、境归于空，所谓历幻。所以茫茫大士、渺渺真人开篇就告诫："究竟是到头一梦，万境归空，倒不如不去的好！"贾宝玉回复为顽石就是自然而然的。

所以历幻叙事是甄士隐的视角：最早梦入幻境接洽一僧一道，了缘悟性的都是甄士隐。香菱是纵入大观园的眼线，像一只风筝，从甄士隐手里放出，若隐若现地飘袅于大观园的烂漫长空，折射着太虚幻境的天光云影；又犹如一枝静日生香的莲，在贾府盛筵的日子里师从潇湘妃子学诗，在大观园一隅开展她的诗意畅想。虽她一尘不染，还是陷入渠沟、误落泥淖，最后被甄士隐接回太虚幻境。香菱的一生就是一条抛物线：穿越太虚幻境，大观园和贾府诸般天地，抛入世尘又抛回宇宙大化。她从甄家走失后落入拐子手中，遇着冯渊，生命绽现出一线希望之光，她深情地说："我今日罪孽可满了！"可是竟遇着薛蟠。后来从梨香院进入大观园，生命有了第二次阳光，却又来了夏金桂。这以后她就非常难熬，受尽折磨，一命悬危，这个可怜的女孩只因一念善心不泯，终于躲过一劫：夏金桂死了，她没有死，还成了薛宝钗和薛姨妈着意回护的正房大妻，令人悲憾的是竟产难而亡，画上世间最后一笔。香菱的一生经历了黑暗无间的底层社会，苦难劫持着她进入大观园，最后走出这个罪恶无边的世界。产难是她世俗存在的完结，从甄士隐看来也正是她历幻的结束。她的全部生命见证了世间情幻的虚假，从苦难无期的拐卖人质，到雅淡明媚的大观园诗人，从薛家败落到伦理世界坍塌——情爱、诗性、神意对她都是那么吝啬。比较而言她对这个罪恶的世界无比宽容，可是她从未获得一席之地。她的生命犹如沉黯天空偶一耀眼的银丝袅线，只构成仰望天空的人们油然而生的缺憾：美丽诗意在这个世界上没有立足之处！

不仅香菱，大观园的诗人们都是存在的见证者和局外人，都没有在这个浑浊的世界留驻。她们来了又去了，给我们留下无尽的遐想和慨叹，这是存在本身的悲剧。那些搜肠刮肚给《红楼梦》狗尾续貂的，作为一种游戏倒也不妨一玩，如果当真去补续曹雪芹就可悲了，因为，他们的充要条件是必须真正理解曹雪芹，而不是情色留恋世俗怀想。从叙述看，这段情幻从开卷就分配给甄士隐，最后还是由他来说破；只有连唯一的女儿都走失的甄士隐，亦即走到世界的边缘、看尽人间情幻之后才能识破，至今沉迷的人们何以克当？甄士隐的言说恸及肺腑。打破情关，勘破神意，他悟到太初一步，所以从始至终都在预说贾府后事。这个富贵窠兴也好衰也罢，对"翻过筋斗来的"人说来都毫无意趣。贾宝玉出家并非没有荣华富贵或贤妻美妾，而是真正勘悟了存在的无价值。天道轮回，周而复始，使人成为物，只具有种的意义，不具有神意和诗性价值。那么，人将何去呢？

六、悟道之后的认同

悟道模式。一种经历磨难，明心见性感悟天道，然后离尘的人间叙事，涵盖了两游幻境之间的贾府贵族生活，主要是贾宝玉的世俗人生经历，体现怀思、反省及悲悼的旨趣。贾宝玉铭心刻骨的世俗人生主要的是体验了人性本质对于他崇尚的原儒精神（赤子之心）及其价值典范（君子人品）的践踏，然后超越之。贾宝玉所崇奉的其实是原儒精神，逍遥是后来的事——那颗传以经典、受于说教、体之于天的赤子之心是伤痕累累，所以他时不时读老庄、参佛道。他的结论是，人真正的本质不是诗情，更没有神意，就是欲望，就是利势干求。曾经的诗心雅意，那典雅庄重、明媚纯净、真情至性的诗酒生涯，那种千百年来士大夫执持的人格典范和情感方式，本是诚心敬意修身齐家治国平天下的贤圣之道，真情至性是根本，是修身齐家的依据：无边无我的善，无限无碍的美，无怨无憾的真。本来，贾雨村应该是这一价值最适合的叙述者，惜哉他俗念太重，神意和诗性在他那里完全置换为利势干求。宦海浮沉心性阴暗，乃至甄士隐耳提面命，不惜肉身示幻，直到归结《红楼梦》，他都昏睡不醒。悟道模式的意义在于这个世界的末劫临期，人心已从天道之求和原儒之思撤离，堕落为利势干求、情色滥淫；神性诗意真情至性坚守至刘姥姥急难就走到尽头，只留下行善积德的乞求。人回复为动物。贾宝玉正是体悟了这一人性本质后才离尘出家的，而世人大多如贾雨村一般执迷不悟。

　　那道人道："葫芦尚可安身，何必名山结舍。庙名久隐，断碣犹存。形影相随，何须修篡。岂似那'玉在椟中求善价，钗于奁内待时飞'之辈耶？"[1]

　　"求善价""待时飞"几乎概括了贾雨村的全部人生作略。他一生干求无非名山也，庙名也，通衢也：都是存在的空壳，"葫芦"而已。可他执着于"玉在椟中""钗于奁内"的行情，根本没有天道之想诚心之念，世界对他来说就是一个富贵窠。从这个壳里抛出来，抛到荒郊大野，一如鲁迅先生描述的吕纬甫：一只苍蝇，飞起到空中，绕了一圈又回到起点——他还在沉酣中。就此而言，娇杏和甄士隐都是路人，甄宝玉才是他的知己。

　　贾宝玉就不同了：勘破葫芦，而且勘破伦理的实相。第一百十五回见甄宝玉后无限感叹："只可惜他也生了这样一个相貌。我想来，有了他，我竟要连这个相貌也不要了。"我们不必叹惋甄宝玉"浪子回头"，

1　曹雪芹、高鹗:《红楼梦》，人民文学出版社 1982 年版，第 1443 页。

只是非常奇怪贾雨村：这位林黛玉的师傅在那么多次与贾府的交游中，对于大观园始终没有反应。他的存在只意味着灾祸。先则判断葫芦案，后则踢蹶宁国府，曾几何时给贾宝玉带来灭顶之灾，贾政笞子就是因为接见他的时候表现不佳。可以说，贾雨村是伦理世界的一只黑色精灵！可是这个禄鬼结构着《红楼梦》的贵族叙事：在曹雪芹、甄士隐、贾宝玉之间，他是唯一与薛宝琴匹配的叙述主体。他隐喻着甄宝玉，泯灭神性，作弄公府，从正邪二气到鬼气游尸，永远睡不醒，他既不是忏悔者，也不再是"浪子"，而是曹雪芹最最鄙弃的世间小人。

那么贾雨村是如何进入贵族叙事的呢？如果说历幻模式呈示大观园诗情的幻灭，悟道模式就是贾府伦理世界败灭的叙述。这个"百足之虫，死而不僵"的庞然大物从贾雨村进入到走出，经历了元妃省亲、元宵夜宴、元妃薨逝、抄家败灭、贾母仙逝，直到宝玉出家共六个大关节，与大观园试才对额、海棠结社、抄检、黛玉之死、凤姐病亡、二游幻境六个节奏相应，存在几个问题：（1）贾府败灭的真正原因是什么？（2）贾府的拯救者究竟是谁？（3）贾府的后事如何？换言之，贾雨村出入贾府看到什么？贾府败灭的启迪是什么？悟道模式究竟悟到了什么？

（一）贾府败灭的原因不是坐吃山空，不是道德败坏，也不是子孙不肖，更不是柳湘莲、冯紫英结党起义之类杜撰，而是伦理主人不断地吞蚀诗性、亵渎神意，从心灵深处泯灭了善意。不妨看查抄贾府时皇帝传达的旨意：

> 贾赦交通外官，依势凌弱，辜负朕恩，有忝祖德，着革去世职。[1]

再看看贾雨村当初被革职的罪名：

> 生性狡猾，擅篡礼仪，且沽清正之名，而暗结虎狼之属，致使地方多事，民命不堪。[2]

"交通外官，依势凌弱"是由头，关键是"辜负朕恩，有忝祖德"。

---

1 曹雪芹、高鹗：《红楼梦》，人民文学出版社 1982 年版，第 1457 页。

2 曹雪芹、高鹗：《红楼梦》，人民文学出版社 1982 年版，第 23 页。

朕恩乃天心圣意，祖德是道德人心。贾府犯的都是悖谬天道、亵渎神灵、泯灭善意、丧心病狂的枯心灭道之罪，与贾雨村"擅篡礼仪，且沽清正之名""致使地方多事，民命不堪"的败德黑心是如出一辙！曹雪芹居然幻想他们会道德忏悔、良知复萌呢，抄家后渲染了一场贾母主导的合府恸哭，又有巧姐被卖因刘姥姥而得脱，从而环、芸、蔷之流的道德败坏变成个人事件，呈示了对于伦理崩坏和人性死灭的不情愿。可是，贾府败灭已然无救，道德面具摘下了，士大夫的人格典范也已无趣，他们既不能回到原儒精义天理良知，更不会走出伦理审视人性，他们只做一件事：享乐。体天问道、以民为本的原儒精神到他们这里变成嘲讽和亵渎，一种穷凶极恶的利势干求。偌大一个贾府，除贾政在江西粮道做事外，再看不到一个人勤劳王事，收受黑山村乌进孝供赋就算"敬事民命"了。相反的罪案则有贾赦逼妾，为一把扇子勾结贾雨村逼死石呆子；贾珍父子聚麀之乱，贾琏偷娶乃至包占，再加上王熙凤包揽词讼放债敛钱、吊诡设局讹诈宁府……这个诗礼传家功名奕世的贵族之家，除了吃喝玩乐、送往迎来、婚丧庆吊，看不到干一点人事，就连贾兰苦读诗书都不受贾赦赞赏。没有一个人认为这很不正常，没有谁会有一点危机感！安富尊荣，无所用心。天理何在？圣心何在？神意又安在？只留下怜贫惜弱、行善积德一途了，却也没有谁这么做。那些怀有焦虑的夫人们也只是行权仗势擅作威福，先后逼死金钏、晴雯、司棋、鲍二家的乃至尤氏姐妹，伦理大族变成祸端百出的罪恶渊薮，就连胖大和尚登门索要一万两银子的现身说法都没人警悟，还有救吗？只有一个人在呐喊，就是焦大。还有一个局外人包勇。一个嘴里塞了马粪，一个被发配管了园圃。济渡苍生，关怀黎庶，天恩祖德，道德良知在这里变得十分可笑，贾宝玉拊胸顿足："可恨我为什么生在这侯门公府之家，若也生在寒门薄宦之家……也不枉生了一世。"若不是惩戒，若不为警世，诗心神意也只是门面装点，根本不存在明心见性、诚心敬意的旨趣，即使没有元妃薨逝、贾赦案发、贾琏事败，他们还能维持下去吗？所谓的"延世泽""沐皇恩"，不过是鬼气游尸回光返照罢了。兰桂齐芳不能解决伦理的根本危机：人心坏死。贾府败灭的启迪不在贾府，而在天道；所谓悟道就是体悟儒道合流的中国文化中人性的荒芜——神意和诗性对于人的利势干求和粗俗欲望是无能为力的。就伦理本身而言，也到了这样的地步：错乱，颠倒，荒谬，与圣心圣意诗性品格格格不入，更多时候成为一种嘲讽，一种扭曲，一种清明自性的玩亵。学者只注意到贾雨村与林黛玉的师生关系，却忽略了一个事实：不是他在引渡林黛玉，而是林黛玉在引渡他。与林黛玉的师生关系为其夤缘复职提供了可能；葫芦庙里的穷儒，做到林盐政家的西宾，贾雨村也算得一个知识分子了，虽成就了"生性狡猾，擅篡礼仪，且沽清正之名，而暗结虚狼之属"的高誉，但其良知还在，判断葫芦案时他还有愤嫉："岂有这样放屁的事！打死人命就白白的走了！"发签用命捉拿凶手。判断葫芦案之后就变了：攀援着贾府，成了典型的禄鬼。就像甄士隐纵脱香菱，贾雨村也纵脱薛蟠，进住贾府，成为这一叙述角度的纵深拓展和移步换形。薛家情节作为伦理世界的注脚，演示着道德腐败和纲常混乱的淋漓现实，就价值立场看可以说是曹雪芹对于家族败灭的反思。如果说甄士隐、香菱一线探视着诗礼传家的内帏，贾雨村、薛蟠一线就是嵌入贾府伦理的闹剧，专门播演人性极恶的负面：祸害伦理，断绝贤良，毁人自毁。薛宝琴是两者的兼听：方始瞻仰贾府宗祠，才又享受白雪红梅，内面却是薛蟠把诗心雅性的香菱糟蹋为蒲柳，噬食烤鸡骨的夏金桂奉为宗祖，仁义礼智的薛宝钗竟无处容身！天道至美，荒诞至极，一幕闹剧。

贾府盛筵就这样纵横捭阖。除了抄家是贾雨村亲自参与，其他几场都局外冷观，同样显示民间叙述的戏弄意味："从怪异中演绎神圣、从荒诞中表现庄严，或者相反，从神圣中演绎怪异、从庄严中表现荒诞。"元妃省亲是贾府第一盛事，本自康乾南巡，所谓"烹油烈焰，鲜花着锦"，但是它预告于秦可卿淫丧，铺垫于王熙凤弄权，完结于元妃谶语。尤其是可卿托梦预告后事，为贾府的迎亲大典笼罩了一层不祥的阴影。由贾瑞淫心、可卿淫丧、秦钟淫逝导出元妃省亲，不能不使我们怀疑这位元妃娘娘薨逝的原因。滑稽的还有元妃接见时，作为父亲的贾政有一番令人牙麻的言说：

> 臣，草莽寒门，鸠群鸦属之中，岂意得征凤鸾之瑞。今贵人上赐天恩，下昭祖德，皆山川日月之精奇、祖宗之远德钟于一人，幸及政夫妇。且今上启天地生物之大德，垂古今未有之旷恩，虽肝脑涂地，臣子岂能得报于万一！惟朝乾夕惕，忠于厥职外，愿我君万寿千秋，乃天下苍生之同幸也。贵妃切勿以政夫妇残年为念，懑愤金怀，更祈自加珍爱。惟业业兢兢，勤慎恭肃以待上，庶不负上体贴眷爱如此之降恩也。

其颠倒荒谬令人警心：不是贾政夫妇生育了元妃，而是元妃娘娘钟"山川日月之精奇"而"幸及政夫妇"；不是元妃感恩父母的养育之恩，而是贾政夫妇感恩今上"启天地生物之大德，垂古今未有之旷恩"；不是元妃自称女儿，而是贾政自称臣子。伦理关系完全替代了生命自然关系，人性扭曲有过于探春。更滑稽的是，元妃乃皇帝的妾，除开"业业兢兢，勤慎恭肃以待上"别无他职。可皇帝的情色玩伴就成为伦理世界的精奇！

元宵夜宴是贾府的极盛之时：先则宁府祭宗祠，后则探春除弊政，整体呈示贾府由伦理整肃向经济亏空、纲常紊乱急转而下的内部消息。贾母老人敲打了两个人：一是凤姐，一是黛玉。这恰恰是贾府世界的两个佼佼者！联系掰谎和笑话之前对于袭人的申斥，我们发现贾母针对的就是对于伦理纲常的背离。伦理主人的旨趣根本不是人的神性或诗意，而是循规蹈矩。神性和诗意正处于非常严重的现实危机中！夜宴之后就是黛玉染疾、凤姐小产，可见她们是领悟的。

如此荒谬错乱的人性状态，如此神圣不阿的森严礼法，导致人之于世界人的无所适从；对于贾宝玉来说，这个世界就是完全无望的。所以贾宝玉继"紫鹃试莽玉"失神之后又感慨"假凤泣虚凰"，人生的无觅成为他整个生命和存在的怨毒和急切：

> 我只愿这会子立刻我死了，把心迸出来你们瞧见了，然后连皮带骨一概化成一股灰——灰还有形迹，不如再化一般烟——烟还可

凝聚，人还看见，须得一阵大乱风吹的四面八方都登时散了，这才好！

这是死亡呼唤！既无法回避在这个世界的存在，就誓愿化灰化烟，被风吹散，消失得干干净净！伦理世界不再是人的栖所，而是浇灭诗性荼毒神意的渊薮。如果说黛玉的情爱是贾宝玉神性诗意的避难所，那么元宵夜宴后，伦理主人就连这个避难所也要拿掉了，贾宝玉还有别的遁所吗？

七、大观园的悲剧运动

女儿们的逝去是贾府世界最大的悲剧。大观园的基本意象是"花"和"月"，湘、黛联诗概括为："寒塘渡鹤影，冷月葬诗魂。"前者影射黛玉时代，诗性孑然，孤鹤特立；后者象征宝钗时节，神意阑珊，冷月凄清。"从繁华到凄凉"（鲁迅语）是大观园叙事的基本格调，而大观园幻灭构成贾府毁灭的内在因素。

与典型化理论不同：不是典型环境塑造了典型性格；《红楼梦》是性格谱系生成内在文化结构，环境成为人物的活动生命因素。人与环境有三种关系：同一，统一，对抗。它们并非一成不变，而是因势设境、因人而异、流动变化、关切呼应的。同一性格会发生不同的环境照应，同一环境又存在不同人物性格。不是大观园决定钗、黛、湘的存在，而是诸钗的命运衍化为大观园的价值存在；又不是人文主义的独立个体，而是文化人格的象征性存在：不是人与环境的对立和抗争，而是人物角色化为相应环境。就像躯体是生命的宅舍一样，环境成为人的存在方式，人与环境之间缺乏的正是西方意义上的对立和冲突。环境是人物命运展开的空间，命运只是预设了环境中的事件。或从环境逃离，或与环境共存亡，或者消隐于存在的烟霾之中。如果人物与环境发生同一性异变，宿命就决定一切。

所以《红楼梦》不是西方式的性格或命运悲剧，而是超越二者的道体悲剧。与此相应，人物的悲剧也呈现着性格谱系的体系性和结构性，一场浩浩荡荡在劫难逃的悲剧运动，脂砚斋所谓"大颠倒"。体系性强调群体，结构性则强调角色，同一为一个象征体系的水落石出，从而红楼悲剧形成波澜壮阔的天道运动：立体结构，天地运作，大化流行，人物春秋。

大观园人物悲剧决定于木石前盟这一根本因缘，决定于宝、黛情爱向着钗、玉婚姻的宿命性颓堕，决定于人物关系的体系性变化。此间不存在个体人格意义上的矛盾冲突，人物所做的只是一种文化角色认证，阻碍或推进这种认证的决定因素是宿命。人只能体天悟道领承宿命，个体努力只是一种情境播演：在奔赴宿命的途程中，人格典范是规制、驱动和完成悲剧的个体内部原因。表面看是伦理角色化的，底里上却是宿命神秘化的；从个体看是悲剧性的，就宿命看却是闹剧性的，悲悲喜喜，笑笑哭哭，都不过角色幻演。人不是与环境、与他人面对，甚至不是与自己，而是与宿命对立着。人在宿命面前，只有被遴选或被抛弃两种情形——被遴选的时候，人与环境、与他人是和谐的，但可能违谬了自我的意志；被抛弃的时候就与众人不随、与环境不睦、本质是与宿命相违背。石头就是这么被弃于大荒山无稽崖青埂峰之下的。中国文化盛产狂狷耿介、怪僻自是、与众为敌、背祖灭宗的贼臣逆子，他们的结局又大多是众叛亲离，神人共愤，天诛地灭，总而言之消灭个体。

大观园性格谱系分为黛玉和宝钗两个编组：湘、妙、迎、惜、卿；元、探、巧、纨、凤。悲剧命运是从黛玉一组向宝钗一组每况愈下，渐渐收场。一般看来宝钗一组存活率较高，适应能力较强，个体性则几乎等于零，其存活是以消灭个体性为代价的。与之相比，黛玉一组的存活率就太低，也得不到环境支持，但是相对保存了人格的独立和完整。以宝玉为塔尖，分开两极，渐次低落，形成一个等级金字塔，既体现伦理秩序，也考量才情、品位和特色。这是一个相对稳定的结构，所谓情礼相得，德才兼备，神性和诗意兼美。在木石因缘向金玉良缘的蜕变中发生着由黛玉组向宝钗组的倾斜，金字塔坍塌下去。就像一场盛筵，太虚幻境的仙子们按照伦理秩序坐定相位，然后播演节目，遵循宿命出局，留下一个失却神意也没有人的空场，一个杯盘狼藉的残局，所谓盛筵不再，后事难继，回应了宝玉和黛玉的关切：聚或散。所谓"三春去后诸芳尽，各人须寻各自门"。钗、黛分离是其开端，探春远嫁就是绝唱。悲剧迭起，诸钗流散，大观园湮灭。

伤春悲秋，怀才不遇，坚贞不屈，谬托知己，红颜薄命——大观园的五个悲剧模式是由每个人物与贾宝玉的身份关系及情感性质决定的。

伤春悲秋的本质即薛宝钗所谓的司马牛之叹，一种边缘化，闲置于贾宝玉的最外围，与伦理中心没什么关系的凄清和寂寞。叹悼着命运，充分感受着人之于世的无着无觅，有限生命之于无限时间的怀思和悲怨，比如林黛玉。作为中心人物，怎么会与贾宝玉没有关系呢？这是木石因缘预设了的核心情案。其实，林黛玉从未进入贾宝玉婚姻遴选的预案，他们的情爱仅仅发生在道体义域的诗意象征和角色关系中，并不存在结缡意向，所以注定不能实现婚姻。这是一种哲学悲剧而不是伦理悲剧。他们为生命和存在提供了无限畅想和无边悲憾，引发宿命思考而不是伦理批判。换言之，林黛玉真的与贾宝玉完成婚姻，与薛宝钗有区别吗？没有。作为诗意化身只有在不导致婚姻的意义上才是有价值的，否则就成为伦理角色。林黛玉的悲剧在于人存活于世间的有限性和宿命性，是诗情耗损和真性无觅，不是没有完成婚姻。林黛玉是情人，不是妻子。

怀才不遇是一种机缘不契，与中心横亘着一段无可弥补的神意空缺，只为更深刻的缘分和更适合的人选保留着空间和余地。湘云也有一只金麒麟，够格成为宝玉婚姻的候选人，但没有进入遴选中心，没有挨到旁观者清的边缘位置，只是一种怀才不遇。她处于钗、黛中间，亦钗亦黛，不离不弃，自说自话，没有知音。其生命状态沉溺于某种感觉，所谓香梦沉酣；个人与中心并不处在同一情境，个体性不能确立，不能诗心领悟神意感通，失之交臂，只有遗憾。湘云是忘失自我的文化悲剧。中国文化讲天人合一，讲个体以心性之诚明，格物致知，领承天道，修养道德，顺天应化，所谓"存天理，灭人欲"。湘云既不是黛玉式的文化精灵，也不是宝钗式的伦理标本，她的自性就是没有自性，消解个体，殊无私欲，所谓"从未将儿女私情，略萦心上"。唯湘云是大观园纯而粹焉的原儒人格，是真拿诗心作诗的憨女孩。做个比喻：黛玉是一滴泪，湘云是一首诗，宝钗是一篇玄机隐约精彩绝伦的文章。就此而言，红学家考据湘云最后续配了贾宝玉，是有道理的。

坚贞不屈是进入价值中心的悲剧，即宝钗的悲剧。宝钗是最宽厚的，也最尽让，怎么会坚贞不屈呢？事实上只有宝钗自觉进入伦理价值关系，是唯一合格的婚姻候选人：德高望重，心机深隐，人缘极好，坚定不移。她不仅自觉依据伦理主人的道德要求塑造自己的完美形象，而且与对手建立真诚的友好诚信关系，绕过世俗藩篱，成功入主怡红院。宝钗非常熟悉伦理世界的游戏法则，成功确立了与中心的亲善关系，顺利推销出自己。但她忽略了对象也是独特个体；她只把中心作中心，没把个体当个体，没有把贾宝玉作为一个活生生的人来研究，是一个天大的失误。所以她只能坚贞不屈，坚贞到宝玉就要出家了她还大谈赤子之心，呆木得让人落泪。她心机还深吗？她的成功是伦理的成功，不是人的成功；她的悲剧却不仅是伦理悲剧，尤其是一种人的悲剧。

宝钗改嫁甄宝玉是曹雪芹的不写之写，我们尚需做一点论证。或谓薛宝钗改嫁贾雨村，依据是"钗于奁内待时飞"的诗联，未免胶柱鼓瑟。宝钗再倒霉也不到这一步，但改嫁并非空穴来风。三条旁证：一是贾雨村影射甄宝玉，已经说过。二是第三十五回巧结梅花络，莺儿讲："你还不知道我们姑娘有几样世人都没有的好处呢，模样儿还在次。"宝玉就追问："好处在那里？好姐姐，细细告诉我听。""我告诉你，你可不许又告诉他去。"如此神秘，是何好处呢？三是第一百十八回宝玉对莺儿说："果然能够一辈子是丫头，你这个造化比我们还大呢！""你姑娘既是有造化的，你跟着他自然也是有造化的了。你袭人姐姐是靠不住的。只要往后你尽心服侍他就是了。日后或有好处，也不枉你跟着他熬了一场。"貌似有意与第三十五回接榫，暗示什么，应该是宝钗和莺儿的结局。宝玉这里特别提到袭人。我们知道袭人影射宝钗，袭人改嫁是否意味着宝钗也改嫁呢？返回第一百十五回，紫鹃一见甄宝玉就痴心发作："可惜林姑娘死了，若不死时，就将那甄宝玉配了他，只怕也是愿意的。"紫鹃在提醒读者：甄、贾宝玉实即一人！林黛玉都愿意嫁的甄宝玉，薛宝钗就不可以吗？贾宝玉二游幻境见到一副对联："假去真来真胜假，无原有是有非无。"可直译为：走了贾宝玉，来了甄宝玉，所谓甄宝玉"送玉"；"真胜假"胜出什么？甄宝玉斯人足足胜过那块口衔宝玉！"无原有是"指甄宝玉娶薛宝钗：本无其事，有则非无，事已至此就顺其自然吧。"早知这样，就不该娶亲害了人家的姑娘！"王夫人当初就这么说。周汝昌先生所谓宝钗产难亦指此事：本欲死守，惜哉贾桂夭亡，一求安心，二为移情，改嫁也是情理中事。曹雪芹的不写之写与高鹗无关。从文本看就是今天的样子，所谓甄宝玉娶李绮不过是"画家烟云模糊处"。难道说娶李绮就真的娶了不成？连巧姐嫁周家少爷都是一桩悬案：究竟嫁没嫁还料不准呢，如果周家少爷怕连累不同意娶犯事家的女儿呢？所以，甄宝玉送玉是双重的。既送给贾宝玉一笔世俗饥荒，也送给薛宝钗一个伦理死结。贤淑如薛宝钗也会改嫁吗？问题正在这里，这就叫宿命，也就是伦理。最后一个旁证就是中秋殇子之说，贾珠死、贾桂亡非空穴来风。曹雪芹写到曹家旧事时不能不有所规避，这就是费偌大笔墨来写袭人改嫁；前此王夫人给甄宝玉提亲，此处却特别地强调薛宝钗的贞静端庄，还写到贾桂后事，让读者接受甄宝玉娶的是李纨之妹李绮的印象，恰是一篇"鬼话"。贾宝玉说莺儿有大造化就是跟着宝钗守一辈子寡吗？此时再来理解莺儿的话"我们姑娘有几样世人都没有的好处呢"，不就猜个八九不离十吗？

薛宝钗改嫁尚需更充足的理由，但是唯其改嫁才能凸显伦理世界的悲凉：这位坚守女德苦持节操的女孩不得不返还家族颁发的道德奖状，走出伦理，变成依于德却不能恃于礼的乞者。脂批的隐情披露提示读者的想象：薛宝钗连一块贞节牌坊也没守住。不是贾宝玉抛弃了她，而是她抛弃了伦理！祸兮福之所倚。浪子回头的甄宝玉与翻过筋斗的薛宝钗，于"赤子之心"上同气相求。莺儿随嫁成为甄宝玉侍妾，宝钗死后又升为正室，这个造化不是比"我们"（宝、黛）更大吗？

> 朝罢谁携两袖烟？琴边衾里两无缘。
>
> 晓筹不用鸡人报，五夜无烦侍女添。
>
> 焦首朝朝还暮暮，煎心日日复年年。
>
> 光阴荏苒须当惜，风雨阴晴任变迁。

这位"山中高士"的判词是"金簪雪里埋"。造化原不过一层薄雪：先嫁贾宝玉衾里无缘，再嫁甄宝玉唯琴边论道，便有"琴边衾里两无缘"之叹。"鸡人"（甄玉）不来报晓，"侍女"（莺儿）频往添香（贾宝玉时是"络玉"），她便只有"焦首朝朝还暮暮，煎心日日复年年"了。忆及当初，慨无可言，只能是"光阴荏苒须当惜，风雨阴晴任变迁"，委运乘化，随缘而逝，赤子之心早已死尽……

谬托知己是走出伦理中心、进入个体价值的悲剧，比如妙玉，乃是大观园唯一把"中心"看作人而不是中心的人。执着个体意识，她就与宝玉没有了关系。在大观园，人与人只有血缘亲情和伦理关系，没有亲情伦理关系就没有资格进入。妙玉是唯一以独立个体身份进驻大观园的人，与宝玉的个人关系超越亲情伦理之上，事实上他们也生发了某种隐约却深刻的情怀，但仅止于诗性感应或神意感通没有更深入的人性内容。他们都在谬托知己。在大观园里，都把妙玉认作闭关修道的人，其实她只在支撑个体的尊严，心灵深处把宝玉的诗情感应为不失体统的男女私情，而宝玉只把她作世外高人看。也许，妙玉是理解宝玉的，可宝玉根本不理解妙玉，他们之间的情只是一种绯色流连，并不构成爱。妙玉的悲剧也不是与中心的冲突，而是情欲冲动诱引了情色劫难，是真正的命运悲剧。人性在妙玉这里开始彰显，高洁自持与情欲骚动成为死结，孤绝的个性使她在大难临头时叫天不应呼地无灵。一群江洋大盗，劫持一名美丽尼僧，完全是抽象异己力量对于生命个体的强加，妙玉的反抗是人与命运的对抗，个体对于群体的抗争，生命的诗情对于粗蛮欲望的决绝。可以说这是大观园唯一的人性事件，惜哉神意不助，反而彰显了她独立意识中的个性弱点和贵族骄恣。没有谁比妙玉把人性看得更清楚，也没有谁像妙玉那样谬托知己：错会了神意，导致对于自己的误会。妙玉是赵姨娘之外人性弱点最明显的一个，也是大观园最悲惨、最壮烈的反抗者，但是她反抗的不是伦理残酷，而是道德缺席。

红颜薄命是被中心冷落了的悲剧。在伦理关系之中，却被冷落到家族亲情之外，自卑自弃，比如迎春，宿命在她身上得到最明确、最强大的体现。她试图逃出伦理，伦理却不放过她；她谢绝伦理监护，伦理却要杀死她。她是唯一认命的人。在仆妇下人都不拿她当主子的处境中，木石前盟就是天方夜谭。伦理残酷走到绝处，人性被消灭得干干净净。她既已被伦理抛弃，就谈不上个体价值，她是一棵真正的草，一棵纤弱易折可怜无助的小草，凄悲地摇曳于苍凉的伦理天空下。她的生命应验了四个字：红颜薄命。

惜春、巧姐则走出五种模式，是与伦理中心断裂的特例，但是宿命没有忘记关照她们。她们是宿命和人性的双重悲剧。一个领承了宿命，一个体察了人性；一个自我了断，一个偶得侥幸；一个回归宇宙，一个流落民间。她们走出《红楼梦》的悲剧视野，只给天地间留下一声叹息，一抹怀想。

《红楼梦》中最接近伦理中心的人只有贾元春，与中心最无关系的也只有贾元春。她的意义是替代神意来监护大观园：元春来，大观园生；元春去，大观园死。她只是一个象征。她与皇帝没有个人关系，只有贤德妃与圣上的关系。在三宫六院全部情色里她是最清静寂寥的一个，不存在与皇帝或诸妃的矛盾冲突，只持有装点伦理世界的端淑和贤德。所以她是另一层面的林黛玉，同样是宇宙旷漠中一颗孤渺无绪的流星。表面圣眷隆重，内心满怀凄泪，唯一的支撑和全部哀怨都在于割舍不断的血缘亲情。伤春悲秋思念亲人就是她的全部情感人生内容。皇帝没有亏待她，诸妃不敢奈何她，满世界羡慕歌颂她，她却只是一个殉葬品；大观园女儿的全部人性悲剧和伦理闹剧都从她这里得到解释。换言之，大观园的全部悲剧都与她无关，但她却全部体验过了。她认定深宫大内是见不得人的地方，那里只有宇宙的无限，存在的无望，活着的无聊。元春的悲剧展示了一个非常奇怪的事实：人不必是人，伦理的宠儿只配做殉葬品。作为天理伦常的符号，元春用血泪喊出一种惊警和恐怖："天伦啊，需要退步抽身早！"我们正是以此否定红学家杜撰的宫廷事件。也许她应该参与这些事件，但曹雪芹把她留给了大观园，她只是大观园悲剧的最高概括，一个元范畴。

与元春同范畴的三个小人物是：金钏、小红、紫鹃。都是春情满怀的人物，本来与木石前盟最有机缘，但偏偏没份，只能"掺色"。她们都是贴身丫鬟：金钏是王夫人的，小红是王熙凤的，紫鹃是林黛玉的。但是她们都曲折地指涉了中心人物贾宝玉。金钏只跟宝玉说了句悄悄话就被一巴掌打到井里去；小红只给宝玉端了一杯茶就被晴雯、麝月骂了个狗血喷头；紫鹃则几乎是在替林黛玉谈恋爱，把宝玉整得要死要活，却只能陪惜春出家，作为尼僧，她也只是一个丫鬟。三个人都活在大化流行的黑洞里，伦理天道派给她们的宿命就是伤春悲秋叹悼生命。她们是与情感中心根本无缘的人。她们的悲剧只留下满世界的泪雨、遍虚空的浩叹：生命是这样的美丽，世界却如此荒谬！

探春是典型的怀才不遇者。人们只注意到她的大观园改革，她一厢情愿改写自己的伦理身份，便以为她有补天济世之才，这是一种误会。她是海棠诗社的发起人，是最懂得诗情也最能为诗情确立尊严的人，却偏偏出生在一个最没有尊严、最没有诗意的家庭，不能发生任何意义的男女感情。她是投错了胎，来错了地方，就像西方人说的在一个错误的时间来到一个错误的地点，承担了不可能正确的错误：一腔女儿真情被扭曲成伦理看守的自觉自愿。她就是男女情私的副产品；赵姨娘是贾政的妾，一个走不上台面的性感女人，所以探春最知道什么叫男女私情。她有一腔情愫需要有人倾听，但她每天只能面对蠢夯的赵姨娘和猥琐的贾环。她对自己伦理身份的校正包含着对于男女私情的深恶痛绝，但她所做的每一件事都怀揣着男女私情的紧张和困惑。比如给贾宝玉做鞋，却根本不给胞弟贾环做；比如割去大半钱粮用度的理家政就是把大观园的亲情诗意挤压到最低，预演一个命妇的角色。刺激凤姐，袒护丫鬟，打击王善保家的，都是在找伦理的碴儿，以发泄愤闷、排遣情愫。这种努力一直坚持到做了王妃。这是她能做到的最高角色。探春的悲剧就是一辈子找不到男人的爱悦：得如不得，望空浩叹，元妃属也。

与探春同一范畴的还有平儿、尤二姐和李绮。平儿是贾琏的妾，二姐是贾琏外室，李绮是甄宝玉的前任。三个人处境都在遇与不遇之间。除李绮面影模糊外，平儿和二姐都是春情满怀的人，花样品格，水样柔情，浑然不觉的心性，最适宜男人珍爱。可是她们的遭遇恰恰相反。荒谬的是真正知悦平儿的不是贾琏，而是王熙凤；"知悦"尤二姐的也还是王熙凤，王熙凤比贾琏更懂尤二姐。但是无论平儿还是二姐，都停滞在门边，一走进门里，遭遇的就不是知己而是敌人。平儿替王熙凤行权，尤二姐被王熙凤行了权，都把感情托付给王熙凤，真正遇错了人。她们甚至都不是被抛弃，恰恰是被遴选，但不是被情人，而是被劲敌选中从而遭遇了根本无法抵抗的摧残。伦理世界留给她们的唯一出路，就是做淫妇，但这的确不是她们的拿手好戏。事实显示，她们是世界上最贞洁、最柔情的女子：忠贞不二，以死相托，不离不弃。如果说平儿还换了个贤婢的名声，尤二姐就惨了，把自己做成个淫奔不才浮浪之辈。不是对不起谁，也不是对不起自己，而是对不起自己的那一腔真情，对不起那无与伦比的青春美丽。人，作贱了；情，亵渎了；存在，悲惨莫名。李绮似乎走到中心也遇着了知悦的人，惜哉是个假的！甄宝玉绝不是贾宝玉，假得让人毛骨悚然，何况还有一位"黄莺儿"在耳边叫唤着，这就使她变成另一个李纨。李纨是为一个真的死人守贞节，李绮却在为一个活的假人作虚配，本质是被弃。这组悲剧掩饰着伦理世界的荒谬：人是无论如何也不能实现自己的，表面是因为伦理，本质上却是宿命，这是没有办法的事。

王熙凤是毫无疑问的坚贞不屈者，处于世界的中心。与宝钗不同，她是才情德性俱足，个体意志和权力意志统一，不怕恶贯满盈，更不屑贤德名声，是在伦理世界真正实现了自己的人。但是与木石前盟无缘，又与宝钗相同。她只在完成着秦可卿的住世形态。她存在于兼美情教的实践义域，构成木石因缘的真正危险。她的坚持有个转向利势的过程：黛玉时代她是木石因缘的赞助者，宝钗时代却成了调包人。前面后面都"坚定"，但不是"不移"。与宝钗的万事周全不同，王熙凤是力排众议干犯众怒，既当救世主，也做掘墓人。她的悲剧是天的悲剧，不是天理亏待了她，也不是她亏待了自己，而是她利用天理杀人，天理利用她灭己。从王熙凤身上我们看到木石前盟与伦理世界的共同本质：大观园的诗情不是生命的诗情，而是死亡的诗情，黛玉的美丽只是天道弄人的美丽；伦理道德是死亡的道德，王熙凤永远不会像薛宝钗那么傻。她的生命应验了尼采的诤言："为了保持干净，要学会用脏水洗脸。"只是王熙凤聪明太过了，不仅用脏水洗了脸，居然把脏水喝掉了。就像薛宝钗的才德变得虚假一样，王熙凤的才情也变成凶险和阴毒，人成为人的敌人。王熙凤的悲剧是天人合一进入历史范畴唯一留下的一个字：恶。在秦可卿就是另一个字：淫。从薛宝钗的假到王熙凤的恶、秦可卿的淫，人都成为自己的仿人：既浇灭木石前盟，又处决金玉良缘，兼美理想使人格典范霉变为嘲讽，活着就是罪孽。

司棋、晴雯和鸳鸯与王熙凤同科，都是坚贞不屈的人，都犯了与王熙凤相同的错误：把伦理作为最高价值，毫不犹豫地扮演伦理自家人的角色。司棋是迎春的事实监护人，晴雯是宝玉的宠儿，鸳鸯则是老太太的心腹。可是老太太带走了鸳鸯，迎春放失了司棋，宝玉管不了晴雯。伦理对于她们个人意志的监护是无效的，却只在鼓励、惩罚或驱赶她们去死，可谓冤大如天，恨重如山，苦深似海。晴雯死在棚户，司棋撞死南墙，鸳鸯死于圈套。她们都死得坚定不移，却都与情私无关。司棋有一个男人还发生了故事，但她是为洗雪人格而死，情倒未必是目的。晴雯以死表白情的"无私"。鸳鸯以死来断绝任何情的可能。

李纨的谬托知己令人悲默，为了一种感情、一种理念或者一个人，即使守节一辈子也是值得的：人有权处置自己的身体和感情。转言之，那种与人相关、于己有碍、发自心灵的感情操守是一种人的价值和尊严，是生命存在的自我把持，是世界再不能提供价值实现的可能时，主体采取的唯一方式。操守固然是自我抑制，但更是自我约定，本质是人为自己立法。问题是李纨的守节且不说耗损掉整个人生，悲哀的是并不曾约定。由于没有情感对象，就只是一种自我折磨：一个寡妇一门心思做到死，所谓槁木死灰，所谓静如止水。对于李纨来说改嫁是不必考虑的，她从来就没有过那种想望。剩下的就只有家族伦理鼓励她的道德前景了：金灿灿胸悬金印！凤冠霞帔，母以子贵。可这只是一张空头支票。一种心如死水的凄苦人生寂寞岁月，李纨竟做到一念不起，自乐自娱。她不像贾母能现实地享受着天伦之乐；也不像赵姨娘是一盏不省油的灯。没有宗教信仰，没有来世期盼，她就是那么毫无指望地活着，心甘情愿地实现着一种表面上令人敬畏、骨子里求人可怜的人格修养和道德境界，这成为李纨的精神支撑。不是修养扭曲了心灵，而是规则同化了境界，她是那样的优雅不俗，却又是那样的苦不堪言，生命力度和情感幅度被自己规范得不寒而栗。可以说李纨是一个圣人，但不是真人。有过真实的世俗生活，毕竟是女人，而且是世界上最好的女人。她的操守绝不是用来请求道德奖赏，她只在那里静静地活着，痛苦但是清正，心安理得又无灾无祸，虽然孤立无援。她的人格境界承载了这个世界最值得珍惜和悲怜的善良和真诚，但我们还是要说：她是在谬托知己！她的生命没有绽放。贾兰可能会做官，但与她的生命真实无关，她的一生是那样的孤独悲凉，用名节来表彰是一种亵渎，她真正做到"质本洁来还洁去"。记得黛玉临终前，唯一能想到这个孤苦女孩的一个是平儿，一个就是李纨，这是李纨最高尚的人格表现，不是同病相怜而是护念孤苦。李纨的悲剧呈示活着的唯一目的就是不要活着。活着本身就是一个错误。

谬托知己的还有三位：尤三姐、袭人和柳五儿。尤三姐和袭人虽然有着不同的道德旨趣，但又有共同的情感方式和人格追求。袭人对宝玉是完全不必怀疑的真爱，就像尤三姐对柳湘莲的痴情。区别在于袭人以常情常理，尤三姐则超常极端。忠贞不渝的爱是她们的共同之处。三姐舍了生，袭人忘了死，她们的爱人却都奇妙地出了家。她们实实在在认错人。柳湘莲是个天涯浪者，贾宝玉是个世间过客，两个男人从事的都是天外的事业，两个女子却操持着人间真情，两相里是错位的。在木石前盟的意义上，两个人都是来还债的，而不是还泪。还泪是没有给对方什么却能够心心相印，还债却是什么都给了却什么也没有得到，反落了个"妾身未分明"。与李纨一样，她们都没有把自己的价值当价值，对非己所属的对象却痴心妄想，还把自己的角色当真了。世界从来就没有准备理解却宁可误解她们，本质是没有把她们当人看，她们只在那里自说自话，自作多情。当然，她们还是以不同方式离开了中心，伦理也好情爱也罢，总归一个假字。连袭人这样的女孩都得不到伦理表扬，尤三姐这样的佳人都得不到宿命爱重，这个世界就不可理喻。她们的悲剧表明，这个世界只有石狮子是干净的，人是永远不干净也干净不起来的。我们不能忘怀的还有柳五儿：虚假世界里一只真羔羊。不是贾宝玉错会了她，而是她错会了自己。她就没有搞明白进入怡红院的目的，似乎是为了见宝玉，可是真的在一处了却不知自己哪里去了。她找不到自己，所以也识不得宝玉。她转迷了路，变成一个孤苦的幸运者。那一夜水米未进的悲酸，半袋含羞忍辱的胭脂粉，浇铸了她轻贱可怜的生命。她被人家认定就是那种货色！可是她连一点觉悟也没有……

秦可卿是典型的红颜薄命。号称与王熙凤并驾齐驱的脂粉队里的英雄，生前备受倚重，死后享尽哀荣。以她为由头组织起的贾府第一个死亡祭奠兴师动众，鸡犬不宁，获得太多寓意莫名的疑惑和焦虑，正回应了那句污名判词："擅风情，秉月貌，便是败家的根本。"可她就是一个弱女子，并不是决定政策的人，也没有进入真实情感，只是一件弃物。这不是说她没有进入中心，而是受不了中心的荣宠和物议，她出局了，不是伦理抛弃了她，而是她看清了伦理。她是在人家需要她死的时候去死的知趣的人，所以她得到好评。可她至死，还在为伦理操心，无趣得令人扼腕，做人做得太轻贱、太寒碜了！她本是孤儿，没有家族背景，所有的德行她都具有了却唯独没有恶毒，所以她只能去死。并非画梁春尽，她死于伤春惜时，一种抑郁症，一个存在黑洞，一半是怀才不遇，一半是谬托知己，而后者是前者的原因。她本来想得到才干事业的知遇，可对方喜欢她的是才貌风情，"知遇"遂此转为"知悦"，实际是她谬托了。她的全部悲剧原因就是太贫贱又太美好，这与夏金桂形成对比。夏金桂的贱是一种人品心性的贱，家庭出身是高贵的；她正好相反。而且夏金桂是让别人死，她却让自己死；夏金桂要占尽一切，她却是奉献了一切。其实，伦理与她没有什么关系，可她却正儿八经自作多情。她的悲剧就没有一点哲学深度。她本来应该做菩萨，却做了伦理代言人，结果是毁掉名节，人的承受幅度抻展到再不能承受。可她为什么阴魂不散，一直游弋于大观园呢？

这一范畴的另外三个人是香菱、芳官和岫烟。香菱奉献得莫名其妙，芳官精明得糊里糊涂，唯邢岫烟贫穷得明明白白。可是她们都薄命，都无绪。一个忘失了家园，一个根本没有故乡，一个遭遇了无可言喻的遭遇。邢夫人是《红楼梦》最糊涂暗昧的人，偏偏是岫烟的主子家。处身无地，贫穷低下，都活错了地方：除了给大观园增色之外，她们的存在没有意义。偶尔伦理也会同情叹息，叹息之后就什么也没有了。不是她们不懂得世界，而是没弄懂自己，成为自我迷失者。她们的贫贱是心灵的贫困，对世界没有要求，对自己没有看法。弱草蒲柳，随风萎靡，虽然清香四溢。她们美丽得惊心动魄，又善良得令人回肠荡气，她们的悲剧却恰恰是没有理解悲剧。芳官出家了，香菱离世了，唯岫烟出阁了——嫁给薛蝌，她是否会有一点好的前景呢？

五个悲剧模式是一个原型的变异，就是木石前盟。木石前盟的悲剧内核就是只有约定没有对立，根本地讲就是没有从约定中分离出独立的个体；天道天理、道德伦理，都是通过人的存在上演了一场悲惨而优雅的诗剧。如老子所说："天地不仁，以万物为刍狗。"曹雪芹无法从浩浩荡荡的悲剧中拯救人的价值，这是巨大遗憾，但他看穿天道弄人，认定兼美无用，给出两条拯救之路：惜春的"死心"和巧姐的"踏地"。然而这是两条逃亡之路，不是拯救。与贾宝玉相同，两条路都是切断与伦理世界的联系，回归宇宙大野。惜春是出局，巧姐是逃亡；两者都表明伦理世界毁灭了。大观园悲剧概括了中国文化的内在逻辑和悲剧必然：天人合一的典范坍塌了。

八、从体验回归叙述

思凡模式。 大致整理了大观园的人物悲剧之后，讨论思凡模式才是可能的，但必须观照悟道模式。思凡是什么？就是执迷。有的人悟了，多数人还在迷执，所以有历幻。如前所说，贾雨村作为叙述者是不称职的，因为他就没有醒觉过，这是一个表象。早在开篇贾雨村对存在实相和人性本质就有领悟，"天地之正气"与"天地之邪气"："正不容邪，邪复妒正，两不相下，如风水雷电，地中既遇，既不能消，又不能让，必至搏击掀发。"亦即，这个世界的实相本来就是势利倾轧。人性及人的存在概莫能外："那邪气亦必赋之于人，假使或男或女，偶秉此气而生者，上则不能为仁人、为君子，下亦不能为大凶大恶：置之千万人之中，其聪俊灵秀之气，则在千万人之上；其乖僻邪谬不近人情之态，又在千万人之下……"[1] 这是贾宝玉的性格阐释，也正是贾雨村的人性观点。冷子兴道："依你说，'成则王侯败则贼'了。"贾雨村略无疑议："正是这意。"如果说甄士隐是"悟而逸出者"，贾雨村就是一块石头：铁石心肠，冷酷无温，站在邪的立场。在他看来，神性诗意，天理良知，伦理道德乃至治国平天下，都不能解决人的问题。所以他逃离甄士隐，规避贾政，不去深究贾宝玉。正是忌讳神意、拒绝宿命，直面精神死亡的态度。我们又想起戴不凡先生的石头原作者说，说不定就是大荒山那块通灵顽石的原型！曹雪芹正是在如此心

1　曹雪芹、高鹗：《红楼梦》，山东人民出版社 1980 年版，第 20 页。该版系启功注释，余以为优胜于后出之专家版，特识。

态下完成第五十四回后的贾府叙事，隐约了贾雨村来往于贾府的前前后后，亲历并助推了所有悲剧，最后被天道，被存在抛弃，成为大悲剧。贾府败灭与贾雨村被弃有关系，但是两回事。

贾雨村叙述角度使《红楼梦》原儒人格的典范性衍入"不写之写"（脂批）的人性极恶：从判断葫芦案到逼死石呆子，从薛蟠犯流刑到查抄宁国府，贾雨村是真正的操盘手，高鹗没弄明白或改糊涂了的正是这些段落。曹雪芹的原稿可能是这样：经手过这样四个大案，贾雨村就把"回报"贾府的感恩蜕变为逮着把柄"回抄"的决心——贾府为什么不可以是贾雨村的贾府！太明白贾府内幕了，贾雨村就可以对自己的行为不承担道德责任，既灭了贾府也灭了自己。他的罪恶是做了朝廷褒奖的忠心恶狗，暴露出上下其手刻薄寡恩的阴狠；收拾着大家贵族的罪恶，绝不在乎伦理道德的谴责。看透世道人心，做足一个忘恩负义的小人。他出演了与王熙凤大致相同的人生悲剧，却不止念"一夜北风紧"，而且操作《红楼梦》。曹雪芹就这样回归贾雨村的叙述视角：太敏感"感恩报德"这些字眼，故写到贾府败灭，刘姥姥末两次进府，就显得匆急慌乱，一无可道。另一种可能是曹雪芹改稿到八十回去世了，留下未定稿或一些修改计划，就是脂批呈示的那些情节意向，程高本急就未逮。后四十回的讹误不在于诸钗结局，而在贾雨村的戏演着演着糊涂起来：第八十六回薛蟠命案的主审、第一百○五回查抄贾府的主谋都应该是贾雨村，程高本将前者委托给某县令，后者嫁祸赵堂官，真正的操盘手贾雨村却漏网了。畸笏叟就是贾雨村[1]，就坐在曹雪芹身边。他数命改稿，后面的贾雨村暧昧隐约，成为一个睡者，曹雪芹告诫：不要胶柱鼓瑟！曹雪芹体验了大观园之梦，贾雨村经历了贾府之变，他们都悟道了，就都认同了。刘姥姥的真情性也就是这样替代了贾宝玉的真性情，成为《红楼梦》的价值留存：福善祸淫。回到悟道模式：曹雪芹所忏悔的是大观园之情，贾雨村却怀思着世道之险恶。前者强调闺中，不涉朝政；

---

1 畸笏叟的真实身份尚需更有力的论证。

后者着意风尘，不沾风月。"醉淫饱卧之时，或避世去愁之际"的苍老阴冷，就是贾雨村的苟活状态，一种永世不愿出离的民间状态。遂依此逻辑导入《红楼梦》叙事的最后一个模式：思凡。

思凡模式是一种平民模式，旨在警世，包含怀思、悲悯和醒世意识，激发着强烈的入世意绪和入骨的色情旨趣，涉及盛筵走向大野的贾府世俗生涯，表现伦理的幕后情形和食性饥渴，丑恶而繁华、浮世而神秘就成为叙述基调。思凡模式的叙述要点就是淫乐、怪异和宿命，体现了庄谐并至的叙述倾向。森严礼法下面是潓漫不羁的色情，其艳羡之情从顽石通灵之初就表现出来：

> 适闻二位谈那人世间荣耀繁华，心切慕之。弟子质虽粗蠢，性却稍通；况见二师仙形道体，定非凡品，必有补天济世之才，利物济人之德。如萌发一点慈心，携带弟子得入红尘，在那富贵场中、温柔乡里受享几年，自当永佩洪恩，万劫不忘也。

这与刘姥姥初入荣国府告贷的心眼完全一致，没有半点诗心雅意。后面就加入色欲淫心，《红楼梦》原儒意义的人格典范渐渐脱演为人体盛筵：贾雨村对娇杏的穷酸，薛蟠打杀冯渊霸占英莲，可卿暧昧，秦钟奇趣，袭人与宝玉偷试，贾瑞起淫心，乃至贾琏与凤姐、平儿、鲍二家的、尤二姐以及秋桐的肉体关系，以及宝玉对宝钗臂腕的艳羡、薛蟠对林黛玉的肉麻，直到贾赦逼妾、灯姑娘逼淫、夏金桂布阵……《红楼梦》成为淫秽集装箱，零头散件合成大作，总不离色欲，为太虚幻境神意和大观园诗情的毁灭预设了肮脏的人性基础。曹雪芹持怎样的态度呢？《红楼梦》究竟是一稿残缺还是多稿合成？自称石头的人究竟是曹雪芹还是贾雨村？

元妃薨逝是抄家的前提，至少从刘姥姥视角看是这样。在贾府腐败已成不挽的情形下，贾雨村握有铁证，略助波澜即致翻船。第一百零四回贾雨村正在家中休息，忽闻"内廷传旨，交看事件"。"雨村疾忙上轿进内"，就有人说贾政被参"在朝内谢恩"。贾雨村们就等在外面。贾政满头大汗出来："旨意问的是云南私带神枪一案"，"本上奏明是原任太师贾化的家人"。贾政说："先祖的名字是代化。"皇帝追问："前放兵部，后降府尹的，不是也叫贾化么？"雨村就吓坏了：贾化正其本名。其后就更蹊跷：一天包勇在街上听人谈及贾府之败："便是现在的府尹，前任的兵部，是他们的一家。难道还庇护不来么？""前儿御史虽参了，主子还叫府尹查明实迹再办"，不料这贾大人（雨村）"本来沾过两府的好处，怕人说他回护一家"，反而"狠狠的踢了一脚，所以两府里才到底抄了"。如此凶险阴狠，元妃活着也不能缓颊。尤其是，贾雨村掌握着"云南私带神枪一案"，污秽淫滥不过是贾府的黄段子。元妃之死意味着神恩消失，贾雨村如果感恩回护也是以元春的皇家身份为前提。公府坍塌了，那些聪明灵秀的女孩子病死、驱逐、入官……也都灭尽了，曹雪芹的悲愤转化为世道人心的仇雠，深化为天道及运数的体悟，这就是《红楼梦》前后回合、祸福相诘、怪异不常情节神秘设计。这些情节的主题就是咒诅，就是善有善报、恶有恶报。比如王熙凤当年是威权自重借刀杀人，结末时力绌失宠、鬼魂索命；因其怜贫惜弱之一念，乃有村姬救孤之后报。再比如平儿有与人为善之德，暗中回护尤二姐，后面就扶为正室，显见得天理人情不可违。尤其是淫恶为首的观念：宁府荒淫奢侈，结果抄家革职世袭替废。连尤二姐这样的柔弱女子亦逃脱不了淫奔不才之秽名，被赚入荣府死于非命。这些情节强调：圣意不可替代神意，伦理强固反而招致人欲横流。进入大观园叙事后，曹雪芹超越俗套，从天理运演中掺入人性、主要是情缘和诗性，形成《红楼梦》主题的多头混杂、矛盾交织。比如福善祸淫就解释不了晴雯、迎春、黛玉及宝钗的悲剧。四人或风流美丽，或妩媚端庄，饶有诗意才情但恪守闺阁清戒——悲剧如何形成的？当他将情和淫区别开来时，主题提升了。情淫才美纷集于一身，就变成曹雪芹时代无法解释的个案。

　　这皆是宝玉心中意中确实之念，非前勉强之词。所以谓今古未有之一人耳。听其圆圆不解之言，察其幽微感触之心，审其痴妄委婉之意，皆今古未见之人，亦是未见之文字——说不得贤，说不得愚，说不得不肖，说不得善，说不得恶，说不得正大光明，说不得混帐恶赖，说不得聪明才俊，说不得庸俗平□（原缺一字），说不得好色好淫，说不得情痴情种：恰恰只有一颦儿可对，令他人徒加评论，总未摸着他二人是何等脱胎，何等心臆，何等骨肉。余阅此书，亦爱其文字耳，实亦不能评出此二人终是何等人物。后观"情傍"评曰：宝玉"情不情"，黛玉"情情"。此二评自在评"痴"之上。[1]

这段激赏的话语只说明一个事实：曹雪芹所在的时代，完全不具有理解贾宝玉的思想资源。正大光明与混账恶赖、聪明才俊与庸俗平常、好色好淫与情痴情种乃至贤愚善恶等范畴，正是曹雪芹所批评的陈腐俗套，也符合贾雨村正邪二气之说。他以"石头记"冠名，表明他只在作古今未有之传奇，缺乏更深挚的理解。但是当他面对那些美丽女孩一个一个上演悲剧，与贾宝玉的"真性情"联系起来的时候，他悟到灵魂和诗意的存在，悟到伦理天道与人的自然本质的深刻矛盾，虽然没有思想资源，只能归之一梦，但已超越同时代人，包括脂砚斋。《红楼梦》的情淫之辩是超越那个时代的"太初一步"，开始拷问人的来源和本质，进入本体实相的参究。曹雪芹首先将男人的淫秽与女子的情爱分别开来，捡拾那不能称作淫的价值，那执着以死的人性内容，乃有"万艳同悲""千红一哭"的悲憾。以人性视角和以天道视角审视，曹雪芹就得到两种不同的价值观点，他开始天道本身的思考，就是女娲炼石和太虚幻境的构想，追溯到儒道两家的源头，林黛玉以及贾宝玉的情爱因缘，就已是贾雨村不能理解的人之追问了。

1　周汝昌、周伦苓：《红楼梦与中华文化》，工人出版社 1989 年版，第 103 页。以周先生宝玉之论最洽，故特引之。

第二节
大观园的文化生成及人格价值

一、人的文化生成

《红楼梦》人物系谱中，宝、黛与众人有别，此即木石前盟的仙缘，文化考察可追溯到顽石通灵的源头大荒山。曹雪芹是把宝、黛形象的文化生成与本体联系起来考察的。

与脂砚斋同，曹雪芹拷问人的本质和来历时其实也不明白宝、黛"独特性"（周汝昌先生语）究自何来，其民间观点可谓差强人意，乃是天地灵秀之气的化合——炼石通灵与正邪二气之论差拟，"灵性已通"即禀赋天地之灵气，在《西游记》里就是"自开辟以来，每受天真地秀，日精月华，感之既久，遂有灵通之意"。而林黛玉同样是"既受天地精华，复得雨露滋养，遂得脱却草胎木质，得换人形"，这是中国文化生命创诞的根本观点。唯顽石通灵草木感遇，才有了离恨天外灵河岸上三生石畔的盟约：

> 只因尚未酬报灌溉之德，故甚至五内郁结着一段缠绵不尽之意，常说："自己受了他雨露之惠，我并无此水可还，他若下世为人，我也同去走一遭，但把我一生所有的眼泪还他，也还得过了。"

所谓"率其天真"，"任性恣情"，与顽石的"无知，无识，无贪，无忌"匹配，即"赤子之心"！桐花凤阁说：《红楼梦》中所传宝玉、黛玉、晴雯、妙玉诸人，虽非中道，而率其天真，皤然泥而不滓。"[1]顽石和绛珠，神性和诗意，都浑然天成，不假外求，才是鲜活生动的。加之道家气化形质之论，佛家因果轮回之说，木石前盟、太虚幻境、女娲补天、顽石通灵、茫茫大士、渺渺真人……与题材原型（曹雪芹或脂砚斋的人生经历）结合，糅渗传统士大夫的人格样相："薄名利，鄙流俗，重性情，爱艺术，不务正业，落拓不羁，敢触礼教，风流脱尘……构成了那所谓的'乖僻邪谬，不近人情'的独特品格"[2]，从而具有传奇性质。木石因缘的草与石、浇灌与还泪的意象结构形成《红楼梦》的总原型、总意象及总模式。换言之，木石因缘是一个抽象程度很高的寓言象征结构："聚""散"两字，中间加上一个"缘"字。当其浇灌之时乃"聚"；泪尽之日乃"散"，聚既有缘，散以缘尽。"缘"自何来呢？佛家讲万法唯心，缘乃心法。女娲锻炼顽石通灵，乃有心识；心识感受天地灵气，乃有顽石浇灌、绛珠还泪之缘。以此上溯，最高及最初那个灵性之源、心识之海即女娲逡巡的大荒山，洇落下来的儒家性理就是修齐治平，就是通灵被弃，凡心偶炽，被一僧一道携入幻境。性境相应，情况相依，乃有神瑛浇灌、绛珠结缘，既契合"一生二，二生三，三生万物"的道家之式，也相应母腹意象的男女之事。石—缘—木，两个主语和一个系词，形成《红楼梦》的基本故事结构。

两个主语相互感通有所作为的时候叫作"聚"，终止感通无所作为的时候叫作"散"。聚是两个主体的互相寻找，情爱的共构，以双方的情识感应为前提。散也是主体心识的感念，但不是缘分缔结，而是拆除；缘分，同样是互相寻找的结果但情形不同——或找到的正是，或找到了不是，或永远找不到，或找到了却隔岸相望，老死不能聚首……这都不叫"散"。"散"是找到了，实现了，走开，再没关系，所谓缘尽而散。木石因缘是典型的缘尽而散。宝、黛情爱不是普遍价值，宝玉也不

1　（清）陈其泰评，刘操南辑：《桐花凤阁评〈红楼梦〉辑录》，天津人民出版社 1981 年版，第 54 页。

2　周汝昌、周伦苓：《红楼梦与中华文化》，工人出版社 1989 年版，第 110 页。

能于太虚幻境长存久视。唯其如此才那样激动人心：有赖于缘，有赖于神意，有赖于两颗心的诗情相印。所有与木石因缘关涉的情爱故事都是聚中之散，都是木石因缘的陪衬、映照和注解，作为基本语境，敷陈为大观园的悲欢离合乃至全部红楼情节，可概括为一个意象：盛筵。或者说，盛筵是一个偏重"聚"的结构图式，木石因缘则强调"散"。多个木石因缘汇合成一场盛筵，一个盛筵又从一个个木石因缘散开，一直散尽；木石因缘是时间性的，盛筵则是空间性的。盛筵构成木石因缘的基本语境，木石因缘则是盛筵的主体情节，二而一也。

太虚幻境是一场天国盛筵；大观园同样是伦理世界盛极而衰、乐极生悲的一场盛筵。与盛筵相与俱去的木石因缘乃是凝结了曹雪芹反思人生体察世界的情节梗概：木石因缘结束了，人天都散尽了，盛筵就收场了——木石因缘构成《红楼梦》题材的最高抽象和终极概括，贝尔所谓"有意味的形式"，反映中华文化承荷存在的价值体验；意象结构与家族题材感通融渗的情节过程概括了中华文化的历史兴衰。曹雪芹既有了这样的感悟，就不再在道德说教的层面徘徊，他超越陈腐俗套，进入每一个故事的梳理：既是一种离析、分配、指认，也是一次建构、综合和认证。把握审美精神，重建艺术哲学构式，曹雪芹"披阅十载，增删五次，纂成目录，分出章回"，形成文本。这个工作做到八十回他去世了，后面的工作留给了脂砚斋，稿件传递中有所散佚，遂经程伟元、高鹗拾掇补润，形成一百二十回本，那时脂砚斋已故去多年……

我们必须从人物原型、故事模式到《红楼梦》的结构这样一个循序渐进的步骤做起，描述通灵顽石—神瑛侍者—怡红公子—贾宝玉的哲学推衍，绛珠仙草—潇湘妃子—林黛玉—薛宝钗的形象对应，呈现石头记—风月宝鉴—金陵十二钗—情僧录的艺术生成。然后考察石兄—脂砚斋—曹雪芹—《红楼梦》的悲剧人生过程。虽然力所不及但是，如果不做，我们将无法印证前面所有的理解。

二、物我未判与灵肉分离：从通灵顽石到神瑛侍者

贾宝玉的形象生成的四个阶段：通灵顽石—神瑛侍者—怡红公子—贾宝玉，表述为物我未判—灵肉分离—情礼分裂—真假同一四个哲学范畴的推衍。如前所说，顽石通灵是心识的发动。女娲所铸乃是人性亦即情欲，也就是自我意识：人知有我。人的创诞不是达尔文的物种起源，而是从自然浑沌的本性状态分离出来。《庄子·应帝王》：

> 南海之帝为倏，北海之帝为忽，中央之帝为浑沌。倏与忽时相与遇于浑沌之地，浑沌待之甚善。倏与忽谋报浑沌之德，曰："人皆有七窍，以视、听、食、息，此独无有，尝试凿之。"日凿一窍，七日而浑沌死。

浑沌之死意味着浑一本体的解体。一个灵肉同一的"我"从宇宙万物分离出来，成为生命个体。贾宝玉的原型就是一块质蠢无文的顽石，所谓蠢物。质言其无伪，蠢言其无我，二者合而为无文，即生命个体与宇宙本体浑然同一的自在之物，并无灵肉物我分别。就此而言，顽石与一草一木是相同的，并不具有人的品德和位格。女娲炼石完成了灵性萌发，生命从浑一分离出来，成为情识俱足、具备了本我意识的人。唯此顽石乃有众石皆用独我被弃的哀怨之情，乃有僧道携带下凡历幻的世俗欲求。我们从这里看到中华文化与西方的基督教文化迥异的旨趣。中华文化的人性观点是：生命是自然生成的，不是上帝外我创造的。

宝玉在顽石阶段的基本艺术内质是石与玉的意象关系。《古玉考》："玉器发源于石器。"[1]不仅如此，玉之为石还与五行说相契，其象征喻义在宇宙天道，故古人以玉器尽礼也：

> 东方属木，主生，其色青，故以青圭礼东方。南方属火，主长，其色赤，故以赤璋礼南方。西方属金，主杀，其色白，故以白琥礼西方。北方属水，主藏，其色黑，故以玄璜礼北方。中央属

1　刘子芬:《玉说汇编》，书目文献出版社 1993 年版，第 9 页。

土，其色黄，故以黄琮礼地。又玉器之形式亦有所取义。如圭璋之特达，象生长也。琥之威猛，象肃杀也。璜为半璧，象收藏也。琮内圆象天，外方象地，表示地厚载天也。[1]

这就从色泽和形制两方面建构了玉器与宇宙空间的象征文化关联。《礼记·聘义》有进一步的言说：

夫昔者，君子比德于玉焉。温润而泽，仁也；缜密以栗，知也；廉而不刿，义也；垂之如队，礼也；叩之其声清越以长、其终诎然，乐也；瑕不掩瑜，瑜不掩瑕，忠也；孚尹旁达，信也；气如白虹，天也；精神见于山川，地也；圭璋特达，德也；天下莫不贵者，道也。诗云："言念君子，温其如玉。"故君子贵之也。

仁、知、义、礼、乐、忠、信、天、地、德、道十一种美德皆具，玉之精神乃与天地同侔、与日月同辉也。问题是：从石头到玉器，正是从宇宙天道向人之精神增长，这又为通灵顽石向神瑛侍者的过渡提供了深层文化依据。换言之，顽石通灵其根本价值趣向在于成器，成就君子之德。只是在女娲炼石之前，顽石毕竟是顽石，所谓质蠢无文也。近人李廼宣、张承銮又说：

（一）玉质是否生光。生光者玉，无光者石。

（二）玉质是否温润而坚美。温润坚美者玉，温润而不坚美者石。

（三）盘久而玉之内体是否有明透处。能明透者玉，不能透者石。

（四）如孔子论玉叩之以声。其声清越以长，而其终诎然以止者玉，反是则石。但出土古玉，其土气未脱，或厚重者不在此例。

（五）察之以气与精神。[2]

这就从光泽、质地、质感、声音乃至精神五个方面区别了玉与石的不同。我们说顽石无光、不坚、不明透、不清越、无精神气质，只是浑

1　刘子芬：《玉说汇编》，书目文献出版社 1993 年版，第 7 页。

2　刘子芬：《玉说汇编》，书目文献出版社 1993 年版，第 83—84 页。

朴天然的自在之物。女娲炼石以通灵，正是天然浑一状态的破解。我们再次想到中央之帝混沌的被凿死。问题的关键是顽石虽已通灵，但是弃置不用，仍处于浑整天然的无价值状态，所谓有命无运。可用而不用就不是一句"天生我材必有用"了得的。顽石的生命内部渴求导致世俗怀想，正是顽石意象走向贾宝玉形象的人性必然。他是一个生命实体，就要光鲜，就要坚美，就要敞亮，就要鸣响，就要有精神！事实上不仅通灵之初，即使通灵之后，业已变化为神瑛侍者、变成为怡红公子之时，贾宝玉依旧处于心迹难明的浑沌状态。第二十二回湘云拿黛玉比戏子，宝玉大受其苦，便生出家之念。黛玉讥诮他："宝玉，我问你：至贵者'宝'，至坚者'玉'。尔有何贵？尔有何坚？"宝玉竟不能答。通览整部《红楼梦》，贾宝玉始终处于不能言说却被他人阐释的幽闭状态，痛苦大半由于灵魂和精神的无以自明。在顽石与宝玉之间似乎无以超越，不可能走出到敞亮地带，他成为存在黑洞中的苟活者。最悲惨的时候连一己的心迹和情志也搞不懂：他不明白自己究竟追求的是谁、是什么，表现了痛不欲生的求灵、泛灵急切，被世人误为泛爱。他就是不明白镜子里外哪一个是真正的自己；甄、贾宝玉之间，他迷失得无可言喻。失却我与物、对象与主体的最一般记忆，导致母腹时代人的基本价值困惑。当然，后半部又进入玉向石的价值递归："宝玉与石头之间，红楼梦酣时的热望与深情和梦醒幻灭后旁观世事的默然与冷峻之间，朴质与繁华、静穆与喧嚣、久远与短暂之间，形成了如此鲜明和强烈的反差与对比！"[1] 玉向石的回归意味着世俗伦理的价值否定，表明人间世毫无意趣。历幻终使他体悟：在天道伦理的操作下，人是没有出路的。

　　神瑛指涉幻境，一个灵性境界。炼石所获灵性是石头自性而有的澄明，不假外求。所谓炼石只是一种砥砺，一个条件。顽石通灵与境界对出，就是太虚幻境。无论是女娲锻炼还是一僧一道携入，进入幻境都是一种缘，一种天机天意，神瑛侍者作为灵境生命的本质是无性的，所以

1　孙敏强、孙福轩：《再论〈红楼梦〉"石头"意象——以石头意象的结构功能为中心》，《红楼梦学刊》2005 年第 6 辑。

变现为甄、贾二玉。唯此，贾宝玉才能在生命的第二阶段，灵肉分离的阶段，与另一个原型虞舜联系起来，顺乎其理地进入世俗操心。甄、贾宝玉的关系就是玉与石的关系，一个历幻回归，一个浪子回头，价值旨趣迥然。曹雪芹对于甄宝玉的鄙弃和对于贾宝玉的认同是显而易见的。我们以此看到曹雪芹的心迹：甄宝玉的浪子回头不过是又一轮成圣，又一轮人性扭曲，不过是猪栏狗窠式的世俗生涯的延续，不具有人的诗意和神性。贾宝玉的选择却具有人的风骨和气象，他至少保持了人的尊严和意志。曹雪芹所否定的不仅仅是甄宝玉的人生抉择，而是整个伦理价值体系，是人的世俗存在。所以贾宝玉心仪庄子，常常泪流满面地感受着人世的凄凉和无趣，数次声言出家，做个散淡无为之人，甚至发出死亡呼唤，深层心理是回归顽石的自性要求，与初步民主主义思想沾不上边。

然而顽石"通灵"了，变成神瑛侍者，似乎忘记了其所自和所本。"有物混成，先天地生。寂兮寥兮，独立而不改，周行而不殆，可以为天地母。"[1] 石头的自性就是大道本身，弥伦天地幻现万法的"天地母"；神瑛则是顽石自性的显现，秦可卿所谓情之已发阶段，虽具人的性情，根基性和根源性却还在顽石——顽石作为物质形态锁蔽着的道之本体，乃是情之未发阶段，虽然质蠢，仍具神意。顽石被弃意味着神意和天性缺失监护和印证，那"天份中一段痴情"漫无所托，无所归止，灵的求证和情的诉求就成为贾宝玉童幼时代最深刻也最急切的人性追求，世人却谓之"泛爱"。

虞舜意象以此进入神瑛侍者的生命，蕴含海德格尔的"操心"和"麻烦"，其神意和灵性体现为娥皇、女英的二重建构，在太虚幻境的价值系谱中就是钗、黛合一的情爱审美结构：德与才、情与礼、知己之情与伦理婚姻的兼美共在。

《山海经》："洞庭之中，帝二女居之，是常游于江渊，出入必以飘

1 （魏）王弼注，楼宇烈校释：《老子道德经注校释·第二十五章》，中华书局2008年版，第62—63页。

风暴雨。"

《列女传·有虞二妃》云："有虞二妃，帝尧二女也，长娥皇，次女英。"

《水经注·湘水》："大舜之陟方也，二妃从征，溺于湘江，神游洞庭之渊，出入潇湘之浦。"

《博物志·史补》："舜崩，二妃啼，以涕挥竹，竹尽斑。"

唐李贤注引《列女传》："舜陟方，死于苍梧，二妃死于江湘之间，俗谓之湘君、湘夫人也。"

辛弃疾有"儿女此情同，往事朦胧。湘娥竹上泪痕浓"之句……

我们大致整理出一个意义结构：（一）娥皇、女英是"帝之二女"或"帝尧二女"，从舜陟方，溺于湘江，所谓淑德；（二）作为舜的两个妃子，"往事朦胧"，实无婚姻，唯"以涕挥泪使湘竹尽斑"，所谓诗情；（三）死为湘君湘夫人，"神游洞庭之渊，出入潇湘之浦"，所谓神性。这就是舜与二妃意义结构：淑德，诗情，神性，三位一体，兼而统之，诗意执着又风烟凄迷。她们似乎永远在追寻却永远不能相遇——苍梧与江湘之间就不是地理关系，而是上天入地、生死难觅那样一种存在阻隔。这是一段神性与诗意的路程，以泪挥竹，相知相惜，然圣意难明、知遇难期，漫无所托的湘沅之灵抛洒于洞庭之渊和潇湘之浦，在迷离的风泪中仿佛看到，西方灵河岸三生石畔那棵绛珠草沁满着灌愁之水，潇湘馆湘妃竹边幻现着湘江旧迹，那层层泪渍的丝帕凝结千种风情万般心意……以此为原型：舜与二妃衍化为神瑛侍者与林黛玉的亘古深情，衍化为贾宝玉与薛宝钗的旷世恩怨，那段神性与诗意之阻隔千古难以超越，而不仅是一次人生悲剧。贾宝玉是神性，林黛玉和薛宝钗就是诗情与圣意；贾宝玉的悲剧不在于听了一番意淫说教，失落与林妹妹的爱情；不在于违背家族，与宝钗的婚姻半途而废。而在于血泪以之地缔结木石前盟却心不由己地走向金玉良缘，只落得清泪枉洒，通灵成废。贾宝玉的悲剧还在于从木石前盟到金玉良缘，既荒废了诗心也辜负了圣意；不仅是与林、薛，而是与整个伦理世界之间存在着一种永远无法解释的"隔"。换言之，当年顽石通灵所求的是欲（人性），林黛玉呈送的是诗，薛宝钗奉送的是德，诗心与圣意拧结纠缠于人性与价值之间，曹雪芹本拟"兼美"以阻滞顽石的世俗追求，可顽石之灵接洽了秦可卿的性感卧床，并以花袭人云雨初试为之过渡，开启了怡红公子的全部世俗生活。舜与二妃结构是一个"兼美"文化拯救方案：淑德与诗情相兼不仅包容德与才、情与礼诸范畴，尤其是滤净欲望，把人性抽换为圣性。木石前盟的价值正在于提升了人性的诗意成分，成为圣意与人欲之间人性可以接受的审美诉求，从而诗泪相答，情心相印，明心见性。林黛玉之所以激动着过去未来的文人学士们，不是因为她美丽，更不是因为她的爱哭、一身愁病、小性子，而是因为她的泪和诗映现了中国文化本有、中古以来蜕失的诗情和神意。与之相比，金玉良缘作为木石前盟的世俗形态就不是从诗意，而是从道德提升着人性，使顽石在走向人伦实践的历史途程中成就一个人的君子之德、济世之能、救赎之功，实现着人之于世的价值存在。薛宝钗同样令人叹惋，不是因为她的恪守妇德或机巧为人，而是因为她远超须眉的诚心、敬意、修身的人格修养，赤子之论所体现的治国平天下的生命襟怀。然而，诗情与淑德在道体播演的逻辑上是相通的，在人的历史实践中却是相悖的；其象征性质和存在方式是相通的，伦理操作和人性事实是相悖的；在群体或家族结构中可以沟通，个体情感上却势不两立。二者的所有悖论都围绕一个关键：人的自然本质和个体意志都不能实现。当天道颓堕、圣意沉沦时节，淑德和诗情就被欲望替代，成为人性疯长的根本。舜与二妃所概括的是个体生命诗情和人性自然本质与家国伦理和君子之德永世相望而永不相及的哲学困境。木石前盟与金玉良缘的悲剧性质不同，又有着相同的文化本质：或从诗意方式，或从道德禁制——根本取消自然本质和个体意志，使价值成为反价值。

我们又看到屈原的悲剧：不是忠心耿耿于腐败无能的楚怀王，不是以死亡来坚守一份君子人品和生命诗意，而是他的家国社稷操心并没有拯救世道人心，诗意和人品并不能得到世人的欣赏和响应，相反，那颗只酿造诗意而不掺杂卑鄙的高洁灵魂恰恰成为他失败和死亡的原因！舜与二妃原型明示了两种死亡：死于苍梧的舜和死于湘江的二妃。他们或奔走于济世之功，或相从于诗性之域，但是都演了悲剧。他们的生命和价值淹滞于完全不能统一的两个界域，生生世世不能相印，而屈原是唯一将二者"兼美"同一的诗人，仁者，君子，但恰恰只有他演出了悲剧。无论今古，那些奸佞小人们是逢乱必胜、弃义有功、根本无所谓悲剧喜剧的，这才是恸天彻地的存在悲剧。就补天济世而言，顽石神性绛珠诗性乃至金锁德性，都与人性的自然本质相乖离。《红楼梦》就不仅是诗性生命一维的悲剧，也是道德人格和神性存在的悲剧，其悲憾一如林黛玉所说的："水止珠沉。"即使出家离世，贾宝玉回复为一块顽石，犹自"怀金悼玉"，凄泪双流。宝、黛情爱与钗、玉的婚姻都是曹雪芹叹悼的悲剧，将二者对立起来分出正反，是二元对立思维的反映。

贾宝玉在神瑛侍者阶段正是这样：目睹那些禄鬼和国贼，却不得不酬应世故地遵他们的"圣训"、奉他们的雅教，乃至伦理道德塞耳盈听；他满心爱悦那些聪明灵秀的女孩儿却眼睁睁走入污秽的男人中间变成死鱼眼。他的灵性完全无法找到现实的印证，来路不明又去意徘徊，正像没有搞清宝、钗的淑德与贾政的清正一样，贾宝玉漫长的人生途程中没有搞明白天道宿命与个人品德的关系，他所悲愤的是天道颓堕，但不妨碍他对宝姐姐有着相当的爱悦和敬重。宝钗是个有德之人，那是指她的心性修养和人格高度：这个女孩被世人误为机巧虚伪，可是在捉弄刘姥姥的贵族盛场中，她是唯一不曾嘲笑的淑女。她能理解苦难和贫穷，有着贵族之家鲜有达到的人格高度和心智水平。她的赤子之论并不是什么虚伪道德，而是旷世难奉的圣人之德、赤子心地，是中华文化最神圣、最悠久的人格典范，但与伦理大法和天道宿命关系不大：后者应以贾政的清正和贾赦的淫滥来表述。几千年的伦理大法没有给人性和个体安顿一席之地，也没给妇女和儿童保留尊严和权利，相反，贾政的清正是以赵姨娘的愚蠢和贾探春的刁恶作转注的；天道宿命又以贾赦的凶险和贾环的邪恶做注脚。不予宠爱或私相回护构成伦理主人的偏私，造成家族纲常的昏昧和人性尊严的丧失，贾宝玉就成为世界上最优柔无主的人。女儿堆里厮混，戏子群中扎窝，在林黛玉和薛宝钗"二妃"没有从视野清晰起来之前，他是那样的善感多愁，冒"三王"之名，行护花之实，却成为作小服低、毫无大家公子气象的滥情之人。贾政不理解他，贾母不理解他，连林妹妹和宝姐姐其实也不理解他，他充分感受着宇宙人生的凄凉和公府世族的叵测。牵系着大观园女儿的真情，愤疾着世道人心的虚伪，却从《南华经》里寻找人的灵感，直至呼唤死亡。他始终不能理解薛宝钗和史湘云与林妹妹的区别究竟在哪里，仅仅是直觉——林妹妹是从来不说混账话的人！这点子觉悟到第三十三回"识分定"才有了长进，他悟到情缘是有定的，属于谁的感情只属于谁。灵性觉悟了，欲望开始隐退，兼美幻梦开始消解，舜与二妃式的操心为多情公子的知己之求所替代，他进入怡红时代！

　　灵肉分离提升了神瑛侍者情感价值中的诗性部分和神意性质，集中体现为怡红公子与潇湘妃子那份不离不弃莫失莫忘的情爱——贾宝玉与家族的对抗中莫名地失败了，却依然怀思着林黛玉那份人间真情。他的奔赴林黛玉不是想在太虚幻境中闹个神位，如情榜说追求的那样，而是要印证生命和存在本该有的那种诗情和神意，印证与林妹妹缔结于三生石畔、相印于潇湘馆内、幻逝于贾府盛筵的那份缘！对于世俗生存，他完全没有兴趣，所以他拒绝生产（李劼语），生死以之地看守那份诗性的约定——木石前盟。我们想问：当年顽石通灵后那种温柔繁华的向往不也是一种情欲，一种凡心偶炽吗？既然凡心偶炽，下凡就做成甄宝玉才对呀，怎么会出家呢？是，正是这样！如果曹雪芹真的把顽石指定为一个摄像头，而不是蠢然浑沌的生命，他就是要那样做的——而且女娲就是这么要求的，贾母也是这么希望的。数千年来的儒学到了宋儒以后，就是这么教导的。所谓"存天理灭人欲"，就是把人摆放为一块顽石，不要乱动，只服从结构安排，甚至不必活着，就是这个意思。道德教化，耕读传家，所谓补天济世，就是诚心敬意修身齐家治国平天下。这样一来，甄宝玉迷途知返就成为《红楼梦》的正面价值，贾宝玉却把它叫作禄鬼和国贼，这与曹雪芹的精神旨趣相契吗？事实上，贾宝玉伦理道德的觉悟与人性欲望的觉醒是同步的；从肉体觉醒与从道德起步是贾宝玉人格境界提升的第一步，其价值前景本可以走向经邦济世的恢宏大业，但是天道颓堕、宿命难迁，这个大家公子所能做的只有明心见性，远离污浊。曹雪芹是想在顽石的自然本质之上谋求人的价值建构，追求一份神性和诗意，所以将顽石通灵看作提升可能，把通灵顽石送到太虚幻境变成神瑛侍者，使之成人，一个灵性俱足诗意氤氲的人！摄像头能承担得起这份天职吗？曹雪芹还有伦理畅想，就是兼美文化蓝图：以神性和诗意提拔世人进入道德和伦理事业，指望人都能淳化其心性、诗化其人格、雅有所操而美乐无碍，如薛宝琴到来之际的大观园，神性诗意俱足，天伦之乐自在，情色美雅充分，人不就成神仙了吗？而大观园正是这样一个栖所。可他不得不正视，这份指望既是不能长久的，也是不够真实的。经历了那么多纷扰和怆痛，直到二游幻境，贾宝玉不仅不被世人理解，甚至连林妹妹都是临终恨声呼宝玉，那些灵异美丽的姊妹们居然都变成鬼怪！他欠谁一万两银子呢，为什么胖大和尚索要甚紧不容缓呢？都是因为这个"兼美"。睡在贤妻薛宝钗床上，有柳五儿陪着，他只能滋生男女之想。好在还记着林妹妹，不然总该让小五儿也懂一点情色呀。他失望透顶，这个女孩太酸文假醋，他只能拿晴雯的故事教育她，结果被误解：五儿把他理解为一个色鬼！曹雪芹告诉读者：兼美理想和意淫说教下的神意和诗情都只能变成淫欲，这就是太虚幻境与可卿之床第隔而不违的人性原因。正是在这里，我们理解了木石前盟的新颖：它以根本祛除肉体欲望的方式不仅实现诗性，而且提升着神性。曹雪芹让我们看到，神性和诗意不能靠神性诗意自身来鉴定，更不能回护坚牢。生命的价值必须从脱离贪嗔痴爱加之道德教化的伦理世界开始。那不是很痛苦吗？从原型看，保全神性和诗意的唯一可能就是保持舜与二妃之间那段距离，走近一步就是万丈迷津！这就是贾宝玉被海鬼夜叉拖下去的原因。兼美情教只是人性价值的一个逻辑构想，不是也不可能成为历史真实！我们以此理解，薛宝钗与林黛玉具有同样的悲剧价值：据有兼美方案中神性和诗意两端，她们都是精灵，都代表曹雪芹的最高人性价值，但是都演出了悲剧，我们只能从"天人合一"的最高典范做出解释。扬林抑薛或褒钗贬黛都是偏见和偏执，只能将《红楼梦》的悲剧拉回到一般社会学，与曹雪芹的深刻卓越离得太远。

怡红公子就是神瑛侍者的俗身，大观园时代的贾宝玉。这一阶段的贾宝玉与甄宝玉是重叠的，基本困惑就是情与礼的矛盾。一个灵性生命降临到世俗凡尘，如果没有伦理监护，就必然寻求神性加持；前者体现为贾母的溺爱，后者体现为元妃的关照。在与林黛玉的情爱没有发展到独立自主、互相印证的阶段，贾宝玉就是一个伦理宠儿，依恃的就是血缘亲情，既是伦理资格，也是童心所在。亦即贾宝玉的神性和诗意在"赤子之心"上，与伦理亲情及天伦之乐相应，表现为伦理主人喜欢的聪明灵秀乖觉异常，这一点上，贾宝玉与贾环始终是一种对比。但是，对于灵性的伦理支持和神圣回护（元妃贾母都是一种伦理旨意，与本体神意有别，故用神圣）同时体现为神意的监视和诗性的限制，作为贾府嗣子，贾宝玉常常沉埋于读书的强迫和世俗的应酬之中，心不能天和，身不能自主。读来读去，读出禄鬼和国贼两料；应酬来应酬去，反生出一桩怪病：见了官府"全无一点慷慨挥洒谈吐"，"脸上一团思欲愁闷气色"。贾政气死了："你那些还不足，还不自在？无故这样，却是为何？"神性和诗意与道德和伦理在这里发生了第一次碰撞，其悲剧意味不在于贾政强迫了儿子的意志，而在于他们之间根本不理解。按照贾政的理解，这种神性和诗意的追觅与败家子弟的骄奢淫逸是一回事，纯粹是道德败坏，所以得出"明日弑父弑君"的预判。另一方面是贾母溺爱，一种天伦亲情回护，就其本意看与贾政的道德整饬并不相悖，只是说：他还是个孩子，并无恶行劣迹，远不必大发雷霆。可哪一天他长大了呢？还会遵循伦理道德吗？贾母不再想的。她只把贾宝玉的聪明灵秀、乖觉异常理解为孩童的顽劣，而不具有别样的意义。在误解的旨趣上贾母与贾政一样，都是从伦理道德的角度提问的。当然他们的关心也相同，那就是盼望贾宝玉成家立业、经天纬地，成就一番治国平天下的事业光宗耀祖。道德修养，伦理教化，就是这样成为中国人的修身课业。没有人明白这里有什么问题。

　　薛宝钗与林黛玉也是在这里发生分歧的。按照宝钗的理解，这是一个男人的正途，人确立存在的依据。没有这番修养功底，人就无法在这个世界立足。事实也正是这样。旧社会学子立身，除却考功名做大官还有他途吗？林黛玉与薛宝钗的不同是：这个从天国降临的妹妹，不是不懂得功名利禄可以立身，也不是让贾宝玉一个心眼儿谈恋爱不要读书，她强调的就是在世俗价值追求中保持一点人的神意和诗性。缘分的事她不懂，但她懂自己的心，尤其珍惜他们那份不被世人理解但两心相持相印的真情，在这一点上，她从来不苟且，不暧昧，不妥协。没有了这颗心，没有了这份情，没有了这份诗意，她就唯求速死。林黛玉是贾宝玉之外唯一将家国事业功名利禄看淡的人，这使她成为茫茫宇宙里唯一与贾宝玉互相倾听相互寻找着的知己。由于他们的存在，大观园就不再只是伦理世界的装点，伦理世界也不仅是一场盛筵——从大观园到贾府，人性的意义开始渗入。当然宝、黛情爱还不具有现代爱情的完全独立性质和饱满人性内容，更像是千百年来士大夫与红颜知己的角逐：诗泪相答，不离不弃，才子佳人。这个模式注释着并规制着宝、黛情爱的根本文化旨趣，使他们不能走向现代，却体现了过多的文化弱点。

　　有几点值得重视：一是完全排除身体接触的纯粹精神性质，他们的感情先天缺乏实践意向，只能是"意淫"，一种情色流连。二是不愿或不能超越伦理规则，不能走向婚姻自主，而是在一种矛盾的精神导向下走向暗淡的前景，而不是坚贞不屈互相支援。三是没有明确坚定的婚姻意志——在这一点上，他们常常比不上一个小丫鬟的觉悟，在非常关键的问题上不能明确坦露，而要靠丫鬟替代沟通。还不完全因为伦理监视，而是他们并没有把爱情当作可以言说的正面价值，缺乏支持，而且缺乏自信。林黛玉除了嗔怨泼闹，就是唯求速死，不曾也不会付诸行动。贾宝玉则哀怨悲叹，要么当和尚去，最悲观的时候要化烟化灰，想从这个世界消失得干干净净。我们发现，给他们造成困难的并不完全是伦理道德，更重要的倒是他们的人格典范，就是悲剧模式包含的士大夫阶级独特的情感方式和价值理念。

首先是伤春悲秋。人之于世的无着无觅，有限生命之于无限时间的怀思悲怨，既使宝、黛情爱超越世俗价值，具有了诗化性质和神意特色，也无限扩张了情感的义域，使一双儿女的爱情承担了过多的天地人生之思，变得凄婉哀怜。

其次是怀才不遇。已经走进中心地带却不能走进中心，宝、黛之间横亘着一段永无可及的神意空缺，他们对月吟叹，临风落泪，全部情感寄于宿命。贾宝玉就怀想："不知将来葬我洒泪者为谁？"林黛玉就更悲观："侬今葬花人笑痴，他年葬侬知是谁？试看春残花渐落，便是红颜老死时。"他们从来没想过自己去争取，而是哀怨乞怜转嫁情况，为更深刻的缘和更适合的人留足罅漏。更多时候是沉溺于情境，嗔责迁怨，颇多误接，剖腹掏心，不能相知，结果是不离不弃，失之交臂。他们的情感蕴含着一种奇异的自我毁损和他者期待，绝望时出家或死，用生命抱怨天道。

再次是坚贞不屈。他们爱得忠贞专一，有非常动人的纯洁度和坚定心，但也僵化和固化了爱的鲜活生动。他们都忽略了对方是一个独特个体，尤其是林黛玉，只把宝玉作伦理中心看，而不是作为一个活生生的人来相处。她的全部努力就是坚贞不屈地监督或敲打贾宝玉可能的移情别恋，把一种剖腹掏心的爱扭曲为失魂落魄的恨，自己成为幽怨的失恋者。这种坚贞不是建立在独立健全的人格信念上，而是建立在猜测和幻想上，本质是一种乞怜。对伦理有太多嗔怨却根本不曾怀疑过伦理本身，每临大事，思想苍白，怨天尤人，毫无主张。其实是认同并自觉服从伦理裁决的。

最后是红颜薄命。身处伦理核心，却被冷落到伦理关系之外，自卑自弃愁苦无绪，比如唯求速死，比如几次发誓出家。宿命在他们身上得到强大的体现。他试图逃出监视，伦理却绝不放过他；她规避伦理的回测，却忘失生命根本的安顿，当别人为她的婚姻谋划时她还矜持高蹈，认命而放逐了自己。

宝、黛情爱的诸多悲剧因素没有离开一个核心，就是他们与伦理的关系，亦即情礼矛盾。这既是社会价值和现实意义所在，也是情感缺乏深度不能回归人性自然的悲剧原因。他们既不能解释天人合一的哲学悖论，就只能从认同伦理的权威性，从而承受了士大夫文化人格的价值内耗：伦理压迫转化为文化自戕，人的存在成为文化悲剧。

三、怡红公子的情色文化含量

事实上，怡红公子还面对着众多女孩儿的情色诱惑和爱意斟酌。在大观园，意淫方式一方面弱化着森严的伦理关系，另一方面滋蔓着情色流连。宝玉与诸钗的交往中，并没确立那种独立人格和专一对象的爱，尤其在黛玉和宝钗之间，存在着根本观念上的犹豫而不是哈姆雷特式的忧郁。仅仅凭一句林妹妹从不说混账话的愤嫉之词并不能认证他就完全摆脱了对于宝钗和湘云的情色觊觎，尤其在婚姻对象遴选上，他其实是一种规避状态，从而导致失玉。显然，情色觊觎包含着深刻的性意识，体现人的生命自然本质。由于伦理监视，也由于神意和诗性执持，此种本质的意识不能实现价值确证，就变成异性的赏玩和艳羡，流于性偷窃。他与平儿、袭人、晴雯、麝月、鸳鸯、香菱、金钏、玉钏、妙玉、湘云、秦可卿……几乎视野内所有女孩，都存在这种意淫关系，最严重的当然就是与袭人的初试云雨了。

我们关注这里的"情感不等式"。这个概念指贾宝玉与众女儿关系的伦理本质，脂批所谓"皆必从石兄挂号"，香草美人，一种君与臣妾的关系。何为意淫？就是情解石榴裙，为平儿理妆，就是感慨贾琏不懂"作养"脂粉。"惟心会而不可口传，可神通而不可语达"，一种无法界定的情色：体贴、欣赏、性意会转依为神授色与、诗酒美乐。问题是顺此下去就是西门庆式的情色顽主（李劼语），就是典型的"滥淫"，意趣在于：人无耻而无畏地实现着自然本质，在污秽淫佚的肉体气息中实现某种可能的情感人性价值，就如以富养廉，给腐败以堆累追加的特权导致厌倦从而产生廉洁，这当然是不可能的了，比如赦、琏父子。意淫"情感不等式"在男女之间氤氲着深刻的腐蚀意向，逐渐发生溃烂效应，成为意义边界的暧昧。既心心相印也共进晚餐，在礼仪被共约而撤销的状态下，盛筵就转化为群交或乱伦，香草美人的"情感不等式"异化为妻妾成群。伦理家长之所以设男女之大防，就是基于这样的心理逻辑，势若防火防盗。

怡红公子另当别论：预设了神意诗性，保持情而不淫，他的"任性恣情"就不是成人性质，而是童年情趣。问题是他要长大成人的；这种童心和亲情决定于先天品格——究竟会怎样面对世俗淫滥和伦理干预，成为完全没有把握的多头意向。不排除这种可能：在贾宝玉未来的情感人生实践中，早晚霉变为专制意志或淫污本能，比如贾赦及珍蓉父子。当曹雪芹深入到人性本质，从历史逻辑来考察意淫方式时，"兼美"文化方案就变得无可言喻：我们不仅看到虞舜的劳作在向屈原的操心衰变，尤其看到明君圣主向着情色顽主颓化，这才是曹雪芹的真正关切处。

天人合一是一种原儒构式：神性和诗意以圣性为中介，将天人两边同一起来，本意是弱化天人对立，扩张价值领域。从政治讲就是天理、国法、人情同一的柔性宗法，以血缘亲情为基础，以家族伦理为纽带，推衍出家国社稷天道伦理的文化政治模式，人的承担与天的回护是适应的。"父子有亲，君臣有义，夫妇有别，长幼有序，朋友有信"——亲情原则调适着普遍坚硬的社会关系，在普世的层面强化了道德日用。家族角色成为人的规定面孔，除开亲情和姻亲，人可以从更深刻的自然本质远离，戴上道德模具，看护着自己承荷起天理、人情、国法的宇宙人生使命。问题是："五伦"在联结人际往来时，亲、义、别、序、信均非对立然后独立的人格关系，而是调适亲和，弱化、模糊乃至彻底消解着个体价值规定，人性本质从人格面具下逃遁。人与人更多隐喻象征，默契感通，心领神会，而不是责权分配价值落实。此种弱化本质、模糊界限、消解规定的结果只能是在人际关系中滋长强权意志，培养臣妾精神，为阴谋和卑鄙提供方便，使人性从公正严明的规则下霉变为奸私之物。从君臣看，圣主明君变成专制独裁，能臣贤德满堂毂觫，屈原以来的香草美人之思就变成数千年而未改的怀才不遇或红颜薄命。从父子看，父为子纲专权独断，不是孝子贤孙就是败家子弟，聪明灵秀的贾宝玉竟不能获得父亲起码的理解，却遭到无以复加的荼毒。从夫妻看，夫为妻纲放纵为淫暴污秽，男人为所欲为，女子却三从四德，气不敢出。从兄弟看，乌眼鸡似的刻薄寡恩终至利势无温。朋友就更势利了，利益算计远过于恩交义报，刎颈之交八拜之谊那只是传说。从道德规约异变为权力交割，自然本质以变态方式蛀空所有价值。高堂华屋成为禽兽栖所，礼义廉耻沦为男盗女娼，除了假面具是真的，一切都是假的，这是原儒贤圣完全没有料到的结果，中国文化就这样从天人之际颓堕到腹股之间，成为秽亵之物。

中国文化只对精英有效，就是预设或后设神意和诗性的士大夫。他们深刻砥砺一己人格，艰苦操持天理良知，常常需要做出包括牺牲生命在内的卓绝努力，以孤弱之躯迸发回天之力，"知其不可为而为"。屈原这番陈述是非常典型的天人悲悼：

> 哀吾生之无乐兮，幽独处乎山中。吾不能变心而从俗兮，固将愁苦而终穷。接舆髡首兮，桑扈臝行。忠不必用兮，贤不必以。伍子逢殃兮，比干菹醢。与前世而皆然兮，吾又何怨乎今之人！余将董道而不豫兮，固将重昏而终身。

坚贞高洁的人格没有高堂华屋可栖止，忠诚善良的心性偏偏得到礼遇，所有君子不得不仰息小人而自存。一个人坚持自己的意志和理念是非常困难的，除非他握有重权；但是一个小人存活就容易得多，既无操持，也无廉耻，更不必天理天道社稷民心，只要笼络住一个人就畅行无阻。从利益看，小人与君主历来就是一种共谋关系，他们是在法则和规则之外运行，就更能心领神会，不需要方式和礼仪，更不必面对道德良知。天人合一的典范没有实现天人断裂，就从社会实践和历史逻辑将人淹没为沧海之一粟，人不能从宇宙本体释放出来，而是从价值建构中逸出，湮灭于存在黑洞。不是圣人用心不好，而是人性本质叵测，故老子慨叹："吾所以有大患者，为吾有身也。"人的肉躯乃成为圣人事业不能实现的根本障碍，所以儒家强调诚心敬意修身，道家要锻炼性命变化气质，佛家涤除根尘境相心所欲念——可是要确立人的存在，就完全不能回避肉体事实。警幻仙姑的意淫说教，荣、宁二公的道德谶诫，甄士隐的冷，贾雨村的狠，一僧一道的赤膊上阵，直至"情极之毒"，都不能解决这个难题。曹雪芹的悲天悯人以此流入仰空浩叹，《红楼梦》以此成为中国文化令人惊绝的醒世之作。

大观园的情教还有更令人悲憾处，就是周汝昌先生特别强调的贾宝玉之"痴"的两大特征："一是它本身是'情'的一种真谛，一种高度；二是它的意义与价值不为世俗所理解、所容许，总要遭到最普遍最强烈的反对。"[1]此一"痴"字不仅是贾宝玉，而且是士大夫阶级数千年文化操行的一个概括，就是超越于名教之上、忘失于情私之间，那种对神性诗意执着，一种高雅而醇厚的人格典范，周先生概括为八个字："先人后己—有人无己。"[2]确是知心之论！从情到痴就是舜与二妃之间那段诗的距离，俱足神性诗意，唯缺人性本质。由于士大夫以天道自任，其道德操行完全排除了人性本质，虽知己之情亦不是现代隐私，而是本体义域真情至性，由因缘而求诚心的存在事件。那么天人之际的所有设施都成了个体道德的外部追逼，赤诚朗朗，以心事道，毫不利己，既获得不同于世智聪辩的光明心性，就必然开罪于世俗小人的势利纷争，不能、不愿也不屑进入权力中心。

贾宝玉就是这么让伦理主人们失望的：不唯不念家族利益，一并连栖身之所也放失掉。王夫人感慨："不想宝玉这样一个人，红尘中福分竟没有一点儿！""先人后己—有人无己"的品格在贾政的江西粮道任上演播了一次，结果是空有清正之名，未酬苍生之志，反落了个失察随员的罪名。曹雪芹以此强调传统人格典范的无用，从而拷问天人合一典范的人性价值。贾宝玉的个体意志被剥夺与林黛玉在婚姻参选中失败完全

1　周汝昌、周伦苓:《红楼梦与中华文化》，工人出版社 1989 年版，第 128 页。

2　周汝昌、周伦苓:《红楼梦与中华文化》，工人出版社 1989 年版，第 144 页。

一致：并非失败于伦理打压，因为他们就没有争取过；而是失败于人格典范驱迫的自我放弃。意淫也罢，诗情也好，都不能在森严伦理的等级结构中获得合法地位，木石前盟的诗情和神意只在充任着姬妾的角色，这就是林黛玉变成潇湘妃子的哲学文化本质。而从伦理中心角度看，贾宝玉不仅要进入中心位置，而且必须将神性和诗意落实为贤妻美妾的情色搭配。薛宝钗就这样入主了贾宝玉的存在世界，实现了对于神性和诗意的直接否定。宝、黛情爱只是一种情色，所谓名士风流，也无非是风花雪月式的性解冻，不是主体价值的实现。在伦理驱迫的价值进程中，神性和诗意渐渐从人格典范的坚执中逝去，猝死于毫无希望的对抗即失玉。如果说当年的屈原是被放逐，失玉以后的贾宝玉就是自我放逐：从无我到失玉，贾宝玉彻底还俗，那段诗的距离从他与诸钗之间消失。他从香草美人中走出，成为去国之君；诸钗流落或为孤臣，或为弃遗，或者离世，神瑛侍者的神性诗意暴灭，甄、贾宝玉实现了同一。完全同一了吗？我们看到一个类似耶稣复活的结尾：胖大和尚追索一万两银子的饥荒，胁迫贾宝玉再历幻境，彻底醒觉了生命的本质：甄就是贾，假即是真，神性诗意与伦理道德原本一回事。数千年来坚执的原儒人格典范说到底只是伦理祭坛的人性牺牲，并不具有回护个体的人性价值。神性和诗意复活了，贾宝玉却死亡了，他不仅违逆了家族伦理，而且抛弃了价值典范，与整个存在对立了。"质本洁来还洁去，不教污淖陷渠沟。"追随着林妹妹的诗魂走出情色，实现了唯一价值可能：我决定我自己！出家离世不再是宿命轮回，而是对伦理的最后告别，他实现人与天道的断裂！

四、诗性精灵与伦理精英

"以泪结缘—还泪报德—生死爱恋—悟情了缘。"这一模式可以概括林黛玉的情感人生悲剧吗？先体味一下《红楼梦》的叙述：黛玉之死是一个界点，其后就进入贾宝玉或贾雨村的视角。我们能感受到曹雪芹的痛苦：当他沉溺于宝、黛情爱时，叙述是贾宝玉视角的；当他出离情爱进入现实时，就回到贾雨村，冷心冷眼，局外旁观着贾宝玉和贾家的后事。他的温情似乎只留给一个人：刘姥姥。这意味着什么呢？我们甚至能把辛劳奔波的刘姥姥与意象中的屈原、舜之二妃乃至竹子、荷花、秋天联系起来。在林黛玉逝去的岁月里，只贾宝玉一人回复为顽石，其他人依旧辗转于世间、奔波于非命，成为贾宝玉怜悯但不再关怀的生命对象。世界恢复了常态，各人走回各自的家门。

绛珠仙草生于西方灵河岸三生石畔，是一棵草，有人考证是竹子，与潇湘馆的湘妃竹联系起来。这并不重要，重要的是，它是一棵变成人并蓄满眼泪的草——基于一个内质，它是有灵性的。就此而言，它的确能以万物有灵之类中国文化观念来解释。从屈原的香草美人到蒲松龄的狐鬼花妖，《西游记》那些花妖树怪人神幻变……绛珠仙草变成林妹妹是一个非常容易解释的故事。但她又是一棵古老的草，没有道德属性，却有价值意向，在由草变人的生命衍化中又有着饮恩思报、感遇悲怀的生命存在意绪，是一棵通人性、懂人情的精灵的草。

第一，这棵草有无限的时空超越性和巨大的生命延展度。三生石畔意味着过去、未来、今生、往世等时间观念，灵河岸上意味着三十三天的空间意识。一棵宇宙意义的草进入人的存在，就在于神性浇灌，这是幻化人形的关键，亦即，它是感应着神瑛侍者的神意来到世间的。正像没有女娲铸灵，顽石就只是一块没有意义的石头一样，没有得到浇灌，绛珠仙草就是一棵没有意义的草；那么得到浇灌了呢？那就是神性浇灌而孕育了诗性，随之有了人的感恩和感念，但是一朝进入伦理，价值失落，只能了缘归尽。黛玉生命的消逝表明了诗性价值进入社会历史的悲剧必然性和毫无现实可能性；也决定了林妹妹的价值形态是神而不是人。从绛珠仙子变成潇湘妃子是一个圣化过程，承担了深刻的文化历史内容，具足大家闺秀的全部伦理特色，但林黛玉的生命只运行在太虚幻境的性体层次，而不是人性层面。林妹妹的家在天上，不在人间。

第二，作为神瑛侍者的对象性存在，绛珠落尘进入伦理既是宿命，也是使命。换言之，林黛玉并非隔绝封闭的个体，而是不断生成的历史过程。人性的滋润使绛珠仙草在蜕变为潇湘妃子的圣化过程中不仅领承神意，主要是滋润着诗情，其生命风姿却是一棵草，一竿湘妃竹，一枝芙蓉花：秋风烛泪，雨滴竹梢，风露清愁——承不起那宇宙怀想、生命哀叹以及人之于世的孤独和凄凉……作为诗人，她的一颦一笑都是生命的潮汐：晨风夕月，几滴清泪；阶柳庭花，一声叹息。她就是一首诗，一抔泪，一怀愁绪，而不是伦理千金，也不可能成为荣国府的宝二奶奶。但是，林黛玉是典型的大家闺秀，有充分可能进入宝二奶奶的遴选，她的相位就不可能是臣妾。可是她的生命自然特色无不衍入香草美人的价值意向，有三个特点：一美，二忠，三怨。浸淫于诗书，斟情以笔墨，与屈原有太多相似之处：感情纯真，意志坚定，品格忠贞，去国怀乡的天地羁旅之思，宇宙空茫、世事难测的虚无气息……她高慧而博识，优雅而孤独，诗泪相侵，愁病交集，丰富的情感和高贵的心灵均与屈原一致，但她不是屈原。屈原有温柔敦厚，她没有；屈原有呆气、迂腐气，林黛玉却只有傻气，是一种痴心不昧、真情不改的书卷气和孩子气，这是黛玉生命中最美的部分。

第三，林黛玉有魏晋文人药酒病狂的流风余韵。非狂放不羁，但能挥洒自如；深刻贵族意识和伦理操持涵摄了一种雅俗、智愚、诗酒的操心：鄙弃世俗，蔑视权威，针砭愚顽，却绝不轻狂，整个生命隐约着逸士高人的闲悠气象。写诗、吃药、操琴、谈禅，护花、养鸟、吟诗、赏月，她的旷古绝今的雅作是葬花，她的无与伦比的气节是陶令。她是大观园活得最不现实，也活得最真实的才女。多愁善感不是病，而是美；郁郁寡欢、超群隔俗也不是狂狷，而是风骨和境界——最自由的生命、最深刻的情感与最受折磨的心灵、最苛刻的操守完美统一起来，成为现代人无法理解的生命个案。

第四，林黛玉的心性中镌刻着历代佳人们的妓性。林黛玉有吗？有。得宠而复失的被遗弃感，骄矜自虐、争风吃醋的嫉妒心，顾影自怜、孤芳自赏的自恋癖……对所有男人都怀有戒心、存有恶意，但她的病有大半是内紊乱：披肝沥胆，呕心沥血，要死要活，显示着对于男女情爱无以复加的渴念和追求。她有三种样态：得宠时的李清照，高贵优雅，娇懒慵弱，才情卓绝；失宠时则是冯小青，顾影自怜，弱不禁风，泪流满面；被弃时就成为杜十娘，能死能活，无悔无怨，冤愤满天。她似乎经历了太多男人，实际上一个都没有；对男人的偏见大多源于对男性饥渴。这又与她漂泊的身世、孤凄的处境、饶有诗书却毫无滋润的处境联系起来，形成生命的漂泊感、流浪感乃至无所依归、自轻自贱的弃妇心理特色。

最后是大家闺秀气节：心眼俱细，坚守自闭，柔弱无主，有时依赖。她与宝玉的感情有着深刻的心理依赖。对于王熙凤的戏谑、薛姨妈的试探、紫鹃的劝慰都心存侥幸。而对贾母以及身边周围，甚至竹雨风泪这些来自大野的动静都十分敏感。有时不仅很现实，而且很恶劣：讨好宝钗，鄙薄刘姥姥，都偶现狰狞。贾府的账她算得一清二楚，对于宝二奶奶的交椅也颇有准备，这个高雅的仙子在回归离恨天之前的所有情感努力并没有离开这个世俗目标。在生命的最后阶段就与薛宝钗同道了，这是非本质却最世俗的层面，却是她的诗意生命落脚人间的事实。

从屈原到魏晋名士，从冯小青到薛宝钗，神意和诗意式微了。这是中国文化从天向人、从逻辑向历史、从真性向世俗、从情感向势利颓堕的过程，也是逐渐忘失本来面目的人格幻逝过程。黛玉之死是一个美丽的定格，定格在木石了缘的关键处，定格在天人分裂的此岸边。因为没有蹚过那条河，她只能凌空鼓翼飞回天界，省却薛宝钗的那段尴尬，以凄美绝俗的风姿来标志大观园的辉煌时代。作为潇湘妃子而不再是一棵草回归太虚幻境，是兼美情教的逻辑必然，标志着天人合一构式中人的最高价值典范，但它是以真实人性的牺牲为前提的。林黛玉终究是妃子而不是夫人，她实现了薛宝钗进住大观园之初追求的文化之梦：才人赞善，一个伦理角色。这是木石前盟的嘲讽。林黛玉的价值历程走上一条不归之路，曹雪芹的文化拯救方案就从人间撤回天上，其后的人生探索，曹雪芹把任务交给了薛宝钗。

"以金结锁—以金络玉—金玉婚姻—还债了缘。"此一模式概括钗玉婚姻的历程是否正确呢？再体会一下《红楼梦》的叙述：金玉完婚同样是一个界定，此后的薛宝钗叙事基本是贾雨村的视角。我们能够感受到曹雪芹的痛苦：当他回味着宝、黛情爱时，叙述就是贾宝玉的视角；一旦进入钗、玉婚姻，他就回到贾雨村，冷心冷眼，局外旁观着薛宝钗和贾府的后事，温情只留给刘姥姥——我们同样会把辛勤奔波的刘姥姥与舜之二妃、屈原、杨贵妃、高江村乃至牡丹、冬天等意象联系起来：只有贾宝玉一人回复为顽石，其他人依旧奔波于历史、辗转于世尘，成为他怜悯但不再关怀的生命。世界恢复了常态，各人自认家门。

第一，金锁是民间之物，贵重坚牢，寓意长命百岁；宝玉乃高洁坚定之志，晶莹圆润以配君子之德。金之于玉乃是君子之德矜持富贵久远。薛宝钗隽永雅健芳姿珍重，将金锁与金钱势利联系起来是世人心眼，与宝钗无关，但是金锁錾上字挂在脖子上且与宝玉匹配就意味深长。有人说和尚道士有金玉之论乃薛家造势，是毛遂之意。可是贾宝玉在梦中领教了，他呵斥道："和尚道士的话如何信得？什么是金玉姻缘，我偏说是木石姻缘！"显然是梦中争执，对方以金玉之论规劝，宝玉就以木石前盟回斥。另一种可能是梦里怄气，黛玉以金玉之论激他。总之，贾、薛两府无人游过幻境，莺儿竟能说出癞头和尚，这说明金玉缘甚非妄拟，确实有神意和宿命在焉，薛宝钗的天国身份不容怀疑。那么"不离不弃，芳龄永继"与"莫失莫忘，仙寿恒昌"的匹配也就是真的了。"我听这两句话，倒像和我们姑娘的项圈上的两句话是一对儿。""姐姐这八个字倒真与我的是一对。"莺儿和宝玉深有同感，都在讲金玉缘的"巧合"。如果说宝玉失玉出家是一种世俗存在的结束，那么宝钗拥金改嫁就应该是道德慧命的完结吧？[1] 在天是木石前盟，入世则金玉良缘，二而一也；就幻境相位看，宝钗与黛玉，或为停机德，或为咏絮才，或鲜艳妩媚，或风流袅娜，关合照应，苦心经营。《红楼梦》不仅表现诗意的无立足地，而且表现神性的毫无用处，尤其体现神性诗

---

[1]　前面已论述过：根据程高本提供的线索宝钗有改嫁之嫌，但失金与否，是曹雪芹留给读者的合理想象空间，可与宝玉失玉对应，纯系悬揣，不可坐实。笔者识。

意与伦理道德的内在同一。曹雪芹与明清思想家的不同在于：他已经领悟到，以神性和诗意来拯救程朱理学僵死的人性格局，终究是无效的，伦理坍塌是任何人也拯救不了的一种宿命！

我们正是在这个意义上把薛宝钗与屈原联系起来的。如果说林黛玉是香草，则薛宝钗就是美人，香草美人同喻君子之德。如果说黛玉是屈原的诗意部分，宝钗就是其神性部分：金锁象征着忠贞坚定的品格和高慧深隐的才美。金锁意象加入了人工巧作的含义，却也体现了曹雪芹对于原儒圣德的回护，这就是贾母及元妃对于宝钗的倚重，持家理政及伦理日常中王夫人乃至贾府上下对于宝钗的种种赞许，宝钗以此入主怡红院，可谓独占鳌头。明清思想家幻想着人品根底对于伦理颓败的起死回生，在大观园就是宝钗对宝玉的苦心劝诫。由此上溯就是屈原对楚怀王的劝诫，正是君子之德对于世道人心的操心和承担。金玉之缘的悲剧性在于，此种人工巧作和理性建构恰恰违背天性自然，是注定要失败的。我们追问的是：屈原是那样的忠贞坚定、德才兼备，楚王德政又奇缺人才，为什么楚王弃屈原而不用，为什么没有其他人等追随屈原，反而离弃了他呢？正像屈原被楚王抛弃，薛宝钗是被贾宝玉抛弃了！除开屈原，没人相信天道天理的存在；除开薛宝钗，没有谁相信"赤子之心"——在她不惜名节改嫁甄宝玉之前很早很早，贾宝玉就写过一首《姽婳词》，可知其原儒情结不浅，但没有人意识到这是宝钗悲剧的一个试演：真若林四娘一般殉了故主或随宝玉出家，都算淑女忠贞殉了故主，可她做到吗？"千古艰难唯一死，伤心岂独息夫人！"从屈原的呼天抢地到薛宝钗自我立法，"赤子之心"这剂"冷香丸"解不了薛宝钗的热毒症，现实生存不能追随着神性和诗意飞离大地，原儒人格已经失效。

第二，蘅芜君作为怡红公子的对象性存在，金锁挽系宝玉是宿命，也是圣意和使命。金玉良缘同样是一个价值化过程，不是隔绝封闭的个体事件，这就是伦理道德的不断强化使薛宝钗逐渐蜕变为蘅芜君。从世俗形态看，她是一把金锁，一把挽系着贾宝玉的枷锁，虽然从承婚到出嫁均非宝钗自主，而是伦理安排，就自身言，她是一支笔，一方砚，藏愚守拙，芳姿珍重。已是那个时代大家闺秀所效仿的最佳典范。可是，蘅芜君一落入宝二奶奶的雅座就只留下晨风夕月，阶柳庭花，人之于世的虚无，人生如寄的凄凉，应验了太多的诗谶："恩爱夫妻不到冬。"（程高本宝钗所作灯谜，专家本无此谜条）"风雨阴晴任变迁"（自专家本，程高本为黛玉所作）愚以为后者寓宝钗再醮，随任自然、不再牵强之意，反映了宝钗对伦理道德的彻悟，情节未必写入后四十回，意到笔不到也。程高不能理解"焦首朝朝还暮暮，煎心日日复年年"的无望之期，援此至黛玉名下，其实是宝钗改嫁真实情状：孤栖生涯使她重新理解了人的自然本质，由香草美人之志转变为明月梅花之想。更有"琴边衾里两无缘"，更是宝玉出家后宝钗的心理境相：珍重于笔墨，博识而内敛，优雅而端庄，琴心雅作，高洁无匹，其深挚情感和高贵心灵与屈原一致，但她不是屈原。屈原有痴心和呆气，薛宝钗没有；屈原有忠贞不渝、终身不改之死节，薛宝钗则定识不移，迷途知返，将屈原的悲剧夺胎换骨：故国春梦，烟散云飞，山河顿改，真假莫名，只留下虚无和死亡。也正是薛宝钗超越甄宝玉的地步：不是浪子回头，而是从头再来。生命觉醒，诗雅求真，庄严人生落实为真实人性。

　　第三，薛宝钗有杨贵妃的雍容华贵。从不放肆无羁，无不挥洒自如；有着深刻贵族意识和伦理操持，却能识辨于忠奸、善恶、天人之际。她鄙薄世情但不蔑视权威，针砭愚顽却不恣情任性，隐约着雅士高人的通脱气象。写诗、吃药、理政、持家，虽不沉默是金，却也不苟一笑。她的旷古绝今的雅作就是面对"母蝗虫"的那种怜贫惜弱，雅无所作。爱而不情，守而能嫁，薛宝钗是大观园里活得最现实也最本分的才女。夫子自重在宝钗不是虚伪，而是一种端淑古雅，人格之美；改嫁更不是苟且偷生，而是风骨和境界。最矜持的生命、最深刻的情感与最折磨的心灵、最彻底的叛逆统一起来，成为现代人无法理解的生命个案。

　　第四，薛宝钗有着从娥皇到杨贵妃都有的坚定。忍辱负重、忠贞不渝的圣人之志，宠辱不惊、无怨无悔的仁人胸怀，义无反顾、自觉自愿的孤介之行——从不争风吃醋，从不顾影自怜，任是无情也动人，有着一种让男人感到冷傲的丰姿雅态。她对世事雅让宽、礼遇谦敬，但绝不随众委蛇、毫无主张。她的病大半是压抑自持的深度紧张，但她能披肝沥胆，呕心沥血，生死以之，不屈不挠。正如莺儿所说，她有三种"世人都没有的好处"：贞静自处的娥皇——圣心不昧，富贵优雅，才情卓绝；失意时的杨贵妃——处变不惊，用命自持，无怨无悔；易主不疑的高江村——大节能改，迎头而上，淡泊以终。她经历了较多男人，实际只经过一个，对男人的适从大多是失望造成的。这一点又与漂泊的身世、孤凄的处境、饶有诗书却毫无滋润的处境联系起来，形成晚年的漂泊感、风烟感，乃至天涯自持无牵无挂的贞妇心理特色。

在生命的最后阶段她与林黛玉成为同道，以必死之决心，实现无上之改变——从娥皇到屈原，从杨妃到高江村，神性诗意式微了，人性却回归了。这是中国文化从天向人、从逻辑向历史、从道德向人性的回归，也是她弃假求真、实现本我的人格蜕变。宝钗改嫁是一个凄惨的定格，定格在金玉良缘的坏死处，定格在天人分裂的彼岸边。蹚过那条河她凭空远眺，四望无极，披沥着道德家的评说纷纭，她以绝俗的生命风姿宣告了大观园的湮灭。薛宝钗作为甄宝玉之妻而不再是蘅芜君回归太虚幻境，是兼美情教的必然，是天人构式中道德本质的翻盘：她以真实人性的回归结束了才人赞善之梦，拒绝情色玩主。这是金玉良缘的悲剧结局，却是人性的完成形态。薛宝钗走上不归之路，文化拯救方案就从天上返回人间，由甄宝玉重启价值梦魇，曹雪芹把拯救的任务交给刘姥姥。

五、从天人合一到情礼分离

刘姥姥与薛宝琴相对而出，都从贾府之外追觅到大观园，唯刘姥姥以俗眼看诗雅，薛宝琴以诗心观礼俗。她们共同摄持着叙事：大观园至巧姐方终结，贾府至梅翰林而倾圮。拓开了说，石头是水中月，香菱是镜中花，刘姥姥则是大地炊烟，乡村泥土，旷野孤槐，高天明月。与之相比，薛宝琴则雾华楼台，夜凉水榭，寒塘鹤影，冷月诗茶。我们再度想起朱湘：从盛筵到废园，进入末路的荒凉和悲怆。

思凡模式是穿越圣俗、渴求回归的人性反思，表达叹憾、悲悯和认同的叙述旨趣，是《红楼梦》价值观点的终极表述。刘姥姥三次进大观园的重要事项：告贷、醉卧、拯救。薛宝琴也是三次：进宗祠、征梅雪、嫁梅府。雅俗对比还不鲜明吗？她们都在"思凡"，都是在一些节点进入的，比如刘姥姥两宴大观园，薛宝琴目睹祭宗祠。薛宝琴的白雪红梅正值贾府风光之极；刘姥姥的救孤急难却在王熙凤濒死之际，大观园已是死水微澜——她们的目的和行径不同，价值效益也迥异。刘姥姥得到银子和怜悯，更得到一份道义责任：以瘦马驽钝之力拯救骆驼倾覆之躯。不仅拯救巧姐，保留了贾府的宗亲血脉，而且持存了大观园的诗性神意。这与薛宝琴形成巨大人格反差：领承荣宁祖灵，获宠贾母雅爱，危难时刻竟悄然脱离。他们的身份也颠倒了：大俗能仁，大雅势利。所谓思凡模式，隐约了仙凡、圣俗、神魔诸范畴，反映了曹雪芹和光同尘的哲学旨趣。"假去真来真胜假，无原有是有非无。"价值探寻进入真假范畴，刘姥姥的视域提升了万物的存在：仙凡、圣俗、神魔，都成为一些景点。曹雪芹则领悟了心、佛、众生三位一体的真谛。思凡模式超越了梅新林规定的含义，仙界人物向往世俗生活反转为世俗角色检阅并超越神性诗意，颠覆了儒学价值。在原儒那里天道是活泼泼的，天人相亲，人的价值最大化，所谓"天行健，君子以自强不息"。

> 故人者，其天地之德、阴阳之交、鬼神之会、五行之秀气也。故天秉阳、垂日星，地秉阴、窍于山川，播五行于四时，和而后月生也。是以三五而盈，三五而阙。五行之动，迭相竭也。五行、四时、十二月，还相为本也。五声、六律、十二管，还相为宫也。五味、六和、十二食，还相为（质）[滑]也。五色、六章、十二衣，还相为质也。故人者，天地之心也，五行之端也，食味、别声、被

色而生者也。[1]

这是非常经典的表述了："天地之德、阴阳之交、鬼神之会、五行之秀气"钟毓于人,与天地鬼神交相和也、交相质也、交相本也,人的存在含摄天地万物之神意,天地万物氤氲于人的诗性存在;人是天地心,天地乃人之本,人与天道在氤氲感通中实现同一,从而实现着人的自然本质。

道家则以天道为本体,人的存在乃天道之事功,人与天地万物相约相逢于时空,相契相融于生死,体现着生生不息的神意。

> 泰初有无,无有无名。一之所起,有一而未形。物得以生谓之德,未形者有分,且然无间谓之命;留动而生物,物成生理谓之形;形体保神,各有仪则谓之性;性修反德,德至同于初。同乃虚,虚乃大。合喙鸣。喙鸣合,与天地为合。其合缗缗,若愚若昏,是谓玄德,同乎大顺。[2]

从无名至有形、而至有性、性修返德、合于大顺,既是生命开展于时空的生命自然进程,也是个体生命流转回归于天道的本体化过程——"合喙鸣"是说人之言说如同鸟鸣一般自然浏亮无所滞碍;"喙鸣合"是说宇宙万物的存在表述又如鸟鸣般的自然得体各臻其妙。强调的正是天地神人混同而无分别的生态本体性。

> 惠子谓庄子曰:"……人而无情,何以谓之人?"庄子曰:"道与之貌,天与之形,恶得不谓之人?"惠子曰:"既谓之人,恶得无情?"庄子曰:"是非吾所谓情也,吾所谓无情者,言人之不以好恶内伤其身,常因自然而不益生也。"惠子曰:"不益生,何以有其身?"庄子曰:"道与之貌,天与之形,无以好恶内伤其身。今子外乎子之神,劳乎子之精,倚树而吟,据槁梧而瞑,天选子之形,子以坚白鸣。"[3]

---

1 《周礼·仪礼·礼记·礼运第九》,岳麓书社 1989 年版,第 371 页。
2 曹础基:《庄子浅注·天地第十二》,中华书局 1982 年版,第 170—171 页。
3 曹础基:《庄子浅注·德充符第五》,中华书局 1982 年版,第 86 页。

庄子所谓"不以好恶内伤其身"即不为势利纷争喜怒哀乐而伤害人的本性；"常因自然而不益生"即遵循天道顺任自然而不增加或赘累什么。内不伤身，外不益生，乃是把人提升到天道本体的位置。换言之，并非将苟生保命看得重要，更不会贪生怕死，而是认为，生命本身、个体自性就是道本体。养生就是养道，就是顺应宇宙万物的自然规律，维护天地神人的和谐同一。

把天道与政治和伦理同一起来，将人收摄于格局之内，使人变成伦理角色，是从董仲舒开始的。

> 春秋之道，奉天而法古，是故虽有巧手，弗修规矩，不能正方圆。虽有察耳，不吹六律，不能定五音。虽有知心，不览（案：他本"览"作"觉"）先王，不能平天下。然则先王之遗道，亦天下之规矩六律巳。故圣者法天，贤者法圣，此其大数也。得大数而治，失大数而乱，此治乱之分也。所闻天下无二道，故圣人异治同理也。古今通达，故先贤传其法于后世也。春秋之于世事也，善复古，讥易常，欲其法先王也。[1]

关键是在天与人之间加入"圣"这个角色。由于圣贤所法先王之道的出现，天就成为人的对象，人亦成为天之所施。天道易常，世之治乱，都决定于先王之道，伦理就成为外在于人、异乎天道的第二价值典范。大似太虚幻境的本旨是邀请绛珠生魂，适逢荣、宁二公之灵嘱托，结果邀来贾府嗣子贾宝玉，兼美情教的意淫学说加入伦理道德，人就成为"二重领承者"。顺此而下就是宋儒的天道圣化、人欲物化，存天理，灭人欲。人与天道分裂，天道成为宿命，伦理成为大法，人于天道伦理之间成为一无所能的角色。这种状况直到李贽才发生实质性改变，就是情的加入。

董仲舒罢黜百家之后，道家哲学衍化为魏晋时期的玄和游。葛洪言："玄者，自然之始祖，而万殊之大宗也。"亦即天地万物的总根源，

1　（汉）董仲舒著，周桂钿译注：《春秋繁露·楚庄王第一》，中华书局 2011 年版，第 7 页。

与宇宙万物的形下存在不同，它是没有规定性的无。游者，"逍遥自在，超脱于世物以外，任天然之理，运行无穷"[1]，一种纯任自性，不滞外物，与万物齐，偕天地游的超迈人生态度。这里，人与天道是同一而共在的神意状态。袁宏《三国名臣序赞》："君亲自然，匪由名教。"这里的"自然"就是"宇宙本体、世界本源或说宇宙万物本来的样子"；名教则"是人们为调整人与人之间的关系而设的等级名分和教化"[2]。他强调伦理是一种亲情自然关系，并非名教所设置的，两者的分离倾向十分明显。到了向秀，人的本能和欲求被承认为"自然之理"，但自然是有秩序的统一体，"自然之理"必须"节之以礼"。《难养生论》强调："且生之为乐，以恩爱相接。天理人伦，燕婉娱心，荣华悦志。服飨滋味，以宣五情。纳御声色，以达性气。此天理自然，人之所宜，三王所不易也。"这是一种调和自然与名教的儒道合流之论。可见，宋儒理学家将伦理天道化、本体化从魏晋时代就成其滥觞的。问题仍在于：天人分裂没有分离出个体，而是分离出一个伦理大法，共天道一起，成为个体头上的两副枷锁，庄子的逍遥游从世间扼死，鬼气游尸般转移到世外，变成炼丹求真的玄趣，也就是贾敬老人的胡屠，直到李贽童心说之前，王阳明的"一点灵明"也只是佛家旨趣，圣人心体，而不是个体的人性本质。

李贽被认定为"异端之尤"，狂狷之徒，惨遭杀身之祸。但他的确不是一个叛逆者，质而言之其童心说尚不具有个体价值以及自然本质的现代人性意义，而是一种原儒色彩相当浓郁的本真说。

> 夫童心者，真心也。若以童心为不可，是以真心为不可也。夫童心者，绝假纯真，最初一念之本心也。若夫失却童心，便失却真心；失却真心，便失却真人。人而非真，全不复有初矣。[3]

1　叶班麟译文：《白话译解：庄子·逍遥游》，天津市古籍书店 1987 年版，第 1 页。王先谦说逍遥游也。

2　汤一介：《离象与魏晋玄学（增订本）》，北京大学出版社 2000 年版，第 48 页。

3　（明）李贽：《焚书　续焚书》，中华书局 1975 年版，第 98 页。

李贽强调三点：一是天然真心不假伪饰；二是当下即是不待思虑；三是人各有心各不相碍。即罗汝芳的"赤子之心"："以赤子良心，不学不虑为的，以天地万物同体、彻形骸、忘物我为大"[1]，即道心。但与朱子"天即理也"有别：天理是伦理格局的自然化和本体化，童心则是自然生理的人本化，"与天地万物同体"的"虚明"[2]。其"真心"已融入人欲，不是"道理闻见"。李贽讲："人必有私而后其心乃见，若无私则无心矣。"[3] 所谓无伪，"如好货、如好色、如勤学、如进取、如多积金宝、如多买田宅为子孙谋，博求风水为儿孙福荫，凡世间一切治生产业等事……是真迩言也"[4]。至若"穿衣吃饭，即是人伦物理，除却穿衣吃饭，无伦物矣"[5]。就将天理与人欲等同起来，使最初一念之童心回向伦常日用。

李贽进一步强调："人各有心，不能皆合。喜者自喜，不喜者自然不喜；欲览者览，欲毁者毁；各不相碍，此学之所以为妙也。"[6] 此"人"即个体，尚不具有价值本体的意义，而是"夫道者，路也，不止一途；性者，心所生也，亦非止一种已也"[7] 的天人共在观念。可以说，这与曹雪芹的兼美情教方案有着完全一致的哲学前提。李贽毕竟把暗无天日的理学撕开一线光明：第一是否定抽象天理，将价值本位从天挪到人；第二是强调个性差异，由罗汝芳的"当下浑沦顺适"[8] 改变为自行其事"各不相碍"，遂此，天道自然的"性情"转化为人之"情性"。

这是一个重要的契机。个体情性对于僵死的天理伦常是一种根基性

1　（清）黄宗羲著，沈芝盈点校：《明儒学案·泰州学案·参政罗近溪先生汝芳》，中华书局 1986 年版，第 762 页。

2　（清）黄宗羲著，沈芝盈点校：《明儒学案·泰州学案·参政罗近溪先生汝芳》，中华书局 1986 年版，第 762、764 页。

3　（明）李贽：《藏书（上）·德业儒臣后论》，中华书局 1978 年版，第 544 页。

4　（明）李贽：《焚书　续焚书》，中华书局 1975 年版，第 40 页。

5　（明）李贽：《焚书　续焚书》，中华书局 1975 年版，第 4 页。

6　（明）李贽：《焚书　续焚书》，中华书局 1975 年版，第 11—12 页。

7　（明）李贽：《焚书　续焚书》，中华书局 1975 年版，第 87 页。

8　（清）黄宗羲著，沈芝盈点校：《明儒学案·泰州学案·参政罗近溪先生汝芳》，中华书局 1986 年版，第 762 页。

的碎裂，正是这个"情性"开启了理学先验性的质疑，开启了家族制度的拷问。戴震愤怒地说：

> 呜呼！今之人其亦弗思矣！圣人之道，使天下无不达之情，求遂其欲而天下治。后儒不知情之至于纤微无憾，是谓理；而其所谓理者，同于酷吏之所谓法。酷吏以法杀人，后儒以理杀人，浸浸乎舍法而论理死矣！更无可救矣！[1]

可以说太虚幻境的情教兼美方案正是在如此哲学背景下提出来的。在这一点上，美国学者艾梅兰的理解非常准确：

> 按罗汝芳的归纳，情被认为是给宇宙带来生机的能量；对他来说，至善不是像理学家所说的那样，是一种形而上的安排有序的理，而是呈现为各种形态的生命的生生不息。情，以其更为世俗、更为私人化的爱情和情欲的形式，成为一个轴心，通过它，人类参与到天地之大德的生生不息的动态过程之中。[2]

这正是《红楼梦》情教的初衷。与之同俦，徐述夔也有天道可补之说，所谓"补天"正是理学统治下文化走到僵尸的忧思和焦虑。艾梅兰说："为了把'情'重新定义为救赎性的，小说作者们采用了一些技巧，凭借这些技巧，他们在儒学那牢不可破的框架内重写了'情'所具有的解放的力量。"[3]一方面顽强地表彰道德，甚至宣扬因果报应，就是《歧路灯》一类小说的主旨；另一方面又炙手可热地渲染人欲，强化人性乃至色情，《牡丹亭》以来的淫秽小说遂乘运而至滋孽繁衍。朱彝尊竟幻想"假闺房儿女子之言，通之于《离骚》、变雅之义"，从根本上解决人性与礼教的矛盾，回归天人同一。伦理的圣意与个体的诗性以及人的自然本质之间是聚讼纷纭莫衷一是。在补天的声浪里"翻过筋斗来的"曹

---

1 （清）戴震撰，汤志钧校点：《戴震集·与某书》，上海古籍出版社 1980 年版，第 188 页。

2 ［美］艾梅兰：《竞争的话语：明清小说中的正统性、本真性及所生成之意义》，罗琳译，江苏人民出版社 2005 年版，第 76 页。

3 ［美］艾梅兰：《竞争的话语：明清小说中的正统性、本真性及所生成之意义》，罗琳译，江苏人民出版社 2005 年版，第 68 页。

雪芹认定此路不通，如果救赎可能是存在的，那也绝不是伦理道德的修复或人性诗化的成功，而是来自民间，来自大野，就是刘姥姥的登场，一种世俗与神意之间徘徊的佛道旨趣。

六、思凡模式：价值巡礼后的悟道

曹雪芹最初的关切是家族命运和伦理衰亡：

> 吾家自国朝定鼎以来，功名奕世，富贵传流，虽历百年，奈运终数尽，不可挽回者。故遗之子孙虽多，竟无可以继业。其中惟嫡孙宝玉一人，禀性乖张，生情怪谲，虽聪明灵慧，略可望成，无奈吾家运数合终，恐无人规引入正。幸仙姑偶来，万望先以情欲声色等事警其痴顽，或能使彼跳出迷人圈子，然后入于正路，亦吾兄弟之幸矣。

这篇哀告与明清士大夫的忧戚如出一辙：基于家族运数，于子孙不肖的焦虑中深潜了天道忧思。正像荣、宁二公之灵，曹雪芹也试图通过声色情欲的酬唱达致内心的平和喜悦，进而提升为诗、实现为善，就是太虚幻境的兼美情教方案。艾梅兰讲：李贽试图"把善——通过启迪性的欲（enlightened desires）而表达的'真'——的概念植根于物质性的自我之中"[1]。曹雪芹的思路与李贽同：把人界定为物质性的和个体性的，把本能的、自然的，包括私欲在内的情性认定为真，从而作为善的源头实现情欲的道德转化。曹雪芹指望的是人欲向天道，亦即向神意和诗性回归，这种努力当然是失败的。贾宝玉一头栽进海鬼夜叉的迷津中去，就表明：通过人欲酬唱补济天道伦理从而拯救人性堕落，完全行不通。薛宝琴看到的贾府祭宗祠的现场：伦理依旧庄严，道德依旧肃穆，可是贾敬主政的宁府世界除了一对石狮子再没有干净之地，伦理庄严和道德肃穆对人性欲望并不管用，神性和诗意没有意义。那么人的救赎之路在

---

1 ［美］艾梅兰：《竞争的话语：明清小说中的正统性、本真性及所生成之意义》，罗琳译，江苏人民出版社 2005 年版，第 61 页。

哪里呢？曹雪芹的视野不得不拓展到大野，拓展到刘姥姥的民间。首先是天道终极的领悟导致存在实相的领承：这就是福善祸淫。也就是，于天道伦常中渗入因果轮回，不仅从良知，尤其从善恶祸福的功利来警醒神意，实现善的自觉。其次领悟人的自然本质，警醒诗性，祛除欲望，实现人性救赎。善即神意，真即诗情，自然本能以及世俗欲望于二者间体现着人的真情性，就是刘姥姥的人性内涵。在刘姥姥这里，神意并不是历幻模式的玄妙或悟道模式的神圣，它就是真实活泼的人心善意，对于活着本身的理解珍重；诗性也不是吟诗作赋、智巧伶俐，而是真性无碍、真善无伪，原儒人格的恩感义报，随缘任命的佛家智慧。在刘姥姥的眼中，伦理是森严肃穆的，也是没有意义的，无非延长了行善的路程；诗意是华美不俗的，也是华而不实的，只在消解感恩思报之人的真心。刘姥姥经历了贾府的盛极而衰，看到的是神异无奇，诗雅无实，世态炎凉，人心不古。全部伦理只是一个空壳，真实的人逃遁了。作为贾府盛筵的不速之客，刘姥姥与大观园女儿一样只能悲憾地离去，唯大观园女儿回归了太虚幻境，刘姥姥则回到乡下，回到阳光泥土的民间。但是一切都颠倒了：大观园女儿从高雅的悲悯者成为被悲悯对象，刘姥姥则从被拯救者成为悲悯的拯救者。正是如此，所谓高鹗伪续的贾府延世泽一如宝玉中乡魁，完全无助于家族命运和世道人心的拯救，只有忏悔和悲憾，只有无尽的天地人生之思，这是曹雪芹最后的心态和心情。

从补天济世的鼓噪到世俗生存的认同，曹雪芹的家族忧思升华为个体命运的悲憾和伦理道德的反思，他心平气和了：连刘姥姥的救赎也是没有用的，那只是他的一厢情愿。兼美情教演示到刘姥姥急难，曹雪芹就在思考另外一个问题了：这个家族，这个伦理天道，这个虚假的世界，值得去拯救吗？悬崖撒手是什么？就是放得下，舍得起，冷心冷意，情极之毒。曹雪芹让贾宝玉这个背负着家族罪孽的宗法嗣子从刘姥姥的方向出走，一直走向宇宙深处。顽石回归不是回归神意，不是回归诗性，而是回归人的自然本质——"加入顽石的行列"，这才是曹雪芹的大沉痛处。

　　在这样的背景下理解后四十回的所谓伪续问题，就比较清醒一些。曹雪芹在已经失掉对于家族和伦理的兴趣之后，其价值态度和人生趣向明显地分为贾雨村和刘姥姥两种叙述：当他回到贾府现实时，他就是贾雨村，冷心冷眼，"情极之毒"，就是贾宝玉的出家离世；当他走向大野、走回民间的时候，他就是刘姥姥，行善积德，古道热肠。所以后四十回并没有完全照应前八十回的情节设计。这些情节是基于怎样的考虑，又是在怎样的情况下写成百二十回程高本的？按照一般情理，《红楼梦》在八十回后没有了脂批，肯定与曹雪芹、脂砚斋这两个人有关，所谓"一芹一脂"。我的理解是完成一百二十回后，曹雪芹修改，脂砚斋批注，这就是脂砚斋四评《石头记》。修改到八十回曹雪芹死了，脂批就停下来：他既要完成改稿，又要维持生存，完全没有时间和精力去做批语，所以出现了后四十回相对粗糙且照应不够的情形，主要是没有完全按照曹雪芹的设计叙写情节和人物。他首先必须生存。

　　但是，脂砚斋同样不是没有原则的：（一）遵循曹雪芹本旨，完成贾宝玉的道德忏悔；（二）观照现实，酬应世故，略有掩饰。两个原则以保持曹雪芹的原貌为前提。脂砚斋的心眼手法，体现着免除血腥、委婉其事、颇有怆痛又认同世俗的旨趣和心境。与曹雪芹不同，脂砚斋对抄灭有深切体验，涉及具体情景时就相对隐约。首先是贾化所参云南神枪案——贾化即贾雨村，明言贾雨村参劾了贾府。脂砚斋却写成皇帝打了马虎眼，朝堂上装聋作哑搪塞过去，为贾雨村开脱或遮饰之意非常清楚。贾赦父子就更清楚：老子流放病死，便宜了儿子，既阿谀了皇帝，也传达了诚意，总之没有据实写来。其次贾府大祸是有恶人构陷，就是贾雨村。非常不认同周先生把"小人"赵姨娘指认为"坏女人"[1]并说她参与了构陷贾府，当然是以马道婆案为依据了，这与曹雪芹的民间立场

---

[1]　周汝昌：《红楼小讲》，北京出版社 2002 年版，第 101 页。周先生第十八讲的标题就是"赵姨娘，坏女人"，而与之相反，在《红楼夺目红》"男人的'秽臭'"一章中则宣称："我很喜欢作为大户族长的贾珍"，"我很同情贾琏，为掌家，吃尽了苦头"。可贾珍、贾琏之流让人同情起来，是非常困难的。作家出版社 2003 年版，第 155—156 页。

是相悖的。赵姨娘就是个侍妾，心性的低劣主要是智力不佳，加之伦理逼迫。她的小奸小恶与贾雨村熟读诗书颇知礼仪的大奸大恶有着完全不同的性质，赵姨娘推翻不了贾府，连王熙凤也扳不倒，曹雪芹不明白吗？后四十回写赵姨娘的恶报，在我看是贾赦淫恶的揭露，对赵姨娘则颇有悲悯："只有周姨娘心里苦楚，想到：'做偏房侧室的下场头不过如此！况他还有儿子的，我将来死起来还不知怎样呢！'于是反哭的悲切。"脂砚斋明白，贾雨村太熟悉贾府了，私带神枪这样触目惊心的内幕一本上去，贾府必灭。贾府上下腐败透顶是明摆着的，皇帝心中早已有一个贾字在了。但脂砚斋将此情节委婉成道听途说，只是"醉金刚"倪二醉话罢了。相反，他渲染了抄家之后那场合家恸哭，把家族忏悔推向高潮，可是，脂砚斋没有领会曹雪芹的真意——他所悲悼的是贾雨村为代表的士大夫文化人格的颓堕，是天理良知的泯灭；脂砚斋却只在哀叹道德，因而把文化拯救的主题拉回到道德忏悔。曹雪芹的民间叙述与此不同；他将回归刘姥姥视角，在更开阔视野开列贾府罪孽，让刘姥姥惊心动魄无可言诉，只带巧姐回归，完成了不同于贾宝玉的另一种告别。贾宝玉的告别由于勘破，刘姥姥的告别则基于失望，那双曾经向往荣华、而今惊诧败落的昏花老眼溢满老泪：怎么会这样呢？除了石狮子干净，就剩下一个巧姐无辜，必须带离她，走回那条坎坷但是洒满阳光的乡间小路。刘姥姥只能救一个巧姐。脂砚斋的虚应世故不仅为贾府提供了尚可暖栖的劫后余存，而且敷衍了各色闲杂人等的寥落结局和没落后事，比如甄宝玉娶李琦，湘云守夫病，贾琏大赦，荣府袭封，这些遮人耳目的手段能骗得了谁？

刘姥姥虽昏花老眼也是瞒不住的，乃有四阅贾府：由盛而衰，彻底败灭。初入贾府的时候是典型的思凡模式：对于伦理家族，对于告贷对方，对于这个"百足之虫，死而不僵"的庞然大物，的确是充满艳羡之情和虔敬之意。那时的刘姥姥是小于伦理大法的角色存在；换言之，在她的人生情感经历中，不存在可以乱伦堕落、草菅人命、倾轧陷害这样的概念，伦理是神圣的，礼仪是高贵的，贵族大家是深不可测、善无可比的。第二次进入时她直奔怡红院：蠢然一物，刘阮天台，她的神性身份就在于她不自觉是神明。她以粗俗低贱之身进入幽微高雅之地，就不仅使思凡模式反向超越，衍入游仙；在进驻大观园的日子里，刘姥姥始终拿捏着自己的身份，作为大观园的不速之客接受着诸种用心各色人等的礼遇，浑然不觉地体察着这个世界的人性深度和神意状况。刘姥姥就是一面风月宝鉴，不是怡红院的镜子照她，而是她在反照怡红院的镜子：大俗以应大雅，她将怡红院的神性和诗意携入民间立场的世俗关联，让我们看到，所谓的神性和诗意，只是一种缺乏神意的诗性虚矫。刘姥姥再一次提醒，大观园只是伦理世界的游乐园，并不是人的故乡和家园。第三次就隔了幽暗岁月和深邃历史，她走出贾府，走出大观园，在局外和大野静静伫望着。在王熙凤的病榻前我们领悟：刘姥姥的奔波其实是在为贾府种福田，告贷只是一个由头。王熙凤的善意没有在自己的心灵开花，却在刘姥姥的心灵深处扎了根。以善而不是以恶来理解对方就是感念，就是怀想，就是知恩图报的古道热肠。刘姥姥的感恩不是同情，而是一个"义"字，一种曾经领受、今当付出的善的意志。刘姥姥的奔波包含着天理艰辛、良知无望的苦难体验，针对着生命和存在本体，不是自私的。伦理悲剧的深刻处并不在于道德堕落、无可救药，而在于拯救者莅临时浑然不知。神性和诗意的本义就是天理良知；与天理良知相昧至深的不仅是贾雨村，还有那些随波逐流者。刘姥姥要为巧姐说大媒，贾琏和薛蟠也在更张易辙，将他们早该迎娶的侍妾们扶为正室，这是奖赏还是惩戒？道德忏悔的敷衍虚应着世态炎凉的世故，刘姥姥以完璧归赵的方式把巧姐归还，走出容采风华，走回真正的故乡。

第四章

冷月诗魂：意象象征体系论略

千里搭长棚——没有不散的筵席。

攘攘贾府袅袅春梦，小红，一个地位低得不能再低的小丫鬟，居然说出这样一个令人回肠荡气的俗谚来。她诉说心事说："谁守一辈子呢？不过三年五载，各人干各人的去了。那时谁还管谁呢？"这个女孩美丽的相貌、过人的聪明以及病弱的身体都极似林黛玉，然而被压在怡红院三层丫头之下，不得崭露头角。她的这番悲凉播散着生命的无趣和世界的不虞，在后四十回里被另一个女孩，同样美丽、聪明、有着病弱体质的柳五儿替代，见证了大观园的散场：她竟然俗不可耐！意味着那份悲凉凄美的诗意消逝了。这构成贾宝玉二游太虚幻境的动因：睡梦中，上天入地、死去活来地追索的那种精神，那种价值，那幅世界人生图景——哪里去了呢？

大观园的诗意消逝于宇宙深处，曹雪芹所缅怀和纪念的那份诗性却没有消失：在贾府故事之外，《红楼梦》有一个完备的意象体系，一个由总意象和子意象构成的系统，不仅作为形式构件，而且是意义结构和逻辑要素，完全不可以忽略。"盛筵"就是一个有相当概括力的意象，一个与巴赫金的"广场"相匹敌的意象，概括中国传统文化的内在逻辑和观相结构，表述着中国人的价值观念、情感态度、存在方式以及宇宙意识，蕴含着中国文化发展及衰亡的深层动因。另外，它又有着极大的广延性和建构力：从盛筵原型延展或派生出四个意象体系，与叙述模式统摄起来，共构着《红楼梦》的艺术本体。

盛筵意象有三个特征：象征性、建构性、层次性。

象征性要求它能够概括《红楼梦》的内在结构和文本事实，能概括中国文化及文学的基本构架和状态。建构性要求它具有广阔的空间性和悠久的历史感，在开阔的文化视野和深入的心理层面建构中国文化和文学的整体逻辑，而不是简单客体或单个意象。层次性则要求意象的内在逻辑延伸出文学和文化的层次性分析，从而概括其特质和精神。层次性是前两者的归宿和成果，亦即象征性和建构性是否具有学理性，要看其层次性分析能否使二者落实为价值事实。"盛筵"可分析为四个层次：道体、性体、价值和人格（前面表述为空间、时间、品格和世相）。分派对应石与玉、镜与月、花与泪、酒与火诸意象体系，统摄于盛筵，与叙述模式融合起来，体现着《红楼梦》的艺术精神和诗化价值的逐渐落实。

从哲学看，道体指涉宇宙创诞、生命发祥等本体性命题，指涉女娲炼石顽石通灵神话，包含几世几劫缘起性空等观念，从"逝者如斯夫"到"为万世开太平"的道体精神，落实为通灵顽石口衔宝玉等神性意象，以及茫茫大士、渺渺真人等意象性人物，概括为石与玉。性体指涉生死、寿夭、穷通等宿命，指涉木石前盟、幻境结缘等寓言，彰显神性诗意、天道伦理的天命观点，隐约明清士大夫拯救与忏悔的历史处境以及求知音觅真性的价值诉求，落实为绛珠仙草、神瑛侍者、风月宝鉴、麒麟金锁等神话意象，概括为镜与月。价值指涉人品根柢及多样人格，包括情与淫、才与德、美与乐等价值命题，体现于诗稿、花锄、瑶琴、鹦哥等游艺方式及兼美理想，表述为香草美人到阴森鬼叹的颓势，所谓花与泪。人格指涉世间存在的广大义域——善恶、美丑、真假及走水、上火、热毒，涉及吉凶梦幻、福善祸淫等存在状态，表述为酒与火。

盛筵意象包含了盛极而衰、周而复始的内部逻辑：不是西方式断裂或断层，而是"分久必合，合久必分"。虽然说"千里搭长棚——没有不散的筵席"，但孤月长明、败筵不散还是这个古老民族的基本自信。

可悲的是那些长夜里的坚守者，孤灯不灭，雅意犹存，在一个杯盘狼藉的年代执持一份苦难的诗情；他们都是殉道者和受难者。只有他们，与这个文化相始终，无助也无救。

第一节
石与玉

一、盛筵与性狂欢

盛筵意象还需要做进一步的形式分析和原型阐释。前面说过，每个饮宴事件都有空间、时间、价值和世相四个维度，对应石与玉、镜与月、花与泪、酒与火四类子意象。问题是这些意象与饮宴事件之间的学理联系如何描述？我们知道，太虚幻境就是一场天国盛筵，同样是一个饮宴事件，但又是概括所有饮宴的核心意象，亦即盛筵。在概括题材的意义上，它们必须具有结构同型性。幻境虽在西方灵河岸灌愁河边三生石畔，人物亦多仙子，但是四个节奏与贾府世俗饮宴的大多数是相同的。换言之，从幻境的天国盛筵能看到世间饮宴的所有行藏，亦无非是阅册、听曲、品茗、云雨。这又涉及意义：同样的行藏是否意味着天上的仙子与尘间的男女进入饮宴的身份、动机、规则、样貌也都一样呢？所谓阅册不就是身份展示吗？金陵十二钗虽未到场却已入构，其身世命运的册籍呈于眼前，环顾虚席不能不揣想她们的身份地位以及与主人的关系，从而要整体把握饮宴的主题规则及话语方式，就必须从核心意象本身的心理学角度去阐释，这就是意义通约性。

盛筵的本质是母腹原型，隐含性劳作，它影射人类全部文化创造的心理逻辑和意义结构。[1]这在太虚幻境是从听曲、品茗到云雨逐次展开的。《红楼梦》的不凡处在于曹雪芹不仅谱写了仙子们渐入佳境的情色懵懂，聚魂摄魄地呈现了神瑛与兼美（影射可卿）的云雨妙乐，而且絮入深层义含：兼美者，兼黛玉之袅娜、宝钗之妩媚与荣、宁二公的圣意以及警幻意淫三位也。贾宝玉经过了情色（才）、圣意（德），尤其是意淫（情）三个哲学里程；尚不止此，他还来到一处虎狼荆榛之地，栽入海鬼夜叉之津，即人性之纵深处（欲）。灰侍者和木居士告诉他：有缘者得度。看来还不止于性。贾宝玉所历练的是一个人性价值的不测之域，更是传统典范失效的历史之维。这就使盛筵意象变得尴尬：原本是一个敦隆着教化、享受着天伦、诗酒歌飞的乐境，怎么突然变成畏途而且无以济渡了呢？是人本身发生了变化吗？这里发生的恰恰是意义的不能通约。

上古人类的饮宴往往与性狂欢联在一起。《周礼·地官·媒氏》："中春之月，令会男女。于是时也，奔者不禁。若无故不用令者，罚之。司男女之无夫家者而会之。"这里的"会"没有饮宴的记载，当是后世上元节之类节日，饮宴是应有之义。这是一个特定时间，明确男女私会的合法性，性爱被提倡且纳入礼仪规制。《史记志疑》："古婚礼颇重，一礼未备，即谓之奔，谓之野合。"《史记探源》："纥与颜氏女……于尼丘扫地为祭天之坛而祷之，遂感而生孔子，故曰野合。"孔子父母非礼而聘是显然的，但设计了礼仪情境，可见自由性爱的庄严。那个时代的墓砖、岩画、绘画颇多"野合图"。《后汉书·鲜卑传》："此春季大会，洗乐水上，饮宴毕，然后婚配。"这是饮宴与男女同科的明确记载。少数民族更甚：瑶族"踏歌而偶奔者，入宫岗，插柳避人"（《炎徼纪闻》）；苗族的"男女婚娶不须媒妁，女年及笄，行歌于野，遇有年幼男子，互相唱和，彼此心悦则先行野合"（《苗疆闻见录》）；高山族"男女于山间弹口琴，歌唱相和，意投则野合"（《续台湾府志》）。都是将野

1　参见马明奎《女娲炼石补天神话与〈红楼梦〉文化解读》，《文学评论丛刊》2004年
　　第7卷第2期。

合与唱和联系起来。饮宴歌舞成为男女私密的一般模式。

中国最早是女阴崇拜。新石器时代的彩陶上刻有倒三角形花纹，还有橄榄形、椭圆形和菱形，以及西安半坡村遗址陶器上的鱼纹，都是女性器官的象征。后来逐渐为男根崇拜所取代。中国自古有祭祖习俗，"祖"源于"且"即男根。男性崇拜还表现在艺术品、建筑物及其他方面。古希腊神话的生殖之神普赖阿帕斯，是爱神阿芙洛狄忒和酒神狄奥尼索斯之子，他有一个奇大而特别的阴茎。希腊人曾制作硕大的男性生殖器石雕。古埃及金字塔，印度佛塔、印第安人的图腾柱以及中国的华表等，无不带有男根崇拜的意味。他们认为妇女腹中能诞出生命必有神奇的力量；由于生产力低下，人就是生产力的全部，人口多少、体质强弱决定着氏族兴衰，所以对妇女分娩十分重视。有的民族举行隆重的祝祷仪式，有的要到野外去分娩，他们认为可以使土地肥沃。渐而生殖崇拜进入宗教仪典，就衍变为创世神话，比如中国的女娲造人；法国、奥地利出土了许多女性偶像，面部模糊，主要刻画身体，体现对生殖的巨大热情。随着宗教意味的加深，神话中母亲都变成处女。商祖简狄吞玄鸟卵而生契，周祖姜嫄踩巨人脚印而生弃。生殖崇拜礼仪化，规避性事成为普遍文化心理，这种意识也融入生产生活及饮宴歌舞。不少原始部落编制的舞蹈，癫狂的节奏模拟着如醉如痴的性高潮，又与择偶相关。我们看到是祭神和狂欢，本质是将性爱表现歌舞化以规避直接性。一种规避，怎么变成公开呢？《管子·君臣》："古者未有君臣上下之别，未有夫妇妃匹之合，兽处群居，以力相征。"《列子·汤问》："男女杂游，不媒不聘。"都是群婚时代的两性表述，并无狂欢或娱神，但是伦理登场了。许多神话传说如女登与神龙触而生炎帝，大电光绕北斗感附宝而生黄帝，貌似荒诞却孕育了性爱的礼仪性质。族群联合，集体行动，"亲戚兄弟夫妇男女"等伦理观念的缺如是群婚方式的基本特点，而神话的委婉表明伦理观念正在孕育。随着自然分工的出现，男女在劳动及婚姻的年龄差距拉大，特别是认识到杂婚的危害，伦理形式就诞生了。

我们注意到：从陶器到石器，从女阴到男根，到性爱私交礼仪化，饮宴交欢逐渐回归为"田野作业"，伦理就呼之而出了。人类毕竟不能退回到兽群。婚姻的产生使性爱自由受到极大限制，却又催生了补偿方式的出现，就是娼妓业的形成。管仲设"女闾"，就是官办妓院，以增加国库收入。《坚瓠集》续集："管子治齐，置女闾七百，征其夜合之资，以充国用。"齐桓公合诸侯匡天下，经费竟来自皮肉生意。《吴越春秋》："越王勾践输有过寡妇于山上，使士之忧思者游之，以娱其意。"却是以官妓来慰劳士人。《南史》载齐废帝"每夜辄开后堂，至营署中淫宴"。是饮宴性事合力冲绝官制仪礼。唐代的婚姻制度非常开放，青年择偶相对自由，仅以肃宗前计，公主再嫁 23 人，三嫁 4 人。制度保障和观念宽松导致淫靡风气的形成。《新唐书》等史书载，开元、天宝年间嫔妃最多时达四万人！酒色过度，疾病缠身，皇帝的寿命就短了。有史家认为淫乱纵欲是古罗马灭亡的主要原因，鄙"脏唐滥汉"、骂女人为祸水者并非虚矫。性习俗有其民族性、历史性原因，但统治阶级的淫靡可以影响风尚并形成审美典范。古罗马大浴场建于奥古斯都时代，帝政末期有阿格里帕大浴场和 850 个小浴场。史学家记载卡拉卡大浴场 2300 人同时入浴。男女混杂，良家妇女即刻堕为荡妇。我们重视的是，无论是初民的性崇拜，还是后世王朝建构法律以规约，抑或导入经济政治，人欲都阻止不了；不仅普通百姓，公主千金亦不例外。《红楼梦》的性描写闪烁迷离，但也到了糜烂程度。如果说宝玉初试只是儿童好奇，贾瑞的乱伦之求，凤姐的淫靡之意，贾赦老先生雄霸母婢，琏、珍兄弟共焘妻妹，乃至贾芹的尼庵秽闻，已然放肆。而将情色衍入盛筵并意象化为石与玉、镜与月、花与泪、酒与火等，不仅拷问着诗性的本体意义和价值内涵，而且形成深刻的文化审美和人性反思。

二、从石到玉：性模式的价值提升

中国许多经典都是从道、气、天等本原性范畴追流溯源的。《文心雕龙》开宗明义："文之为德也大矣，与天地并生者何哉？夫玄黄色杂，方圆体分，日月叠璧，以垂丽天之象；山川焕绮，以铺理地之形：此盖道之文也。"[1]《红楼梦》亦从女娲炼石说起，隐约抟土造人神话。"青埂峰"即"情根"。贾宝玉"一落胎胞，嘴里便衔下一块五彩晶莹的玉来，上面还有许多字迹"，这既是性爱成果亦是人文故事："高经十二丈"喻十二生肖及十二个月，象征人类的全部岁月；"方经二十四丈"喻一年二十四个节气，关合生命创诞的时间刻度和宇宙背景。顽石三万六千五百零一块，"单单的剩了一块未用"，显然在凸显贾宝玉人生的畸零不随。《周易·系辞上》："大衍之数五十，其用四十有九。"韩康伯注引王弼："演天地之数，所赖者五十也。其用四十有九，则其一不用也。不用而用以之通，非数而数以之成，斯易之太极也。"[2]唯不用而用，方为大用。孙福轩、孙敏强说："作者将承载着丰厚历史积淀和审美蕴涵的石头作为中心意象，由此映现和折射出人和人的生活，正是在'石头'所形成的叙事空间内外，文人穷究天人之际、思索人类生存意义的理念才得以展示。"[3]所言极是。曹雪芹在叙述顽石通灵落尘下凡时，不仅乘一总万地隐喻了人的创诞及发祥，而且通过数字呈示了浓郁的本体意识和宇宙情怀。"大荒""无稽"是旷漠宇宙无限时空的另一说法，顽石却意欲"在那富贵场中、温柔乡里受享几年"，这是男女情欲和俗世贪恋的宣谕，渺渺茫茫的时空意绪以此获得超越本体义域的价值关联，从而开启了人的生命文化存在。

　　《说文》："玉，石之美者。"《诗经·淇奥》："如切如磋，如琢如磨。"都是说石头经过雕琢成为美玉，以象征君子的德性。"从归属上说，玉，就是石的一种，石也可以为玉。在中国古代'玉石'文化中，石与玉本来就一体而二名，连类而并称，但是玉与石实际上还是有着

1　周振甫：《文心雕龙今译·原道第一》，中华书局 1986 年版，第 9—10 页。

2　孔颖达：《周易正义·引〈十三经注疏〉》，上海古籍出版社 1997 年版，第 80 页。

3　孙福轩、孙敏强：《〈红楼梦〉石头意象论——从石头意象的内涵看作者的创作心态》，《红楼梦学刊》2005 年第 3 辑，第 180 页。

不同的意味和指向的。"[1] 玉是美石，儒家赋予其道德人格，成为君子美德的象征。《周礼·春官·大宗伯》有"六瑞""六器"之说："以玉作六瑞，以等邦国，王执镇圭，公执桓圭，侯执信圭，伯执躬圭，子执谷璧，男执蒲璧。"[2] 玉的名称等第严格对应于身份和地位；"以玉作六器，以礼天地四方：以苍璧礼天，以黄琮礼地，以青圭礼东方，以赤璋礼南方，以白琥礼西方，以玄璜礼北方。"[3] "在朝野原始宗教活动和宗庙贵族祭祀等大典仪式中，作为礼器，玉更担当着感通天地人神的重要角色"[4]，乃成为人与天地神灵感通的媒介。从质蠢无文的"蠢物"到雕琢精美的"神器"，曹雪芹关于人的价值思考和伦理关切从饮宴事件抽象为石与玉的原型关系，从而顽石通灵，生命创诞，宇宙时空……无不同一于根本情欲意志，与叔本华及王国维的悲剧理论有着相近的旨趣。

顽石则蕴含着空间终极性观念和缘起性空的生命流转意识，彰显了庄子式的生命本然状态和最高价值理性。什么是道？就是时空，就是无始劫以来、无穷尽之际生灭幻现的生命现象及本体意志，实相就是缘起性空。儒家强调时间的看守和生生不息的自持，故有"逝者如斯夫"之叹。宋儒拓展到历史时空，"为天地立心，为生民立命，为往圣继绝学，为万世开太平"。前两句是上下求索，后两句是横向开拓，人被推衍到永恒和终极，显示中华文化以道自任、参赞造化、旷古绝今、人合于天的胸襟和气度。但是这个人是指圣人，是圣人主持并以尊圣为范的德业，就个体看显示了一种人于天地间孤渺无倚又巨大承担的价值处境。这就导致两个趣向：表面是儒家经天纬地修齐治平的德业，实际是道家保全性命苟且自存的养生。汇聚到个体就形成石与玉的意向分离。后世儒学统筹两者，将时间和天道的焦虑诗意化为玄、雅、病、酒、梦幻自

---

1 孙福轩、孙敏强：《〈红楼梦〉石头意象论——从石头意象的内涵看作者的创作心态》，《红楼梦学刊》2005 年第 3 辑，第 181 页。

2 陈戍国点校：《周礼·仪礼·礼记》，岳麓书社 1989 年版，第 54 页。

3 陈戍国点校：《周礼·仪礼·礼记》，岳麓书社 1989 年版，第 54 页。

4 孙福轩、孙敏强：《〈红楼梦〉石头意象论——从石头意象的内涵看作者的创作心态》，《红楼梦学刊》2005 年第 3 辑，第 181 页。

执、狂狷不羁，乃至"意淫"，究其实乃是个体无法在历史功烈中安身立命，乃于浩瀚纵横的时间之流把持一点现世体验，又恰是佛家的梦幻空花、虚无缥缈。

热闹的公府盛筵刹那间归为巨大空寂，顽石的粗蠢精致化为一首诗、一杯酒、一滴清泪甚至一个眼神。与那些栖迟于生死、寿夭、穷通、荣辱的世人不同，贾宝玉既不愿经天纬地，也无意保命养生，就只能执着于镜与月、花与泪之间。当紫鹃诳他说林妹妹要回苏州了，他竟死了大半个，赌咒发誓："我只愿这会子立刻我死了，把心迸出来，你们瞧见了，然后连皮带骨，一概都化成一股灰，再化成一股烟，一阵大风，吹的四面八方，都登时散了，这才好！"在功名奕世、富贵流传的公府中，他只与鸟儿问答，与杏子倾诉，在"绿叶成荫子满枝"的伤感中虚度光阴。虚妄幻渺的人间世，无住无止的时间流，看不到一点希望，只有泪流满面，呼唤死亡。纵任顽石天性，在诗酒病狂中耗散着神意，他的忧患和失望正在于天道无常、人世凄凉。"一方面，'天'是自然的自在自为的力量，它对人世有主宰的意志，但由于它本身是自然本体，这一意志又不是能动性的，它至多只能使万物运行生长，不能推动人事，人事得由人去能动，因而另一方面，人应主动担当事天的使命，自居为天命的代言人，这是天人合德的最基本的规定。"[1]于是公府盛筵异变为道德教化，时间看守霉变为越名教、鄙世俗、"拒绝生产"（李劼语）规避存在的狂狷之行和痴傻之态，这就是"失玉"。贾宝玉从参赞造化修齐治平退出，回归顽石，屈原的歌通过嵇康的琴弹奏到天外，凝铸为夕阳归鸿，永恒地停滞在暗昧的天边。从石到玉，既隐约《红楼梦》的道体层次，也概括着贾宝玉从顽石通灵到神瑛历幻、顽石回归的全部生命历程。就前者言，既怀思以道自任积极进取的原儒旧梦，也涵摄着生死醉梦间的出世冲动和道家情怀。就后者言，标举着一种嵇康式的孤绝不昧，于宇宙深处安顿灵魂，转化为全部历史的否定性反思。

1　刘小枫：《拯救与逍遥——中西方诗人对世界的不同态度》，上海人民出版社 1988 年版，第 110 页。

三、从性爱到补天

石头意象既积淀着性意识，就同时隐约了性禁忌，后世文学中石头成为一道阻隔性爱的世俗屏障，玉则成为祛除原欲性质、进入伦理通道的性隐语。从禁忌到屏障显示了儒家伦理精神对于人性本质的理性整饬和价值提升，显示了中华文化对情欲冲动和个体意志的压抑，艰苦卓绝地承担天道的决心和虔诚。但是这种伦理精神一旦成为大法，变成经天纬地修齐治平的总纲，就成为阻碍人性发展、枯寂宇宙生机、囚牢个体生命的桎梏，成为人的存在不可逾越的抽象绝对力量。司棋与潘又安的性爱地点就是园子里湘山石后、大桂树底下，这双被封禁在伦理圣地的小人物，他们的爱情没有成为生命的美丽诗篇，反而招来杀身之祸——

> 此时园内无人来往，只有班儿房子里灯光掩映，微月半天。鸳鸯又不曾有伴，也不曾提灯，独自一个，脚步又轻，所以该班的人皆不理会。偏要小解，因下了甬路，找微草处走动，行至一块湘山石后、大桂树底下来。刚转至石边，只听一阵衣衫响，吓了一惊不小。定睛看时，只见是两个人在那里，见他来了，便想往树丛石后藏躲。鸳鸯眼尖，趁着半明的月色，早看见一个穿红袄儿，梳鬅头，高大丰壮身材的，是迎春房里司棋。鸳鸯只当他和别的女孩子也在此方便，见自己来了，故意藏躲，吓着玩耍，因便笑叫道："司棋！你不快出来，吓着我，我就喊起来，当贼拿了。这么大丫头，也没个黑家白日只是玩不够！"

"一阵衣衫响"是性事暗示；"湘山石后""刚转至石边"带有屏蔽的性诱惑和懵懂感，又构成性事屏障。微月半天，一双男女舍生忘死的爱情被挤压为性偷窃，他们从暗处躲向更暗处，还是没能藏身，终于走向悲剧结局。石头就成为伦理与情私间的雷池禁地。人的情欲冲动是那样的无可遏制，阴噤幽闭的石洞石窟里就创造出石榻石床，神秘恐惧又别有洞天。石头作屏障，环成洞口，窥视着、尝试着、偷窃着、恢复着无可替代的性实践。《聊斋志异·翩翩》写罗子浮的仙游：

> 日就暮，欲趋山寺宿，遇一女子，容貌若仙，近问："何适？"
> 生以实告。女曰："我出家人，居有山洞，可以下榻，颇不畏虎
> 狼。"生喜从去。入深山中，见一洞府，入则门横溪水，石梁驾之。
> 又数武，有石室二，光明彻照，无须灯烛。命生解悬鹑，浴于溪
> 流，曰："濯之，疮当愈。"又开帱拂褥促寝，曰："请即眠，当为
> 郎作裤。"乃取大叶类芭蕉，剪缀作衣，生卧视之。制无几时，折
> 叠床头，曰："晓取着之。"乃与对榻寝。

然后就是"遂同卧处，大相欢爱"了。这是非常典型的洞中生涯，已成为模式。顺此意向衍化为超尘离俗的世外情结，"不知有汉，无论魏晋"的桃花源，乃至渔人、小船、落英，都成为偷香窃玉、猎艳寻欢的饰美之词，与弃世游仙、归根复命联系起来。可以说，古典文学中的石洞石窟就是女阴的象征，与明清传奇中的后花园和现代舞台背景上的牡丹花一样，都隐含着性爱原型。《红楼梦》浓彩重墨地描写了憨湘云醉卧芍药裀一场：

> 正说着，只见一个小丫头笑嘻嘻的走来，说："姑娘们快瞧，
> 云姑娘吃醉了，图凉快，在山子石后头一块青石板凳上睡着了！"
> 众人听说，都笑道："快别吵嚷。"说着，都走来看时，果见湘云卧
> 于山石僻处一个石磴子上，业经香梦沈酣，四面芍药花飞了一身，
> 满头满脸衣襟上皆是红香散乱。手中的扇子在地下，也半被落花埋
> 了，一群蜜蜂蝴蝶闹嚷嚷地围着。又用鲛帕包了一包芍药花瓣枕
> 着。众人看了，又是爱，又是笑，忙上来推唤挽扶。

这是《红楼梦》中最美、最富诗意的片段之一，但是会心处正在美人卧石的性意绪。后来群芳夜宴，湘云的签上画着一枝海棠，题着"香梦沉酣"四字，面诗是："只恐夜深花睡去。"黛玉笑道："'夜深'二字改'石凉'两个字倒好。"众人也都笑了。红学家即以此为据，考证出贾宝玉还俗后再娶湘云为妻：石乃顽石，湘云卧石即意味着与贾宝玉有性爱关系，而且顽石真性与湘云的娇憨本色获得原型意义的融通，是有些道理。从大荒山到大观园，顽石变成宝玉，从世外走入世间，我们看

到与桃花源不同的文化旨趣。《桃花源》是"归去来兮"，田园将芜心为形役的忏悔："悟已往之不谏，知来者之可追；实迷途其未远，觉今是而昨非。"于是从离乱的世间走出，走回"洞中"。

> 舟遥遥以轻飏，风飘飘而吹衣。问征夫以前路，恨晨光之熹微。乃瞻衡宇，载欣载奔。僮仆欢迎，稚子候门。三径就荒，松菊犹存。携幼入室，有酒盈樽。引壶觞以自酌，眄庭柯以怡颜，倚南窗以寄傲，审容膝之易安。园日涉以成趣，门虽设而常关。策扶老以流憩，时矫首而遐观。云无心以出岫，鸟倦飞而知还。景翳翳以将入，抚孤松而盘桓。

洞中即世外，甫可安心也，得乐也，但罗子浮是获得或窃取红尘中得不到的情色，陶渊明是把世外拉回到田园，心安理得地享受着天伦之乐、之美。可以说，陶渊明的田园之乐滤净罗子浮的情色贪恋，丝丝缕缕的往事怀思中隐约着伦理的清高和人格的决绝：无复眷顾，唯求归休。可是，孰与宝玉之决绝？

> 归去来兮！请息交以绝游。世与我而相违，复驾言兮焉求？悦亲戚之情话，乐琴书以消忧。农人告余以春及，将有事乎西畴。或命巾车，或棹孤舟。既窈窕以寻壑，亦崎岖而经丘。木欣欣以向荣，泉涓涓而始流。羡万物之得时，感吾生之行休。

说到死，也说到生，却不是海德格尔的"方死方生"；吾生之休与万物之生是一种本体性的同一和自在，是人与天不迎不拒、与大道顺应齐一的道家情怀：

> 已矣乎！寓形宇内复几时，曷不委心任去留，胡为乎遑遑欲何之？富贵非吾愿，帝乡不可期。怀良辰以孤往，或植杖而耘籽，登东皋以舒啸，临清流而赋诗。聊乘化以归尽，乐夫天命复奚疑。

如果说老子当年"邻国相望，鸡犬之声相闻，民至老死不相往来"是一种乱世苟且绝处栖身的梦呓，有避祸苟安的意味，陶渊明的归休就是完全彻底的精神还乡，桃花源就是精神家园。大观园就不同了。原本是皇妃的省亲别墅，不仅有玉墀、玉阙、玉砚、玉雕等庙廊之器，而且隐约玉人、玉食、玉树、玉虚之类皇家梦影。《礼记·曲记》："君子无故玉不去身。"贾宝玉是大观园的领袖，佩戴着"灿若明霞，莹润如酥，五色花纹缠护"的美玉，痴心于诗酒美乐品评人物的雅事，"潇湘妃子"，"蘅芜君"，"枕霞旧友"，"蕉下客"，名士风流，似乎又回到那个诞育着阮籍和嵇康、恣肆着药与酒的魏晋时代。众女儿斟情酌意，还发生着一些美丽动人的故事，如《诗经·周南》所述：

> 投我以木瓜，报之以琼琚。匪报也，永以为好也。
>
> 投我以木桃，报之以琼瑶。匪报也，永以为好也。
>
> 投我以木李，报之以琼玖。匪报也，永以为好也。

当然大观园的诗礼酬唱不可尽以男女情爱释之，比如探春给宝玉赠鞋袜，比如宝钗给黛玉送燕窝粥，再如五儿与芳官的粉硝之赠……投桃报李，有着琼琚、琼瑶、琼玖一般的君子之德。而"匪报也，永以为好也"的爱情馈赠，只有宝玉的泪帕、贾蔷的鸟笼、贾芸的丝绢以及彩云送给贾环的一些表赠之物。我们完全可以拿玉的意象来概括大观园的品格：将石头的性意识和性原型诗意化、道德化为"昌明隆盛之邦、诗礼簪缨之族、花柳繁华地、温柔富贵乡"的文采风流，一个儒道合流、情礼相兼、具有童年梦幻色彩的乐园，即"红楼梦"也。可我还是关切贾宝玉的"决绝"：随着石向玉的蜕变，贾宝玉和他的姊妹们必然要走回人间世，可他们还只是一些纯净着情欲、装饰着诗礼、作要伦理游戏情色的仿人，一些儿童。类似皇子们的蕃邸，还只是成王成圣前的修身之所，所有情私意眷都可用贾政的一句话来概括："精致的淘气。"就价值趣向看，大观园今日之诗礼品格只是为了宁国府未来的贤妻美妾恣情纵欲：不是避世，而是"待世"。所以清客们题额蘅芜苑时或名"武陵源"或名"秦人旧舍"，贾宝玉大不以为然："越发背谬了。'秦人旧舍'是避乱之意，如何使得？莫若'蘅汀花溆'四字。"其诗礼大雅耕读品格与稻香村是一致的。不妨看蘅芜苑宝玉列数的诸品异草：

> ……那香的是杜若蘅芜，那一种大约是茝兰，这一种大约是金葛，那一种是金簦草，这一种是玉蕗藤，红的自然是紫芸，绿

的定是青芷。想来那《离骚》《文选》所有的那些异草：有叫作什么霍纳姜汇的，也有叫作什么纶组紫绛的。还有什么石帆、清松、扶留等样的，见于左太冲《吴都赋》。又有叫作什么绿蒻的，还有什么丹椒、蘼芜、风莲，见于《蜀都赋》。如今年深岁改，人不能识……

涵泳着屈原时代香草美人的意绪，披沥着君子诗雅和名士风流，是"玉精神""花模样"[1]的另一表述。所以，我们认定太虚幻境的兼美是"道家之游，儒家之乐，于此衔接、统一而融成一种诗美"。无可言喻的是：曹雪芹的文化拯救方案从顽石到宝玉只走了一半，另一半却是宝玉向顽石的返还，大观园不是，太虚幻境同样不是人类的精神家园，只是童年的庭院、少女的酣梦、诗人的乐园，补天梦想是注定不能实现。

四、石头、米芾、张岱及曹雪芹

脂批多有自称"石兄"者，原本于米芾逸事。《宋史·米芾传》："无为州治有巨石，状奇丑，芾见大喜曰：'此足以当吾拜！'具衣冠拜之，呼之为兄。"[2] 米芾故称"米癫""石兄""石丈人"。"芾为文奇险，不蹈袭前人轨辙"，"不能与世俯仰，故从仕数困"，"所为诡异，时有可传笑者"。[3] 我们以此看到顽石的粗粝、磊落、奇崛、坚硬，不同于玉的华美、高贵、光滑、温润。故而石头为文人雅士所欣赏，宝玉则为贵族、大臣、商贾、仕女所注目。文士欣赏石头的怪异、奇崛、丑陋与古意，贵族、商贾着眼于宝玉象征富贵的属性。"石头所包含的是审美意义和艺术价值，而宝玉所凸显的是其社会政治、经济价值与财富象征等

1　越剧《红楼梦》紫鹃劝慰黛玉有"保持你玉精神花模样"之句，非常恰切地表述着大观园人物的精神气质和文化品格。著者识。

2　《二十五史》第八册，《宋史·米芾传》，上海古籍出版社、上海书店 1986 年版，第 1488 页。

3　《二十五史》第八册，《宋史·米芾传》，上海古籍出版社、上海书店 1986 年版，第 1488 页。

功能。石头是在野的，宝玉是庙堂的。"[1] 这只是一种阐读体验：事实上石与玉代表着道与儒两支不同品质的文化及迥异的价值路径，牵系着曹雪芹补天济世的文化拯救情怀。与米芾不同，贾宝玉兼有石与玉两种品格，既华美、高贵、光滑、温润，那是儒家的君子之德，又粗粝、磊落、奇崛、坚硬，那是道家的天然品性。问题是两者没有和谐统一起来，就贾宝玉的价值路径来看，大观园时代基本是玉的观相，失玉之后就回复了石的心性。此种蜕变的节奏，与兼美幻灭、贾府崩塌是一致的。贾府的玉字辈：贾珠早亡，珍、琏、瑞皆滥淫之辈，环、琮、璜等蠢夯愚劣，如荣、宁二公之灵慨叹："我等子孙虽多，竟无可以继业者。惟嫡孙宝玉一人，秉性乖张，用情怪谲，虽聪明灵慧，略可望成……"遗憾的是，他原本是一块顽石，一块根本不可雕琢的"假"宝玉。"如切如磋，如琢如磨"的伦理功夫并未磨掉它的坚棱利角，形同废物却势若癫狂，石性未改。《老子》言："不欲琭琭如玉，珞珞如石。"[2]《红楼梦》设计是贾宝玉"一落胎胞，嘴里便衔下一块五彩晶莹的玉来"。是从灵魂深处就植根了顽石情性和米芾情怀的！在程朱理学主导的伦理世界，注定了要被打磨和淬炼的历史命运。

笔者曾于清凉山下江苏省图书馆调阅过曹寅家族的藏书目录，费了一天时间翻找《夜航船》，结果连张岱的一点音信都没有；这是缘于20世纪80年代初笔者就有的一种直觉：戴不凡先生认定为原作者的石兄或"石头"，我认为就是张岱。

> 明亡，避乱剡溪山，岱素不治生产，至是家益落。故交朋辈多死亡，葛巾野服，意绪苍凉，语及少壮秾华，自谓梦境。著书十余种，率以"梦"名。[3]

---

1 孙福轩、孙敏强：《〈红楼梦〉石头意象论——从石头意象的内涵看作者的创作心态》，《红楼梦学刊》2005年第3辑，第183页。

2 （魏）王弼注，楼宇烈校释：《老子道德经注校释·第三十九章》，中华书局2008年版，第106页。

3 《绍兴府志·张岱传》，载（明）张岱著，弥松颐校注《陶庵梦忆》，西湖书社1982年版，第122页。

陶庵国破家亡，无所归止，披发入山，骇骇为野人……鸡鸣枕上，夜气方回，因想余生平，繁华靡丽，过眼皆空，五十年来，总成一梦。今当黍熟黄粱，车旋蚁穴，当作如何消受？[1]

少为纨绔子弟，极爱繁华，好精舍、好美婢、好娈童、好鲜衣、好美食、好骏马、好华灯、好烟火、好梨园、好鼓吹、好古董、好花鸟，兼以茶淫桔虐、书蠹诗魔，劳碌半生，皆成梦幻。年至五十，国破家亡，避迹山居，所存者，破床碎几、折鼎病琴，与残书数帙、缺砚一方而已。布衣蔬食，常至断炊。回首二十年前，真如隔世。"[2]

貌似可以将《红楼梦》与张岱《陶庵梦忆》并观共论。亦即，完全可以将贾宝玉离尘与张岱入山，怡红公子的诗酒美乐与张岱的年轻时代并观共论。我认为，《红楼梦》并未停滞于顽石情结，抒写从富贵繁华落入贫寒凄凉的悲回哀叹，重要的是文化反思，亦即反思兼美情教幻灭从而走向世外的冲动。它凝结了国破家亡后张岱的不平和不屈，熔铸了曹雪芹抄家灭族的铭心刻骨。当他们在寂寞与凄凉中追忆当年的时候，"有对美好往事的追忆、怀想与留恋，也有对似水年华无法追回和复现的怅惘、叹息与伤感，还有真诚的忏悔、愧恨与醒悟，更有傲世伤时，嬉笑怒骂的忧愤、倔强与不平"[3]，尤其是昔日的繁华和今日的凄凉所构成的强烈反差，使作者对社会人生有了特别的理解和领悟。但是，这种领悟并未停滞于生存忧患和炎凉之叹，而是人性本质及存在实相的了悟，提升为兼美情教方案的反思。所谓"天人合一"，就是天人合德，以尊圣为范，将天的意志与人的品德统一起来。在情教兼美这里则是，将那位"圣"以"情"来替代，修齐治平这条路还能走但是融入了、张扬了或强化了人的份额。可曹雪芹的经历是"钟鸣鼎食之家，翰墨诗

1　《自序》，载（明）张岱著，弥松颐校注《陶庵梦忆》，西湖书社1982年版，第117页。

2　《自为墓志铭》，载（明）张岱著，弥松颐校注《陶庵梦忆》，西湖书社1982年版，第123页。

3　孙福轩、孙敏强：《〈红楼梦〉石头意象论——从石头意象的内涵看作者的创作心态》，《红楼梦学刊》2005年第3辑，第185页。

书之族"败落到"环堵蓬蒿"（敦诚《寄怀曹雪芹》）、"举家食粥"（敦诚《赠曹雪芹》）的地步。第十九回脂批说宝玉流寓狱神庙，"寒冬噎酸齑，雪夜围破毡"，就是作者后期的生活。所以回首往事时都难以言喻，天道、伦理、神性、诗意空无所托，人之本性更无可言。第一百十七回"阻超凡"："弟子请问师傅：可是从太虚幻境而来？"和尚却反问："那玉是从那里来的？"宝玉就对答不来。和尚笑道："你自己的来路还不知，便来问我！"电光石火，贾宝玉此时才参破自己的底里。他悲悯无奈地鄙斥袭人、紫鹃："你们这些人，原来重玉不重人哪！"玉者，欲也；"重玉不重人"就是宝玉领悟的人性本质。回到底里也就回到大荒山顽石锻炼下凡历幻的生命实相，曹雪芹进入存在的全面反思。刘小枫在《拯救与逍遥——中西方诗人对世界的不同态度》中拷问："仅仅是修养人格，就可以解决历史社会问题吗？就可以解决参赞化育的问题吗？世界真的是由人格建立起来的吗？"我们转问曹雪芹，通过意淫就能达成兼美从而解决人的价值出路问题吗？儒道合流、自性与天道相得，就可以拯救人性污烂和伦理颓堕吗？

我们看到，历史社会的法则与个体人格的法则并不是二而一的法则，个体人格完善化了，个人可以以仁心诚意来处理生活了，整个现实世界并非就好了多少。先秦时代的儒生可谓不少，屈原一类有抱负的志士仁人也大有人在，但他们并没有能够左右历史。况且，从逻辑上讲，从"修身、齐家"到"治国平天下"的推导并没有必然的逻辑涵含，相反，它暗含着一个并非合理的推导，即以价值判断来取代事实判断，用"应该是什么"来取代"是什么"。这种取代具有潜在的危险性，从整体上来说，它将使历史社会的真实处境（苦难、残酷、血腥、暴力）有可能为一种虚幻的道德形态所掩盖；从个体来说，它起码使屈原这样的人（一个绝对至诚至善的君子）孤苦无告，忧心愁悴，思无所依。从世界的这一边（价值世界）到世界的那一边（事实世界），并没有一个自然的连接点，相反，在我们面前的只是一个断裂的深渊。[1]

君子美德是无用的，圣人垂范是无效的，意淫诗意就更无用：情与礼、才与德、诗与酒、美与乐……都解决不了人欲。"扬州旧梦久已觉"，"废馆颓楼梦旧家"，曹雪芹已入穷途：一边"司业青钱留客醉，步兵白眼向人斜"，另一边"高谈雄辩虱手扪"，恶俗颇类疯僧跛道。浪子回头，天涯无绪。当此"愧则有余，悔又无益之大无可如何之日"，"自欲将已往所赖天恩祖德，锦衣纨绔之时，饫甘餍肥之日，背父兄教育之恩，负师友规训之德，以致今日一技无成、半生潦倒之罪，编述一集，以告天下人。"曹雪芹的梦幻人生概括为两句话："无材可去补苍天，枉入红尘若许年。"只落得"三王"雅号（"绛洞花王""混世魔王""遮天大王"）被世人讥讽，倒不如"蠢物""粗蠢""质蠢"的"三蠢"之喻聊可自娱，可以想见其反思而不悔的复杂心态。

我们正是在这个意义上将张岱与作者联系起来。甲戌本脂评："辛酸之泪，哭成此书……书未成，芹为泪尽而逝。"我们能够感受到那种愤世而伤心、冷眼复冷硬的情怀，其傲骨支离又痴狂不羁的作略是透悟人生之后的大悲痛、大孤独、大无可奈何。与《陶庵梦忆》《自为墓志铭》比看："二者心绪苍凉，何其相似乃尔。这里有几分忏悔，有几分反语，有几分不平，有几分无奈，有几分自嘲，亦有几分自傲！"[2] 欲有所为而不能为，本无可言却必须言，所谓"满纸荒唐言，一把辛酸泪！都云作者痴，谁解其中味？"以世俗反观："称之以富贵人可，称之以贫贱人也可；称之以智慧人可，称之以愚蠢人也可；称之以强项人可，称之以柔弱人也可；称之以卞急人可，称之以懒散人也可。学书不成，学剑不成，学节义不成，学文章不成，学仙、学佛、学农、学圃

1　刘小枫：《拯救与逍遥——中西方诗人对世界的不同态度》，上海人民出版社 1988 年版，第 98 页。

2　孙福轩、孙敏强：《〈红楼梦〉石头意象论——从石头意象的内涵看作者的创作心态》，《红楼梦学刊》2005 年第 3 辑，第 186 页。

俱不成。任世人呼之为败子，为废物，为顽民，为钝秀才，为瞌睡汉，为死老魅也已矣！"[1]正是贾雨村失意、曹雪芹著书之时的心态：辛酸、忧愤、忏悔、刚愎倔强、自尊自傲、自我放逐……勘破天道神性的虚妄，曹雪芹走向狂狷：老子的绝待，庄子的逍遥，自视为狂、为痴、为疯、为癫，为废物、为浪子、为顽石……胸中无状可怪之事，口欲语而莫可告语之处："蓄极积久，势不能遏，一旦见景生情，触目兴叹；夺他人酒杯，浇自己之垒块，诉心中之不平，感数奇于千载。"[2]所谓"傲骨如君世已奇，嶙峋更见此支离。醉余奋扫如椽笔，写出胸中块垒时"[3]也。

曹雪芹没有现代思想资源，以理气之学解释生命，把贾宝玉从大仁大恶分离出来，建构一种善恶兼秉、聪俊灵秀的价值人格，眼光是不俗的。但说到"在中华文化传统上，作为诗人、思想家，贾宝玉一方面是在继承古哲先贤的好东西，一方面却好像已孕育着近乎近现代的新的社会思想"[4]，就不免凌空。而又说贾宝玉"是一个降世过早的，时代尚未成熟的新人的典型，在朦胧的、不成熟的形式下，他孕育着日后全面发展的萌芽，孕育着必将最后成为新的阶级典型的胚胎。他是一个联系着过去和未来的典型，如脂砚斋说的'古今未有之一人'"[5]，就太蹈虚了。贾宝玉抑或曹雪芹与"近现代的新的社会思想"，与"新人的典型""新的阶级典型"没有关系。"其人素性放达，好饮，又善诗画，年未五旬而卒。"[6]穷困潦倒，书剑飘零，纯儒风格。敦诚回忆说："秋晓遇雪芹于槐园，风雨淋涔，朝寒袭袂。时主人未出，雪芹酒渴如狂。余因解佩刀

---

1 （明）张岱著，弥松颐校注：《陶庵梦忆》，西湖书社 1982 年版，第 123 页。

2 （明）李贽：《焚书 续焚书·杂说》，中华书局 1975 年版，第 97 页。

3 敦敏：《题芹圃画石》。

4 周汝昌、周伦苓：《红楼梦与中华文化》，工人出版社 1989 年版，第 116 页。

5 应必诚：《红学何为》，复旦大学出版社 2006 年版，第 8—9 页。

6 张宜泉：《伤芹溪居士》，载一粟编《古典文学研究资料汇编·红楼梦卷（一）》，中华书局 1964 年版，第 8 页。

沽酒而饮之。雪芹欢甚，作长歌以谢余。"[1] 这像是"初步民主主义思想、补天改革思想"[2] 吗？

1　敦诚:《佩刀质酒歌》，载一粟编《古典文学研究资料汇编·红楼梦卷（一）》，中华书局 1964 年版，第 1—2 页。

2　敦诚:《佩刀质酒歌》，载一粟编《古典文学研究资料汇编·红楼梦卷（一）》，中华书局 1964 年版，第 14 页。

第二节
镜与月

一、从大地山河到尘境自我

镜与月是第二组子意象，指涉性体。从情理看，月在天上，镜在眼前；月乃盈亏不常之相，镜乃主宾同一之物。月映苍穹，山河大地诗意涵泳；揽镜自审，则身貌不二瑕疵毕现。《红楼梦》以镜月影射幻境并规制大观园的诗酒生涯，深意存焉。

关于镜的解释，《说文》："取景之器也。"《释名》："镜，景也。言有光景也。"《玉篇》："鉴也。"采光，鉴照。"清水明镜，不可以形逃。"[1] 所谓影形鉴真。《述异记》："饶州俗传，轩辕氏铸镜于湖边，今有轩辕磨镜石。"镜与轩辕氏联系起来。《前汉·郊祀志》："人有言，古天子常以春解祠，祠黄帝用一枭破镜。"此"破镜"乃兽名，枭鸟食母，破镜食父，黄帝欲绝其类，使百吏用之祠祭以解罪求福。这就使镜意象融入褒贬世态、穷形彻骨、教化人心的伦理神秘意味。考古发现，四千年前的齐文化开始使用青铜镜，历经商、周、汉、唐、宋、元、明直到清代中晚期，青铜镜才为玻璃镜所替代。古镜一般是青铜镜，背面铸有精美的纹饰图案与古奥的铭文造型，既呈现较高工艺水平，又凝铸了文化审美观念，超越勘容饰貌，成为实体意象乃至题材。唐代王度著有

1　《前汉·韩安国传》。

《古镜记》，写一面古镜随日月昏明，能降妖除怪禳灾解难，隋亡前悲鸣失踪。将古镜与兴衰联系起来，隐约以史为鉴的观念。

古代有不少咏镜诗。梁简文帝《咏镜》年代最早："四铢恒在侧，谁言览镜稀？如冰不见水，似扇常含辉。金开玳瑁匣，并卷织成衣。脱入相如手，疑言赵璧归。"另一首《愁闺照镜》："别来憔悴久，他人怪容色。只有匣中镜，还持自相识。"萧纲是梁武帝之子，做了两年挂名皇帝，诗风"浮靡轻艳"。两首咏镜诗都是情场生计，矫情扭捏，哀怨作态。庾信《咏镜》："玉匣聊开镜，轻灰暂拭尘。光如一片水，影照两边人。月生无有桂，花开不逐春。试挂淮南竹，堪能见四邻。"这该是完璧了："无有桂""不逐春"，挂南竹，见四邻。多了澄澈明净之气。唐代张说《奉和圣制赐王公千秋镜应制》："月向天边下，花从日里生。不承悬象意，谁辨照心明？"涉言花月，邀宠意婉，心迹难明。骆宾王《咏镜》就高冷明亮多了："写月无芳桂，照日有花菱。不持光谢水，翻将影学冰。"李白《代美人愁镜》则添了美人迟暮感："明明金鹊镜，了了玉台前。拂拭交冰月，光辉何清圆。红颜老昨日，白发多去年。铅粉坐相误，照来空凄然。"杜甫、李益、罗邺、李群玉等都曾咏镜，之后各朝都不乏咏者。纵览则从香艳邀宠走出，渐近乎拂拭不染明心见性上来。

《红楼梦》的镜意象多以生活设施呈现。第五回宝玉入秦氏屋内，"案上设着武则天当日镜室中设的宝镜"；第九回宝玉入家塾前与黛玉辞别，"彼时黛玉在窗下对镜理妆"；第十七回贾政率众游园题额，怡红院就有一架玻璃镜；第二十回宝玉替麝月篦头，晴雯大加讥刺，宝玉与麝月"二人在镜内相视而笑"，随后宝玉去黛玉处见史湘云，坐在镜台边看二人梳洗；第二十五回林小红做梦，醒后对镜痴想；第三十四回黛玉题诗泪帕，揽镜自照，腮上通红，压倒桃花；第四十二回黛玉两鬓略松，进里间"对镜抿了两抿"……曲辞、诗作、酒令涉"镜"如第五回《枉凝眉》："一个是水中月，一个是镜中花"；《晚韶华》："镜里恩情，更那堪梦里功名。"或悲憾，或凄苦，都隐约了雅淡无痕的女儿风致和性感心理。宝玉有"四时即事"："窗明麝月开宫镜，室霭檀云品御香"，此是贵族公子悠闲的写照；饮酒诗"女儿喜，对镜晨妆颜色美"以及第三十八回探春《簪菊》："瓶供篱栽日日忙，折来休认镜中妆"，都写闺中女儿的娇美之态和疏狂之仪，无不氤氲着香闺秀帘内的性意识。而秦可卿房内的镜子是一个总摄提：

> 案上设着武则天当日镜室中设的宝镜。一边摆着赵飞燕立着舞的金盘，盘内盛着安禄山掷过伤了太真乳的木瓜。上面设着寿昌公主于含章殿下卧的宝榻，悬的是同昌公主制的连珠帐。宝玉含笑道："这里好。"秦氏笑道："我这屋子大约神仙也可以住得了。"说着，亲自展开了西子浣过的纱衾，移了红娘抱过的鸳枕。于是众奶姆伏侍宝玉卧好，款款散去，只留下袭人、晴雯、麝月、秋纹四个丫鬟为伴。秦氏便分咐小丫鬟们，好生在檐下看着猫儿打架。

露骨得不能再露骨了：从武则天导淫的宝镜到西施红娘偷情的旧物，一路铺陈下来，景物中嵌入典故，为宝玉与秦氏的性事铺叙了特定的情境。我们完全可以说这是以隋炀帝镜室行淫为原型复制的一个场景。镜子已成为性或性爱的喻词，其导淫宣欲功用体现着深刻的人性本质。唐代韩偓《迷楼记》《海山记》及杜宝《大业拾遗记》均载，隋炀帝荒淫至极。有个名叫上官时的人送上乌铜屏 36 面，均高 5 尺、宽 3 尺，磨以为镜，围成屏风，环置于寝所。炀帝移置迷楼御女，淫状历历，竟大喜不禁曰："绘画得其像耳，此得人之真容也，胜绘画万倍矣。"清代村愚《明朝轶文拾零·荒淫的宣德皇帝》载：朱瞻基辟一镜室，四壁及天花板、地板均嵌满铜镜，室内供奉欢喜佛挂春宫画，与妃嫔为乐形影相照。1979 年淄博窝托村出土一件长 115.1 厘米、宽 57.7 厘米的长方形铜镜，迄今唯一的镜屏实物，隋炀帝的迷楼和明宣宗的镜室所用当即此类铜镜编组。皇帝淫乐宣示着特权和丑恶，却也见出人性，一如弗洛伊德所示：性、性意识、情欲狂之类若不能合理疏导，它就会转移升华，以特定方式发泄出来；神性、诗意、道德、日常，无不隐约性意识。因此跛足道人从太虚幻境搞了一面风月宝鉴，与贾瑞鉴照，儒家伦理也才几近残酷地制定了那么多道德训诫，惜哉污滥子弟只照正面不照反面，殒命枯骨，毁家灭族，上演了一幕幕惨剧。

宣淫导欲的隐约文化心理必然导致制贪禁欲的道德反射义域，风月宝鉴遂有了反面。倡导情而禁制欲，俾性畅想、性冲动疏导为情、为德、为礼乃至为圣，就成为古往今来贤哲仁人崇奉的目标，镜子的文化功能也随之发生变化。《神异经》："昔有夫妇相别，破镜各执其半。后妻与人通，镜化鹊飞至夫前。后人铸镜，背为鹊形，自此始也。"即半镜的最早记载。《太平广记·气义》：

> 陈太子舍人徐德言之妻，后主叔宝之妹，封"乐昌公主"……方属时乱，恐不相保，谓其妻曰："以君之才容，国亡必入权豪之家，斯永绝矣。倘情缘未断，犹冀相见，宜有以信之。"乃破一镜，各执其半，约曰："他日必以正月望，卖于都市……"及陈亡，其妻果入越公杨素之家，宠嬖殊厚。德言流离辛苦，仅能至京，遂以正月望访于都市，有苍头卖半镜者……德言直引至其居，予食，具言其故，出半镜以合之，乃题诗曰："镜与人俱去，镜归人不归。无复嫦娥影，空留明月辉。"陈氏得诗，涕泣不食。素知之，怆然改容。即召德言，还其妻。

此是镜与爱的美丽传说，可考据其实。1958年洛阳烧沟发掘的第38号夫妻异穴合葬战国墓，两棺各出半面素镜，断痕吻合。1975年西安北郊1号汉墓夫妻棺前各置半面连弧纹镜，合而全璧。1986年安徽淮南市下陈村东汉古墓的昭明镜仅存半面。半镜随葬昭示了夫妻无法割舍的情爱，其超越时空的人格意义为镜意象升华为月意象提交了伦理基础和心理联系。

墨子首言"君子不镜于水而镜于人"。唐太宗佟言以人为镜可以明得失。都是以镜为喻，强调为人或为政的操行，镜意象就含摄了知兴替、明得失的广大文化义域。佛家标举鉴真明心，圆明镜智，同样是以镜喻最高智慧。蓂生一叶《念佛镜序》：

夫念佛三昧如明镜照万象。八万四千其犹影像。三乘五乘从是得入。谅是海藏之至要。趣道之妙门。如守母以识子。得本而知末。提纲而孔孔皆动。牵衣而缕缕俱来矣。所以华严譬如以狮子筋为琴弦。音声一奏。一切余弦悉皆断坏矣。世有一般师。轻蔑弥陀偏劝菩萨。令持陀罗尼修禅定。是错之甚者乎。西方之外别无观音之土。九品来应悉擎莲台。形象妙观说是心是佛。是故百丈智觉等皆开张净土。均劝念佛。言积于万卷。书满于海内。特可备于轻蔑者之金錍者。其惟二师之念佛镜乎。门分十一导于万机。疑立二三荡于群惑。可谓浇世念佛之宝镜四辈安神之华屋者也。[1]

莫生一叶讲，念佛是海藏之至要、趣道之妙门，持佛名号可得本而知末，似守母以识子。他比喻说：念佛之为宝镜，八万四千尘影俱入，三乘五乘法门通摄，亦当"提纲而孔孔皆动。牵衣而缕缕俱来"，所谓"导于万机""荡于群惑"，从而澄澈人心底里、朗照乾坤万象。故曰：宝镜者，净土念佛也。

我重视镜意象。念佛如鉴镜，持摄众念归于一念。人性恰如万象尘影，众机群惑，五阴六入四谛三毒扰心，世人竟以为本性——正像镜子的正背面：正面呈示尘影梦幻的假我，背面隐藏的才是真性。佛性如镜面，蒙尘既久真性暗昧，就会烦恼丛生心垢暗结，唯勤依三宝念佛持戒，才能明心见性。念佛持镜，观心鉴照，心无挂碍方能悟真，心地澄明乃可体道。镜意象于此走向宣淫导欲的反面，变成假我真性的临界，圣俗之门槛。我们不是看到太虚幻境的那座牌坊了吗？

二、太虚幻境与镜意象、月意象

周汝昌先生讲："从多方面思索一下，便会发现：中华语文的'太虚'，与虚幻、虚妄、虚假……毫无交涉。太虚本义即是最极广大、无

---

1 《念佛镜序》，清宁五稔岁次己亥孟秋月莫生一叶记。

以名状的空间——亦即今日科学术语依然承用的'太空'。亦即俗言口语中的'天'或'天空'。"[1]他还以《太平广记》西岳华山女神庙"太虚……西王母"（中间冗长的封号名衔字样从略）的记载，与北京东岳庙的建筑布局（门外牌坊，庙内有"七十二司"，有正殿、旁殿、后宫……有一百零八位侍女塑像，出于元代名手）对举考察，推定警幻仙姑的原型是西岳太虚王母，太虚幻境即模拟北京的东岳庙。"总起来说，太虚幻境者，是指最广大的'情'之境界，从入梦境者直到警幻仙姑、四仙姑、十二舞伎……所有'境'中人，皆是天下多情薄命之情种的情痴。"[2]

历史资料和实地模型两方面的考察的确具有发生学意义，如果构成曹雪芹设计太虚幻境的现实模本或建筑方案，都是完全可能的，而且会影响到太虚幻境的文化命义。周先生讲：太虚幻境就是一个"情"境，天下情痴情种薄命女子的归宿或渊薮。但我还是认为，太虚幻境是一个意象，一个影现盛筵悲喜和爱欲原型的象征性境界，一面搜魂摄魄呈示人性本质，尽善尽美表述兼美理想的镜子，一轮朗照乾坤、明彻心性的月亮。太虚幻境的意义在虚不在实，在于文化哲学甚至佛学命义，而不在其建筑摹本。白居易《以镜赠别》："人言似明月，我道胜明月。明月非不明，一年十二缺。岂知玉匣里，如水长澄澈。月破天暗时，圆明独不歇。"可以说，白居易送给友人的就是在镜与月之间的"风月宝鉴"。他告诫友人：真性自我远胜于运道天数，光明心地必有敞亮之途，要在善自珍重，不惑于世道人心。太虚幻境即镜与月二而一也，属性体境界。《念佛镜序》所宣真性自我与尘影梦幻，既可譬喻风月宝鉴镜鉴人性的正背面，亦可表述太虚境哲学命义的正反面。从人性看，正面即人性本质的尘影梦幻，背面即剥离掉尘影梦幻的真性自我。本来，真性自我弥漫鸿蒙太空，似一轮久持彻照的明月，但在贾瑞那里就枯槁为一具骷髅。赵朴初祭悼弘一法师："无数珍奇媚世眼，一轮明月耀天心。"这才是真性自我，这才是明月大道，两者是同一的。只有那些被珍奇铸

1　周汝昌：《红楼夺目红》，作家出版社 2003 年版，第 22 页。

2　周汝昌：《红楼夺目红》，作家出版社 2003 年版，第 23 页。

死、被欲望榨干的灵魂才骷髅般可怖。从幻境看，既是一个性体之境，也是一个存在境相。我们从阅册、听曲、品茗、云雨的节奏看到圣性和诗意滑落的人性逻辑，更看到从天道、伦理、诗性与人性兼美的乐境来建构存在的价值路径。下面我们试从镜与月推衍和叠映探讨一下太虚幻境的人性价值及文化命义。

幻境第一层命义是一组隐喻宿命的册籍和图谶，却是道体层面存在实相的开示。宝玉虽未悟，毕竟看到众女儿的命运和结局，即镜之反面：各自不同的宿命由于情欲走向大抵相同的结局，这里的"情"是作为负面价值被指认为悲剧原因的。警幻仙姑那番"知情更淫"论可证之：

> 尘世中多少富贵之家，那些绿窗风月，绣阁烟霞，皆被那些淫污纨绔与流荡女子玷辱了；更可恨者，自古来，多少轻薄浪子，皆以"好色不淫"为解，又以"情而不淫"作案，此皆饰非掩丑之语耳：好色即淫，知情更淫。是以巫山之会，云雨之欢，皆由既悦其色、复恋其情所致。

她是说：人性本质就是一个"欲"字，情只是饰非掩丑之词耳。所谓知情更淫，是说那些以情饰欲的人更懂得淫之为本，更容易假上着假，淫中搜淫。在他们那里，情只是一种机巧虚应的托词。所以巫山之会、云雨之欢都是色欲，是饰情而真淫。为了强调人欲本质的深刻性，警幻还大讲特讲了一番"意淫"的道理：

> 如世之好淫者，不过悦容貌，喜歌舞，调笑无厌，云雨无时，恨不能天下之美女供我片时之趣兴：此皆皮肤滥淫之蠢物耳。如尔则天份中生成一段痴情，吾辈推之为"意淫"。唯"意淫"二字，可心会而不可口传，可神通而不能语达。汝今独得此二字，在闺阁中虽可为良友，却于世道中未免迂阔怪诡，百口嘲谤，万目睚眦。今既遇尔祖宁荣二公剖腹深嘱，吾不忍子独为我闺阁增光而见弃于世道，故引子前来，醉以美酒，沁以仙茗，警以妙趣，再将吾妹一人，乳名兼美表字可卿者，许配与汝。今夕良时，即可成姻：不过

令汝领略此仙闺幻境之风光尚然如此，何况尘世之情景呢。从今后，万万解释，改悟前情，留意于孔孟之间，委身于经济之道。

警幻仙姑的意思是：（1）宝玉乃意淫，一种象征性的爱欲，"可心会而不可口传，可神通而不能语达"，与皮肉滥淫不同。问题是为什么宝玉是意淫，他人就是滥淫呢？警幻仙姑说是"天份中生成一段痴情"，是天性，非人意。就像问为什么月亮可以圆缺人却不可以复生，是一个本体性命题。人性之暗昧本源于天道的晦明，人自己是无能为力的。（2）以仙闺风光现身说法，开示人性本质，使宝玉警悟情即淫。这句话非常关键："不过令汝领略此仙闺幻境之风光尚然如此，何况尘世之情景呢。"她是说仙闺风光与尘世男女差不多，神性、诗意、人欲是同一性的。反面看来，又隐喻这样的旨趣：天道晦明虽非人力，但明月大道与自性光明同体，不同品格可同波不可共饮。每个人都是从宿命分疏出来，回归自性而去，故有不同的结局。所谓存在的实相。

幻境的第二层命义是性体层面的妙境，从诗酒美乐展现人性。阅册后听曲：神仙之乐，抽思离魂，妙不可言。品茗与之相应：千红一窟，万艳同杯，近乎魔魔。这不是赤瑕宫吗？花魂鸟魂共度，梦幻与尘影同伦：一个情礼相兼，才美相映，歌舞相谐，爱欲相得的妙境！然而，玄妙曲文不再是图谶和册籍，已经装填了伦理教训。听曲与品茗是一个过渡：月影留痕，镜鉴蒙尘，一种暧昧迷离的浑沌性境，人间殊无、仙界亦难求之大畅快、大自由、大解放。"更可骇者，早有一位仙姬在内，其鲜艳妩媚，大似宝钗；袅娜风流，又如黛玉"——

那宝玉恍恍惚惚，依着警幻所嘱，未免做起儿女的事来，也难以尽述。至次日，便柔情缱绻，软语温存，与可卿难解难分。因二人携手出去游玩之时，忽然至一个所在，但见荆榛遍地，狼虎同行，迎面一道黑溪阻路，并无桥梁可通。正在犹豫之间，忽见警幻从后追来，说道："快休前进，作速回头要紧！"宝玉忙止步问道："此系何处？"警幻道："此乃迷津，深有万丈，遥亘千里，中无舟楫可通，只有一个木筏，乃木居士掌柁，灰侍者撑篙，不受金银之谢，但遇有缘者渡之。尔今偶游至此，设如坠入其中，便深负我从前谆谆警戒之语了。"话犹未了，只听迷津内响如雷声，有许多夜叉海鬼，将宝玉拖将下去，吓得宝玉汗下如雨，一面失声喊叫："可卿救我！"

此非风月宝鉴之正面欤？其背面——兼美逻辑及人性之必然已现，听曲品茗很快滑入云雨。当他蘸沐着高天明月、沉溺于诗酒美乐、恍惚了木石因缘的当儿，人欲将他拿下：他正在与秦氏乱伦。不亦贾瑞乎？这里有个怪诞的逻辑：诗酒美乐在警情圣意诱引下坠入淫滥。不是情教兼美吗？怎么变成乱伦！贾宝玉坠入的不是险滩，而是迷津，存在迷思发酵了的补天大梦；迷失的亦非生命，而是自性，是与明月大道相违已久的顽石本性！贾宝玉不明白，明月大道与诗酒美乐、真性自我与圣意眷宠，孰与真假？天道与伦理、诗性和人性如何兼美！幻境的深义在于：曹雪芹将兼美的伦理风光与乱伦的人性事实叠合，呈示其间的同一性，幻境叙事就从灵与肉、情与礼提升到真与假的范畴。

第三层命义是情的播演，顽石神性与潇湘诗意结缘，木石前盟衍化出兼美情教理想。太虚幻境没有月的描写，但作为一面"天仙宝镜"，就在镜与月之间推衍；整个太虚幻境犹如一轮皎月浮沉于宇宙苍穹。琼楼玉宇，美姬仙姑，三生石和灵霄殿的融入就是镜与月叠映，标志着诗性的情与圣意的礼同一于神瑛侍者。神瑛侍者是太虚幻境唯一的男性，迥非射日的后羿，亦非伐桂的吴刚，但他以浇灌之恩缔结木石之缘，获得潇湘诗情，心性灼灼、气宇朗朗，是明镜飞天的气象。太虚幻境却非止三生石畔的仙缘，还包括灵霄殿转承荣、宁二公的圣意，将高天明月的大道之行勾兑为挂号结缘的共业感召，从而"勾出多少风流冤家都要下凡"的规模性效应，将暧昧的神性、迷离诗意潆漫为混沌了云和月的人间风情，就是那场歌诗盛会，梦幻尘境。如果说神瑛之品格是镜鉴之高朗，幻境之兼美，那么两相叠映就是月象之晦明。衍入四重节奏，兼美情教就进入人性与伦理的奔竞。荣、宁二公的诉求改变了贾宝玉的价值路径：迷惑于幻境兼美，迷失了三生石畔的约定，抛木石于殿外，于镜与月之间留下一段天上人间的不了之情。这不就是舜与二妃的那段"哲学距离"吗？我们能看到宝、黛情爱的顽强表现，每每是一僧一道亲自出马耳提面命，试图将木石前盟提升到金玉良缘的边侧，成为兼美理想的另一翼，可是他们不仅阻绝于伦理，而且断裂于此岸。相寻相觅奔赴这段"哲学距离"的神瑛与绛珠，究竟断裂在哪里呢？

　　一个是阆苑仙葩，一个是美玉无瑕。若说没奇缘，今生偏又遇着他；若说有奇缘，如何心事终虚化？一个枉自嗟呀，一个空劳牵挂。一个水中月，一个镜中花。想眼中能有多少泪珠儿，怎禁得秋流到冬尽，春流到夏！

太虚幻境聚形摄魄，将这段"天份中生成的痴情"以及五内郁结的"缠绵不尽之意"强调到饮血泣泪的地步，这就使得镜与月的叠映扑朔迷离，泪雾蒙蒙。贾宝玉当如何处置这段距离、如何打理这段痴情呢？这便是幻境的第三层命义。

三、月与镜：甄宝玉及兼美图式

太虚幻境就是一个性体境界。皎洁澄澈、圆明无碍的月意象正是由镜意象推衍出来的兼美理想的图示。

在中华文化中，月象征大道，呈示着亘古不昧的宇宙感。请看李白《把酒问月》："今人不见古时月，今月曾经照古人。古人今人若流水，共看明月皆如此。"在说不变。王昌龄《出塞》："秦时明月汉时关，万里长征人未还。但使龙城飞将在，不教胡马度阴山。"又在说变。秦时明月照临汉时关：一代一代人都没了，守疆保土、捍卫家园的决心和意义还不变吗？张若虚的《春江花月夜》则以明月大道的变与不变启迪我们，人必须于时间流逝的空茫中把握一种真实具体的价值。

首先是春江连海，明月共潮，千里万里的大境界、大气象之领承。一种天人合一。但是人不能驻心于此，而应面对生命存在的短暂而具体："江流宛转绕芳甸，月照花林皆似霰。空里流霜不觉飞，汀上白沙看不见。"明月大道不仅照人而且弄人：绕芳甸，遮花林，速流霜之飞逝，掩白沙以不见。宇宙愈广大，明月愈久远，人就愈渺小。宇宙的无限和永恒转化为人的有限性和具体性之反身自承："江天一色无纤尘，皎皎空中孤月轮。"人的一生是那么孤独和有限，一如徐增所言："人生人死，人死人生，相代而来，无有穷止，并不见一个古人。月圆而缺，月缺而圆，年年相望，只自如此，从无有两样明月。人哪里及得月之长在！"[1]所以人须淡定，"抱明月而长终"[2]只是一个遥不可及的梦。只有返回当下，自尽其意，愁就是一种人的清醒。

"谁家今夜扁舟子？何处相思明月楼？可怜楼上月裴回，应照离人妆镜台。"从明月江天的仰望到青枫浦上的伫立，再回到妆镜台，情的无托回敛为愁的滋味，相思相望就成为人的诗意方式。这不是舜与二妃那段"哲学距离"吗？奔赴的阻碍成就着思念和向往的空间，人的梦幻诗情就留下地步："玉户帘中卷不去，捣衣砧上拂还来"，这是相与俱去不离不弃的眷恋；"鸿雁长飞光不度，鱼龙潜跃水成纹"，这是孤独生命不依不住的内心躁动；"昨夜闲潭梦落花，可怜春半不还家"，生命的易逝导致家园和归宿的焦虑；"江水流春去欲尽，江潭落月复西斜"，又是青春不挽物是人非的悲默和忧伤，所谓伤春惜时。"斜月沉沉藏海雾，碣石潇湘无限路"，归来的路重重阻隔，思念的人却迟迟未归。任随那明月大道运化自在，人只能诗意地孤独："不知乘月几人归，落月摇情满江树"，这就是生命，这就是存在。

月华普照，弥满乾坤。回归诗意，月意象的空茫和渺然就转化为人与镜的孤独相守，形影不弃。"月出皎兮，佼人僚兮。"[3]孤独之人，伫立于月华流照，她在美丽中等待也在等待中美丽。"春江花月夜"："月"乃是"春江花月夜"之魂，弥伦天地，临照万物，亦即大道。"江"是

1　徐增：《而庵说唐诗》卷四。

2　（宋）苏轼著，孔凡礼点校：《苏轼文集（一）·赤壁赋》，中华书局 2004 年版，第6 页。

3　周振甫译注：《诗经译注·月出》，中华书局 2010 年版，第 183 页。

月下之江，波光潋滟，通体透明，望之仿佛一帘时间的浮桥，涌溢着光的洪流。"花"亦是月下之花，迥异于天日朗照姹紫嫣红，而是"月照花林皆似霰"，小雪珠一般，呈现出朦胧、迷离、奇幻之美。月华流照，纤尘不染，江天一色，神清气爽。"人"就是月中之人了！没有多情而恼人的月的撩拨，哪有月中之人的柔情缱绻离愁别绪？月与人从空间意义分开，又从诗的意义融合：月是人的鉴镜，人成为宇宙精灵；溶溶脉脉的"春江花月夜"濡染了情思梦幻，"炼成一片奇光，分合不得"，又冰清玉洁。[1] 诗人"以追光蹑影之笔，写通天尽人之怀"[2]，说尽人生之美乐，写尽存在之凄美，影射了天人合一的诗意人生，一种万象自在、玲珑凑泊的诗意境界。

我们以此来解读太虚幻境的第三层寓意：由镜而月的转换乃是存在实相的领悟到人性本质的把握，其终极是兼美幻灭的历史逻辑的领悟。镜意象第一、二层是道体和性体的呈现，作为兼美理想的前提，镜与月的佛学旨趣是曹雪芹的起步，而不是《红楼梦》的终极意义。如果说镜是一个重要关目数次出现在重大转接处，呈示道体的容与和衍变，诸如跛足道人持镜救贾瑞，刘姥姥醉照怡红院，贾宝玉对镜病游魂，元妃持镜祛心魔，都是空间变幻提示道体对于人的警策；那么月就是一个意境，一个时间意象，始终穿插于《红楼梦》的情节叙述，诸如开篇贾雨村望月吟诗，元宵节贾府赏灯（没有出现月意象，但元宵节是月亮之节），中秋节贾母听箫，黛、湘联诗以及王熙凤月夜遇鬼魂，都是时间意义的情境变化和性体颓堕，无不宣谕着家族命运的消长盛衰。镜与月的关合和叠映寄寓了曹雪芹对于天道宿命的思考和悲默。

第一次出现镜意象是第五回贾宝玉梦游。太虚幻境就是一面镜子，但以宝玉进入秦氏房中看到据说当年设于武则天镜室中的那面"宝镜"为核心衍展开来，功能就是导淫，就是宝玉与秦氏淫乱的明示性符号，它悬设于宁府与幻境临界处，悬设于情欲与道德、品格与伦理、人性与

---

[1] 钟惺：《唐诗归》卷六。

[2] 宗白华：《美学散步·中国艺术意境之诞生》，上海人民出版社 1981 年版，第 71 页。

天道的暧昧处，以亲情诗意为掩护，象征太虚幻境亦诗亦礼、亦情亦淫、亦美亦乐的圆明性境，所谓风月宝鉴，成为统摄全部《红楼梦》的一个总意象。

第十二回贾瑞"正照"就是太虚幻境这个总意象的二次分派，它直接衍化为风月宝鉴：

> ……从褡裢中取出个正面反面皆可照人的镜子来——背上錾着"风月宝鉴"四个字——递与贾瑞道："这物出自太虚幻境空灵殿上，警幻仙子所制，专治邪思妄动之症，有济世保生之功。所以带他到世上来，单与那些聪明俊秀、风雅王孙等照看。千万不可照正面，只照背面，要紧，要紧！三日后我来收取，管叫你病好。"

性体之镜亦诗亦礼、亦情亦淫、亦美亦乐，可谓圆明无碍，此时却分裂为两面：反面是一具骷髅，正面却是凤姐站在里面点手叫他。显然：反面显示着存在的实相——红颜无非枯骨。正面却是人性的本质：情爱无非一欲。我们看：太虚幻境的正面恰好是贾瑞这里的正面，见一淫字，诗酒美乐的人性本质，是警幻训诫意淫的道具；其反面也就是这里的反面，见一死字：从品茗滑入云雨正是太虚幻境的价值前景，宣淫导欲，家败人亡，是跛足道人训示滥淫的戒镜，旨在勘破存在实相。从太虚幻境的乐境到贾瑞的苦境，曹雪芹在展开兼美理想的同时幻示红颜只是枯骨，保命唯有制淫的佛学理趣。曹雪芹已经入势：于诗礼相偕、情欲相济、才美相兼、灵肉相得的美乐之境中投注了死亡阴影。也就是说，曹雪芹推出兼美理想的同时明白地告诉读者：这个方案并不能拯救世道，相反足以坏人性命。惜哉世人多贾瑞，照正不照反，顺着兼美理想的殊胜风光看下去，认定《红楼梦》的主题就是歌颂爱情、宣扬理想，把曹雪芹认定为初步民主主义思想家，真令曹雪芹哭笑不得。在明清之际天道颓堕的历史关节处，制贪制欲成为曹雪芹的伤心处。人欲泛滥，贪腐成阵，我们尤其不难理解这份良苦用心！

镜意象第三次出现在"试才题对额"，大观园正殿玉石牌坊，众人道："必是'蓬莱仙境'方妙。"贾宝玉心有所动，哪里见过的一般，却一时想不起哪年哪日的事了。读者明白就是太虚幻境。这面穿视人性本质和存在实相的佛镜正在进入世尘，幻化为人间乐境大观园，进而现形为怡红院那面玻璃镜。也是在第十七回，贾政进入怡红院：

> 未到两层，便都迷了旧路，左瞧也有门可通，右瞧也有窗隔断，及到跟前，又被一架书挡住。回头又有窗纱明透门径。及至门前，忽见迎面也进来了一起人，与自己的形相一样，却是一架大玻璃镜。转过镜去，一发见门多了。

陈设的豪奢、布局的迷乱反映居室主人的情趣和身份，自不消说，重要的是，我们可以理解为，这是太虚幻境的聚形摄魄，是镜月合璧。第二十六回贾芸拜谒，"只见金碧辉煌，文章闪烁，却看不见宝玉在那里。一回头，只见左边立着一架大穿衣镜，从镜后转出两个一对儿十五六岁的丫头来"。从贾芸眼中看宝玉居室的豪华和排场，反衬贾芸的寒酸微贱。一架穿衣镜，将室内与室外隔成两个世界，但是，曹雪芹的意趣并不在此，而在于这面镜子两次接受的纯粹雅人和纯粹俗人的检阅，就是前面贾政"巡礼"，后面刘姥姥"醉照"。暧昧于此间的幻境第三层意义即贾芸看到的："文章闪烁"言诗，"金碧辉煌"言礼，都是正面播演。加之怡红门侧蕉棠两植的着意陪衬，我们完全可以意会：这面镜子象征着大观园诗礼相偕、情欲相济、才美相兼、灵肉相得的人间美乐。镜前镜后发生的事件可以揣测，着意而不经意的就有宝玉与麝月同浴、与晴雯画眉、群芳夜宴，从而太虚幻境的天国盛筵隔开一个内帏就成为纵欲行乐的镜室。所谓诗礼相偕、情欲相济、才美相兼、灵肉相得，亦不过一个"淫"字。这就是继贾政巡礼之后刘姥姥又检阅的根本原因。违逆伦理训诫的意趣就在于社稷天下的玩忽，忘失了伦理规范，混淆了诗礼、情欲、才美、灵肉之后，贾宝玉事实上已忘失神瑛侍者的神性，迷失了通灵顽石的本性，成为一个仿人，这就是第五十六回的甄府魂游：与大观园相仿的花园，与鸳、紫、平、袭相像的丫鬟，与怡红院相类的院落，房间里一个少年也卧着叹气，说是梦见了另一个宝玉。两个宝玉相见，惊喜交加，宝玉大声叫着"宝玉"被袭人推醒。袭人说："那是你梦迷了。你揉眼细瞧，是镜子里照的你影儿。"宝玉一看，"原是那嵌的大镜对面相照"，自己也笑了。镜子在这里已超越兼美象征寓意，幻示着贾宝玉为声色货利所迷走失真性的人性必然，成为后来失玉的预演。

甄宝玉乃是贾宝玉的幻相，根本无须坐实了考查，第一百十五回之前完全与贾宝玉重叠，犹如镜子的正背面，是二而一的事。紫鹃是黛玉身边人，都妄想："可惜林姑娘死了！若不死时，就将那甄宝玉配了他，只怕他也是愿意的。"可见相似之深！遗憾的是他们走上完全相反的人生道路。第一百十五回贾宝玉会见甄宝玉，深谈了半日竟冰炭不投！贾宝玉回到房中，也不言，也不笑，只管发怔。"相貌倒还是一样的，只是言谈间看起来，并不知道什么，不过也是个禄蠹。"他愤懑地说："他说了半天，并没个明心见性之谈，不过说些什么'文章经济'，又说什么'为忠为孝'。这样人可不是个禄蠹么？只可惜他也生了这样一个相貌！我想来有了他，我竟要连我这个相貌都不要了！"遂此弃绝尘寰。可见，甄宝玉犹如一面"镜子"，不仅照见"二玉"人品心性的深刻差异，而且照亮贾宝玉价值途程中的暗昧程度和迷失状况；他们事实上构成存在之镜的正背面。当然红尘迷失的不仅贾宝玉；他还是明了心、见了性，回归了顽石自性。更有贾雨村、贾兰，探春、宝钗、袭人乃至夫人老爷们，大昧真性浑然不觉，大似那"一桌破镜"，将兼美噬尽。滔滔人欲冲灭所有神性诗意，人的存在成为势利场中的卑劣者。人，只能堕落；人性中抽绎的情、才、诗、酒，没有一样是可以自足自立的，要么回归生殖，要么回归顽石，就成为人之于世的二难选择。

四、月意象、贾宝玉及顽石真性

镜意象幻示人性真我的迷失，与月意象作为存在之镜的朦胧和迷离有着内在同一：贾宝玉梦见甄宝玉在睡觉，梦中的甄宝玉也梦见贾宝玉在睡觉；毫无疑问，那个进入甄宝玉梦中的贾宝玉又做着甄宝玉的梦，恰似对面设镜，人成为镜中影像，影像又显现于人的幻梦之中，如是循环下去，无住无止，就是庄周梦蝶式的物我两忘。这里的逻辑困境是我与物、真与假、有与无的悖论。柏拉图—苏格拉底悖论正是这样：

柏拉图：下面苏格拉底说的话是假的。

苏格拉底：柏拉图说了真话！

假如柏拉图说的是真的，苏格拉底说的就是假的；假如苏格拉底说的是假的，则柏拉图说的又成了假的。一旦柏拉图说的是假的，则苏格拉底说的又是真的。而承认苏格拉底为真就必须承认柏拉图为真。一切又从头开始，再无穷重复循环下去。两句话都没有谈到它自身，但不断干预彼此的真实性，以致根本无法判断它们的真假。

《红楼梦》进入真假有无范畴的真性思辨正是这样：如果以顽石真性为人的真我，甄宝玉的世俗回归就是假我；但是甄宝玉的世俗假我又是贾宝玉真性自我的鉴照和完形。如果认定甄宝玉是贾宝玉真性自我的鉴照和完形，贾宝玉这块顽石就意味着离却神意真性，只是一具躯壳。我们必须承认贾宝玉的顽石自性是人的真性同时必须承认甄宝玉完形和鉴照者的确是人的真性，才能认证甄宝玉的世俗人生乃是贾宝玉躯壳的凑泊。问题出在二元对立的思维方式。自他不二、物我同一，乃是镜意象的最高命义，也是月意象所映现的天道本源性。所以贾宝玉第一次梦游太虚幻境见到一副对联"假作真时真亦假，无为有处有还无"。第二次就变了，"假去真来真胜假，无原有是有非无"。设若幻境只是人间世的一面镜子，可以鉴照风月美浓，人间世又何尝不是幻境影像的落实?! 天即人，人即天，石即玉，玉亦即石，二而一也。推而知之：诗即礼，情即欲，才即美，灵即肉。只是人在那里分别真假有无罢了。所以，贾府纨绔的颓堕无不从蠢愚无文开始，大观园儿女被污陷总以斟情酌意而端倪，有才即知美乐，泛灵即是纵欲。彻悟人性本质和存在实相后的贾宝玉事实上认同了世俗，撒手而去也只是汇入民间流落大野，正是红学家执着贾宝玉出了家又还俗续娶史湘云的探佚成果所由也。去分别，不二致，齐生死，等得失，圆融无碍，镜底磨光。贾宝玉去了，甄宝玉来了，顽石真性走失，美玉完璧归来，即"甄宝玉送玉"。千古一轮明月，皎洁不伦，明光不败，岂论阴晴圆缺？万川无边风月，似假还真，若有还无，诳言天上人间！

曹雪芹以月意象喻指《红楼梦》的价值理想和空间体系，有着超越法我两执的佛学旨趣。从价值建构看，太虚幻境含蕴天道与伦理、神性与诗意、情与淫等价值命题，是一些原儒幻梦。在大观园的鼎盛时期，贾府伦理光风霁月、白雪红梅，真乃是人间诗境旷古圣境。以薛宝琴一干人的到来为标志，名士不拒风流，大雅能容大俗，连苟活于最底层、连名姓父母都忘了的香菱也来学诗，人际唯有亲情，盛筵只论诗雅，尧天舜日，月明中天。神瑛侍者变成绛洞花王，贾宝玉只在护花，虽锦衣玉食，恰颜回再世，处女儿堆里却无情私爱欲，只一片赤子之诚。将大观园仅理解为女儿世界是不恰切的；一如将太虚幻境理解为神瑛侍者的栖止之所，不免冬烘之嫌。如前面所述，道体观念或佛学理趣都主张万法唯心，一点灵明幻化三千大千世界，所谓幻空托有。大荒山是顽石灵性幻化的道体之域，太虚幻境是神瑛侍者的真性之境，那么大观园是女儿的诗之国，贾府就是世俗男女的情私爱欲之地——中国文化就是本体与主体、主体与客体。[1] 用月意象概括太虚幻境的哲学构式，不仅体现着诗酒美乐同一的理想，尤其是曹雪芹圆明自性的幻现。太虚幻境的兼美幻梦之所以激动人心，是因为它概括了中国士大夫呼号奔走上下求索的历史境遇：从香草美人的价值追求到"妾身未分明"的身份追问，直到阴森鬼叹、明月沧桑，拯救与被拯救的关系彻底颠覆，求知音、觅真性、奔赴人间真情的诗意情怀逝尽，只留下宿命思想。

从文学理念看，它指涉及诗与史的观念及民歌、传奇、小说、诗歌诸体式，涵摄诗经汉赋以来正统文化的闲雅之趣和中和之美，体现天人合一的根本文化精神。"空山新雨后，天气晚来秋。明月松间照，清泉石上流。竹喧归浣女，莲动下渔舟。随意春芳歇，王孙自可留。"[2] 这是

1　读者可参见本书第二章的相关论述。

2　王维：《山居秋暝》，载中国社会科学院文学研究所编《唐诗选（上）》，人民文学出版社1978年版，第110页。

一幅多么闲雅幽净充满生机的图画啊！吟风弄月不仅是闲情和雅怀，更是旷达自适、清幽宁静的天地人生况味。没有后世文人息机闭关的死寂和空虚，时间与空间融洽着，季节与生命鲜活生动又安然自在，随意春芳歇的自然节律氤氲着任运自在的主体态度，洋溢着诗人与自然的亲切以及身心安顿于天地之间的欣慰，真可谓旷达空灵、飘逸闲适。到了苏轼情境就有变，"月出于东山之上，徘徊于斗牛之间"[1]，举首时，萦怀的不再是故乡明月，而是远在他乡的亲人或知己，更多宇宙人生之喟叹及人生苦短之怀思。曾经的团圆之月，如今缺而不圆、残月如钩，所谓"月有阴晴圆缺，人有悲欢离合，此事古难全"[2]。此与李白就大为不同。"床前明月光，疑是地上霜，举头望明月，低头思故乡。"[3]这是说出来的乡愁，故乡就在举头低头之间，床前吟怀之际。"我寄愁心与明月，随风直到夜郎西。""孤灯不明思欲绝，卷帏望月空长叹。"[4]思人之作寂寞到这样："花间一壶酒，独酌无相亲。举杯邀明月，对影成三人。"[5]犹不乏"月下飞天镜，云生结海楼。仍怜故乡水，万里送行舟"[6]的飘逸之思和深挚之念。而那种"露从今夜白，月是故乡明"，"今夜鄜州月，闺中只独看"[7]式的具体而明晰的羁旅远人之思，那种"海上生明月，天涯共此时"[8]的雄迈自负，那种"此时相望不相闻，愿逐月华流照君"[9]的诗意

1　（宋）苏轼著，孔凡礼点校：《苏轼文集（一）·赤壁赋》，中华书局 2004 年版，第 6 页。

2　孔凡礼、刘尚荣选注：《苏轼诗词选》，中华书局 2005 年版，第 235 页。

3　李白：《静月思》，载中国社会科学院文学研究所编《唐诗选（上）》，人民文学出版社 1978 年版，第 156 页。

4　李白：《闻王昌龄左迁龙标遥有此寄》及《长相思》，载中国社会科学院文学研究所编《唐诗选（上）》，人民文学出版社 1978 年版，第 165、148 页。

5　李白：《月下独酌》及《渡荆门送别》，载中国社会科学院文学研究所编《唐诗选（上）》，人民文学出版社 1978 年版，第 188 页。

6　朱东润主编：《中国历代文学作品选》，上海古籍出版社 1980 年版，第 85 页。

7　杜甫：《月夜忆舍弟》）及《月夜》，载中国社会科学院文学研究所编：《唐诗选（上）》，人民文学出版社 1978 年版，第 275、283 页。

8　张九龄：《望月怀远》，载中国社会科学院文学研究所编《唐诗选（上）》，人民文学出版社 1978 年版，第 58 页。

9　张若虚：《春江花月夜》，载中国社会科学院文学研究所编《唐诗选（上）》，人民文学出版社 1978 年版，第 49 页。

缱绻，无不体现士大夫心灵深处的自信和坚定，一种执着人间世、畅意天地间的明洁襟怀和不凡抱负。即使是杜甫式的平生空负、老病多愁心境也是那样的雄浑壮阔："细草微风岸，危墙独夜舟。星垂平野阔，月涌大江流。名岂文章著？官应老病休。飘飘何所似，天地一沙鸥。"[1] 此种境界和气势早已将艰难苦恨熔铸为宇宙人生的浑厚辽远，沉郁多悲之间隐约了人的庄严和不昧。

到了宋代，文人襟怀本应该有更大的拓展和建树，"为天地立心，为生民立命，为往圣继绝学，为万世开太平"不也非常的雄迈豪阔吗？不仅程朱理学将宇宙本体进一步伦理化，宋代疆域政治的衰微以及党争惨烈之日甚导致文人地位的飘摇不测，主要是汉儒以降，个体人生实践扩张到天下社稷乃至宇宙大道的哲学思维，渐渐显露出儒家文化理想中个体的空疏和虚妄。扩张到不切合实际时就从两个维度把人消解了：一是正统儒学即程朱理学对人的挤榨，他们提交的是一种彻头彻尾的死亡哲学，所谓"存天理，灭人欲"；二是张载式的自我膨胀导致自发其狂。汉诸葛做贤臣只为刘氏服务，"鞠躬尽瘁，死而后已"是君臣个体之间的知遇和感恩，一种君子风度和丈夫气节。往前追溯，屈原怀沙负石也不过香草美人的情操和民生多艰的愁怨，君臣之间有一段如舜与二妃的"哲学距离"。到了宋代，颜渊式的甘居陋巷瓢饮箪食就膨胀为范仲淹的"先天下之忧而忧，后天下之乐而乐"，呓语式的一厢情愿取代了士大夫历百代而未改的真实处境："明月楼高休独倚，酒入愁肠，化作相思泪"[2]，差拟颜渊却不能不改其乐，便多了嗔怨："恨君不似江楼月，南北东西，南北东西，只有相随无别离。恨君却似江楼月，暂满还亏，暂满还亏，待得团圆是几时？"[3] 忸怩之态，颇滋猥亵，那段隐约的"哲学距离"变成偷瞒："月上柳梢头，人约黄昏后。今年元夜时，月与

1　杜甫：《旅夜书怀》，载中国社会科学院文学研究所编《唐诗选（上）》，人民文学出版社 1978 年版，第 296 页。

2　胡云翼选注：《宋词选·范仲淹·苏幕遮》，上海古籍出版社 1982 年版，第 7 页。

3　吕本中：《采桑子》。

灯依旧。"[1] 此时此刻的她是实实把"君"忘失了，私心处是"春风又绿江南岸，明月何时照我还"[2]，到了南宋苟且龌龊的时代，文人雅士们流落江湖寻绎民间："月儿弯弯照九州，几家欢乐几家愁？几家夫妇同罗帐，几家飘零在外头？"[3] 真是每况愈下之至！

　　半部《论语》治天下的时代一去不复返了，文人士子究竟是担当天下社稷的拯救者，还是酬唱私欲的独立人？作为价值问题提交到议事日程上来，如何安顿"人"，成为明代思想家们讨论的重要话题。一边格物致知，一边打理日用，蓬头垢面的李贽与王圣两得的王阳明形成强烈对比，他们方寸已乱。一部《金瓶梅》活现士大夫对于地痞流氓的艳羡和嫉妒，那点子因果佛学只构成西门庆床上的搔痒之用，宁可臭污滥死也不愿明什么心、见什么性。风雅温柔豪华奢靡中潜隐着政治生涯的凶险叵测，假文人、真小人充斥世间，坐而论道不合时宜，于是乎普天之下莫非秽土，四海之内尽是商人，实用功利替代了圣心王道，文人学士扮鬼脸装颜面，说什么情而不淫，汤显祖之流空施情教魔法，搞了几出为情而死、为情而活的活死剧，龙子犹还在歇斯底里"天地若无情，不生一切物。一切物无情，不能环相生。生生而不灭，由情不灭故"，竟然宣布"我要立情教，教诲诸众生"。[4] 这个情字可是个大命题，居然把舜与二妃之间那段"哲学距离"，一个天人之间相互追寻、互相奔赴的空间，一厢情愿地用诗酒美乐弥缀起来，构建成一个情礼两兼、诗酒和洽的原儒真性空间，与李贽的世俗化主张大相径庭。从某种意义讲，两者都是对伦理世界的反叛或否定，但旨趣迥异。诗酒美乐情教兼美是贵族化的，亦即朱竹垞的变骚变雅，回归到真情率性的往古之思去了。兼美理想只是一个诗性方案，本质是象征性和代偿性的，其文化政治功能显现为情而不淫，以诗意审美消弭肉体欲望，替代人性放释，以优雅方

1　欧阳修：《生查子·元夕》。

2　王安石：《泊船瓜洲》，见《临川集》。

3　《京本通俗小说》，上海古典文学出版社 1956 年版，第 93 页。

4　（明）詹詹外史评辑：《情史·情史序》，春风文艺出版社 1986 年版。

式获得道德感。李贽就不同了：虽也披挂着儒学外衣，骨子眼却融入疏狂奔放的道家旨趣，其实用哲学直逼人性底里，实现欲望，解除桎梏，把人从理学戒条的锁押中解放出来，兑现当下一念之真心。二者均不出明末鼎革触引的济世呓语，在干巴老头畸笏那里就看得更明白，什么"裙钗一二可齐家"，什么"混一车书，无救平阳之祸"呀，这在曹雪芹看来，与浊血一涌式的"文死谏，武死战"是一路货色。所以《红楼梦》开篇就写太虚幻境的兼美理想，而用基本篇幅来叙写这个境界的幻灭，寄托其怀金悼玉、悲怜生命的哀思。从镜意象到月意象的升华和转换，乃是"道生一，一生二"的本体位移阶段，完全不可以坐实了去理解。在《红楼梦》的全部哲学运思中，镜向月的转换位移，是木石前盟承接顽石神性又汲取宝玉诗性的意象组合，是《红楼梦》铭心刻骨的情感抒写。因为木石前盟的幻灭，曹雪芹悟到，人间世所有悲剧无不导因于人性本质的不可救药，所以推出月意象作为最高境界：心月同圆，佛性光明。就是二游幻境贾宝玉受困于一群女子变成妖怪时见到的，拿在送玉和尚手里那面照妖镜："我奉元妃娘娘之命，特来救你！"登时鬼怪全无，一片荒郊。元妃代表什么？就是那个死而未僵的伦理世界。与人性污烂相比，伦理正是曹雪芹也是贾雨村徘徊于佛道之间，没有出路，不得不回归的凄凉归宿和民间生活。

太虚幻境就是镜花水月，其指涉的绛珠仙草、神瑛侍者、风月宝鉴等意象群落宣布着原儒兼美理想的毫无现实可能，同样从两个向度演示了这种悲剧必然性的神秘意味和历史趋向。从镜意象看是风月宝鉴向照妖镜的升华，体现人生如梦的空幻感和孤独感，一种孤持独照、看守自性的悲叹和哀怜。从月意象看是元宵夜宴的繁华鼎盛到残夜向尽月影昏蒙的式微，体现了天道颓堕、大势不挽的末世感和死灭感，一种活着就是犯罪的绝望情绪和荒诞意识。道德忏悔已无真意，再沐皇恩就寥落无绪。费一点笔墨再勾勒一下月意象的几次呈现，可印证之。

第一回中秋节甄士隐邀贾雨村小酌，那时是"家家箫管，户户笙歌，当头一轮明月，飞彩凝辉"。贾雨村有诗："时逢三五便团圞，满把清光护玉盘；天上一轮才捧出，人间万姓仰头看。"

第二次即梦游幻境，无异月窟仙游，是月意象的一个放大和细写，凝结了《红楼梦》文化之思的基本脉络，可谓人之精魂、月之气魄。

第三次是融渗着月的意象或意境，程高本无之、专家本有之的顽石自语："此时自己回想当初在大荒山中，青埂峰下，那等凄凉寂寞；若不亏癞僧、跛道二人携来到此，又安能得见这般世面。本欲作一篇《灯月赋》《省亲颂》，以志今日之事……"欧阳健先生认为有错接："自己"本是元妃心眼，错接在顽石身上，是批家歪抄之证。是非且不论，有一点是明确的：一个"香烟缭绕，花影缤纷，处处灯光相映，时时细乐声喧"的夜晚，既作《灯月赋》那就是有月的了。将元宵喜庆与元妃省亲合写，极尽富贵风流气象，初升之月。[1]

第四次是第五十三回"荣国府元宵开夜宴"，不写之写，无一笔写月，却是月到中天之景，标志贾府世界的繁华鼎盛。

第五次是第七十一回，鸳鸯撞见司棋与潘又安幽会："灯光掩映，微月半天"，查抄大观园即由此发。

第六次是第七十五回"开夜宴异兆发悲音　赏中秋新词得佳谶"，景象大变："只听桂花阴里又发出一缕笛音来，果然比先越发凄凉，大家都寂然而坐。夜静月明，众人不禁伤感……"就在同一时间贾珍在会芳园丛绿堂中纵饮极乐，风清月朗银河微隐时节居然听到鬼叹：

> 一语未了，只听得一阵风声，竟过墙去了。恍惚闻得祠堂内槅扇开阖之声，只觉得风气森森，比先更觉凄惨起来。看那月色时，也淡淡的，不似先前明朗，众人都觉毛发倒竖。

可真是鬼气阴森啊！贾府败灭的预警，情礼分崩的凶兆——贾珍把宁府伦理糟蹋殆尽之时就是大观园的诗情幻灭之日。第七十六回凹晶馆联诗："只见天上一轮皓月，池中一个月影，上下争辉，如置身于晶宫鲛室之内。微风一过，粼粼然池面皱碧叠纹，真令人神清气爽。"可是

1　参见欧阳健《还原脂砚斋——二十世纪红学最大公案的全面清点》，黑龙江教育出版社2003年版，第215页。

湘、黛竟联出"寒塘渡鹤影","冷月葬诗魂"的句子，成为大观园幻灭的谶语。

第七次是第七十七回"美优伶斩情归水月"，正是八月中秋，大观园悲剧启动，牵连着贾府的丧葬之行。一个重要的日子，考据家津津乐道，的确是不可忽略的时间刻度。

第八次是第八十五回贾政升了郎中，贾府上下一片喜庆，读者已熟悉曹雪芹的套路：不吉利事以吉利先之，正是贾府衰微的转折点。随即就是薛蟠犯刑，败灭从外围入势。我们重视的是黛玉生日。先写祝贺贾政荣升的宾朋："这里接连着亲戚族中的人，来来去去，闹闹穰穰，车马填门，貂蝉满坐。真个是：花到正开蜂蝶闹，月逢十足海天宽。"接下来就是黛玉的生日了：

> 只见凤姐领着众丫头，都簇拥着黛玉来了。那黛玉略换了几件新鲜衣服，打扮得宛如嫦娥下界，含羞带笑的，出来见了众人。湘云、李纹、李绮都让他上首坐，黛玉只是不肯。贾母笑道："今日你坐了罢。"薛姨妈站起来问道："今日林姑娘也有喜么？"贾母笑道："是他的生日。"薛姨妈道："咳！我倒忘了。"走过来说道："恕我健忘！回来叫宝琴过来拜姐姐的寿。"黛玉笑说："不敢。"

这是林妹妹最后一次服彩鲜明，是她最美的一次亮相，其时，贾母已接受王熙凤的调包计，安排好那场把大观园推向毁灭的阴谋，唯黛玉还蒙在鼓里。虽未正面写月，但"花到正开蜂蝶闹，月逢十足海天宽"的即景与黛玉"宛如嫦娥下界"般含羞带笑的状写，分明隐含月意象，并与花的意象联系起来。中天之景走向夜氛凄迷，黛玉的最后的亮相给这个行将坍塌的家族留下最后的美丽。

第九次是第八十九回宝玉听琴，黛玉在写经。一副紫墨色泥金云龙笺小对，上写着"绿窗明月在，青史古人空"。一幅画：一个嫦娥，带着一个侍者；又一个女仙，也有一个侍者，捧着一个长长儿的衣囊似的。二人身旁略有些云护，别无点缀，全仿李龙眠的白描笔意，"斗寒图"三字用八分书写着。黛玉说："岂不闻'青女素娥俱耐冷，月中霜里斗婵娟'？"最后是黛玉肖像：

> 但见黛玉身上穿着月白绣花小毛皮袄，加上银鼠坎肩；头上挽着随常云髻，簪上一枝赤金扁簪，别无花朵；腰下系着杨妃色绣花锦裙。真比如：亭亭玉树临风立，冉冉香莲带露开。

也没有正面写月，但是黛玉肖像、所吟诗句、潇湘馆的画幅及对联无不影现着嫦娥意象，这个孤单可怜的女孩就要开启她的仙国归程了。杯弓蛇影，黛玉绝粒，以冯小青比况："瘦影正临春水照，卿须怜我我怜卿。""春水"即镜子。月意象回转为镜意象。

第十次是第九十三回"水月庵掀翻风月案"，写贾芹的污行，月镜被污，黛玉魂归。

第十一次即凤姐遇鬼："……见月光已上，照耀如水，凤姐便命：'打灯笼的回去罢。'"然后就毛骨悚然了："只见园中月色比外面更明朗，满地下重重树影，杳无人声，甚是凄凉寂静。刚欲往秋爽斋这条路来，只听'唿唿'的一声风过，吹得那树枝上落叶，满园中'唰唰唰'的作响，枝梢上'吱喽喽'的发哨，将那些寒鸦树鸟都惊飞起来。凤姐吃了酒，被风一吹，只觉身上发噤。"王熙凤就遇见了死去的秦可卿。从贾珍闻鬼叹到凤姐遇鬼魂，死期已迫，支撑大厦的独木就要朽折了！

最后一次是第一百十六回贾宝玉二游幻境，月意象向太虚幻境的还原和回归。贾宝玉已勘破底里，经与甄宝玉的真假参阅，精神得到淬炼，真性获得回归。月不再是宇宙情境或人物影像，而是道体光明的显现，自我恢复，镜底磨光。镜与月的重合完成了太虚幻境兼美情教的幻灭，升腾为大千世界梦幻人生的总摄持：有无相成，真假相形，情礼俱去。那天地神人共和的终极景观已然幻逝。从贾府的消息到大观园的谶语，从林黛玉的了缘回归到贾宝玉明心见性，月意象从兼美理想的幻景转而成为笼罩《红楼梦》的宇宙情境。林黛玉的悲剧提升为贾宝玉的悟道，成全了《风月宝鉴》的书名，也完成了《红楼梦》的画龙点睛。

第三节
花与泪

　　指认一种花名冠予某一人物是比较容易的，比如黛玉是芙蓉，宝钗是牡丹，湘云是海棠，妙玉是梅花，王熙凤是凤凰花，元春是榴花，探春是杏花，迎春是菱花，惜春是莲花，李纨是兰花，巧姐是稻花，秦可卿是海棠，等等。这种指认基于花与人的象征隐喻关系，观照着人物的性格和命运，有其合理性。更进一步，从花名涉及相关典故从而追索人物命运或结局也是容易的。比如潇湘妃子隐约竹意象，隐约舜之二妃故事；天香国色隐约牡丹意象及杨贵妃故事；白首双星隐约麒麟意象及牛郎织女故事；等等。这一工作大师们做到家，足以见出曹雪芹在运用象征符号时的苦心经营。但我觉得意犹未尽。如果不排斥建构，我们能否从诸钗的性格系谱整理出一个花谱，作为象征意象系统，与情节叙事系统一起纳入盛筵总意象的统摄和分派呢？

　　这个花谱就是红学家所谓"情榜"，文化人格的悲剧模式之集合。换言之，伤春悲秋、坚贞不屈、怀才不遇、谬托知己及红颜薄命等悲剧模式所概括的文化人格典范及其文化哲学逻辑，正是大观园花谱的基本结构，它统摄盛筵诗酒美乐诸维面，体现人物的精神风貌和才情品格，隐约人物的命运和结局。不仅是性格图谱，而且内在地规制着情节结构，成为《红楼梦》文本结构的黑匣子。

　　花谱的第一层级是蕉棠两植。亦即大观园的女儿从花色品种看，大致分为蕉棠两类，与神瑛侍者分派为甄、贾两个宝玉的意向是一致的。从哲学意义讲就是情礼两路：或才或德，或情或淫，或诗或酒，或美或乐。当然，每一种花色的伦理属性或价值品位不能从花的自然属性来界定了，要联系典故或故事。蕉、棠两植就意味着贾宝玉这个绛洞花王的两个女儿编组，钗、黛是两个班头，判词里写得明白："可叹停机德，堪怜咏絮才。"十二钗正册的判词依此颁布，只是分了层级：神瑛侍者作为绛洞花王总领花族，既是众女儿挂号处[1]，又隐含二玉，虽甄玉的名字未刊，但是直领钗、黛二美，位居幻境榜首，系茫茫大士、渺渺真人亲自点化的道体中人，故为第一层级。钗、黛位列册籍之首，是第二层级。元、迎、探、惜、湘、妙是主力队员，第三层级。凤姐、巧姐与李纨、可卿第四层级，与现实世界联系起来，衍入荒郊大野。四者呈现了尘间历幻的不同相位：天道、灵性、诗雅及世俗。可见，与盛筵意象从空间向时间、品格、世相降落一致，大观园花谱同样体现了天道自然向伦理世界的容与渐进。这是落入世尘却不断回眸灵界，诗意不断受阻而幻灭的历程，也是"神瑛—正册—副册—又副册"，神性颓堕而枯竭的意向进程，其命运衍入文化人格的六个模式。

正册诸钗悲剧模式[2]

悲剧模式	代表人物	原　型	陪随意象	相　位	诗意形态	世俗风格	同类悲剧人物
伤春悲秋	黛玉	绛珠仙草	顽石	三生石畔	湘竹	桃花芙蓉	元春
怀才不遇	湘云	高唐女神	麒麟	河汉之间	海棠	海棠红杏	探春
坚贞不屈	宝钗	山中高士	金锁	武陵春景	牡丹	梨花桃花	凤姐
谬托知己	妙玉	月窟霜娥	明月	红楼净地	梅花	美玉兰花	李纨

1　脂批有"皆从石兄挂号"者，正此意也。特识。

2　以下三个表格列入人物分为代表人物和同类人物，即体现同一悲剧模式（范畴）的两个级别或档位。限于文本的呈现和表述程度不同，也由于人物自身的重要性不同，所以代表人物的戏份足，同类人物只能大体推测或概论，不宜定论。再者，《红楼梦》本文在正册之外，副册，又副册只选择了几个人做代表，没有全面呈现或表现，并且，有的人物不见得是悲剧人物，所以在做理论概括时颇有遗漏，不能尽述，敬期谅解！读者可参照周汝昌先生的花榜人数（108人）推知。

续表

悲剧模式	代表人物	原 型	陪随意象	相 位	诗意形态	世俗风格	同类悲剧人物
红颜薄命	可卿	警幻仙姑	镜子	会芳大观	残荷	杨花柳絮	迎春
世外栖游	惜春	美丽僧尼	青灯	古庙荒村	败藕	画图经卷	巧姐

副册诸钗悲剧模式

悲剧模式	代表人物	原 型	陪随意象	相 位	诗意形态	世俗风格	同类悲剧人物
伤春悲秋	晴雯、三姐	绛珠仙草	鸳鸯剑	三生石畔	桃花	芙蓉榴花	玉钏、紫鹃
怀才不遇	平儿、二姐	高唐女神	钥匙	河汉之间	海棠	海棠红杏	李绮、李纹
坚贞不屈	鸳鸯、司棋	山中高士	九龙珮	武陵春景	牡丹	梨花桃花	宝琴、袭人
谬托知己	尤氏、椿龄	月窟霜娥	明月	红楼净地	梅花	美玉兰花	芳官、岫烟
红颜薄命	香菱、彩云	警幻仙姑	镜子	会芳大观	残荷	杨花柳絮	金桂、麝月

又副册诸钗悲剧模式

悲剧模式	代表人物	原型	陪随意象	相位	诗意形态	世俗风格	同类悲剧人物
伤春悲秋	五儿、红玉	蒲柳	顽石	三生石畔	湘竹	芙蓉榴花	藕官、侍书
怀才不遇	翠缕、蝉儿	芍药	麒麟	河汉之间	海棠	海棠红杏	葵官、抱琴
坚贞不屈	金莺、金钏	梅花	金锁	武陵春景	牡丹	梨花桃花	蕊官、彩霞
谬托知己	胡氏、雪雁	菱花	明月	红楼净地	梅花	美玉兰花	药官、春燕
红颜薄命	佩凤、偕鸾	桂花	镜子	会芳大观	残荷	杨花柳絮	艾官、莲花
世外栖游	秋纹、丰儿、万儿	稻花	青灯	古庙荒村	败藕	画图经卷	茄官、入画

（一）伤春悲秋式。黛玉原型绛珠仙草，陪随意象通灵顽石，灵界相位是灵河岸上三生石畔，诗意形态是湘妃竹泪，世俗风格即东风帘软的桃花和风露清愁的芙蓉，统领元春、香菱、晴雯、紫鹃、尤三姐、

红玉、五儿、金钏等灵界人物。这里的陪随意象指原型的对象性指涉，即主体间，亦即他者，而非客体，是高于主体或与主体平等的原型形象，体现《红楼梦》表述价值生命关系时的生态人性理念。灵界相位、诗意形态、世俗风格借鉴了佛学术语"三身佛"（trikāyāh）。身乃是聚集，聚集诸法而成身：理法聚集为法身（dharmakāya），智法聚集为报身（sambhogakāya），功德法聚集为应身（nirmāṇakāya）。法身是佛性本体，不现。报身指修行证果的观相，时隐时现。应身即化身，为教化众生而变现不拘。西方灵河岸的灌愁河边三生石畔是林黛玉的灵界相位，相当于法身，是通过体认而建构的灵性本体。潇湘竹泪是黛玉生命的诗意形态，相当于报身，是时间经验中呈现的、林黛玉社会历史实践的成果，也是其品格。芙蓉和榴花是世俗形象：或风露清愁，或酣梦深沉，是林黛玉诗性品格在伦理穿行中的人格体现。

林黛玉是极品，概括这一悲剧系列的基本生命特征。相对于道体中人（贾宝玉，顽石），她们的悲剧是一种时间性"缺憾"（余英时语），颠簸于风尘碌碌，消磨于大化流行，在先天之缘上是春华无实、寄无所托。不是所有的悲剧都是封建伦理造成的。她们的悲剧是天道悲剧，是人抗衡天命的悲惨。就林黛玉言，最为热议的是调包计，似乎坐实了封建伦理摧残人性的结论，其实不然。我们不能要求贾母或王夫人选择少奶奶的时候只谈爱情不论伦理，问题是林黛玉的最高价值目标是否就定在了伦理婚姻呢？还泪说就是一种灵魂往来诗性价值，并不驻足于宝二奶奶的席位。表面看成就了调包计的悲剧制造者是王夫人的专横和冷酷，但终极决定者是贾母。贾母不懂得少男少女会谈恋爱吗？"人生在世，一味任性天真，无所顾忌，也是不行的。"林语堂感慨地说，"任性孤行，归真返璞，黛玉得之，晴雯也得之。"这是"黛玉及晴雯之所以不得不死"的原因。不是得罪了哪个人，而是精灵太过为天所妒，就像风露清愁的芙蓉，美秾于风和日丽，枯死于秋水易逝。"风刀霜剑"不是摧残，而是消磨。伤春悲秋的实质是时间的有限性与空茫无托的本体性的矛盾，唯其灵性纯一，生命就愈加空茫。灵性本身无可拯救。伤春悲秋是一种"消磨""消损""凋零""哀叹",是人与存在的矛盾,而且无解。所以,薛宝钗的"装愚""守拙"并不是人格或心性如何刁滑,而是一种"乖巧""本分",对于大道流行的顺适,一种广泛认同俗世人生的自我调整。就此而言,曹雪芹也只能停滞于悲叹。就像晴雯被逐,贾宝玉无所作为一样,面对黛玉夭亡,即使把她扶到宝二奶奶的位置上,也是无能为力的。以此黛玉的判词"玉带林中挂",就是不顺适,一种错位:待在不该的位置上就只能出演悲剧,乃是悲剧之最为深刻者。伤春悲秋的意义是悲剧不能只有一个定义,也不只是命运或性格两种,人之于世的悲剧方方面面无处不在,所以贾宝玉每每有人生无常、身世飘零之叹。活着就是悲剧,存在就是悲剧。

(二)怀才不遇式。湘云原型是高唐女神,陪随意象是麒麟,影射卫若兰,在伦理衰世是不出现的;相位在那段"哲学距离",恰似娥皇与舜,与宝玉隔如牛郎织女,一种永世相望不相及的间阻——湘云是在无法与宝玉结缡的情况下嫁与卫若兰,岂料卫若兰病亡,宝玉又出家,"霁月光风"之思,"白首双星"之叹,齐集而无奈,只能"云散高唐,水涸湘江"。湘云的诗意形态是海棠,世俗风格是名士风流。宝玉这里是海棠春睡"醉卧裀石",卫若兰那边又是"红杏出墙"。她是两无恩遇,唯有凄凉。同属该模式的有探春、平儿、司棋、李绮、李纹、翠缕、尤二姐,都是灵界人物。怀才不遇是一种处境,与伤春悲秋意趣相近:伤春悲秋是与天不谐,怀才不遇是与人不睦,确切地讲是遇着间隔或阻拦。所谓名士风流是被逼出来的。湘云自幼父母双亡,和叔婶在一起,虽说有小姐的身份,却还要做女工,如果像黛玉那样凄凄哀哀,能扛得起吗?在强装笑颜这一点,探春、平儿也是一样的。我们只注意到探春理政、斥母、捆妇之类豪强不阿,却忽略了她攀附王家正脉、携病发起诗社的情节。前者是委屈自持,后者乃名士风流,总之是从体制到身份不屈不挠地提拔着自己,做得合理合辙、入情入势。平儿就乖巧得多,是凤姐的一把钥匙:锁门也开心。为什么又是怀才不遇呢?因为有挡着的人。与探春杀伐果断不同,薛宝钗更懂得"施小惠全大体";与湘云的憨直不同，黛玉更懂得持守本分。黛玉的尖刻主要是针对宝玉的，而湘云的口无遮拦却可能面对全体。黛玉和宝钗的存在，对湘云而言，恰似宝钗对探春的隐蔽和王熙凤对平儿的笼罩，总是在她们与主人之间隔开一段距离，俾不得近前。所以只能做表面文章：做得个名士风流，却企盼着奇迹发生。也算幸运，一不小心探春当了妃子，平儿扶了正位，湘云却婚姻被宝钗抢了地，情感又被黛玉遮了天，只好嫁给卫若兰。但湘云更接近宝钗，自天国来，回大野去。如果说"山中高士晶莹雪"的宝钗都守了空房，湘云就只能在高唐与湘江两岸徘徊，渡着湘水洪波却梦着高唐游云，结局是"落水而亡"，应属《红楼梦》的"不写之写"，与黛玉"泪尽而逝"对比参照，是"天作之合"的悲剧。所以我们说，海棠树之荣枯是湘、黛共亡的象征，唯泪枯与水溺有别耳。

（三）坚贞不屈式。宝钗原型是山中高士，陪随意象是金锁，幻境相位在武陵春景，贾政游园时清客题"秦人旧舍"，宝玉改"蓼汀花溆"，然后通向"蘅芷清芬""武陵源"，就是蘅芜苑。诗意形态是牡丹，世俗风格由梨花蜕变为桃花。同属该模式的有凤姐、鸳鸯、宝琴、袭人、金莺、玉钏等。这是一档从仙界落入尘间的风云人物，擅尽风光，占尽地利。不是不懂天道这回事，而是更懂人伦这回事；宝钗不必说，来到凡间就懂得遵守伦理；那王熙凤是有名的"凤辣子""破落户"，敢在贾母面前邀宠卖乖，世人面前就耍横放赖了，得体不怯场，得理不饶人，得势不消停。可是她们更懂得与世推移，薛宝钗见势不妙就撤，王熙凤履境不佳就病，中心思想不变，奋斗目标不改，坚定不移，悲剧到底。惜哉，此二人太忙，忘失了有些事，比如王熙凤园子里遇鬼，可卿嗔责她：居然忘了重托！宝钗则忘了林妹妹是金兰之契姊妹之交，怎么就嫁了林妹妹的爱人了呢？非坚贞不屈不有此忘性，信矣！

坚贞不屈居然演了悲剧，就涉及《红楼梦》主题的第二方面：如果说黛玉一干人是与天道违和，宝钗之众就是太执个性（可卿的概念），同样是与天竞力。薛宝钗改嫁，前已略述，意犹未尽。《红楼梦》时代还没有反抗封建礼教的观念，但人事、人工、才美、情欲的观念是有的。宝钗身带"热毒",直言之即情欲旺盛。当然这是宝钗及读者都不愿正视的。其实不唯宝钗,人皆具此欲,宝钗略甚。薛家费了多少心血找到癞头和尚、跛足道人,配了海上奇方"冷香丸",集四季花色以征"炎凉";合蜜糖柏三料滋味是"甘苦";"白"者纯也,"蕊"者粹也。牡丹、荷花、芙蓉、梅花象征着高贵、淡雅、娇艳、坚贞诸品格。一副"冷香丸"配伍世间炎凉,尝遍人生甘苦,脱胎换骨,但见素抱朴,尊重自我,别一种坚定不屈。这是最初的高度,也是最后的审美。冷香丸拓扑了牡丹花的全部诗情雅操。可她改嫁了,不仅与家族的声誉不符,而且与一直以来的名士风规、淑女雅范乃至赤子理念完全相反,违背了伦理道德,她走到世界的尽头。成了坚贞不屈的嘲讽!

我们找到她与甄宝玉的共同之处:背叛曾经的风规,回归情私利欲。薛宝钗从人事做到人工,将才美做成情私,抛弃了高贵、坚贞,从淡雅走回娇艳,结果成了贰臣。这是怎么回事呢?不妨看曾经的宝钗:"雪洞"居室。"人谓藏愚,自云守拙。""借蟹讥权贵"的士大夫风骨,"淡极始知花更艳"的人格风范……可她改嫁了,一切归零。

同样发生了一种"比德":王熙凤是从家族权势倾轧中杀出的巾帼英雄,宝钗是于命运颠覆困厄里坚执到底的悟道者。凤姐得的是血崩,宝钗泄的是热毒,都死于丈夫背叛:贾琏扶了平儿为正,甄宝玉攒忖金莺易主,钗、凤都从中馈逃离,当然要依赖考据家的成果了。但国色天香做了桃红柳艳,令人惊心动魄!

鸳鸯和宝琴亦值得一论。鸳鸯之名直喻夫妻恩爱,可她坚拒男人,坚避婚娶,成了太虚幻境警情司的首座。与薛宝钗比,这位贾母的宠婢文化程度不高,心智水平不及,但坚定有过之。我们有歧议:鸳鸯姑娘坚守的是伦理道德,即使与贾母老人有太深的主婢情分,自缢而亡还是太过了点,虽然我们知道她出于无奈!与另一位聪明人薛宝琴比,鸳鸯又高出一筹。薛宝琴嫁了梅翰林,坚贞不屈至死靡它,但也只是圆了伊姊姊薛宝钗的青春梦想;宝琴者,抱琴而已。坚贞不屈模式的启示是:把天人合一典范做到"存天理,灭人欲"的境界,只能走向其反面:不是宝玉被海鬼夜叉拖下去那种人格精神的沦陷，而是天道伦理的彻底崩溃！

（四）谬托知己式。妙玉原型是月窟霜娥，陪随意象是明月，品位在尼庵与贼窟之间，品格是傲雪凌霜的梅花，世相是雅癖仙姿的兰花，惨遭污陷，成为红尘泥淖中无以自白的浊玉。同一模式有李纨、尤氏、岫烟、龄官、芳官、雪雁等。《红楼梦·世难容》直言："气质美如兰，才华馥比仙。天生成孤癖人皆罕。你道是啖肉食腥膻，视绮罗俗厌；却不知太高人愈妒，过洁世同嫌。"这是妙玉性格的精准概括。不似黛玉之违天，湘云之远人，宝钗之弃礼；妙玉是既违天和又逆伦理且失人和，伦理、世俗、天道三而弃之的"真人"。涂瀛说"壁立万仞，有天子不臣、诸侯不友之概"，是何等气象！就此而言，妙玉远远超越宝钗、凤姐，真正从伦理杀出的"槛外"之人。可她被江洋大盗污作，实在令人可惜！《红楼梦》对于妙玉的赞叹是显然的，但其悲剧又令人难以平静：祸自何出？谁人之罪呢？

> 可叹这，青灯古殿人将老；辜负了，红粉朱楼春色阑。到头来，依旧是风尘肮脏违心愿。好一似，无瑕白玉遭泥陷；又何须，王孙公子叹无缘？

曹雪芹的评价是"风尘肮脏"。李鉴堂《俗语考原》："肮脏，俗谓不洁者曰肮脏。"肮脏与淖泥、泥垢、污淖、渠沟近义，最污浊的地方。《康熙字典》解释"肮脏"为"婞直之貌"，"婞直"即倔强。"肮"的本义是咽喉；"绝肮"即割断喉咙而死。"脏"的本义是内部器官的总称，如内脏、五脏。"肮"和"脏"组成"肮脏"，乃是高亢刚直的样子。"世难容"里是两个意思：从主体看是不屈不厄，从客体看又是肮脏不洁，合起来即"风尘肮脏违心愿"。一个不屈不厄高洁无比的女子，陷入肮脏无比凶险叵测的世界，命运可知。但问题还没有解决：为什么只有妙玉遭遇此厄而不是别人呢？《红楼梦》给出一个走火入魔的情节，参以遥叩芳辰；白雪红梅特赠宝玉；与惜春对弈见到宝玉时面红耳热，可以认定妙玉六根未净，而且有着深挚的爱欲冲动，在佛家看来乃是"心魔",正是祸端之源。所以判词讲"欲洁何曾洁,云空未必空"。不无劝惩意味。事实上,妙玉的贡高我慢不唯对一个刘姥姥,还包括诸钗,低贱如婢仆者,她更是殊无青目,不入法眼。曹雪芹以魔必招祸劝惩公子王孙,与刘姥姥拯救贾府是一样的用心,都在宣扬福善祸淫的佛儒老套,居然从妙玉这么干净的人看出一个"淫"字,俗眼中之不俗处!但是,古今中外的名士者流都犯同一个错误:目下无人。妙玉与天下人为敌的冷傲及骨子眼儿的贵族气质不出此例;遭泥陷的原因不在盗匪,而在于遭了横祸却得不到起码的同情!妙玉悲剧是曹雪芹设置得最一般道德事件,他告诉读者:兼美只能在太虚幻境实现,一入世尘就是惨剧。真正的江洋大盗不在世外,就在人心。惜哉,妙玉未悟,高雅锦袍,却裹了一具俗躯。《红楼梦》前半部控诉伦理对人性的扼杀,后半部以妙玉的沦陷直观人欲的横逆,警示世人:放纵人欲与颠覆伦理是同样的涂毒生命!

"白雪红梅"是《红楼梦》最精彩的篇章,烘托两个人物:贾宝玉和薛宝琴。不可忽略:他们又共同烘托着诗性品格的绝版人物妙玉;妙玉沦陷是兼美情教的绝响,把诗酒美乐的栖所当作安身立命之地,将情色心误作真禅意,既忘忽伦理险恶,又忘失人性凶狠。《红楼梦》并非单纯反封建、反伦理的人性之作,而是天人合一典范的悲催悼词,传统人格精神的黑色祭奠,所谓"怀金悼玉",最后的渊薮乃是人心!就此而言,李纨、尤氏、龄官、芳官,无不是谬托知己的典范。李纨挚信诗礼传家可以功名奕世;尤氏误以珍、蓉父子是妹妹的归属;龄官委身贾蔷,芳官黏住宝玉。她们都谬托了知己。

(五)红颜薄命式。可卿原型是警幻仙姑,陪随意象是风月宝鉴,相位在会芳园到大观园之间,所谓"情天情海",诗意形态是风情月债的残荷,世俗风格是淫乱秽败的蒲柳。同一模式有迎春、二姐、香菱、芳官、彩云、金桂、麝月、偕鸾、佩凤之属。秦可卿是最招人物议的红人、滥人及莫名其妙的人,有人要建立秦学,当然建不起来,源出于甲戌本脂批:"秦可卿淫丧天香楼,作者用史笔也。"更加畸笏叟有删去

"遗簪""更衣"之命，红学家即认定秦可卿与贾珍私通，事泄自缢于会芳园天香楼。1921 年上海《晶报·红楼佚话》："秦可卿之死，实以与贾珍私通，为二婢窥破，故羞愤自缢。"俞平伯《红楼梦辨》有详细论证。至此，士大夫那点绯色情结考论殆尽，可他们乐此不疲，坚执不懈地要把秦可卿与废太子爱新觉罗·胤礽（1674—1725）联系起来，就是另一番情趣了。我们不同意此类观点。秦可卿淫乱唯第五回梦游，文面是太虚幻境天国盛筵，底里是乱伦："说着，亲自展开了西子浣过的纱衾，移了红娘抱过的鸳枕。于是众奶姆伏侍宝玉卧好，款款散去，只留下袭人、晴雯、麝月、秋纹四个丫鬟为伴。秦氏便叫小丫鬟们，好生在廊檐下看着猫儿打架。"关键是：乱伦戏份的内胆是太虚幻境故事，二者是幻入幻出、亦彼亦此的。情即是淫，淫亦即情，鲜艳妩媚的宝钗，风流袅娜的黛玉，才美伦理，尽入淫构。秦可卿跨着太虚幻境和大观园两界，既承荷警幻警情的使命，又开启着大观园的诗情，还披挂着宁府大奶奶的面具，就成为淫乱的祸端，所谓"开端造衅首罪宁"。在太虚幻境的诗、大观园的礼及宁国府的淫之间，秦可卿是神、人、鬼三位一体，成为《红楼梦》"情"的集结，并成为最高概括。秦可卿的悲剧逻辑就是两个字：兼美。兼美致淫，美成了败家的根本！

与可卿相近的莫过于香菱：出生书雅，委身世尘，贫寒高洁，陷于尘泥。香菱的悲剧是一个爱诗作雅之人，却际遇了薛蟠这个"哈货"（北方方言谓人格资质情性长相一无可言的下下之人），还哪容得半点诗意！可是香菱还跟着黛玉学诗，还作得越来越像！比薛蟠更要命的是夏金桂。夏金桂找薛蟠本来就怀才不遇，再遇香菱就转怨成仇：我本金贵，你敢高雅？薛蟠就是个浑球！岂非命乎？夏金桂的"恨命"就转化为香菱的宿命。

香菱是出身低了点，贵戚宗亲的尤二姐有些根基吧？夹在王熙凤和秋桐两个煞星之间，纵然万种风情，不免一死。迎春是贵族小姐，却嫁了一只中山狼，"窥着那，侯门艳质如蒲柳"，被淫逼而死。长得美，遇得惨，淫逼死，仿佛是她们的共同命运。红颜薄命就薄在"兼美"：

"擅风情，秉月貌，便是败家的根本。"赤裸地彰显了伦理杀人的残酷，不像普通女子恪守妇道得到认同，相反，她们得不到伦理半点庇护，与天抗值，自生自灭。

（六）世外栖游式。惜春原型即僧尼，陪随意象青灯，相位在青灯古殿与荒村野店之间，诗意形态是凄风苦雨、残荷败藕，世俗风格是美人画卷。她是伦理放逐的不幸者，主要是与世道抗争的畸零人。同一模式有巧姐、岫烟、佳蕙、坠儿、智能（万儿）、茜雪、秋纹、丰儿等。巧姐是王熙凤的女儿，后嗣仅存的娇小姐，竟被亲舅舅卖掉！邢岫烟系邢夫人至亲，却掖着当票谋生。佳蕙被逐，坠儿见弃，作为兼美理想的余绪，标志着伦理生源最后的剩余。

总此六个模式，前面绘制的三个表格中共60位女子，加上智能、琥珀、翡翠、玻璃、豆官、药官、茜雪、宝蝉以及丰儿等只有名字没有情节的女孩，袭人家的二丫头，为可卿殉葬的瑞珠、认了义女的宝珠，太虚幻境与宝玉行云雨之事的兼美可卿以及太虚幻境12个仙姬，虚虚实实，约计90位。我们无法为曹雪芹续补这么多女儿的故事，但可以肯定：她们有着各自的悲惨。从意向上可大致纳入正册、副册、又副册以至无须入册这样一个渐渐坠落的趋势，我们的问题是：这里的悲剧排序与第五回册籍的品级排序有什么不同？此种排序是否能准确概括每个人的才情品位和性格命运？悲剧模式与盛筵之间的形式关系怎样？她们也能以空间、时间、品格及世相四个维度来对应吗？此须诉诸《红楼梦》基本主题的理解，又必须回到盛筵意象对于全部题材的意义概括和形式分配。

从义域看，盛筵意象所统摄的四个艺术世界：大荒山是宇宙义域，语义是天道自然周流不居，哲学表述即"道生一，一生二，二生三，三生万物"或"大曰逝，逝曰远，远曰反"的逻辑过程，亦即顽石通灵、下凡历幻、悟道回归故事。太虚幻境是一个灵境，主题是兼美理想，表现为神瑛侍者与众女儿情礼相得、才美相兼的生命情感关系，哲学表述是天人合一，精义在木石前盟。大观园是情的世界，核心情节是神瑛侍者与潇湘妃子还泪报德的故事，亦即情感和诗意走向枯寂、兼美理想最终幻灭，所谓历幻。荣、宁二府是礼的世界，主题是福善祸淫，基本叙事就是贾府崩塌，它构成木石前盟幻灭的现实语境，基本语义是演示存在的荒诞和人性的丑陋。它以贾宝玉爱情婚姻双重悲剧为核心，宣告伦理家族败灭的人性原因和历史必然，所谓悟道。四个义域对应思凡、历幻、悟道、游仙四个模式的转换蝉递，构成《红楼梦》的情节叙事体系。

从表意看盛筵意象统摄四个意象体系：石与玉、镜与月、花与泪及酒与火。我们已论述过石与玉、镜与月，如果说石与玉体现了天道自然向伦理价值转换的历史必然，含蕴儒家积极进取的入世精神，镜与月就萦回了死亡气息，将人性价值提升为情礼相洽的兼美图式并扩充为伦理大法，提升为明月大道般的天道——生命自然本质和个体独立意志就被挤榨枯涸了。

儒道合流的兼美情教并没有为人的存在提供真实依据，相反从情礼两方面把人性扼杀，这就是花的意象向泪的意象的转换。大观园是兼美理想的落实，所谓"香融金谷酒，花媚玉堂人"的诗酒美乐。曹雪芹下大功夫为大观园的每个女儿都配设一种名花加以影射，不幸的是这个花的世界和诗的国度面临三重危机：一是天道宿命，二是伦理大法，三是人性欲望。在找寻石与玉、镜与月及盛筵意象内部诸维面的逻辑关系时，竟得出一个荒谬的结论：这个关系是性模式。神圣天意，美浓诗情，无边的情爱，天经地义地赐予那些弱不禁风的女儿们。明月中天，诗酒匝地，春光满眼。三春事业繁华如梦，诗酒生涯高雅不俗，斟情酌意，韶华美浓构成女儿们的基本生命状态……可是，这一切都建基于一个价值预设：每个人的道德自律和才情品格。道德牵系着宇宙大法，绝不容改变，可以通融发挥的只有后者，唯才情和品格是个体可以选择的价值义项。可她们的状态又如何呢？

"怡红院里斗娇娥，娣娣姨姨笑语和。天气不寒还不暖，瞳眬日影入帘多。"[1] 富察氏诗才不伦，但该绝句写人花映照，堪为情色眼光下的绝妙好词。"病容愈觉胜桃花，午汗潮回热转加。犹恐意中人看出，慰言今日较差些。"[2] 从容颜到身体，从颜色到体温，娇羞含情到倚宠卖乖，极尽女子的慵懒之状和风骚之意。从意象看，"花"已经不是春和景明的园中之景，而是闺中气息了。"帘栊悄悄控金钩，不识多人何处游。留得小红独坐在，笑教开镜与梳头。"[3] 情色老手的生意到了：小红独坐笑教梳头，旨趣不言而喻。众人归来就豁然了："拔取金钗当酒筹，大家今夜极绸缪。醉倚公子怀中睡，明日相看笑不休。"[4] 醉里挑灯，宴罢狂欢，已无遮饰。把《红楼梦》的"群芳开夜宴"转译成这样子，富察氏的情色意识已入骨！我是说花的意象进入伦理盛筵，不论天道自然还是伦理大法，事实上都变成情色狂欢。花即性符码，礼乐文章的高档饰物和消费对象。从顽石到美玉、再到镜子和月亮，直到花的意象，性意向一脉相承，大观园的春花秋月盘结为一种挥之不去、释之难开的情结，显现着伦理秩序的松动和青春爱欲的萌发，终将狂潮巨澜，潓漫为无可遏止的道德灾难和人性荒裸。我们看到，花意象从性原型上与盛筵意象潜移暗接，与义项相对单一的石和玉、镜和月不同，它承载着天道自然、伦理大法以及人性欲望三重义域，装饰着一个大庭院、一个大时节、一个大乾坤，只有那些特殊资质的花，才能穿透层层遮蔽，明媚鲜艳地绽放，从而保持诗性品格——品格就这样被强调为大观园的基本价值。

---

1 富察明义:《绿烟锁窗集·题红楼梦之二》,http://blog.sina.com.cn/s/blog_98152ca10101bntx.html。

2 富察明义:《绿烟锁窗集·题红楼梦之十四》,http://blog.sina.com.cn/s/blog_98152ca10101bntx.html。

3 富察明义:《绿烟锁窗集·题红楼梦之八》,http://blog.sina.com.cn/s/blog_98152ca10101bntx.html。

4 富察明义:《绿烟锁窗集·题红楼梦之十三》,http://blog.sina.com.cn/s/blog_98152ca10101bntx.html。

一、上上极品：绛珠仙草的林妹妹

品格不是个性，而是个体的诗美雅范和人格精神。转言之，品格离人的自然本质和独立意志还很远。一朵花被插在花瓶或被供养在佛龛或被抛置于泥地，并不完全决定于品格和资质，但对于一己命运的体悟和把握，却是花的品格和资质的一般性言说。那些同一品级的花色在同一节令和庭院里，却走向不同的结局，这正是《红楼梦》的宿命之思。

无疑，林黛玉是上上极品。她来自西方灵河岸上三生石畔，原型是一棵名叫绛珠的仙草。学者枯索典籍查找其植物学依据，或认为是竹，或认证为草，这种探究的意义不大。草就是草，生在仙界，又依傍着三生石，便有了不同凡情的意味，关键在"绛珠"二字，阐释为血泪。[1] 三生石则含孕一段世外仙缘，就是神瑛侍者的浇灌使其获得女体，成为人，包含精灵和痴情的义项。草木幻化人形在中华典籍中非常普遍：《聊斋志异》中黄英、荷花三娘子之属都是感天地之灵气、秉草木之真情而变幻成人。绛珠仙草则于天地草木间多了一个第三者，就是神瑛侍者，给仙草以浇灌缔结了一段因缘，就构成黛玉生命情感的预设前提，即"还泪报德"。贾宝玉的原型是顽石，来自大荒山，又经女娲煅炼，进入警幻仙姑的赤瑕宫中就幻化为神瑛侍者，方才是神界人物。顽石从大荒山进入太虚幻境意味着：从本体真性场域向诗性价值场域蜕变，本质是一个神意化进程。通灵顽石不同于神瑛侍者，正在于这一根本生命气质的变化，就是由"无知无识无贪无忌"的本然之物向那段"天份中生成的痴情"以及五内郁结的"缠绵不尽之意"的升值，就是贾宝玉的神性和林黛玉的诗性。我们同样说过："中国文化的主体是与境界对出，而不是西方式的孤绝独自。"这是说，当着神瑛侍者与绛珠仙草缔结盟誓、共历情幻时，太虚幻境就不再是"域外"或"槛外"的无为之国、乌有之乡，而是仙神共饮、警幻仙姑与荣宁二公之灵共约、贾宝玉与十

1　参见饶道庆《"绛珠"之意蕴及其与古代文学的关系》，《红楼梦学刊》2007 年第 4 期，第 78 页。

二位仙子共度的兼美之境。此时的幻境是诗意盎然的，也是圣眷隆重的。我们把灵河岸上三生石畔定义为仙界、灵界，唯独不称为神界，无非是说，在圣意稀薄、神性空缺的频道内，由神瑛、绛珠经营的价值体系中，诗性乃其命脉。当林黛玉圣化为潇湘妃子，完成了与舜的艰难奔赴，不再接洽神瑛侍者的浇灌之情时，灵河岸上三生石畔刹那间变成真如福地。诗性蜕失了，人性枯竭了，只升值了圣性，神瑛神意呆滞为贾宝玉，这是真正的悲剧，而不是圣果。

早在怡红公子的年代，太虚幻境那个兼美的空架子还撑着的，但是神瑛侍者的神意已经转换为警幻仙姑的警情圣意，现化为秦可卿的鬼气，笼罩于贾府，徘徊于大观园。黛玉只是仙界人物，只处于仙界，也只披沥浇灌，不时播洒泪雨，酬偿泪务；神瑛也不是最高神，只在护花，只从事虞舜的劳作，不浇灌，只操心，操心着情天恨海兼美作业。这就在仙草与顽石间重现了舜与二妃的"哲学距离"。《红楼梦》正在这里将绛珠仙草与另外一个原型——湘妃竹联系起来。

学者多以为湘妃影射湘云，这是当然，影射黛玉亦必然，文本明示黛玉雅号"潇湘妃子"。就木石前盟言，仙草、神瑛更恰二妃与舜那段"哲学距离"。黛玉下凡为还泪，湘云呢？金麒麟与金锁一样，后天冶造之物，与通灵宝玉不匹配。就还泪言，黛玉只能配宝玉，生命历幻的时限也确定：泪尽而逝。但学者多胶柱鼓瑟，比如黛玉效女英赴江湘，在大观园找一处比如凹晶馆那渡过鹤影的寒塘让黛玉溺毙，但黛玉不是李白。事实上在接近第八十回的时候黛玉泪已不多，《芙蓉女儿诔》最为警人："茜纱窗下，我本无缘；黄土垄中，卿何薄命。"黛玉听了，陡然变色。虽有无限狐疑，外面却不肯露出，反连忙含笑点头称妙——没有落泪，不能说是泪尽的征兆，但确实表明黛玉已有预感，至少是在潜意识深处有非常深切的死亡疑忌。不泪而笑是黛玉的反常现象，折射绛珠泪尽将继之以血、期之以死的坚定不昧。黛玉的诗性本质决定历幻的精神趣向，举凡幽会密约之类都离题万里，与黛玉毫不相干。

黛玉是那样的精灵，那样的痴情，在无限奔赴的哲学途程中，唯一俱足的只有诗情和眼泪。正因此，黛玉才与娥皇女英、湘君湘夫人乃至屈原联系起来，才衍化出潇湘馆门前的风竹泪影："彩线难收面上珠，湘江旧迹已模糊；窗前亦有千竿竹，不识香痕渍也无？"花之于竹尚不能同，但竹之美雅高洁风姿情韵远胜于花之明媚和娇柔。在绛珠仙草转换为湘妃泪竹的过程中，林黛玉的诗意又铸入潇湘妃子的气质和气节，与帘外水边风飘雨泼，与大野风寒宇宙旷漠联系起来，具有了凄美而悲凉的世外感和漂泊感，尤其能感应宇宙自然的呼吸变化，咏诗作赋、弹琴味禅、吊月葬花——无不具有了无以复加的离愁别绪和旷世孤怀。

　　花谢花飞花满天，红消香断有谁怜？游丝软系飘春榭，落絮轻沾扑绣帘。闺中女儿惜春暮，愁绪满怀无释处。手把花锄出绣闺，忍踏落花来复去？柳丝榆荚自芳菲，不管桃飘与李飞；桃李明年能再发，明年闺中知有谁？

一个摧花之阵：花谢花飞，红消香断，已成阵势。却又游丝软系，落絮轻沾，几分无奈，几多依恋——人与花的相怜相惜之情隐然而生：花与人映照，人比花更愁。这不是一般移情，而是把人与花投注到季节递蝉的时间之流加以观照，映现生命的有限和宇宙的无垠，进一步从人不能再生与花明年再发的对比中映现生命的短暂。"明年闺中知有谁"的忧思就不能以颓废或消极来理解，而是一种存在之思：对于生命、对于未来、对于存在的忧思和无望将有限与无穷衔接起来，以诗意拯救缺憾，达到对于生命的把握。

　　三月香巢已垒成，梁间燕子太无情！明年花发虽可啄，却不道人去梁空巢也倾。一年三百六十日，风刀霜剑严相逼；明媚鲜妍能几时，一朝漂泊难寻觅。花开易见落难寻，阶前愁杀葬花人；独倚花锄泪暗洒，洒上空枝见血痕。杜鹃无语正黄昏，荷锄归去掩重门；青灯照壁人初睡，冷雨敲窗被未温。怪奴底事倍伤神？半为怜春半恼春……

这段写花与鸟。时间流逝显现着生命短暂，归宿变得重要，香巢本是鸟的归宿，可是梁间燕子太无情，离"巢"就不再顾恋"家"了，更何况人去梁空巢已倾覆。世间的栖所去了，空了！花呢？如果说明年可以再发，可那不是花的归宿；"明媚鲜妍能几时，一朝漂泊难寻觅"，漂泊于宇宙，无依无傍、无所归止，花的存在与鸟之难栖、人之无觅是一样的。作一个譬喻：巢是大观园，梁就是荣、宁二府，葬花人林妹妹终极归宿究竟在哪里？在宝二奶奶的坐椅上吗？这才是大观园的悲剧所在。我们不赞同把全部悲剧都归罪于社会历史的反封建观点，不赞成把林黛玉诠释为只想着当宝二奶奶的世俗女子。那段"哲学距离"不仅横亘于林黛玉与贾宝玉之间，而且在有限与无限、人的世俗生存与灵感诗性之间，永远无可超越，只有悲叹，构成全部存在的神意回眸及诗性反思。在这个意义上，大观园才与大大小小的现实悲剧区别开来；品格不是道德概念，而是诗性本质和灵魂归宿的命题——在人之于世的短暂停留瞬息生灭中，唯有艰苦卓绝的品格操持才成为令人失魂落魄的价值存在！

> 昨宵庭外悲歌发，知是花魂与鸟魂？花魂鸟魂总难留，鸟自无言花自羞……未若锦囊收艳骨，一抔净土掩风流；质本洁来还洁去，强于污淖陷渠沟。尔今死去侬收葬，未卜侬身何日丧？侬今葬花人笑痴，他年葬侬知是谁？试看春残花渐落，便是红颜老死时。一朝春尽红颜老，花落人亡两不知！

花有魂，鸟有魂，然而无所皈依，乃失魂落魄。回眸大野，红尘滚滚；骋思旷宇，高天漠漠。人之于世如湘云的判词："展眼吊斜晖，湘江水逝楚云飞。"诗意的不能实现和灵魂的无可依止正是林妹妹这个千古情人不入世情、不落尘泥的哲学心理原因。"愿侬此日生双翼，随花飞到天尽头。天尽头，何处有香丘？"林妹妹是仙子，不是凡间女子，因而不可以进入伦理婚姻，与贾宝玉构建俗世的"香巢"；"未若锦囊收艳骨，一抔净土掩风流"，林黛玉与贾宝玉的情爱只是一束锦囊、一抔净土，期待着掩埋那一怀诗心；"质本洁来还洁去，强于污淖陷渠沟"，这是林黛玉的孤标独帜，也是她诗性品格的最好言说。伤春悲秋的宇宙怀想，感时恨世的生命操心，就成为林黛玉的根本价值情感，爱情只有附丽于此才具有深刻动人的意义。只是，林黛玉的灵透高慧使她更清楚地看到，这种诗意生命缺乏现实依据，所谓"无立足境"。因而抱定根本悲观的生命观点："一朝春尽红颜老，花落人亡两不知！"在死亡意识的笼罩下，宇宙空茫，人生无绪！

另外四首抚琴曲词"悲往事"就易于理解了：

风萧萧兮秋气深，美人千里兮独沉吟。望故乡兮何处？倚栏杆兮涕沾襟。

山迢迢兮水长，照轩窗兮明月光。耿耿不寐兮银河渺茫，罗衫怯怯兮风露凉。

子之遭兮不自由，予之遇兮多烦忧。之子与我兮心焉相投，思古人兮俾无尤。

人生斯世兮如轻尘，天上人间兮感夙因。感夙因兮不可惼，素心如何天上月！

第一首千里伫望，第二首月下怀想，第三首身世不偶，第四首是宇宙渺茫。故乡遥亘千里正是那段"哲学距离"，轩窗独影到明月天涯，望之、怀之、思之、悲之，银河渺茫，罗衫怯怯，遭逢不偶，心不能已。但是，伫望着遥遥银河，回思着今来古往，时空穿越衍化为诗情的流注和灵魂的遐想，所谓"药催灵兔捣，人向广寒奔"。"夙因"亦即宿命，说到底连归宿和依止的追觅都没有意义，唯有那颗素心明月一般，才是生命和价值的终极目标。这就是林妹妹历幻已近归期时体悟的生命真谛。四首诗可以说是林黛玉情感生命历程的一个总结。

二、从绛珠草到湘妃竹：林黛玉的历幻

林黛玉的悲剧并不是没能与宝玉完婚，而是历史必然地进入世俗。从三生石畔进入太虚幻境就开启了悲剧的行程，这就是由一棵仙草变成湘妃竹，于暗夜凄风里怀思着归宿。与宝玉的情爱只是一种"依止"，或谓之栖所，从一开始就不是十分坚定。林黛玉也期盼奇迹出现，但她

更焦虑归程，所以她没有苟且之想。第八十二回"惊恶梦"，梦里贾雨村绍介做续弦，她求贾母、求宝玉，唯一一次倾心："我是死活打定主意的了，你到底叫我去不去？"披肝沥胆，血泪以之。宝玉当即剖腹掏心印证于她，对于她孤苦的灵魂是一个巨大的安慰。第八十九回听信闲言，以为宝玉婚姻已定，她是药食不进唯求速死。这是林黛玉结局的预演：不是什么幽会被逮投湖而死，而是金玉婚姻落实，木石因缘了结，泪尽而逝。林黛玉的故乡在太虚幻境，在灵河岸上三生石畔——有必要重新理喻湘妃竹意象。如果说绛珠仙草是林黛玉的原型，湘妃竹就是第一法身，一个影射林黛玉命运和结局、家园和故乡、终极和绝对的义域，标志了林黛玉形象的哲学高度和阐释幅度。转言之，只有将林黛玉置于二妃与舜那段"哲学距离"，才能进入这一形象的哲学本质。

关于竹的确切记载始于仰韶文化。1954年西安半坡村发掘了距今约6000年的仰韶文化，出土的陶器上有清晰可辨的"竹"字。距今约7000多年的余姚河姆渡文化也表明竹子进入人们的生活劳动已很久。当然，我们重视的是竹子与文化和文字之间的特殊关系，就是竹简：把字写在竹片上再用绳子穿起来就成了"书"，汉字"册"即由此而来。《尚书》《礼记》《论语》都是写在竹简上的。上古竹简写的书叫"竹书"，竹简写的信叫"竹报"。竹笔的发明更是文化史上开拓性的一页，在甲骨、玉片和陶器等殷代文化遗迹上就有毛笔朱墨字迹，湖北曾侯乙墓的竹器至晚是春秋战国时期。早在9世纪我国已开始用竹造纸，明代的《天工开物》有详细记载和图例。从竹简到竹笔再到竹纸，竹子对保存人类知识、传播中华文化起到重要作用，尤其是竹子与人类的情感生命关系在中华文化中有着无可替代的位置。

"不刚不柔，非草非木，小异空实，大同节目。"[1]竹子在花与树的大同小异中衍长出高雅的精神和气质；松、竹、梅被誉为"岁寒三友"，梅、兰、竹、菊被称为"四君子"。白居易《养竹记》：

---

1 （晋）戴凯之：《竹谱》。

竹似贤，何哉？竹本固，固以树德，君子见其本，则思善建不拔者；竹性直，直以立身，君子见其性，则思中立不倚者；竹心空，空以体道，君子见其心，则思应用虚受者；竹节贞，贞以立志，君子见其节，则思砥砺名行，夷险一致者。夫如是，故君子人多树之为庭实焉。

本、直、空、贞、节，这是君子品格的最佳注释。我们熟知六朝的王子猷之叹："何可一日无此君！"不免矫情。但"竹林七贤"的人格精神和生命情趣却令人慨叹。嵇康为人正直，殊无诡颜，朝廷要灭他，舆论哗然，京师三千人联名上书请以为师，嵇康临刑抚《广陵散》一曲，众山皆响。司马炎欲娶阮籍之女为妻，阮籍大醉六十日不与理论，司马氏只好作罢。这种风度和气度包含个体意志的尊严，挥洒着对于天道伦理的叛逆，心怀大道，目瞑河山，咫尺旷宇，风流朝市，辉映千古。

林黛玉的品格和气质似未与尽洽，她不仅保持着一段与竹林的诗意距离，而且始终没有走近的意向，不像"竹林七贤"那样穿越世俗，与世人有一番滚打摸爬，看守着竹林的尊严和傲岸，而是根本不入世俗门槛，始终保持生命的诗意，并把它煎制为凄风苦雨里湘妃竹上的一滴清泪。竹子是诗，是画，是笔，就是诗性本身，但是若用醉睡的海棠来象征湘云还说得过去，以竹来形容黛玉似又不太恰当了：她是在忧伤地期待着那个似曾出现过的虞舜，可她对这个世界从未有过真正的注意。有时也打量一眼这个世界，并以此教导她的宝哥哥，但也只是说说而已。比如她也说过八股文章清雅之类，但更关切宝玉的真心和实意，亦即他究竟在怎样的意义上理解和安顿她和他；黛玉的失望并不是因为婚姻，而是因为有人辜负了当年的盟约，这涉及她的归宿和他的真情。对宝玉考状元的关切就像对她自己能否打理大观园一样，就没有过能力方面的怀疑。与湘妃竹的意象相映照，黛玉的生命风格更接近白居易《画竹歌》里的竹子："植物之中竹难写，古今虽画无似者。萧郎下笔独逼真，丹青以来唯一人。人画竹身肥臃肿，萧画茎瘦节节竦。人画竹梢死赢垂，萧画枝活叶叶动。不根而生从意生，不笋而成由笔成。"用经典人格来概括林黛玉有许多困难，关键在于她是不根而生、不笋而成，亦即，不是从世相中提摄出来的某种典型，而是情的样相，诗的精魂。白居易的另一首诗《赠元稹》："无波古井水，有节秋竹竿。一为同心友，三及芳岁兰。"同心兰友，黛玉差拟：韶华美浓，气质如兰，却心如古井，节似秋竹。说她的人格精神含蕴着中华文化的全部英华，一点不为过。还是这位白居易，他的《酬元九对新栽竹有怀见寄》："昔我十年前，与君始相识。曾将秋竹竿，比君孤且直。中心一以合，外事纷无极。共保秋竹心，风霜侵不得。"说尽黛玉心迹。孤且直，中心一，秋竹心，侵不得。一滴竹泪，映射风刀霜剑，翻似摩诘之雅，只可风蚀不可尘污，林黛玉还不是此种心境："独坐幽篁里，弹琴复长啸。深林人不知，明月来相照。"[1] 而是此种心境：独坐潇湘馆，弹琴低吟，雨滴竹声，空阶到天明。唯秋竹风泪能解她内心的孤独。但是王维为开元寺画过竹，枝叶扶疏，纤密不乱。嘉祐六年冬苏轼于凤翔见到刻石"门前两丛竹，雪节贯霜根，交柯乱叶动无数，皆可寻其源"[2]，不妨对照贾宝玉二游幻境见到的绛珠真形一看：

> ……白石花栏围着一棵青草，叶头上略有红色，"但不知是何名草，这样矜贵？"只见微风动处，那青草已摆摇不休。虽说是一枝小草，又无花朵，其妩媚之态，不禁心动神怡，魂消魄丧。

两相对比：栏里一棵与门前两丛，叶头稍红与雪节霜根，摆摇不休之草与交柯乱叶之竹……王维之竹与潇湘泪竹乃是仙凡之隔。护花仙女一语道破："我主人是潇湘妃子。"那么苏轼写竹就只是一种尘间趣向："晚节先生道转孤，岁霜唯有竹相娱。"[3] "结根岂殊众，修柯独出林。孤

---

1 蘅塘退士编，陈婉俊补注：《新评唐诗三百首》，广东人民出版社1982年版，第267页。

2 孔凡礼、刘尚荣选注：《苏轼诗词选·王维吴道子画》，中华书局2005年版，第16页。

3 王文诰辑注，孔凡礼点校：《苏轼诗集（三）·竹坞》，中华书局1982年版，第669页。

高不可恃，岁晚霜风侵。"[1] 孤高遭风霜，似可黛玉拟。"萧然风雪意，可折不可辱。风霁竹已回，猗猗散青玉。"[2] 就很似黛玉的孤愤幽独。"瘦竹如幽人"[3] 则直是岁晚时节的潇湘写真。

苏东坡有《题文与可墨竹》："诗鸣草圣余，兼入竹三昧，时时出木石，荒怪轶象外。"文同，字与可，以"湖州竹派"名世。苏轼说文与可的画艺：感竹之情，尽竹之性，超以象外，臻于化境。所谓"振笔直遂，兔起鹘落"，有"拂云而高寒，傲雪而玉立"之气格。又有《图画见闻志》赞文同："善画墨竹，富潇洒之姿，逼檀栾之秀，疑风可动，不笋而成者也。"[4] 二者皆可喻黛玉风致精神。第二十八回黛玉说："我没这么大神气禁受，比不得宝姑娘，什么'金'哪'玉'的！我们不过是个草木人罢了！"庶几"身与竹化"。

世间栖游总不可长久的，孤傲的精神唯须剔透的灵魂来承载。进入《红楼梦》后半段，林妹妹开始由湘妃竹向芙蓉花转移，用"悲往事"琴曲来概括，就是身世不偶。如果说人品根柢可以从灵河岸上三生石畔去探究，灵魂的淬炼就必须超越情与礼的范畴，进入真假有无的追问和悲思。

> 秋花惨淡秋草黄，耿耿秋灯秋夜长；已觉秋窗秋不尽，那堪风雨助凄凉！助秋风雨来何速？惊破秋窗秋梦绿；抱得秋情不忍眠，自向秋屏挑泪烛。泪烛摇摇爇短檠，牵愁照恨动离情；谁家秋院无风入？何处秋窗无雨声？罗衾不奈秋风力，残漏声催秋雨急；连宵脉脉复飕飕，灯前似伴离人泣。寒烟小院转萧条，疏竹虚窗时滴沥；不知风雨几时休，已教泪洒窗纱湿。

孤灯不眠，雨竹虚窗，长夜漫漫，宙宇凄凉。从天国来到大观园，

1　王文浩辑注，孔凡礼点校：《苏轼诗集（五）·元祐五年十二月十二日同景文义伯圣途次元伯固蒙仲游七宝寺题竹上》，中华书局 1982 年版，第 1722 页。

2　王文浩辑注，孔凡礼点校：《苏轼诗集（三）·御史台榆、槐、竹、柏四首》，中华书局 1982 年版，第 1004 页。

3　王文浩辑注，孔凡礼点校：《苏轼诗集（五）·书鄢陵王主簿所画折技二首》，中华书局 1982 年版，第 1526 页。

4　（宋）郭若虚：《图画见闻志》，人民美术出版社 1963 年版。

林妹妹是孤怜悲凄莫知所往，湘妃竹渐变为风露清愁的芙蓉花，灵河岸也变成秋池塘。这是伦理中心的遥远，故国家园的渺茫，身世凄悲的哀悼，还是人生如寄的忧伤？满世界秋风秋雨催逼着行将归去的离人，她还在追寻那个早已迷失的虞舜吗？她只在等待，她只在谛听，等待那个有过约定的人，谛听那隔开几千年的呼唤，梦迹依稀，音讯杳然，泪已枯干。除了满世界的风声雨声，什么也听不见，什么也看不见……这就是那个尘世中形单影只的林妹妹。

> 桃花帘外东风软，桃花帘内晨妆懒。帘外桃花帘内人，人与桃花隔不远。东风有意揭帘栊，花欲窥人帘不卷。桃花帘外开仍旧，帘中人比桃花瘦。花解怜人花亦愁，隔帘消息风吹透。风透湘帘花满庭，庭前春色倍伤情。闲苔院落门空掩，斜日栏杆人自凭。凭栏人向东风泣，茜裙偷傍桃花立。桃花桃叶乱纷纷，花绽新红叶凝碧。雾裹烟封一万株，烘楼照壁红模糊。天机烧破鸳鸯锦，春酣欲醒移珊枕。侍女金盆进水来，香泉影蘸胭脂冷。胭脂鲜艳何相类，花之颜色人之泪。若将人泪比桃花，泪自长流花自媚。泪眼观花泪易干，泪干春尽花憔悴。憔悴花遮憔悴人，花飞人倦易黄昏。一声杜宇春归尽，寂寞帘栊空月痕！

即使那些风日晴和的日子，林妹妹也总与此世间隔着：人与花不远。仿佛是去年，仿佛是曾经……"人面桃花相映红"抑或"人比黄花瘦"，两者都影射某种世俗畅想：是等待一去不返的情人呢？还是在怀念死去的丈夫呢？桃花是女儿的象征，但不是冰清玉洁的佳人，更像是红尘历尽的才女。所谓"花绽新红叶凝碧"，就是碧血凝泣，红叶相思，却是梅开二度春风又绿的意思。这使我们对这位天国仙子的世俗身份产生了怀疑。事实上在绛珠仙草转换为秋水芙蓉的过程中，林黛玉凝思结想的无不是湘江旧事，下意识体认的就是绛洞花王的爱妃，配住于怡红院的偏殿——潇湘馆！"天机烧破鸳鸯锦，春酣欲醒移珊枕。侍女金盆进水来，香泉影蘸胭脂冷。"这是再真实不过的妃子意态——沉湎于侧室臣妾的角色，林黛玉神迷情惑意动心摇，就要进入反封建、求独立、争自由的世俗人生了，可是竹泪未干，诗意犹存，她还是领悟了宿命："若将人泪比桃花，泪自长流花自媚。泪眼观花泪易干，泪干春尽花憔悴。"泪与花是两样，灵魂与肉体毕竟不同。林妹妹生命的仙凡两重价值，哪一方面是真实的，哪一方面是虚假的呢？问题回溯到当年的绛珠仙草与今天的潇湘妃子哪个是真，哪个是假呢？这是涉及人性本质的问题。第四十五回雨夜访潇湘，宝玉头戴大箬笠，身披蓑衣。黛玉笑道："那里来的这么个渔翁？"末了，宝玉要送黛玉一顶斗笠。黛玉笑道："我不要他！戴上那个，成了画儿上画的和戏上扮的那渔婆儿了。"这话恰与说宝玉的话相连了，林黛玉就后悔不迭，脸羞得飞红，伏在桌上嗽个不住——渔翁渔婆就是世间夫妻！这本就是假的嘛。可黛玉为什么羞红脸了呢？尘世间的凄风苦雨逗引着人的尘心俗念，人性本然，仙子黛玉亦然。第九十六回傻大姐泄露了金玉婚姻的消息，黛玉一改矜持，掀帘子就问："宝玉，你为什么病了？"宝玉笑道："我为林姑娘病了！"袭人和紫鹃吓得面目改色，忙用言语来岔。两人却不答言，仍旧傻笑。然后秋纹和紫鹃就来搀黛玉回潇湘馆，黛玉也站起来，瞅着宝玉只管笑，只管点头。紫鹃说："姑娘，回家去歇歇罢。"黛玉道："可不是！我这就是回去的时候儿了。"说着便回身笑着出来，仍旧不用搀扶，走得飞快。黛玉要回的不是潇湘馆，而是灵河岸。我们知道这才是真的。从渔翁渔婆的假想到潇湘馆的捐弃，哭变成笑，泪尽了！"一声杜宇春归尽，寂寞帘栊空月痕！"潇湘妃子如寒塘鹤影，于冷月之夜抛别虞舜的追寻，回到那段"哲学距离"，宣布兼美的幻灭，回复了她仙子的本来面目。

三、湘妃竹泪与虞舜之痴

从绛珠仙草到潇湘竹泪，从桃花到芙蓉，意象转换呈现着世俗相位（存在状态）的变化，与林黛玉这个形象始终保持着象征隐喻关系。据此可能把握曹雪芹设置形象的一些意绪或思路，比如湘妃竹与芙蓉花两个意象的叠合告诉我们：宝、黛之间始终保持着一段距离，绝不会有幽会或被污这样的情节意向。在回归潇湘妃子，亦即绛珠仙草的性相时，有一个意象虚化掉了，就是榴花，影射元妃。亦即，林黛玉如果不是泪尽，进入与薛宝钗的竞争就势必成为元妃那样的侧室，芙蓉变榴花，《桃花行》描写的就是侧室的生活：慵懒，寂寞，思念，凄清。男人不在，这里是偶尔巡幸的地方。这样的情节如果落实了，黛玉就不再是绛珠仙草，不是潇湘妃子，而成为元妃，就是世俗中人。幸而不是这样——二游太虚幻境宝玉看到的那棵围在白石花栏中的仙草乃是其原型。唯其回到天界，而不再是尘间，才与还泪的根本情缘不相违背。绛珠仙草的价值在于未进入伦理，亦即"花的含苞一样"，只在三生石畔感遇着本体世界的悲风凄雨。一旦进入，仙子就变成妃子，道体真性就洁体化[1]为原儒圣性，情也就"不为真情了"。从潇湘妃子到芙蓉花，回到绛珠仙草，正是从原儒出发，由君子人格（臣妾相位）的孤持独立回向道体之源的真情性中去。潇湘妃子是典型的侍妾形象，芙蓉花就有狂狷的味道了：真性情，真情爱，真诗意，出于污泥而不染，然而失却伦理支持，找不到立足之地，只作为士大夫觅知音、求独立的价值努力，停滞在宇宙深处。诗性人格无法从伦理世界获得价值实现，就是怀才不遇，就是天高地迥殊无意趣的价值空洞，所以元春呼告："天伦呵，须要退步抽身早！"

曹雪芹的悲悼痛惜是无可言喻的。这种悲剧不仅是女无知悦、士不知遇，而且意味着一种追觅和求索，对于明君的虔敬和忠贞，比如屈原；对于天道的把握和承荷，比如嵇康；对于宿命的体悟和领承，比如黛玉……一种诗性追求缺席个体意志和自然本质的熔铸，就只能成为象征，不能确立诗意生命与不能诞生独立人格有着同一人性逻辑和历史必然，而舜与二妃缺乏的恰恰是人性欲望的实现和世俗人生的操作。他们的生命存在是架空的。

---

1 洁体化是基督教沐浴仪式之一种，一般是为刚出生的婴孩举行的。成人也有，食面包，饮红酒，象征基督圣体进入信徒肉身，生命遂此获得圣化。特识。

除开天人结构所导致的人格角色化，人格典范乃至情感模式是更其重要的原因。我们看，屈原的忠，嵇康的诚都是臣对于君或士对于天，而不是对于具体某个人；反之，他们也是以臣或士的"相位"，而不是作为独立的人自居的。黛玉也好，宝玉也罢，都不是独立人，而是作为一种品格或相位来确立价值存在的。与他们相反，自古以来那些小人们之所以能成功，正在于他们懂得君亦是个人，天子也只是具体某个人，不仅需要差别对待，而且需要特殊对待。他们非常娴熟以私人关系来替代君臣关系或天人关系，以谄或媚的方式获得交换价值。在小人们看来，人格或相位只是象征或角色，就根本没必要也不可以坐实来理解。而原儒人格的执持者们正好相反，他们真心把君上当君上，把天子作天子，结果是把自己人格化或角色化了。周汝昌先生是这样描述的："薄利名，鄙流俗，重性情，爱艺术，不务正业，落拓不羁，敢触礼教，风流脱尘，佯狂避世……"[1]这不是非常个性化抑或人格化的表现吗？非也。这是君子人格倒逼人性的结果——当他们以诚以忠将君上或天子来趋奉时，又一次错位了。原本，君上或天子也是个体，相位或人格只是一种规范或规约的格式或模具；人性疯长或人格夸张就成为他们自我拯救的要妙，君子人格或原儒精神不在其外。周先生特别强调此类典范的根本特点"痴"："一是它本身是'情'的一种真谛，一种高度；二是它的意义与价值不为世俗所理解、所容许，总要遭到最普遍最强烈的反对。"[2]总结此种人格典范时感慨地说："这些人大抵具有极大的特色，在他们身上体现着绝世的天才，惊众的技艺，而且还有令人感动的性情与智慧。"[3]所谓狂狷。在我看来，两字足矣：情、痴。情可以从三个维度来考察：一是迥异于经邦济世的诗性人生，二是恣情任性的情感方式，三是专情而不势利的诗性品格。痴是情的极致，就是袭人嗔责宝玉"着了魔"——"这'着了魔'三字，注解'痴'字神理，比任何

1　周汝昌、周伦苓：《红楼梦与中华文化》，工人出版社 1989 年版，第 110 页。

2　周汝昌、周伦苓：《红楼梦与中华文化》，工人出版社 1989 年版，第 128 页。

3　周汝昌、周伦苓：《红楼梦与中华文化》，工人出版社 1989 年版，第 139 页。

别的变换之词都更为绝妙！着了魔，有点儿像'入了迷'，但又绝不尽同。魔者何？本来是与'正神''正道'相对待的'邪魔'——非正统，为善类所歧视、所不容者是也。人的痴性竟与魔道相近似，正所谓'其乖僻邪谬之态，又在千万人之下'"[1]！狂狷的价值旨趣恰恰在于个体的独立意志和诗性人格，在不同历史阶段其所面对的最高价值亦不相同：在绛珠仙草这一段主要是面对神瑛侍者的神意，亦即一位明君；在湘妃竹泪这一段就是面对伦理主人和家族意志了；芙蓉花这一段则面对真性自我，进入"痴"的义域。其痴愈甚，其情愈笃，其诗意和赤诚愈能感动我们，当然就愈为世俗所不容。从原儒圣意的体贴到君子品格的操持，直到狂狷不羁的诗化人生，乃是与世俗对立，追求独立意志的人性之必然。我们由此理解了圣人与真人、君子与小人、真情性与势利心迥异的价值旨趣，理解了善恶、美丑、真假，以及正统与异端、狂狷与顺适、佯狂避世与玩世不恭等世俗存在。可以说花与泪的意象转换指涉雅与俗，涵摄曹植《洛神赋》、嵇康《广陵散》、刘伶《酒德颂》、白居易《琵琶行》折射的中国精神的渐渐式微，这就是伦理天道的价值噬空和原儒人格的自我消解。如果从象征隐喻看，绛珠仙草就是诗的灵魂，而湘妃竹泪是这一灵魂的存在状态，芙蓉花则是诗性本质的枯寂和冷落。林黛玉的一生就是一个诗意幻化和澌灭的过程。

花与泪意象应和母爱情结。林黛玉从"贾夫人仙逝扬州府"出场，无论是母字（"敏"）避讳的强调，还是父无子嗣、衰年将尽的叹息，都在表述着"人"的存在，仿佛是这样：在父位缺席的场域下，孩子以拒绝成长替代人的价值进取，本质是一种自我规避。《红楼梦》恰恰显示了与之相反的观点：中国文化不仅不缺乏一位"父"，相反，那位"父"无所不在，不是个体的人，而是神圣伦理，一种神性和天意宰制所有个体的最高存在。所以中国文化以凸显母位来柔化之、消解之，其心理反射就是父亲高高在上，又若存若亡，就是舜与二妃之间那段永无可及的

1　周汝昌、周伦苓:《红楼梦与中华文化》，工人出版社 1989 年版，第 131 页。

"哲学距离"。不是西方那样把父位捧向天外仰望，而是将母位推向地平线那端，隔开距离以领承——母位是父位的委婉而已。两相比较，后者是温情得多，但是也深刻得多。我们说过，盛筵意象是一个大子宫，许多饮宴只是一种吟咏和休闲，类似胎儿在母腹中的"劳作"，一种象征性的生命律动，饕餮之徒往往是有失体统的——中国文化不缺乏仰望中心，而是仰望中心在窒息个体的生机；宁国公和荣国公已去世多年，可他们的鬼魂还在贾府的上空监视着，连警幻仙姑都不得不遵奉其旨意转谕宝玉。从贾宝玉到傻大姐无不恪守着没有父亲的父亲意志，贾母、王夫人都在扮演父亲而不是母亲的角色。花与泪的意象表明，一种温柔而无望的在世感，一种父亲的阴魂永远挟制着孤儿寡母的无助感，一种回到母腹中方可梦想的自在感，与全盘西化、诅咒自我是同一心理逻辑：前者是以母腹幻想替代个体生存，后者是以西方畅想支撑缺失的信心。不妨凝注一下贾宝玉的满面凄泪。

> 宝玉本想念黛玉，因此及彼，又想跟黛玉的人已经云散，更加纳闷。闷到无可如何，忽又想起黛玉死的这样清楚，必是离凡返仙去了，反又喜欢。忽然听见袭人和宝钗那里讲究探春出嫁之事，宝玉听了，"啊呀"的一声，哭倒在炕上。唬得宝钗袭人都来扶起，说："怎么了？"宝玉早哭的说不出来，定了一回神，说道："这日子过不得了！我姊妹们都一个一个的散了！林妹妹是成了仙去了。大姐姐呢，已经死了，——这也罢了，没天天在一块儿。二姐姐碰着了一个混账不堪的东西。三妹妹又要远嫁，总不得见的了！史妹妹又不知要到那里去？薛妹妹是有了人家儿的。这些姐姐妹妹，难道一个都不留在家里，单留我做什么？"

这是第一百回黛玉新死探春又远嫁、宝玉失魂落魄的一番话，我们都会视作蒙童糊涂之语。这段话的表层是风流云散的悲悼、亲情远逝、知交零落的哀伤，深层话语却是举目无匹、陌路无随的巨大孤独，一种形单影只的畸零感和无助感。在宝玉的世界里，父亲和母亲，其实都是不存在的，只有姐妹们——在他的心目中，不是亲情，而是作为存在的理由和生命的意义而须臾不可离的。转言之，在一个失却价值和意义的栖所，一个满眼凄凉、遍地哀伤的世界，贾宝玉除开接受伦理之父的训诫，感觉父位阴影的巨大之外再不能获得半点温情，看到一点希望。在父位虽死犹在的莫名恐怖中，母亲的存在是没有意义的。环顾周边、看清四下的空洞之后，贾宝玉开始存在方式的反思。第一百零六回抄家后被革去世职，贾母焚香祷天，贾宝玉有一场恸哭。

> 宝玉见宝钗如此，他也有一番悲戚，想着："老太太年老不得安心，老爷太太见此光景，不免悲伤；众姐妹风流云散，一日少似一日，追思园中吟诗起社，何等热闹；自林妹妹一死，我郁闷到今，又有宝姐姐伴着，不便时常哭泣；况他又忧兄思母，日夜难得笑容。"今日看他悲哀欲绝，心里更加不忍，竟嚎啕大哭起来。鸳鸯、彩云、莺儿、袭人看着，也各有所思，便都抽抽嗒嗒的。余者丫头们看的伤心，不觉也都哭了。竟无人劝。满屋中哭声惊天动地，将外头上夜的婆子们吓慌，急报于贾政知道。

这里不是"感时花溅泪"，而是"恨别鸟惊心"：弥天旧梦，遍地冤抑，哀告无门，举步艰难！一个人死掉是泪，一个家族死灭了也是泪，可是编队列阵投入死亡、满世界上演悲剧，就不能不警心而忏悔了。我们能理解宝玉心灵深处那个父位阴影的恐怖：留驻世间，就不是一个人的孤单，而是同样地枯硬为一位"父"，操弄伦理威权，制造死亡运动，正是贾宝玉一想到姐妹们"走"留下他一个人就孤苦无依的真实心理。父位没有死去或空缺，反而是牢牢地控制着家族，不给任何人留有余地，这才是中国文化的真正可怕处！

由于父位的绝对无待和终极存在，我们不能不回顾拯救者女娲：是什么原因使这个大祖母枯涸为父位，从而将一个花与竹的世界变成阴森的宫殿呢？天道自然又是如何转换为父亲的阴影而不再是母亲的怀抱呢？那段"哲学距离"消失了，父亲就在身后，神性和诗性都归于圣性，在每个人的心灵深处阴噤着，天道与存在、神性与伦理、诗意与人性之间只有一滴泪的距离。回想着林妹妹使气闹性子那些泪光花雨的日子，贾宝玉没有理由再苟活下去。妙玉被劫后他再一次大哭：

> "这样一个人，自称为'槛外人'，怎么遭此结局！"又想到："当日园中何等热闹！自从二姐姐出阁以来，死的死，嫁的嫁，我想他一尘不染，是保得住的了，岂知风波顿起，比林妹妹死的更奇！"由是一而二，二而三，追思起来，想到《庄子》上的话，虚无缥缈，人生在世，难免风流云散！不觉的大哭起来。

妙玉的结局使贾宝玉警悟，不是愿不愿意，而是能不能苟且下去的问题。妙玉一尘不染都不免一死，而且死得更"奇"，他或她们又能好到哪里呢？"人生在世，难免风流云散"这就是问题的根本，亦如妙玉般避世隔俗，避开了"父"却躲不开"盗"——父与盗是如何的关系呢？有人拿贾宝玉与哈姆雷特作比：哈氏是"是活着，还是去死"的提问，主动性在人这边；贾宝玉则是不能活下去，活下去就没有理由的问题。除开那位"父"能永远地活着，人是无论如何不能幸免于死的。这位"父"，难道不比哈氏遭遇的那位"父"更可怕吗？

四、花与泪中隐然而现的酒与火

从接受与传播看，花与泪涉及版本及传诗说，体现曹雪芹梦醒时分的巨大孤独和深刻怆痛，最后的旨趣只能是娱情怡性、苟且性命，所谓养生，这是情教理想破灭，诗性追求失败后人能采取的唯一价值态度。首先是淡泊名利。曹雪芹不愿在这个世界兴什么风掀什么浪，只愿做自己的事，所以他"作而不述"，不留名姓，红学家考据探佚如坠十里云中。其次是传诗。曹雪芹虽已勘破世情，私心处还有所保留。诗者既是真情之流露，也是平生之记忆，联系着铭心刻骨的往事，写出来聊可缓释内心怆痛。可脂砚斋是认真的，更加认真并体认使命的是程伟元，他是真诚做事却造成后世红学的十万丈疑云，这就是参考形形色色的抄本，将佚失复得、零乱残破的抄本连缀起来，完成百二十回的重构。从每一个角度、每一种用心、每一种学问释读这些抄本，都会得出合情合理的结论，而对于曹雪芹却只是恶作剧。我们依旧相信，只有程伟元修订的抄本是最真实的曹氏真本。最后是曹雪芹也有经营艺术的用心。就是两套表意系统的熔铸：表面是家族叙事，底层是意象符码，其间融入文化反思，而情私爱忆是铭心刻骨处——举凡花草树木、诗词歌赋、佛偈禅语、药方巫术、鬼迹灵符、酒令琴曲、梦呓谶语乃至饮酒唱和、民情风俗，无不有大可玩味的象征意指。全部《红楼梦》就是一个符号世界，曹雪芹把它们熔铸得完美无缺又天衣无缝，形成超越普通叙事的艺术方式。于是我们必须完成最后一个意象系统的阐释：酒与火。我们不再做繁复的意象论述，读者不必胶柱鼓瑟。酒与火没有出离性原型：太虚幻境的盛筵，大观园的诗酒，贾府的饮宴乃至市井作乐诸般世相如吉凶梦幻、侠隐祸福、风光节物——都隐约火意象，映射走水、上火、"情极之毒"等心理内容。

花与泪衍展到林黛玉的《桃花行》，已经进入酒与火的义域，两个依据：（一）花与泪的本质还是性模式，如前所说："花的意象进入伦理盛筵，不论天道自然还是伦理大法，事实上都变成情色狂欢。花就是性符码，礼乐文章的高档饰物和消费对象。"（二）作为女儿们的隐喻和象征，其美丽诗意必然诉诸生命的自然本质；爱意萌动、婚姻操心及命运焦虑，无不映现性意识和性追寻，体现于花色的评价、婚姻的调侃、谶语的警悟，乃至丫鬟们对于主子的百般回护和非常嗔责——紫鹃是替代林黛玉与贾宝玉谈恋爱，晴雯与宝玉早已超越主仆关系，是真情爱侣。在更大空间内宝玉与芳官、晴雯、五儿可以同衾相偎和衣共卧，酒是一种借口，也是表达方式，不是隐约地而是明确地传达着女儿们的柔情蜜意。夏金桂请薛蝌吃酒最公开无忌，就是性招引。至于群芳夜宴宝玉与黛玉真情暗渡私相逃酒，是比喝交杯酒更见体贴和爱怜的柔情和蜜意。情的追寻必然导致性意会，在大观园的崇光焕彩灯红酒绿之间，多少梦幻泛滥着情色义含，渑漫为诗，为酒，为梦，为场面上的笑语以及帏幕后的风流秘事，花的意象就顺理成章地转换为酒与火。

酒是一个高频意象，前已述及，再做点补充：（一）酒意象在文本中分派为品格和世相两个特色或情境。第七十五回中秋夜宴，一边是贾母和儿孙们赏月听笛，另一边是贾珍声色犬马祠堂鬼叹。贾珍淫乐纵欲固然导致鬼气阴嚗，贾母的天伦之乐也人丁不旺，显现出家事萧条来。如果说前者是一种人性堕落，后者就是天意如此。我们似乎被迫感受着一种因果关系，大厦将倾的天命和运数到来之时，人性堕落并不就是决定性因素，而只是结果。那么天命或运数又是什么呢？如果说贾母的夜宴隐约着凄凉不虞，贾珍的酒宴就浸透了危机和恐怖。从贾母的酒局举首望去是皎皎孤月、溟溟夜空，是玄远不测的宇宙；从贾珍淫宴望去则是魆魆鬼影漠漠大荒；贾母的酒冷清着儒家天伦的困倦和疲惫，贾珍的酒就是及时行乐冷炙残羹，一种废道颓德回光返照。两者都无济于家族败灭，都泛出倾覆板荡的异兆悲音。（二）酒意象作为一种符码和谶语，预示着家族命运和人物结局，凝蓄着末世临期诗意暴死的不吉祥，一种死亡气息。第七十五回黛、湘联诗就是一种无酒之宴。她们似乎被逐出家园，在荒郊野地收拾着晚餐。面对清凄的宇宙，孤寂的月轮，她们是孤栖鹤影，冷凝诗魂，成为这个世界最后的精英。可是我们感觉她们是逃亡者，从盛筵逃离的幸存者。酒对于她们，已成为天边幻事，焦灼和失落已然释去，她们成为最洒脱自在的人。（三）酒意象氤氲着性意识，一种深度紧张又无可期待的性忧郁，从而隐喻女儿内心深处的凄凉和寂寞。湘云醉卧芍药裀正是酒与花的叠映：石磴潮凉稀释着热毒，酒意花香氤氲着诗情，活脱脱一个兼美意境，《红楼梦》诗酒美乐最娇美狂憨的画面之一。但是这里叠映着石和玉，叠映着镜与月，同样叠映着花与泪。镜与月需略作说明，湘云判词有"霁月光风耀玉堂"之句，固然不可深凿，但《白海棠和韵》又有"自是霜娥偏爱冷"之句，"霜娥"即嫦娥，指涉月窟，这是湘云与月意象的影射关联。"玉烛滴干风里泪，晶帘隔破月中痕。幽情欲向嫦娥诉，无奈虚廊夜色昏！""风里泪"隐约二妃与舜的关联，与黛玉同，后三句完全指涉月意象，其中"晶帘隔破"隐喻闺中，镜意象自在其里。镜与月影射风月宝鉴则其意自明。花与泪就不是意象，而是花香满衣、花瓣满身、枕花梦花、花亦即人了。

泪意象须作说明。第二十二回贾母看戏，湘云刚说那小旦"是象林姐姐的模样儿"就惹了事，宝玉从中斡旋，结果两不承情，湘云疾言厉色："你那花言巧语，别望着我说。我原不及你林妹妹。别人拿她取笑都使得，我说了就有不是。我本也不配和他说话：他是主子姑娘，我是奴才丫头么！"宝玉拊胸顿足，湘云不依不饶："大正月里，少信着嘴胡说这些没要紧的歪话！你要说，你说给那些小性儿、行动爱恼人、会辖治你的人听去！别叫我啐你！"这是湘云第一次从黛、湘结构中挣离。第三十二回谈经济，宝玉大觉逆耳："姑娘请别的屋里坐坐罢，我这里仔细腌臜了你这样知经济的人！"然后说："林姑娘从来说过这些混账话吗？要是他也说过这些混账话，我早和他生分了。"这就将湘云从黛、湘结构中驱离，驱逐她的人居然是宝玉。第六十二回醉卧芍药裀是第三次离开结构，却是自动"逃离"。第四次第七十六回湘、黛联诗，黛、湘二人同时逃离，寄人篱下，孤弱无倚，同病相怜。此后湘云就不再来大观园。我想说第三次。大观园充满诗情画意，唯湘云醉了，独自一人醉倒在芍药石磴上：冷露苍苔，潮磴冷石，那香梦沉酣的醉态里有多少让人落泪的凄楚呵！"自是霜娥偏爱冷"，既是处境更是无奈：光风霁月心量宽宏的女孩，却似那身世飘零泪雾离披的嫦娥。性意识未必导致性冲动，也未必都是淫邀密约的性期待，恰恰是凄凉，一种真情无托、身世不偶的操心和忧戚。我们在赞美的同时又那样深挚地理解这个可怜女孩的命运和遭际，那种沉沦感、落魄感、风烟感。花的意象在酒的浇漓下映现出泪，隐约着盛筵必散、风流无觅的无尽悲凉。

第四节
酒与火

火意象乃是酒意象的内化抑或外缘。火有三种：热毒之症、淫恶之欲和吉凶之兆，分别指涉梦幻祸福、节物风光和侠隐世情，包括上火、走水、情极等情节心理内容。

第一种是热毒之火。薛宝钗天生一种热毒症。第七回周瑞家的送宫花到梨香院，宝钗就与她详说病情和制药：不唯材质繁难、制作艰巨，平日保存还得埋在花树底下，这已经是饥荒了！所幸"犯了时吃一丸就好了——倒也奇怪，这倒效验些"。宝钗说："也是那和尚说的，叫作'冷香丸'。"我们终于看到这样一种"对症"：冷香丸对治热毒症！

我们不妨对"冷香丸"做些研究：（一）海上仙方儿来自神启示，不是凡药。（二）四时周流的天上之物：雨、露、霜、雪，与四季荣发的地上之物白牡丹、白荷花、白芙蓉、白梅花之花蕊——天地四时对位融渗才能制作成功。显然是隐喻泪与花，而不是指医药材质和工艺制作。（三）十二之数是《红楼梦》一个特定意象，直指十二钗，无须多说。看来这海上仙方不仅对治宝钗，而是十二钗的全部生命热毒，均须天道自然四季流行的神性诗意来对治。（四）四种花对应于钗、黛、湘、妙四大金钗，以及元、迎、探、惜，卿、凤、巧、纨两组人物乃至副册、又副册二十四个女子，只是每况愈下罢了。热毒就是情欲，人性欲望，也就是将女儿们最后导向伦理悲剧的性意识。从文本看，所有女儿都不免犯一点热毒症。黛玉接到泪帕就题诗三首，"觉得浑身火热，面上作烧，走至镜台，揭起锦袱一照，只见腮上通红，真合压倒桃花——

却不知病由此起"。是典型的热毒症候。湘云醉卧诗雅美浓，却也是热毒症候，内心的焦虑和忧伤如上所述。可卿之淫、凤姐之毒、迎春的自卑，乃至惜春自闭、探春扭曲、妙玉走火、元春宫恙，无不与此有关。至若鸳、晴、平、袭、麝月，秋纹，司棋，莲花之流，或性情刚烈，或心机深隐，或恣情任性，或生机活现，无不显现着使人成为人的自然本质。对于此种人性的"热毒"，曹雪芹并不简单否定或一味肯定，而是分开诗意和情欲两个档位，把她们与花、与火、与酒、与诗联系起来，表达了对于人性本质的深刻关切，在夸赞女孩们高才雅调的同时指示了悲剧必然：热毒是人性本质，是天然本性，非神性和诗意不能根治——然而神性和诗意属于天国，是宿命和机缘，人对此无能为力。

第二种是邪火、毒火、淫欲之火，热到极致就是人性的毒恶。第四十四回变生不测凤姐泼醋，就是发自内心深处的嫉妒，一种占领意向和征服势焰，夏金桂毒计自焚是其毒恶效果。秦可卿的膏肓之疾乃是欲望过剩导致性饥渴，其反射就是性压抑，最终生机枯涸。这在二尤、鲍二家的、灯姑娘等处都有赤裸表现，已是秽行。当然，热毒过极也会导致冷心冷意，就是贾宝玉出家离世前的"情极之毒"。

第三种可谓之"天火"。《红楼梦》开篇一场大火："不想这日三月十五，葫芦庙中炸供，那和尚不小心，油锅火逸，便烧着窗纸：此方人家俱用竹篱木壁——也是劫数应当如此——于是接二连三，牵五挂四，将一条街烧得如'火焰山'一般；彼时虽有军民来救，那火已成了势了，如何救得了，直烧了一夜方熄，也不知烧了多少人家。"这场火不分别官府或恶人，把葫芦庙和神仙人品的甄士隐烧掉了。完全没有道理可讲，就是荒诞派哲学讲的"荒诞"，佛家所谓"世事无常""人生不测"。类似的火还有第三十九回刘姥姥正在讲抽柴女孩的故事，外面吵嚷起来："南院子马棚里走了水了，不相干，已经救下去了。"贾母忙命人去火神跟前烧香，王夫人等急忙过来请安，贾母看着火光熄了，方领众人进来。宝玉还要追问女孩抽柴的事，贾母不悦了："都是才说抽柴火，惹出事来了，你还问呢！别说这个了，说别的罢。"马棚里失了火，贾母如此惊惶畏怖，这叫作心有挂碍。亦即贾母内心有一种福祸无常、吉凶难测的疑忌，心理逻辑是：唯人心道德能感通天意，可那些不肖子孙，种种劣迹干犯天意，抄家灭族恐不远矣！第五十四回元宵夜宴，王熙凤的笑话"聋子放炮仗——散了"，炮仗隐含火，就是败灭的谶语。第五十八回宝玉初愈园子里闲逛，正感伤"把杏花辜负了"，忽见一股火光，从山石那边发出，将雀儿都惊飞了。原来是藕官祭奠死去的药官。这里有个插曲，管理园子的婆子指斥藕官在园子里烧纸，贾宝玉回护藕官，假称"原是林姑娘叫他烧那烂字纸"，遮掩不过就又说："实告诉你：我这夜做了个梦，梦见杏花神和我要一挂白钱，不可叫本房人烧，另叫生人替烧，我的病就好的快了，所以我请了白钱，巴巴的烦他来替我烧了。"这里的火意象把藕官与宝玉，已经死了的药官与泪已将尽的黛玉非逻辑地、谶语式地联系起来，甚至是一种叠映，神意隐约，鬼气萦绕，隐喻黛玉之死及大观园幻逝。第一百零三回"施毒计金桂自焚身　昧真禅雨村空遇旧"的两场大火就更加惨烈：一场是夏金桂设计陷害香菱却害死自己，这是典型的玩火自焚。另一场是贾雨村于知机县急流津觉迷渡口遇见甄士隐谈不投机，刚要渡河，有人飞报："方才逛的那庙火起了！"探视的衙役回来说："那烧的墙屋往后塌了，道士的影儿都没有了。只有一个蒲团，一个瓢儿，还好好的。小的各处找他的尸首，连骨头都没有一点儿。小的恐老爷不信，想要拿这蒲团瓢儿回来做个证见，小的这么一拿，谁知都成了灰了。"火及"知机县急流津觉迷渡口"都是隐语，惜哉雨村未悟。

从情欲热毒到人性毒恶、抄家败灭，性模式穿越宇宙天道的空间之维，穿越伦理盛筵的时间之维，从诗酒美乐渐渐衍化为情私爱欲，发泄为人性欲望及存在焦虑，于世道人心的散坏处与天道感通——曹雪芹将这一幻演过程概括为一个"情"字。秦可卿开示："世人都把那淫欲之事当作'情'字，所以作出伤风败化的事来，还自谓风月多情，无关紧要。不知'情'之一字，喜怒哀乐未发之时，便是个性；喜怒哀乐已发，便是情了。至于你我之个情，正是未发之情，就如那花的含苞一样。若待发泄出来,这情就不为真情了。"《红楼梦》就是"情"的幻演,幻化为热热闹闹的伦理盛筵,上演形形色色的人生闹剧,悲欢离合,几度繁华,毕竟如烟似梦。花开复谢,大梦已醒,回复为原初本质,就是性原型。所以甄士隐结尾点题:"大凡古今女子,那'淫'字固不可犯,只这'情'字,也是沾染不得的!所以崔莺苏小,无非仙子尘心;宋玉相如,大是文人口孽。但凡情思缠绵,那结局就不可问了!"不是封建道学,而是性心理学,只是甄士隐没有称之"利比多"罢了。

一、不离不弃与始乱终弃

仙子尘心,乃有情爱;文人口孽,遂有文学。从文学看,酒与火涉及醒世与警世观念,涵摄从黛玉进府到宝玉出家的全部《红楼梦》叙事。曹雪芹的超异之处是:从温柔富贵诗礼繁华的伦理盛筵看出去,不仅看到屈原之爱、张岱之雅、嵇康的狂狷和颜渊的赤诚,而且看到老子的冷、庄子的忧、陶渊明的孤愤以及李贽的悲悯,还看到西门庆的顽劣和蒲松龄的寂寞。总括其真意,不过是原罪性质的人欲。《红楼梦》没有走向基督式的忏悔,而是组织了一次合家合族的恸哭,贾母老人的祷告包含了伦理主人的锥心之痛:

> 皇天菩萨在上:我贾门史氏,虔诚祷告,求菩萨慈悲。我贾门数世以来,不敢行凶霸道。我帮夫助子,虽不能为善,也不敢作恶。必是后辈儿孙骄奢淫逸,暴殄天物,以致合府抄检。现在儿孙监禁,自然凶多吉少,皆由我一人罪孽,不教儿孙,所以致此。我今叩求皇天保佑,在监的逢凶化吉,有病的早早安身。总有合家罪孽,情愿一人承当,只求饶恕儿孙。若皇天怜念我虔诚,早早赐我一死,宽免儿孙之罪!

贾母已经成为耶稣基督了!但是《红楼梦》并没有走向灵魂救赎,而是呈示了关于人性、灵魂的启示,走向逍遥。

据你说"人品根柢"，又是什么"古圣贤"，你可知古圣贤说过，"不失其赤子之心"？那赤子有什么好处？不过是无知，无识，无贪，无忌。我们生来已陷溺在贪、嗔、痴、爱中，犹如污泥一般，怎么能跳出这般尘网？如今才晓得"聚散浮生"四字，古人说了，不曾提醒一个。既要讲到人品根柢，谁是那太初一步地位的？

这里说到一个关键性命题：什么是太初一步地位呢？面对存在的荒诞、人性的毒恶，贾宝玉为什么没有忏悔和承担，却走向无知无识、无贪无忌，从而退出存在呢？贾母的"忏悔"也没有深度，"骄奢淫逸，暴殄天物"八个字，道德批评，近于回护。此与考据家执着于宫帏秘事，红学家专注于绯色内幕，连续剧又认定贾宝玉完全没有了立足之地才出家，从而把贾府一把火烧尽——如出一辙，他们都没有走出屈原之爱、张岱之雅、嵇康的狂狷和颜渊的赤诚，也仅仅是老子的冷、庄子的忧加上陶渊明的孤愤和李贽的悲悯，去曹雪芹何止千里万里！在我看来，这几样都是一个东西，控诉伦理专制之苦，却未触及"人"这个东西。都是道德文章，而没有深入人心，就如贾宝玉说的"陷溺在污泥里不能跳出这般尘网"。程高本后四十回的设计显示贾宝玉并非没有了立足之地；他还有宝钗之妻、麝月之妾、贾桂之子，还有功名富贵，大半个家族事业没有完成呢！尤其是甄宝玉作榜样，浪子回头，前程无量——可贾宝玉还是悬崖撒手，死心塌地出家了，脂砚斋谓之"情极之毒"，这究竟是为什么？

我们做个比喻：曹雪芹之前那些原儒，颜渊、屈原也好，嵇康、李贽也罢，都是仰向天空的，都是以神性和圣意来界定人的本质，从而在道德事业中安身立命。他们所批判否定的只是现实，只是伦理的败坏状态和伦理主人的道德状况，并不反对天道本身。无论走到哪里，悖逆到何种程度，都有一个东西超越不了——天！有一个人超越得比较远，就是西门庆。可他是个混蛋，岂能承担拷问天道之任！贾宝玉就不同了：固然以先贤前辈为楷模，学习了不少风度和品格，可他走出了视野，从天上走回地下，从木石前盟的诗意和女娲炼石的神性走回到刘姥姥的大地！一直走到人性深处。与之相比，贾雨村的良知泯灭、人性坏死也才走出儒道共构的兼美幻梦，走到人的真实上来。因而面对抄家灭族的惨痛，面对生死相违的情爱，贾宝玉一边聆听满世界仁义道德的呼号，一边看遍虚空、虚伪、恶毒的表演，他冷静下来。他认定人就是一块顽石，神性、诗意、圣心等都与这个本质无关，一切的一切都不过人的一厢情愿。无非是顽石蠢动一脉情欲，衍化出生命和世界的种种幻相，逗引了无量无数的血泪和忧伤，结果却回复本来，就是太初一步地位。贾宝玉二游太虚幻境时那些姊姊妹妹竟变了精怪来抓扑他。她们怎么成了精怪呢？精怪就是欲望，就是人性本质，就是热毒，也就是诗意，也就是神性圣意、伦理道德。在太初一步地位上人与万物原本是同一的。火意象就是这样地完结了《红楼梦》的梦幻痴想，把人的本质还原为石头，这就是《石头记》的本旨。

我们正是受此启示才注意到与神话叙事系统并列的意象象征系统的存在，才领悟曹雪芹把石头引渡到太虚幻境，使之成为神瑛侍者，然后打发他下凡历幻的哲学文化原因，从而找到两个系统的内在联系。否则，我们怎么会把盛筵与性模式，与顽石、镜子、花、火之类物象联系起来呢？性—诗—情—欲构成《红楼梦》最简单也是最深刻的形式抽象，概括为"因空见色，以色生情，传情入色，自色悟空"四个地步，被脂砚斋概括为一个字：情。我们理解得是那样艰苦卓绝。

酒与火构成风月宝鉴式的不写之写和双峰对峙——神话叙事与意象象征体系两者的相对独立又融合同一。从艺术发生看，涉及中华文化的一个情结——始乱终弃。始乱终弃不是道德个案，而是一个文化情结，从《诗经》演示到《人生》[1]。女权主义之所以受到男人们的热烈欢迎，正是使始乱变得合情，终弃变得合理，始乱终弃变得合法。这似乎是另外一个话题，其实不然。始乱终弃是相对于舜与二妃而言，那是一段囊括中华文化全部悲剧的"哲学距离"，正如宝玉所说："这个地方儿，说

1　路遥长篇小说《人生》写高加林与刘巧珍的爱情故事，也是一个"始乱终弃"的悲剧。特识。

远就远，说近就近。"它就在天人之间。从人到天，中国人追寻了几千年，永远是不离不弃的样子，永远保持一份莫失莫忘的虔诚。终于心疲力竭了，或回到天上，或走向大地，或死，或生，也不再追寻了，就是几千年古老文明发展到今天的状态。合起来，就是专制；分开了，就是乱世。所谓"分久必合，合久必分"，实在是悟道之言。始乱终弃意味着这段哲学距离的两端都在追求个体的独立和自由，都想发挥人的真情真性，可是，一旦进入伦理实践就会上演两个角色，不是陈世美，就是秦香莲，中间的状态就是上自宝钗、黛玉，下到袭人、晴雯那样的被撕裂、被宰割——不死，也活不好。所谓"千红一窟""万艳同悲"。一部《红楼梦》只有两个人实现了自我的欲望和本质：秦可卿和夏金桂，作为天心天意的"使者"，都未得到好结果。如果说秦可卿鬼魂一直笼罩着大观园，宣谕着诗酒美乐的幻逝，那么夏金桂就是潜伏于贾府的边缘地带，伺机宣布伦理败灭。她们都从自身开始，现身说法，淋漓尽致。她们是唯独没有被弃的人，却是她们弃了世界，满世界骂她们是淫妇，她们把世人的毒恶都担当了！

不妨多说两句：秦可卿身份不明，闹得学者要搞一门秦学研究她，这真令秦可卿喜出望外。夏金桂倒是出身名门，可认真追究起来又有些暧昧，除了鬼鬼祟祟的表弟夏三外，似乎没什么大背景。她们嫁的男人就更可比了，前者嫁了贾蓉，公爹是贾珍；后者嫁给薛蟠，婆母薛姨妈。贾珍的儿子贾蓉自不消说，薛姨妈那个宝贝却如雷贯耳；秦家的儿子秦钟与夏家的表弟夏三似乎都有些暧昧闪烁，干的都是旮旯里的事业。我们也龌龊地探视一下，秦可卿有一个公爹贾珍宠着，夏金桂则没有，就拼出脸皮勾引薛蝌。其实，老前辈中有位赵姨娘，就是她们的前景和榜样。但她们现代得多，干出惊天动地的事，伦理世界的罪名叫"淫"。她们"淫"得风风光光，秦可卿死封龙禁尉，夏金桂吓杀大观园，赵姨娘死得悲惨壮烈，却完形了伦理世界人的真实处境，被弃，被弃得孤零惨淡。她们以不同方式演绎了"火"的庄严隆重。

这又涉及探佚和异端。探佚被索隐家坏了行情，他们总替曹雪芹重写后四十回，这真是不自量力的事。其实探佚是非常必要的，这就是赵姨娘、秦可卿、夏金桂、薛宝钗、史湘云、薛宝琴、甄宝玉、贾雨村等隐藏在文本暗处的情节，我们可由此探究出曹雪芹本人的一些情形。前面谈过薛宝钗改嫁、赵姨娘淫乱、史湘云双栖、夏金桂纵淫、贾雨村暗算贾府，等等。我认为，这几位才算得上真正的异端。她们真正走出伦理之天，走出虞舜的视野，走回到世俗的热毒之中，成为贾府及大观园最无可理喻的人物。与之相比，所谓风月怀旧、情场忏悔之类没落情怀，狂狷不羁、落拓无我的真情真性乃至原儒赤子之心，都显得乏力而无谓。《红楼梦》将之表述为走水、上火、热毒及"情极之毒"。一个人如果走了水、上了火、热毒上瘾乃至情极之毒，都还不致就坏了大事；一个家族、一个世界及整个存在都走了水、上了火、热毒攻心、情极之毒，就是崩塌，就是劫数，是连上帝也拯救不了的"天道颓堕"！事实证明：天塌地倾了，人还可以活，人类也不致就毁灭了，这是今天的视野和胸襟。但曹雪芹当年没有这份雅量，还有点忿忿然地表扬贾宝玉出家，写了一首《好了歌》飘然而去。

看透这一世情的是薛宝钗，这个端庄贤淑的女孩，有着超拔流俗的智商。她总结了秦可卿、夏金桂和赵姨娘三个人的命运和结局之后，认定像李纨那样守下去毫无意义。贾兰考了举人，贾桂呢？我们可以为这个"遗腹子"拟定三种结局，或如贾兰考状元，或如宝玉出家，或如贾环低劣无能。死且不去想。那么哪一样更好些呢？即使贾桂考了状元，薛宝钗也只能活到贾母那个份上，事实上她的处境还得取决于贾桂混官场的情形，实在是太遥远、太艰辛了。就在贾宝玉欢度蜜月却怀念着林妹妹痛不欲生的时候，薛宝钗就来过一回"移花接木"，这是另一场调包计，不承想最终她被自己调了包，这才叫宿命呢。金锁锁住的不是一块宝玉，而是一段良缘，真金真玉，一个浪子回头，一个方始流浪，他们在世界的某个转弯处相逢，"巧合认通灵"！曹雪芹不便直说，就虚与委蛇说是甄宝玉要娶李纹，其实一直未动。"钗于奁内待时飞"的"奁内"竟是贾宝玉的卧房，那只是暂栖之所，真正飞举还有待时机，这就是贾宝玉出家之后、贾桂夭折之日，已涉入曹家实情，就不能太实。畸笏叟曾命删去天香楼故事，此天香楼即彼天香楼，天香即国色，就是牡丹，可卿外还有宝钗。《红楼梦》除宝钗、可卿外，还有第三枝牡丹花吗？畸笏叟回护曹家声誉，将历史真实删改成程高本后四十回的样子，实在不是降低了曹雪芹艺术水平，而是给曹雪芹留足面子。

看透伦理世界的薛宝钗与贾宝玉差不了多远，所以宝玉出家前有过一场哲学论辩：赤子之心。贾宝玉是佛禅旨趣；薛宝钗却是原儒圣教，后来改信李贽也是逻辑必然。大观园改革开始奉行的日用伦常真情真性终于演化为最后的"赤子之心"，薛宝钗无怨无悔走上不归路，从大地的这边与天国那边的贾宝玉共同领悟着存在和人性，就像捡到金麒麟的湘云，天涯阻隔，白首双星！在现实中，脂砚斋和曹雪芹应该同样有着说不清的原因不能聚首，一个写作，一个评点，在曹雪芹逝世后的艰难不支的日子里，脂砚斋承续着改稿的工作，评点就罢手了，这可能就是抄本《石头记》只有前八十回的真正原因——居然莫名地滑到索隐派的泥淖中去了，不觉喊一声："可卿救我！"

二、天道神性与伦理品格的双重悲剧

约略之，《红楼梦》写了四个节奏：天、神、人、地。具体地讲，即天道，神性和诗意，情与礼，欲望。天道是道家创生意义的概念。神性和诗意则是乐教性质的预设方案，即情教兼美。灵与欲升华为情，进入礼的范畴，使这一切变成原罪性质的了。我们以四个意象系统配伍之，则有：

　　天—天道—石与玉意象系统；

　　神—神性和诗意—镜与月意象系统；

　　人—情与礼—花与泪意象系统；

　　地—欲望—酒与火意象系统。

四个意象归宗于一个核心意象就是太虚幻境，即盛筵。蓦然警悟，我们又回到赵老师的命题：核心意象，是一个文化本体性概念。

前面说过，顽石的意象包含空间终极性以及缘起性空的生命流转意识，蕴蓄着庄子式的生命本然状态和价值理性。这是从上古人类的性崇拜及石头崇拜的文化隐喻关系得出的。至少是这样：石头表述曹雪芹关于人性本质和生命发祥的根本哲学观点，影射贾宝玉于母腹孕结的生物事件，二者同一为天道。在曹雪芹看来，宇宙的创诞不能离开人的发祥成为自然事件；人发祥于性意识的母腹冲动，根本地是一种赋灵。唯此，人类的生殖繁衍才是一种神圣劳作，一个价值运动。所以《红楼梦》以盛筵概括人类的存在，隐约天人之间大道流行又人性萌动的生命自然景观。石是宇宙本体的喻词，玉则是伦理价值，从石到玉，反映了天道本体向伦理本体的逻辑转换和历史必然，就个体而言则体现了从一个生物胎胞转变为伦理角色的价值生成过程。

从这样的意义理解贾宝玉与通常的从封建家族嗣子的层面来理解，当然大不相同。顽石意象不仅是以道家自然本真的人格精神来反对儒家伦理道德的一个价值符号，而且包含了宇宙创诞和人类发祥的本体意义，是人性本质和存在实相的概括，影响着《红楼梦》叙事的根本观点。换言之，在宇宙本体以及人类存在的视野内，就无所谓悲剧或喜剧，天道自然，或存或亡，都非人力，人只能顺应之而不可违谬之。一定要说悲剧，那是指曹雪芹为我们揭示了生命和存在的简单事实；就宝玉个人而言，出家离世是一种真我回复、灵魂回归，并无悲喜可言。所以贾宝玉出家后上至皇帝下至家族无不叹惋，他本人却开始了宇宙遨游。

我所居兮，青埂之峰；我所游兮，鸿蒙太空。谁与我逝兮，吾谁与从？渺渺茫茫兮，归彼大荒！

逍遥超越救赎。曹雪芹如此评价贾宝玉的历幻亦即世俗生命历程。

天不拘兮地不羁，心头无喜亦无悲；只因锻炼通灵后，便向人间惹是非。

从天道自然向伦理世界的价值追寻只是在"惹是非"，并无意趣。而对于历幻的最终结局，曹雪芹也作了直达无碍的预说——

> 粉渍脂痕污宝光，房栊日夜困鸳鸯；沉酣一梦终须醒，冤债偿清还散场。

非要找点意义来说，那就是"冤债偿清"即"沉酣梦醒"，散场是自然不过的事情。此二首偈子，前者是生命本质的概括，后者是存在实相的描述，构成《红楼梦》叙事的两个基本主题。换言之，曹雪芹就不是在诉说一家一族或一人一生之事，这些都构成契机，构成他的题材来源，但他的体悟却是关于整体存在和根本人性的。回到核心意象的喻义，就是"盛筵必散"四个字。

用镜与月来概括太虚幻境的神性和诗意也是恰切的。神瑛侍者自女娲炼石而有神性；绛珠仙草则是神性浇灌的诗意生命，本质是灵性的，两者接洽即情。镜代表神性，当然有道体与伦理的分别，比如风月宝鉴就是道体神性，胖大和尚手持的照妖镜来自元妃，就是伦理圣意。从天道自然的顽石转换为伦理道德的宝玉，标志着人的价值生命的开始，就是明月大道融入镜心天听的意象叠映。所以梦游太虚幻境后就分为两个情节体系：一是贾宝玉的神性式微，以"失玉"告终；二是林黛玉的诗意消损，以"泪尽"了结。将"失玉"和"泪尽"放置一起的情节设计毫无疑问是曹雪芹经营，不存在伪续的问题。黛玉魂归，宝玉完婚，是形式上的诗意了结和神性落实，但人的价值存在不可能超越天道自然，所以黛玉还原为绛珠仙草，宝玉回复为通灵顽石。出家后又还俗，还娶了史湘云之类的探佚，与纷纭而起的《红楼梦》续书中让林黛玉复活完结了与贾宝玉的婚姻，都是与曹雪芹相昧太深的绯色旨趣，根本不能与程高本后四十回相比。

就贾宝玉历幻言，大致走过四个阶段：通灵顽石—神瑛侍者—怡红公子—贾宝玉。用思凡—历幻—悟道—回归来概括非常准确。约略为两大段：失玉之前的神瑛历幻，失玉后的宝玉悟情。前者了悟存在实相，后者参悟人性本质，已阐释。就黛玉还泪言，同样是四个阶段：绛珠仙草—潇湘妃子—芙蓉花—林黛玉。不妨再作些论述。

从天道看，林黛玉的生命本质是绛珠仙草，价值旨趣是"还泪"。"泪尽而逝"不是世俗意义的死，而是魂归，诗性之逝，同样不进入悲剧范畴。林黛玉的悲剧是从第二阶段即潇湘妃子开始，哲学命义是舜与二妃的"哲学距离"。不妨配置一下，舜乃神性，妃乃诗意，两者永不相及又不离不弃即天人合一。从永不相及讲，人只在趋奉天，个体始终得不到关怀，人的价值被忽略了，就是林黛玉，古往今来的"弃妇"；从不离不弃讲，人永远在追寻的"天"却只是"空"，即薛宝钗。个体情感意志。贾宝玉也是人，也是个体，不仅仅是伦理角色。薛宝钗的失误在于，她不曾懂得或没有重视贾宝玉的个人情感；在饮泪泣血的对于林黛玉的怀念中，贾宝玉心灵和情感的折磨并不亚于薛宝钗，他们的结合只有一个结果：双双死亡。所以贾宝玉出家了。林、薛情爱及婚姻的悲剧让我们看到中国文化的整体缺失，没有给个体留足价值空间，不能实现人性本质，个体永远是价值空位和悲剧主体。

林黛玉的性格悲剧是从芙蓉花开始的。所有对于林黛玉个性的指责只有在芙蓉花这一意象阶段才是有意义的。比如身世飘零寄人篱下，这是一种不可替代、无可言喻的境遇，不是哪个人的过失，是那样就那样，没有理由。它造成林黛玉的许多个性弱点：小心眼儿，尖酸刻薄，抓尖要强，性情乖僻，有时又不免嘲讽恶作捉弄他人等，这些个性、气质、心理方面的弱点与芙蓉花意象是一致的。林黛玉就说过她不喜欢李义山的诗，只喜一句："留得残荷听雨声。"这是一种不委众流、独听天籁的孤介心性，当然是一种独特的生命风格和诗意追求。

林黛玉最后的意象是桃花。《葬花吟》与《桃花行》同是"葬花"，前者是关于归宿的思考和追问，其悲在诗，在灵，在人的真情性；后者就是春情的排揎，其悲在欲，在情，在世俗婚姻的操心。林黛玉的生命历程是一个由仙界降落、渐渐入俗的进程，俗到《桃花行》就是结点，泪不此时尽，人即泥淖中。所以桃花社重建不久黛玉就开启了魂归之行。我们可由此体会曹雪芹的人性观点：灵性价值观点。曹雪芹乃至中华文化的价值体系中，人的自然本质并不构成价值，只是一个生物起点，一个逻辑意义，并不能进入伦理和诗意。林黛玉的世俗操心表明，这个仙子的生命行将结束，诗意价值将终止。所以曹雪芹不可能有宝黛完婚甚或幽会之类情节构想。《红楼梦》的悲剧恰恰在于灵性观点的反思。贾宝玉出家前曾暗示薛宝钗：那太初一步地位是什么？就是灵性。所谓"无知无识无贪无忌"的本然生命状态。曹雪芹的反思在于，他认定人的本质并不是灵性诗意，而是本能欲望。这也正是林黛玉诗意生命走向悲剧的根本内在原因。

三、意象象征与情节叙事

从形式角度看，意象与题材之间不仅存在上述历史路程，而且存在形式的理路，我们概括为四个叙述模式、四个艺术层次以及石与玉、镜与月、花与泪、酒与火四个意象系统。它们既融为一体，四者之间就存在一个连接点或融合点，这就是"情"：作为意象与题材之间、逻辑与价值之间、主体追求与客观现实之间，以及天人之间一个软连接，被强调为《红楼梦》主题，既是价值之旨也是艺术之趣。但是"情"的价值进程恰恰违背了本旨，走入欲，最终为"欲"所替代，成为人性本质的根本言说。亦即情的价值规定进入社会历史，就人性必然地也是历史必然地衍化为欲，衍化为人无可逾越的世俗本质。那么天道拷问进入人性反思就变成两个字：情和欲。从逻辑关系看，石与玉、镜与月、花与泪、酒与火，摄持、吞噬、植入或拓扑情节叙事，从而意象与题材在性模式上象征地也是逻辑地将不同维面，不同视域连接起来，形成《红楼梦》叙事结构的内在同一性。它们的连接有以下几种情形：

（一）意象摄持情节叙事，生成情节象征性。比如开篇写中秋之夜甄士隐邀饮贾雨村：饮宴是大意象，酒则是小意象，两者都构成象征。饮宴既是一个充满张力的空间性架构，体现着世间与出世间的容与徘徊；也是一个时间意向，天圆地满，月明中天，自然是良辰吉时。甄士隐就是从这场饮宴后走向世外的，而贾雨村也是从这一场饮宴走入红尘深处的。整体看来这场饮宴正像风月宝鉴，正面是贾雨村的春风得意，反面是甄士隐的衰草瓦砾，遥远摄持着后面的贾府叙事，注释了"好""了"二字，已充分意象化。

此种意象向情节的衍入在《红楼梦》中非常普遍，如第五回贾宝玉的"梦游"，太虚幻境既是梦境，一个情节因素，更是超越世间岁月、象征宇宙无垠的灵界，一个体现原儒理想的兼美世界。作为生命和存在圆融的境界，它就是风月宝鉴。从叙事看，又是正文开篇，此前只是一篇大序，一个入势。第五回后，《红楼梦》开始正本叙事。太虚幻境影射、涵摄、规约了后面的大观园叙事。再如第五十三回元宵夜宴、第七十五回中秋夜宴，都是月意象对于贾府元宵及中秋叙事的摄持。从意象看，月圆是时间标记，时间是有寓意的。秦可卿就警戒："常言：'月满则亏，水满则溢'，又道是'登高必跌重'。如今我们家赫赫扬扬，已将百载，一日倘或'乐极生悲'，若应了那句'树倒猢狲散'的俗语，岂不虚称了一世诗书旧族了？"正是月意象的天道警示，每个月圆时节都是兴衰大境相，都体现贾府未来的情势。情节的意象化及象征化导致叙事的深层结构：处处玄音，时时谛听，方得真义。

有的意象融得太深，摄持却太浅，略近于无。比如第二十五回"叔嫂逢五鬼"蕴含火意象。佛学讲幻由心生，魔从心起。王熙凤的炽焰熏天，贾宝玉欲火中烧，无不是心性沉迷致邪魔入侵，唯一僧一道赤膊上阵，方可止欲灭火。但火作为情节因素是不存在的，只有意象，只有阅读体验。就贾府抄灭看，也不是电视连续剧演示的一把火烧尽，而是欲火、邪火、天火集为一处，借阅读体验横烧于天地间。意象是虚的，情节却是实的，两相叠映，相互幻化，内置逻辑，外敷情节，与照相式的现代叙述迥异其趣。现代叙述是主体意绪的题材衍射，旨在点燃欲火；《红楼梦》则是天心天意熔铸意象的诗意以抑制欲火。

（二）意象系统作为宇宙背景吞噬着叙事进程，使《红楼梦》成为既透彻人物心理又映现宇宙妙义的哲学叙事，而不是一般故事播演。一座大观园就是一个意象世界，每一处女儿居所都是一个个意象。潇湘馆的雨风竹泪："秋霖脉脉，阴晴不定，那渐渐的黄昏时候了，且阴的沉黑，兼着那雨滴竹梢，更觉凄凉。"不仅渲染了林黛玉凄凉孤独的世间情形，而且映现娥皇、女英于潇湘间怆悢孤渺的诗意情怀，映现着人之于宇宙间的空茫无绪。从叙事看它只是黛玉孤处的情形，但二妃抑或湘妃竹意象"吞噬"一切，成为一篇诗。再看探春的房间：

> 探春素喜阔朗，这三间屋子并不曾隔断，当地放着一张花梨大理石大案，案上堆着各种名人法贴，并数十方宝砚，各色笔筒；笔海内插的笔如树林一般；那边设着斗大的一个汝窑花囊，插着满满的一囊水晶球的白菊。西墙上当中挂着一大幅米襄阳《烟雨图》。左右挂着一副对联，乃是颜鲁公墨迹。其联云：烟霞闲骨格，泉石野生涯。

> 案上设着大鼎，左边紫檀架上放着一个大官窑的大盘，盘内盛着数十个娇黄玲珑大佛手；右边洋漆架上悬着一个白玉花比目磬，傍边挂着小槌。

这是一个细节、意象与实景实物叠合为一的居室构图。从细节看，每一个饰物都折射探春这个人物的情致和心性，无非是笔墨诗书、名人字画，还有磬和槌，一派书剑凌厉、泉石无温的风格。整体看豪阔大方又整肃不随，不像小姐闺房，倒像将军的营帐，令人有萧萧易水之感。从意象看，每一饰物又都是一个意象，隐喻一种诗雅，一种不同流俗的气质和风格，影射探春未来的命运："树林一般"的笔，"洋漆架上"，"白玉花比目磬，傍边挂着小槌"等，无不与战事、外洋、钲鼓联系起来，构成探春叙事的内面。"水晶球的白菊"则是探春本人的一个影像。我们不能一一坐实这里的隐喻或影射，但是意象触引联想从而涵化或吞噬题材则是作者笔意，表面上的自然笔调隐藏着玄机和天意，绝不是环境描写能言说尽的。可卿的卧室、宝钗的房间、妙玉的饮具，无不如是。这些意象可以理解为一些宇宙符码，一些天心天意的铭记，在传达人物心理性格的同时暗示着宇宙天道的秘义。

> 贾母道："这花儿应在三月里开的，如今虽是十一月，因节气迟，还算十月，应着小阳春的天气，因为和暖，开花也是有的。"王夫人道："老太太见的多，说得是，也不为奇。"邢夫人道："我听见这花已经萎了一年，怎么这回不应时候儿开了？必有个原故。"李纨笑道："老太太和太太说的都是。据我的糊涂想头，必是宝玉有喜事来了，此花先来报信。"探春虽不言语，心里想道："必非好兆。太凡顺者昌，逆者亡；草木知运，不时而发，必是妖孽。"但只不好说出来。独有黛玉听说是喜事，心里触动，便高兴说道……

花的意象在时间维度上引发揣测和联想，把花事与天道联系起来，使我们阴噤，感到某种不测，从同在更为开阔茫远的宇宙视野重新理解宿命和运数。这又与所谓浪漫主义笔法迥异其趣。浪漫主义是狡狯笔墨，虽然也倾注作者的思想感情，但作者明白读者也不糊涂，这只是一种技术，客观上不会发生。《红楼梦》的意象象征则明明是假的，读者却不禁警心，也许这里有人所不预的天意在！比如晴雯死了，一个小丫鬟说是做了花神，又说小丫鬟也是信口胡诌。但唯其信口言说，恰恰就是借人口，传达天意，本质是神秘的。不是情节叙事镶嵌了意象，而是意象吞噬或涵化了叙事。我们不能不谈到那些着意营构而充分意象化了的情节设计，比如第一百零三回"昧真禅雨村空遇旧"：地名连同贾雨村、甄士隐都是佛禅意象。他们有三次"相遇"：开篇一遇，一百零三回是二遇，篇末是三遇。此"三遇"各自承担着报告天意的叙述任务，一遇是起兴开端，三遇是结局，中间一遇就是大关节，隔过一回就是锦衣军查抄宁国府。甄、贾二遇是一次预警，与"失玉""花妖""自焚"联翩而至，都是祸难征兆，惜哉贾雨村不悟——他遇到的不仅是故人，还有出入世间的迷渡要津，甄士隐明明告诉他："'真'即是'假'，'假'即是'真'。"此语至少包含三个意思：（1）今日之甄府即明日的贾府，查抄在即不可贪恋；（2）甄士隐之今日即贾雨村之明日；（3）荣华富贵亦即火坑里的劫难无常。甄士隐是当头棒喝："作速回头要紧！"贾雨村迷而不觉当面错过。贾雨村就不再是个人，而是万缘堆里贪心太重迷而不觉的众生相。相遇却相昧，意味着无可救药。换言之，经历了太多的人事纷扰后，曹雪芹已经把世相看破，并作了彻底否定，甄士隐的禅机就在于警策世人：这个世界变幻莫测，祸福无常，不可倚恃，人的存在必然是从遮蔽和虚无撤离，去寻找生命和世界的真谛。如此警策，导致两种觉悟：一是贾宝玉的迷途知返，悬崖撒手，二是甄宝玉的浪子回头深度陷溺。"二遇"作为一个意象，概括了此后十七回的贾府后事，正如开篇甄士隐与贾雨村的夜饮概括了其后百回大赋般的贾府叙事。

（三）意象植入（化入）人物形象乃至无迹可求。此即大观园女儿与各种花色的叠合，世人与其名号及谐音所表征的心性品格的同一。大观园女儿都以花来影射，以名号或谐音喻示人物的品格和心性，陈旧议题，无复赘叙。甄士隐即真事隐，贾雨村即假语存，窃以为是贾愚蠢。这里谈谈两位意象化人物：香菱和刘姥姥。

香菱是几乎领承了全部苦难的佛系人物，她就是一位大菩萨。用"太初一步地位"审视，香菱是"无知，无识，无贪，无忌"。姓名父母身世经历一概不知，所谓"无知"；也不识人间祸患、人性毒恶，心性良善至痴，所谓"无识"；对世界、对他人概无所求，连名分、地位、尊严都不在意，所谓"无贪"；更不懂得疑忌他人、嗔恨异己，夏金桂乃是虎狼之辈，她生命的直接威胁，可她依旧视如亲人，事如尊长，心无挂碍，所谓"无忌"。一路走下来，幼年被拐，失去亲父母，备遭折磨。及笄后遇着冯渊，是她一生中唯一的爱意萌动，她认定是找到了一辈子的依靠，可是薛蟠杀死冯渊把她抢走。进了薛家，身为侍妾居然不曾有身份要求，一直做丫鬟。夏金桂要来了，是劲敌，但她傻乎乎地认作有才有貌的佳人，盼其过门比薛蟠还急。苦难连踵，被挫磨近死。夏金桂自焚后，她的好日子似乎要来了，地位改变了，又有了身孕，经过牢狱之灾薛蟠也有点人样了，却死于产难。她的生命只有两件事：领受苦难和学诗求雅。而且是这样，唯其领受人间全部苦难，她的心性镜底磨光，慧洁明澈如菱花。英莲、香菱、秋菱，都是莲花，佛家意象，亦即镜子。她像一面镜子，映照着大千世界的苦难和世道人心的险恶，自己却如莲花一般光明清净。一以蔽之：代世人受罪。既是莲花意象的映现，更是菩萨形象的现身说法。

第二位是刘姥姥。乡野老妪，大俗不雅，告贷求救，百般逢迎。既在权势门下锦绣丛中质朴无华，又于祸临之时倾力一助还报旧恩。从告贷者到救赎者，刘姥姥身份的变化隐约了不昧的神意：一是为巧姐起名，预说贾府后事："这个正好，就叫作巧姐儿好。这个叫作'以毒攻毒，以火攻火'的法子。姑奶奶定依我这名字，必然长命百岁。""火""毒"二字直指世道人心。二是凤姐悬危，命牵一线，她风尘仆仆，送来阳光风气，承担了救赎后事。

> 凤姐道："求你替我祷告。要用供献的银钱，我有。"便在手腕上退下一只金镯子来交给他。刘老老道："姑奶奶，不用那个。我们村庄人家许了愿，好了，花上几百钱就是了，那用这些？就是我替姑奶奶求去，也是许愿，等姑奶奶好了，要花什么，自己去花罢。"凤姐明知刘老老一片好心，不好勉强，只得留下，说："老老，我的命交给你了！我的巧姐儿也是千灾百病的，也交给你了！"刘老老顺口答应，便说："这么着，我看天气尚早，还赶的出城去，我就去了。明儿姑奶奶好了，再请还愿去。"

刘姥姥扮演了真神的角色，以她的虔诚善意感恩念旧，为世道人心演示了四个字：行善积德。三是救巧姐。真神非木偶，不在香火旺盛势焰炽热处，而在心间，在刘姥姥的民间。刘姥姥沾不上花呀月的边儿，但她是真正护佑着大观园的花神，进过怡红院，触摸过那面镜子，把花的意象与神的意向融洽起来，宣谕着真神无相、大善无形的玄理。[1]

1　参见《暗夜孤航——〈红楼梦〉艺术精神研究》一书关于"三条成圣之路"一节的论述，内蒙古人民出版社2001年版，第181页。

四、民间拓扑天界

刘姥姥的神格和香菱的佛性，把《红楼梦》的意象象征体系或引向天外或引入民间，形成一个环合：从思凡、历幻、悟道、游仙回合到思凡模式，从而与甄士隐、贾雨村两个意象性人物联结起来。甄士隐操纵香菱，进入大观园又抽绎出去，回归天界；刘姥姥接替贾雨村，从乡间进入贾府又回到民间。从某种意义讲，贾雨村与刘姥姥一样都曾经向贾府告贷过：刘姥姥告贷银子，贾雨村却是告贷权力。但贾雨村背后抄来，狠踢一脚，致其翻船；刘姥姥顾念旧恩，临难相济。贾雨村青云直上了，刘姥姥一直在民间。民间即天界，天界亦即民间。两者的拓扑关系是：我们从刘姥姥身上看出女娲的影子，就像从香菱看到警幻仙姑一样，是个超越逻辑的命题。看来我们的形式研究不能执着形式本身。镜中花、水中月是幻象，其实石与玉、镜与月也无不是幻。慧能有偈于此："菩提本非树，明镜亦非台。本来无一物，何处染尘埃。"说到底本无一物，万物唯心所幻，空即是色，色即是空。不妨再看大观园，美女如花，诗雅似玉。然而镜花照水月，浮玉幻空灵。大道周流，唯存文字，连玄机亦空，形式何有哉?《红楼梦》已说得明白："假作真时真亦假，无为有处有还无。"天界与民间孰真孰假? 究竟有无? 拓扑的本质就是特点和体理的聚合变现。大荒山也好太虚幻境也罢，拟虚为实，捉空幻有，设神名教，拓扑罢了。淡功名，薄利禄，挣脱名缰利锁，打出樊笼牢关，乃是不二法门："无知，无识，无贪，无忌。"阳光风气，野鹤闲云。

第五章

宇宙玄音：影射谶言体系论略

与情节叙事、神话隐喻、意象象征不同，影射谶言是人物的命运、处境、结局和家族的前景、情势、危机以及二者所隐现的天道惩示。情节叙事是人物在现实时空的直接表演，意象象征则是诗意空间，隐约于时间并以意象方式与伦理现实相衔接。神话隐喻与影射谶言都是天道的劝惩和警示，涉及天与人、真与假、有与无及空间与时间等范畴。甄士隐说："什么'真'？什么'假'？要知道'真'即是'假'，'假'即是'真'。"这是一个根本言说。神话隐喻和影射谶言是"天""形上"，情节叙事和意象象征属于"人""形下"。在天道本体的意义上，此二者同一而无分别，主要在人的警悟。第一百零三回贾雨村遇"真"：俗障太深，知机县未知机，觉迷渡口未觉迷，执真执假，渡而未渡。《楞严经》："但有言说，都无实义。"言说即分别，分别即有执着，执假执真执有执无，都是虚妄。在曹雪芹看来，无真性的存在幻相又是无实义的执着导致的。人的存在只是幻相的执着——是否又意味着一切都是假的呢？也不是。虚妄概由真起，荒诞便是实义，真性在言说之间。

第一节
影射和谶言

一、影射与谶言

景物影射是曹雪芹常用之法。《红楼梦》的景物描写不仅是环境或特色，而且包含文化命义，人物的性格、气质、关系、处境及命运结局，甚至隐私，已经成为影射。秦可卿卧室的描述是最典型的，我们注意那些陈设所渲染和强调的含义及其故事。

（一）渲染富丽，意涉淫滥。赵飞燕、杨玉环、寿昌（寿阳）同昌乃至西施、红娘，无不是皇妃帝子（红娘除外），其寝处怡养自是骄奢淫逸，曹雪芹以此命名秦氏的寝卧表面是在渲染和炫耀秦可卿的身价地位及贾府的豪华壮丽，真意却在影射淫滥。"刚至房中，便有一股细细的甜香，宝玉此时便觉眼饧骨软，连说：'好香！'"现代语言就是性感，充满淫奢气息。尤其"武则天当日镜室中设的宝镜"，明示秦可卿的淫欲，构成与贾宝玉乱伦的直接见证。

（二）意向邈远，意趣纷杂，奢靡淫乱预兆祸乱。

> 哀帝崩，王莽白太后诏有司曰："前皇太后与昭仪俱侍帷幄，姊弟专宠锢寝，执贼乱之谋，残灭继嗣以危宗庙，悖天犯祖，无为天下母之义。贬皇太后为孝成皇后，徙居北宫。"后月余，复下诏曰："皇后自知罪恶深大，朝请希阔，失妇道，无共养之礼，而有狼虎之毒，宗室所怨，海内之仇也，而尚在小君之位，诚非皇天之

心。夫小不忍乱大谋，恩之所不能已者义之所割也。今废皇后为庶人，就其园。"是日自杀。[1]

赵飞燕失宠自杀原因"俱侍帷幄，姊弟专宠锢寝"即淫靡——王莽是把淫靡与执乱之谋、危及宗庙联结并置于之前的。杨玉环不必多言。寿阳公主是南朝宋武帝刘裕的女儿，《太平御览·时序部》载其行迹。另一位寿阳是明穆宗第三女："万历十八年九月十九日子时薨逝，享年二十有六。讣闻上哀悼，辍朝，恤典加优，倍逾常数，仍命所司卜得吉兆，以次年闰三月初八日葬于翠微山之原。呜呼！公主为国懿亲，而特膺宠渥，封有号，葬有仪，即寿祉弗长，而芳魂可永慰矣。"[2]前寿阳民间传为花神，后寿阳则红颜薄命，但"特膺宠渥""恤典加优"，享"倍逾常数"之恩典。还有一位是同昌公主——

> 唐懿宗郭妃之女也。上特爱之。咸通十年，适右拾遗韦保衡。倾宫中珍玩，以为资送。赐第窗户，皆饰以杂宝；井栏药臼，以金银为之。赐钱五百万缗，他物称是。一年，公主薨，上痛悼不已，杀医官二十余人，收其亲族三百余人系狱。咸通十二年，葬，谥文懿公主。以服玩殉葬，每物皆百二十舆。锦绣珠玉，辉焕三十余里。乐工李可及作《叹百年曲》，舞者数百人。以杂宝为首饰，八百匹为地衣，舞罢珠玑覆地。后数十年，黄巢之乱，东京千里无烟，天子蒙尘，妃主有饿死者，发公主之陵，扬骨于外。乾符元年，韦保衡赐死。[3]

这不是祸乱，而是亡国了。这些都影射秦氏在贾府的"特膺宠渥"，致乱与否，别有他解，但其警示正是淫靡亡国丧身败家，所以秦可卿判词有："擅风情，秉月貌，便是败家的根本。"

（三）影射秦可卿是总花神。这些公主帝妃无不花容月貌，拿手戏

1　（汉）班固撰，（唐）颜师古注：《汉书·外戚传第六十七下》，中华书局2006年版，第2940页。

2　片石孤云：《寿阳公主墓志发现记》，见 http://hanxiang2000.blog.hexun.com/3420540_d.html。

3　（清）丁耀亢《天史·卷七·奢十四案》："八、同昌公主死奢靡。"

就是以情色腐蚀纲纪，使朝廷成为风月场，将皇权蚀空。有史以来女人是祸水的命题其实很重要——曹雪芹在反思家族败亡时首先面对的就是道德败坏，而道德败坏的根源正在情色。秦可卿作为总花神，第一百十一回可证："我在警幻宫中，原是个钟情的首坐，管的是风情月债；降临尘世，自当为第一情人，引这些痴情怨女，早早归入情司，所以我该悬梁自尽的。"女儿悲剧多因"痴情"，但秦可卿把"痴情"推到极致，就是毁家败身。秦可卿自名其状，表明曹雪芹的确曾实写其秘事的，但问题不在"秘"，而在于"删秘"，亦即为什么改成程本里的样子？只有一个解释："虚妄概由真起，荒诞便是实义，真性在言说之间。"秦可卿这个形象与其真实原型是两回事，我们阅读《红楼梦》能感觉到重浊的性感气息和朽腐味道，就愈加理解其"言说"（命义）了。

（四）神示存在实相，包含了惩戒意味。《红楼梦》写到两个淫乱迷狂者之死：贾瑞和秦钟。贾瑞折射王熙凤的淫欲，秦钟则是秦可卿的注脚；他们和她们不仅开启了贾府的死亡运动，而且把天示劝惩包裹在一场轰轰烈烈的家族仪典——"秦可卿死封龙禁尉"之中，向庄严而荒谬推进，最后的败灭只是一个时间问题。

（五）体现了曹雪芹对于"情"的理解。"情"是正面价值，这是从心灵和感情深处讲；可是他理解不了，一种诗意亲情为什么发展到"情天情海幻情身"的淫靡乃至败家灭身呢？当他看穿情的本质就是欲的时候，他已超越弗洛伊德。弗氏没有伦理天道的观念，所以心平气和面对人性事实；曹雪芹则发现了人性与天道的矛盾。天道是什么？人性是什么？他怀疑天道又不能不皈依天道；他悲悼人情却又不能不否定人性，将情贬为欲，从而割弃之。秦氏卧房的劝惩正是显示了曹雪芹这一矛盾无解的心理状态，《红楼梦》悲愤的就是"天道无常"。无常就是不可知、无解，也就是神秘。在超越道德的层面，曹雪芹如同那个时代的任何一个思想家，思想资源匮乏，心不由己地向传统道学回归，其心理逻辑是：当他控诉天道残酷虚伪时，他是借用亲情诗意的眼泪；当他愤悱人性贪婪污浊时，他又是借用了天道神圣。于是找到世外。《红楼梦》

于怀金悼玉的感伤情调中融入警情醒世意绪，既是曹雪芹的深刻处，也是《红楼梦》的落寞处。怡红院蕉棠两植，蘅芜苑之肃白，潇湘馆之竹泪，湘云麒麟，宝钗金锁，金桂之炸鸡骨，乃至冯紫英之子母珠等，无不传达着令人心警的宇宙玄音和佛法妙义。

景物是环境描写，离开神示劝惩就是象征或影射，谈不到谶言。象征影射是主客间事；谶言则取消主客，二而一也，真即假，假即真，能指即所指，神示即世相。那些边缘人物近乎荒诞谐趣的言说无不透露存在秘义的谶言。第四十三回郊外祭金钏，宝玉愤嫉地说："我素日最恨俗人不知原故混供神，混盖庙。这都是当日有钱的老公们和那些有钱的愚妇们，听见有个神，就盖起庙来供着，也不知那神是何人，因听些野史小说，便信真了。比如这水仙庵里面，因供的是洛神，故名水仙庵。殊不知古来并没有个洛神，那原是曹子建的谎话，谁知这起愚人就塑了像供着——今儿却合我的心思，故借他一用。"这显然是有无真假的执着。与他相比，焙茗更灵透些，他非但理解宝玉的心思，而且去执存诚地替宝玉做了一番祭悼：

> 我焙茗跟二爷这几年，二爷的心事，我没有不知道的，只有今儿这一祭祀，没有告诉我，我也不敢问。只是受祭的阴魂，虽不知名姓，想来自然是那人间有一、天上无双、极聪明清雅的一位姐姐妹妹了。二爷的心思难出口，我替二爷祝赞你：你若有灵有圣，我们二爷这样想着你，你也时常来望候望候二爷，未尝不可；你在阴间，保佑二爷来生也变个女孩儿，和你们一处玩耍，岂不两下里都有趣了。

不免荒诞，却深合宝玉痴心，恰是鬼神变化之真意。第七十七回芳官等嚷着要出家为尼，王夫人不允，水月庵智通和地藏庵圆信就开示：

> ……因太太好善，所以感应得这些小姑娘们皆如此。虽然说"佛门容易难上"，也要知道"佛法平等"，我佛立愿，愿度一切众生。如今两三个姑娘既然无父母，家乡又远，他们既经了这富贵，又想从小命苦，入了风流行次，将来知道终身怎么样？所以"苦海

回头"，立意出家，修修来世，也是他们的高意。太太倒不要阻了善念。

妙处在于：智通和圆信是"拐两个女孩子去做活使唤"的意思，是世相，恰恰是佛菩萨的现身说法。换言之，是佛菩萨借智通、圆信两个骗子的机巧之口传达真佛妙义。她们的言说就是谶言，用句广告词就是"信不信由你"。与此同调，第七十八回小丫鬟说晴雯之死也是顺着宝玉心性的谎话，恰就是晴雯终局，所谓幻由心生。类似谶言在《红楼梦》比比皆是，如刘姥姥为巧姐赐名，没有研究卦象，也不懂佛学，但她一念真诚，一篇祝福深隐玄机，预说贾府后事及巧姐结局。第一百零一回散花寺姑子大了索供养，宣说散花菩萨的功德和法缘，凤姐质疑凭据，大了就说："奶奶又来搬驳了。一个佛爷可有什么凭据呢？就是撒谎也不过哄一两个人罢咧，难道古往今来多少明白人都被他哄了不成？奶奶只想，惟有佛家香火历来不绝，他到底是祝国裕民，有些灵验，人才信服啊。"随即抽得第三十三签，上上大吉："王熙凤衣锦还乡。"大了这番话是刘姥姥神明、散花寺灵异的注脚。也是谶言的紧要处，"一个佛爷可有什么凭据呢？"无论刘姥姥预说巧姐，还是大了宣说散花菩萨，都不过无中生有、臆会妄说，信即有，不信即无，要在真性领悟。若从谜面看，"王熙凤衣锦还乡"是功成名就荣宠至极，其实是极凶之兆，魂归金陵，死期已至。此与"一从二令三人木"的判词一致的："一从"即从夫移栖荣府；"二令"即"协理宁国府""力诎失人心"两次理丧；"三人木"即"休"，万事休矣，死将至也。王熙凤的全部生命耗费于治家理政，结果万事皆休，一个"空"字。"可知世上万般，好便是了，了便是好；若不了，便不好；若要好，须是了。"王熙凤最后的风光竟与死亡的谶语同调，所谓天道弄人，视若刍狗，存在的凶险令人警心。

景物影射要受客观性制约，至少应该是实有其物；谶言玄说就不必，完全是无中生有、臆想悬揣，甚至谎言谬说，要妙处恰在讹中传实、真谛假托、附会隐真，要在心领。这就彻底解构了主客之间的森严界隔，从主体叙述回归为本体呈现，从而将宇宙背景与民间谶言联系起来。我们说，主体叙述即个体言说，一种现代叙述理念，曹雪芹之前并无可能——石头若只是摄像头，恰恰是主体性裸显，表明一种不涉个体、无关宏旨、放言必先避嫌的机巧姿态。传统"说书"则是客观表述，虽也进入主体话语，但说书人是国家话语允许的道德身份——程高本删却冗赘无聊的石头话语，虽然删而未净，却都是神示或世相，颇待读者领悟，恰如人之于天地间，不仅显示了无与伦比的博大胸襟和涵泳气象。但是坚执某种神性——谶语正是这样一种神性悍然垄断的叙述方式。它提交着家族败灭的消息以及人物的命运和结局。诸如贾宝玉的"化烟化灰"，林黛玉"是该回去的时候儿了"，包勇的三姑六婆之论，焦大红刀子进白刀子出的怒骂，乃至灯谜诗赋胡诌梦呓，无不是神意之谶言。秦可卿三次警策十分不祥：第一次临死梦嘱置办坟产建立义塾。第二次月夜责问王熙凤："婶娘只管享荣华、受富贵的心盛，把我那年说的'立万年永久之基'，都付于东洋大海了！"第三次就是引渡鸳鸯警情。秦可卿的全部谶言都在宣说一个消息：家族必败。

二、花名配置与影射图谱

人物影射是一个创造，以天人合一思想为依据。人物之间就是一种隐喻象征影射涵摄关系。林方直分作"人物的符号化"和"从属符号"两类来解读。[1]"所谓符号化人物，是说该人物只是某种概念或某种特性、或某种品格的简单抽象，一直抽象到最单纯的形式符号。"他说，"如果一部作品的诸多主要人物都是血肉丰满的，既典型又是立体多维的，有几个次要人物显得类型化些，便无妨。像《红楼梦》这样的巨著，数百人，要求每个人物都那么饱满，那是苛求，尤其对那些偶尔露一两面、一带而过的过场人物，不能让他们与主要人物争作者的笔墨。在这种情况下，概念化些，符号化些，反而达到了突出、警醒的作用，使之

1　林方直：《红楼梦符号解读》，内蒙古大学出版社 1996 年版，第 41 页。

以其独特的姿质站立于人物之林。"[1]林先生是西方现实主义观点，前提是文学的典型性。《红楼梦》的叙事理念与之不同。第一，这些人物并非次要人物，相反，根据所在艺术层次及哲学文化命义，倒可能是非常重要的人物，虽然他们并不是以性格确立存在的。比如甄士隐和贾雨村，比如女娲和警幻仙姑，他们或她们都是道体的法身，尤其是结构性人物，蕴含着根本哲学理念。去掉这些人物，《红楼梦》就将从经典位置回落，失去哲学文化解读的可能。第二，这类人物与其他世相中人可以用影射关系来建构，却不能以主次来区分。换言之，他们的影射关系包含哲学文化关系，而不仅是一种简单抽象。娇杏就是贾雨村文化命义的一个投射，她是与甄英莲对比着写的。甄英莲是甄士隐的亲生女儿，出身名门，自幼娇养，不虞之祸从天而降，一场大火后命运陡转，先卖冯渊，再属薛蟠，险些命丧夏金桂之毒手，实实应怜也。娇杏则出身微贱，稍无情性，却如作品所感叹的："偶因一回顾，便为人上人。"侥幸即偶然，无常即荒唐。娇杏的形象根本不必性格化，不需要血肉丰满。再比如秦钟和贾瑞，作为秦可卿和王熙凤的影射，他们折射凤卿的淫邪滥欲，虽有情色的分别，但无独立人格的意义。蒋玉涵、柳香莲、冯紫英、卫若兰之属率皆若此。影射关系隐喻着深刻的尊卑关系和伦理位次：大荒山、太虚幻境、大观园以及荣、宁二府，其逐级而降的道体落实位次规约着人物关系，从女娲到警幻、到黛钗湘、再到婢仆丫鬟贩夫走卒，都是伦理之延展，并无主次分别。第三，影射与所影射人物是能指与所指共构境界，一种神性诗意关系。他们的存在受到共有哲学文化命义的深刻规定，并不是独立不倚的人物形象，正是人被伦理角色化的哲学依据。

人物影射外还有花之影射、病之影射以及诗酒词赋的影射，都指涉文本背面或叙事内幕的人物故事，非简单比喻或象征。比如海棠，既影射黛玉也影射晴雯；海棠树冬月开花，大非吉兆，预兆黛、晴都为宝玉

1　林方直:《红楼梦符号解读》，内蒙古大学出版社 1996 年版，第 41 页。

泪尽而亡。海棠还影射黛玉、湘云二妃的相位；海棠树枯了半边，象征二人的结局是"云散高唐，水涸湘江"。杏花影射探春元春，"日边红杏倚云栽"，或投深宫，或历重洋，岂止"出墙"乎？桃花影射袭人和黛玉；袭人别嫁可解，黛玉就不可解。然黛玉还泪一如袭人奉帚，一段因缘，缘尽乃休，并无婚姻。牡丹既影射宝钗又影射可卿，一品国色，一段天香，都与宝玉有肉体关系，都是正配夫人相位，都有移栖别属之嫌，所谓世相表里，显隐不同……这些影射之物将双方连接起来，建构着相互间的象征隐喻关系，从而人物的隐私和命运互文相析，参究比勘，渗透着深刻的宿命思想，并不须为雪芹深隐也。

以病影射人物是《红楼梦》一大创造。比如以热毒胎记影射宝钗情欲炽盛，以元荣不足影射黛玉阴虚不补，以痴傻影射宝玉殊无世智颇足高慧，以憨呆影射香菱的隐忍曲衷又内慧诚明，等等。还有泪之于黛玉，药之于宝钗，酒之于湘云，镜之于可卿，棋之于妙玉、画之于惜春，《太上感应篇》之于迎春……非止游艺，岂止雅作，已经成"病"，无不牵扯着一段言不尽意的心事和款曲。而怡红院那面镜子则是风月宝鉴之幻现，影射大观园的诗酒美乐情私淫逸，正是脂砚斋的"不写之写"。至若诗酒词赋之影射，专家学者所论已备，无须赘述。我们重点分析一下牡丹之影射宝钗和可卿，聊证二子之别嫁移栖。

秦可卿"淫丧"已成定案："秦可卿淫丧天香楼，作者用史笔也。老朽因有魂托凤姐贾家后事二件，嫡（岂？）是安富尊荣坐享人能想得到处，其事虽未漏，其言其意则令人悲切感服，姑赦之，因命芹溪删去。"我本人不倚重脂批，殆如欧阳健先生所考：太多抄手的低俗文字窜入使真脂批不大能出脱出来。但"淫丧"一条有第一百十一回"鸳鸯女殉主登太虚"回应，可视为脂砚斋亲笔。可卿有警情之发言："我在警幻宫中，原是个钟情的首坐，管的是风情月债，降临尘世，自当为第一情人，引这些痴情怨女，早早归入情司，所以我该悬梁自尽的。"若是程高伪续也必定读过那一条脂批才能构思出来！我注意"天香楼"这个名字。天香骈联国色，暗结天香楼与梨香院以同一个"香"字，则可卿、宝钗均为"天香国色"之牡丹也。据此，可卿与宝钗的情节在相当的方面可以互相转注，我们不妨作些描述。

第一，可卿是宁府单传一脉之长媳，伦理地位自然不低，殆与宝钗作为荣府单传一脉之长媳的地位同。第二，可卿之好处文本有多处表述，特别是她死后引发的举族哀思。

> 彼时合家皆知，无不纳闷，都有些伤心。那长一辈的，想他素日孝顺；平辈的，想他素日和睦亲密；下一辈的，想他素日慈爱；以及家中仆从老小，想他素日怜贫惜贱、爱才慈幼之恩，莫不悲号痛哭。

伦理家族女德规约很多，基本是"三从四德"。"三从"即未嫁从父，既嫁从夫，夫死从子。"四德"即德、容、言、工。可卿及宝钗，均当有过之而无不及也。德之外还有"能"，二人更是旗鼓相当。虽可卿莫名早死，无有子嗣，但是，宝钗"小惠全大体"，端淑能持，果断不萎，据考贾桂早夭，亦无子嗣矣。秦可卿隐藏了一段非同寻常的情私，无须赘述，薛宝钗的情私却远未警醒世人，就是前面论及的移栖别属——可卿两属且私属非夷，不必多说；宝钗改嫁就无人相信了。多人坚信宝钗会守节的，这正是薛宝钗装愚守拙的结果，也是曹雪芹无以启齿又不能不思考的一个问题。前面有几个证据：金莺宣说宝钗几样好处，宝玉说宝钗是有造化的，袭人改嫁对宝钗的影射，等等。其实，可卿与宝钗同据牡丹花名就是明证。尤其是在秦可卿病危时节，尤氏曾向璜大奶奶有过一番至为动情的言说：

> 那两日，到下半日就懒怠动了：话也懒怠说，身也发涩。我叫他"你且不必拘礼，早晚不必照例上来，你竟养养儿罢。就有亲戚来，还有我呢。别的长辈怪你，我等替你告诉。"连蓉哥儿我都嘱咐了，我说："你不许累掯他，不许招他生气，叫他静静儿的养几天就好了。他要想什么吃，只管到我屋里来取。倘或他有个好歹，你再要娶这么一个媳妇儿，这么个模样儿，这么个性格儿，只怕'打着灯笼也没处找去'呢！"他这为人行事儿，那个亲戚长辈不

喜欢他？所以我这两日心里很烦。

婆婆夸媳妇夸出广告意味就是欲盖弥彰。再看宝玉出家后王夫人的一番心思：

> 宝钗小时候，便是廉静寡欢，极爱素淡的，他所以才有这个事。想人生在世，真有个定数的！看着宝钗虽是痛哭，他那端庄样儿，一点不走，却倒来劝我，这是真真难得！不想宝玉这样一个人，红尘中福份，竟没有一点儿！

此与尤氏明夸参照，乃暗誉而实有所期而已！那明面怎么说呢？

> 我为他担了一辈子的惊，刚刚儿的娶了亲，中了举人，又知道媳妇作了胎，我才喜欢些，不想弄到这样结局！早知这样，就不该娶亲，害了人家的姑娘！

这不是姨妈对于甥女，而是婆婆对于儿媳的谬夸，深细味之，确有劝惩的意思在。尤氏与王夫人，一个向世人宣布我家儿媳是最好的，根本没有道德事件！一个向亲家预祝：你家姑娘是道德完人，是根本不会改嫁的！然而，可卿是死了，成为大观园的孤魂；宝钗若孤守，就可能成为饿鬼。甄、贾宝玉走上不同的忏悔之路：贾宝玉出家离世，回复到顽石本性；甄宝玉则浪子回头，回归修齐治平、贤妻美妾的俗世人生。如果说秦可卿是灵肉分离，一腔情私分属神鬼两界，薛宝钗则是情礼分离，延传宗祧后就走向另一番天地。她们都是以才美之躯祭奠了家族事业，矢志于反叛，终至于寂灭。梨香院与天香楼只一墙之隔！

如果该论证尚有牵强之感的话，我们不妨看可卿与宝钗的病和药。张太医说："大奶奶是个心性高强、聪明不过的人；但聪明太过，则不如意事常有；不如意事常有，则思虑太过：此病是忧虑伤脾，肝木忒旺，经血所以不能按时而至。"接着又说："从前若能以养心调气之药服之，何至于此！这如今明显出一个水亏火旺的症候来。"照此，秦可卿是内伤七情所致，忧虑伤脾，肝木忒旺，致水亏火旺，应选用益气养荣补脾和肝汤。该方用了十四味药物，加上引药去芯莲子和大枣，共十六味。所谓八珍汤。补气四味：人参、白术、茯苓、甘草；补血四味：当归、川芎、白芍、熟地；加上黄芪补气，阿胶补血，山药健脾，延胡索活血散瘀，柴胡舒肝闭郁，香附理气解郁调经止痛，莲子、大枣除引药归经外还有健脾的作用，共奏补脾和肝、双补气血之功效。[1] 不就是冷香丸吗？当然，秦可卿自有一番言说："这都是我没福：这样人家，公公婆婆当自家的女孩儿似的待。婶娘，你侄儿虽说年轻，却是他敬我，我敬他，从来没有红过脸儿。就是一家子的长辈同辈之中，除了婶子不用说了，别人也从无不疼我的，也从无不和我好的。如今得了这个病，把我那要强心一分也没有。公婆面前未得孝顺一天；婶娘这样疼我，我就有十分孝顺的心，如今也不能够了！我自想着，未必熬得过年去。"我们感兴趣的不是病理或药理，而是其象征隐喻或影射意义。一如张友士所说，"忧虑伤脾，肝木忒旺"，亦即水亏火旺的症候；从药方看也确是益气养荣、补脾和肝之用，归至养荣降火。可秦可卿说这是自己没福，是天意或宿命。这就与宝钗的热毒症和冷香丸尤其接近起来。

薛宝钗是娘胎里带来的一股热毒，其海上仙方"冷香丸"医籍并无记载，显系杜撰，但处方遣药颇耐人寻味。牡丹花味甘苦、辛，性微寒，清热凉血，活血散瘀。《本草纲目》有"和血、生血、凉血、治血中伏火，除烦热"，有泻阴胞中之火"的说法；荷花性温味甘苦，《罗氏会约医镜》说："荷花清心益肾，黑头发，治吐衄诸血"；芙蓉花味微辛、性平，《本草纲目》说"清肺凉血，散热解毒"，用于久咳吐血、月经过多、带下诸证；白梅花味酸微涩，性平无毒，有疏肝解郁理气和胃之用，《百草镜》说"助清阳之气上升"。可见"冷香丸"配伍四味花卉并以黄柏煎汤送服，无不取意于清热降毒。薛宝钗与秦可卿用同一种功效的药：冷香。犯的也是同一种病：热毒。从影射意义看，都是情欲炽盛。如果与夏金桂联系一下，似乎大煞风景，其实病理相近，唯各人情商智性不同罢了。不厌其烦的朋友可以从《红楼梦》中找到大量例证来证明，此三子者同时有桂花之名状，影射别一旨趣，不提。诸如此类，

1　"《秦可卿患病，心病还需心药医》"，载隋国庆、郭志敏、隋幸华《中国古代四大名著中的自然科学》，湖南少年儿童出版社2006年版。

《红楼梦》中的女孩大都能纳入一个花谱，亦即性格系谱，只是红学家愿意把它叫作情榜罢了，其实就是一个影射图谱。这个系谱的阐释是一项繁杂的工作，其影射含摄关系比较明显，但具体对应情况还须仔细斟酌，不拟展开。诗词曲赋的影射亦多人论述，不赘。

第二节
异象与征兆

异象在民间的灵应尤其被承认,《红楼梦》记写异象有高超的手段和逼真的效果。这种异象大体说来有四种情形。

一、异相之人亲临

小说有多次僧道亲临的描写,如第二十五回"魇魔法叔嫂逢五鬼",凤姐宝玉濒死,"忽听见空中隐隐有木鱼之声,念了一句'南无解冤结菩萨!——有那人口不利、家宅不安、中邪祟、逢凶险的,找我们医治'"。贾母、王夫人都听见了,便命人去找寻。原来是一个癞和尚同一个跛道士。二人持诵了一番,念叨了一阵,凤宝就一日好似一日。这种情形在现实生活中会发生吗?旧社会乡间会有异人出没,确有身怀绝技者,但江湖骗子多。曹雪芹显然将这样的题材神异化、神秘化,深刻把握了特定情境心理,从而神异人物的出场显得非常真实可信,其转述天道、向贾府也向读者发出预警之意也非常明确。

类似情形比如第一百十五回一位胖大和尚送玉索银一万两。这是甄宝玉到来之后、贾宝玉出家之前一件离奇公案,此前相当长时间宝玉失玉,处于灵魂丢失、空余躯壳的痴傻状态。甄宝玉到来的意义被长期误读,以为是真的拿着那块口衔宝玉送还来的,他们的依据是元春点戏《仙缘》的脂批:"《邯郸梦》中,伏甄宝玉送玉。"那什么是送玉呢?这要看甄宝玉贾府之行的目的和意义,前提是认可后四十回系曹雪芹原著；误读者大多持伪续说，认为后四十回的情节是高鹗所续，而所谓探佚又都是借伪续说而有的臆测。我认可后四十回是原著，甄宝玉的情节是符合曹雪芹本意的。甄宝玉随母进贾府作礼节性探访，闲聊中甄家夫人求王夫人为儿子做保山，王夫人见甄玉大似儿子贾玉，答应说媒将李绮给他，然后就再无下文。二玉确有一番识认谈吐，结果"冰炭不投"。"我想来，有了他，我竟要连我这个貌都不要了！"可见鄙薄至极。贾宝玉以此病情加重，几死。甄宝玉像一面镜子，照彻贾宝玉的存在状态：如果再陷溺下去，贾宝玉就变成甄宝玉！"他说了半天，并没个明心见性之谈，不过说些什么文章经济，又说什么为忠为孝，这样人可不是个禄蠹么！"贾宝玉从甄宝玉身上反观自己，领悟了俗世尘缘的可悲和可憎，警醒了明心见性之求，激活归根复命之志。他为什么又病而至死呢？从甄宝玉身上，他看到精神和灵性的断灭，在并无灵性滋育和精神支撑的处境下从内心深处不再坚持俗世苟且的存想。就像一个癌症病人闻知病情立马衰竭一样，贾宝玉从精神死亡发展到身体垮塌，这是极其自然的事。那么甄宝玉送玉了吗？没有送来那块口衔宝玉，但送来精神和灵魂的丧失感和无助感，于批点行文的当初，随手一批，就成了"甄宝玉送玉"。后世胶柱鼓瑟，认了死理，有三个原因：（一）坚信后四十回是高鹗伪续；（二）认定《红楼梦》是现实主义作品，不关注其诞妄孕真、写意约形的象征影射手法；（三）不理解胖大和尚送玉的情节理路。我们试作阐释。

体认神瑛侍者即青埂峰下那块通灵顽石所幻变同样是解读的前提；如果把顽石只认证为口衔宝玉，另把贾宝玉认定为神瑛侍者，失玉也就没有那么重要了。所谓"水止珠沉""落花流水"，虽然相关却不相属，两者并无生命本体的联结。后四十回之所以是原著，正在于它完整保留了贾宝玉从通灵顽石到神瑛侍者、怡红公子，直到情僧的生命衍化过程。只有在这一生命历程的神意逻辑上，我们才看清楚失玉对于贾宝玉的意义：精神和灵魂丧失；随着林黛玉离世，木石因缘已了，余存于世的就只有甄宝玉那堆世俗饥荒。贾宝玉的俗务就是还清孽债，了断尘缘，回归本来。我们以此看清楚胖大和尚送玉的真实义。

胖大和尚闯入贾府称名送玉，其实是来开示宝玉，促其了断尘缘，警悟前身，进入最后的归程。所以不与俗人理论，一味喊要银子，贾政视为粗野，贾琏要把他打出去，而王夫人、紫鹃、袭人及宝钗，都悟出与宝玉的俗世存在关系重大，乃有"佳人双护玉"。胖大尚只做了一件事：引渡贾宝玉二游幻境，与他开示前身往事诸般因缘，使其了悟自己的"来路"和"底里"，走上回归之路。连贾政都悟出胖大和尚的真意不是来索银子，而是别有根由，这就是送来精神和灵魂，加持当年顽石那份灵性和神意，就是送还贾宝玉真身——宝玉者，贾宝玉之真身也；贾宝玉者，宝玉化身也。根本就不存在"失玉"一说，宝玉和贾宝玉，二而一也，分别乃世眼所幻。贾宝玉跟着世人嚷嚷，以"失玉"为真，可见迷失之深。甄宝玉、胖大和尚、二游幻境只是一步步将贾宝玉从迷失中带离，带出世眼幻相之外，并无一块"宝玉"被什么人送还回来。一旦二游幻境，那块口衔宝玉就完成了使命，它的存在真的不再重要。但是，对于祸端四起的贾府来说就是件离奇而不祥的怪事，家族崩溃的前兆。与"甄宝玉送玉"并作的还有惜春闹出家，紫鹃随带削发，妙玉被劫，贾赦病危，诸头无绪，尤其是贾蔷、贾芸两个贼子入主家政，巧姐运命已入险途，这真是呼天不应叫地不灵的时节，泱泱公府一瞬间变成殃殃败族，伦理世界病入膏肓。就此而言，僧道之徒赤膊上阵的确具有拯救意味，又岂是热衷于还俗再娶的红学家理得清楚的？

后四十回对于曹雪芹诸般机理是承继有绪、统而贯之的，红学家穷搜尽箧，一味考据，恰是贾宝玉鄙弃的禄蠹营生，有此南辕，岂不北辙？

二、神秘异象

大似荣格的"共时性现象"。第七十五回中秋闻鬼叹，异兆发悲音，此类现象即使在当今时代也时有发生，科学能否解释不是这里的主题，但曹雪芹当作天道预警来写，令人毛骨悚然。在《红楼梦》中，此种异象有三种情形：

（一）实录其事，神秘不二，以真实体验为基础。类似贾珍夜宴的如第十三回秦可卿托梦王熙凤嘱办坟产家塾二事；第二十五回宝、凤魇魔法；第七十七回晴雯梦别宝玉；第八十七回妙玉入魔；第九十四回失玉；第一百零一回王熙凤园中遇鬼及第一百零八回潇湘馆鬼哭……基本是民俗见闻的实录或改写。此类异事在民间很常见的，作者略作补润而已。我们关注审美气质和叙述题旨。从审美看，此类事象多不祥阴噤感，拓展着现实主义义域，增强着超验性和神秘感；从叙述看，甚非搜奇捉异，而是透示着天道或宿命的消息，构成《红楼梦》影射谶言系统最重要的部分。比如秦可卿托梦，乃是总其全局的神意和天数，报告贾府被抄后事，既表现秦可卿对伦理家族的操心，又宣谕天道伦常不可违的定律。宝、凤魇魔明写巫术实写人心，显现赵姨娘穷凶极恶的心性以及宝、凤悬危不测的伦理处境。晴雯梦别亦属通例，曹雪芹明示其品格、地位及最后结局。妙玉入魔是六根未净、欲望冲奔之禅修幻境，含劝惩意，又是历劫预演，明证了兼美诗性不能对治人心。宝玉失玉是大事件，失如常物，隐若云泥，动及生死，所谓奇祸，是元妃薨逝、黛玉魂归的前兆，天道预警宿命幻示的大关节。王熙凤遇鬼和贾宝玉闻鬼哭亦属常见，前者丧魂，后者失魄，喻示大观园幻逝，权以荣格"共时性"稍一阐释。共时性是指两个事象之间并不存在逻辑关系，甚至不在同一时空和义域之内，但是共时而至，异例并发。诸如可卿之死与凤姐之梦；赵姨娘下镇物与宝、凤魇魔法；晴雯之死与宝玉之梦；宝玉失玉与黛玉离世、元妃薨逝及王熙凤遇鬼。这些案例在科学视角下完全是迷信。亦即前后两者完全不存在科学可求证的逻辑关系，但它们真的发生了，在荣格看来是存在因果关系的，就是原型的存在——原型存在于集体无意识，是世间万物普遍共存的活动生命元素，一种本体性深层关联，规约着不同事物具有内在的同一性和对应的共时性。

（二）虚拟故事，杜撰情节，直陈笔意。《红楼梦》的有些情节神秘荒诞，纯属杜撰。第十六回秦钟夭亡，鬼判势利，惧怕宝玉，显然是游戏笔墨，旨在嘲讽世间官司罢了。前此第十二回跛足道人教训贾瑞："这物出自太虚幻境空灵殿上，警幻仙子所制，专治邪思妄动之症，有济世保生之功。所以带他到世上来，单与那些聪明俊秀、风雅王孙等照看。千万不可照正面，只照背面，要紧，要紧！"等于作者站出来提头捉耳警告读者。第三十九回刘姥姥杜撰抽柴女孩故事；第六十六回柳湘莲出家前尤三姐前来道别："妾痴情待君五年，不期君果'冷心冷面'，妾以死报此痴情。妾今奉警幻仙姑之命，前往太虚幻境，修注案中所有一干情鬼。妾不忍相别，故来一会，从此再不能相见矣！"印证了警幻仙姑的警情言说，正是曹雪芹笔意。第六十九回尤二姐吞金梦三姐前来教训：

> "姐姐！你为人一生心痴意软，终究吃了亏！休信那妒妇花言巧语，外作贤良，内藏奸滑。他发狠定要弄你一死方罢。若妹子在世，断不肯令你进来；就是进来，亦不容她这样。此亦系理数应然；只因你前生淫奔不才，使人家丧伦败行，故有此报。你速依我，将此剑斩了那妒妇，一同回至警幻案下，听其发落。不然，你白白的丧命，也无人怜惜的！"

学者多认为这篇警情之训与反封建主题不合，系高鹗所为，其实，控诉伦理道德与反思人性丑陋是题旨的两面；就此一篇教训言，恰恰是警情之旨趣所在：人唯纵欲，不能自治！唯直白太过，并无神秘，多有叙述干预之嫌，惜曹雪芹没有读过叙述学，托言设譬，寓言故事耳。

（三）融入情节，作假胜真，雅有所寓。比如贾宝玉两游太虚幻境，比如第一百零三回贾雨村知机县急流津遇甄士隐，比如第一百十二回赵姨娘临死忏悔。这些情节的设计或以梦境，或凭实遇，或据亲闻，在情节叙事中植入一个神话结构，或别有所致，或脱胎换骨，或赋以灵媒，本质是神秘的。如两游幻境，表面写贾宝玉的梦境，但植入太虚幻境的整体结构，就有多重别致之景。首游：一是提示宝玉与可卿淫乐，二是呈示诸钗的命运，三是兼美情教之训谕。二游：一是呈示木石因缘了结；二是呈示诸钗结局；三是呈示情即是欲的主题。就像一个套盒：层层递归，总而为一，甚非表现技法，尤其是哲学图谶——于秦可卿之淫床脱演兼美情教，于潇湘妃子之宫帏幻示十二钗之宿命，呈示圣俗同一，真幻不二，有无相因，缘起性空，乃至淫、情、命三位一体之大略。再如"知机县急流津觉迷渡口"的名字就是佛家机锋，甄士隐与旧友贾雨村不期而遇的故事，被填塞了一场机缘不契的禅家公案，所谓"昧真禅""空遇旧"，表现俗障太深、不得超拔的世道人心。

赵姨娘之死当是传闻异说，荒幻恐怖，情节叙写则赋以灵媒，亦即经由一个中介程序来转释其异：

> 赵姨娘醒来说道："我是不回去的！跟着老太太回南去！"众人道："老太太那用你跟呢？"赵姨娘道："我跟了老太太一辈子，大老爷还不依，弄神弄鬼的算计我！我想，仗着马道婆出出我的气，银子白花了好些，也没有弄死一个人，如今我回去了，又不知谁来算计我！"

一般理解为赵姨娘濒死谵语，生前追奉贾母而不得、嫉恨王熙凤又不能的心理传达，关键在"我跟了老太太一辈子，大老爷还不依，弄神弄鬼的算计我"一句。大老爷是贾赦，算计赵姨娘什么呢？就需要灵媒转释了：（1）赵姨娘身份的模糊。《红楼梦》没有赵姨娘来历的交代，故无法知晓她的确切身份，场面上看是个一点地位也没有的蠢夯之人。可深细想来并非如此。有人就说：没有贾政的宠爱，借赵姨娘一万个胆也不敢加害贾宝玉。赵姨娘一再向怡红院挑衅，特别是魔咒凤、宝，将年庚八字写在纸人身上再掖入凤、宝床上，不可能是赵姨娘亲自出马，没有同伙是办不到的。另外，凤、宝濒死，赵姨娘竟敢催促贾母准备棺木，贾政及时喝退，搭救赵姨娘于无形之中。（2）赵姨娘的来历。从贾政回护、王夫人及凤姐虽有怨怼终无所作来看，赵姨娘来历有自，应该是贾母宠婢赐予贾政为妾：赵姨娘自己说"跟了老太太一辈子"。与之相应才有贾赦逼娶鸳鸯的后事，前奏正是第七十五回贾赦的笑话："你不知天下作父母的，偏心的多着呢！"这番话引起贾母疑忌，其实是有道理的：贾母赐政一婢即赵姨娘，未己赐也。贾赦之嫉妒是显然的，故有鸳鸯之逼。（3）贾环之所出，贾赦"算计"之结晶也。同是第七十五回，环、宝、兰三人作诗，贾政褒赞宝、兰，对贾环的诗极厌；贾赦就截然相反："这诗据我看，甚是有气骨。想来咱这样人家，原不必寒窗萤火，只要读些书，比人略明白些，可以做得官时，就跑不了一个官儿的。何必多费了工夫，反弄出书呆子来？所以我爱他诗，竟不失咱们侯门的气概！"拍拍贾环脑袋："以后就这样做去，这世袭的前程就跑不了你袭了。"这是贾环（隐赵姨娘）场面上唯一受到的褒扬和赞美，从笔意看，可谓一箭三雕：①显示赦、政的理念不同，政乃诗礼传家、敦诚笃信，赦则坐享其成，且视政之理路为"书呆子"。②贾赦优渥赵姨娘、贾环母子。作为大伯，贾赦夸奖鼓励庶出侄子是可以理解的，但做人理念和为诗"气骨"的赞叹令人称异，太不符合事实。③直与"灵媒"之言相应，阐释了"算计"二字：

> 众人先只说鸳鸯附着他，后头听说马道婆的事，又不象了。邢王二夫人都不言语，只有彩云等代他央告道："鸳鸯姐姐，你死是自己愿意，与赵姨娘什么相干？放了他吧。"见邢夫人在这里，也不敢说别的。赵姨娘道："我不是鸳鸯。我是阎王老爷差人拿我去的，要问我为什么和马道婆用魇魔法的案件。"

疑窦在于：（1）彩云等代赵姨娘央告鸳鸯，"见邢夫人在这里，也不敢说别的"，亦即避讳邢夫人。（2）赵姨娘只说"我不是鸳鸯"。不敢承认自己，邢夫人在场故也。贾母赐予贾政，与邢夫人有何干系？唯其与贾赦暧昧，在邢夫人面前才会闪烁畏怯。（3）"邢夫人恐他又说出什么来，便说：'多派几个人在这里瞧着他，咱们先走。到了城里，打发大夫出来瞧吧。'王夫人本嫌他，也打撒手儿。"邢、王二人一个是暗嫉，一个明恨，都因赵姨娘与本丈夫的关系，深为鄙弃又遮着面子，结果是包括赵姨娘在内的四方尴尬。（4）贾环的表现令人生疑，除了懦弱也有疑虑：大家纷纷离去时，他是亲儿子，居然问："我也在这里吗？"王夫人啐道："糊涂东西！你姨妈的死活都不知，你还要走吗？"系及探春理政时的拒绝及芳官一伙围殴，我们看到，赵姨娘周围所有的人都不认承其长者资格，这是糟糕透顶的状态！所谓"灵媒"，就是赵姨娘的灵魂与彩云及众人的心领神会，关键就是赵姨娘那一句话："我不是鸳鸯。"那是谁呢？不妨想想，若非赵姨娘真魂，就无转承，就不会有贾赦与赵姨娘关系的披露，也就不再能揭穿贾环的真实出身。如是而已。

总体看来，或以梦境，或凭实遇，或据传闻，三者的笔意是：梦境通神，实遇接仙，传闻见鬼。不仅为现实主义所不能解，也与科学主义不相符，只能从儒、释、道予以阐释。

三、自然异象

第九十四回"赏花妖"："怡红院里的海棠本来萎了几棵，也没人去浇灌他。昨日宝玉走去瞧，见枝头上好象有了菁朵儿似的，人都不信，没有理他。忽然今日开的很好的海棠花，众人诧异，都争着去看，连老太太、太太都哄动了，来瞧花儿呢。所以大奶奶叫人收拾园里的树叶子，这些人在那里传唤。"今天的科学家很容易拿出一套道理来祛除迷信，在曹雪芹的时代却是与天降陨石、日罩白光、客犯牛斗同样的天道示警。第九十三回"甄家仆投靠贾家门"，甄家被抄了——先是，郝家庄租子被京外的衙役劫去，接着，水月庵爆料风月事件，王熙凤抱病，贾府乱作一团……怡红院的海棠树就这样开了花：

> 那日宝玉本来穿着一裹圆的皮袄在家歇息，因见花开，只管出来看一回、赏一回、叹一回、爱一回的，心中无数悲喜离合，都弄到这株花上去了。忽然听说贾母要来，便去换了一件狐腋箭袖，罩一件玄狐腿外褂，出来迎接贾母。匆匆穿换，未将"通灵宝玉"挂上。及至后来贾母去了，仍旧换衣，袭人见宝玉脖子上没有挂着，便问："那块玉呢？"宝玉道："刚才忙乱换衣，摘下来放在炕桌上，我没有带。"袭人回看桌上，并没有玉，便向各处找寻，踪影全无，吓得袭人满身冷汗。宝玉道："不用着急，少不得在屋里的。

问他们就知道了。"

这就是失玉。若非女娲所炼通灵顽石，这就是一个极其正常的实物遗失事件。可恰恰就是那块口衔宝玉："一除邪祟，二疗冤疾，三知祸福"，所谓"莫失莫忘，仙寿恒昌"，似乎专为提醒世人、警诫宝玉的。可是玉"失"了，被众人"忘"了，自然天下大乱。先是找，接着搜，再是疑，再后查，求仙问卜，扶乩悬赏，办法使尽了，还闹出以假充真图谋钱财的闹剧。关键是贾宝玉的状态：凡事不回答，只管嘻嘻笑。袭人教一句他说一句，直似傻子。贾母愈看愈疑："我才进来看时，不见有什么病；如今细细一瞧，这病果然不轻，竟是神魂失散的样子！到底因什么起的呢？"曹雪芹就是这样层层推进、一丝不苟地把一个荒幻事件写到呼之欲出、有身临其境之感，此顽石回归第一步。失玉把贾府败亡推到生命本质的拷问上来。玉者，本质也；灵魂也；情欲也。所谓命、情、淫三位一体，的确是"命根子"，不可拿"封建家族束缚青年的道德枷锁"来简单概括。贾宝玉的失神以现代心理学阐释，也是无碍的，问题在于：无论怎样从社会历史的角度阐释，都不到地步。在曹雪芹这里，贾府败灭的总根源是天道颓堕，其内在逻辑正是贾宝玉的"失玉"，每个人都暗昧了天道、驰逐着欲望，乃至整个公府坐吃山空、纲纪混乱、人欲横流，坍塌只是早晚的事。那么通灵失玉、顽石回归就是然其所然、是其所是的天命之作。

顽石回归牵扯着根本运数。在曹雪芹看来，贾府或大观园，都是尘心幻境，盖为历幻而设，所谓真空妙有。唯顽石之尘心万丈而陷溺，乃有贾府从鼎盛而颓堕，大观园只是一个梦，所谓"红楼梦"。什么是天道？就是顽石之真性：无知无识无贪无忌——"喜怒哀乐未发之时"的"个性"；陷溺尘境就是贪嗔痴爱，所谓"喜怒哀乐已发"之情。人的存在就是真性向欲念的幻变，也就是人欲发泄的过程。人的理性在于勘破凡情回归真性，从存在"遮蔽"中醒活过来，走出爱网尘劳，回复本我。这当然是佛家理趣，也正是《红楼梦》的存在观点，其哲学文化价值不在于宿命论或虚无论，而在于从本质和实相上重新理解人间世的情私爱欲，重新理解伦理道德对人的束缚和压抑。在这个层面的反封建才是彻底的和深刻的。

失玉是《红楼梦》的转折点，人物命运和结局浮出水面的关键点，而不是什么高鹗伪续的败笔。贾宝玉失玉之后，第一奇祸就是元妃薨逝，贾府庇荫失落，等于解除武装。其次是黛玉迷本性"泪尽而逝"，这是大观园的人性枯萎，木石前盟的情爱主题落幕。然后抄家，然后宝玉出家，将家族旧梦留给甄宝玉，不必纵火，它已万劫不复。从哲学看，失玉已开启天道运演"远曰反"的最后阶段。贾宝玉的使命就是体悟——情即是欲，即尘心幻演的人性本质；而体认自我底里正是所谓"悟情"。二游幻境最后了断了木石仙缘及贾宝玉与众姐妹的尘缘，共时发作的有贾府遭劫、妙玉沦陷、惜春出家、湘云孤守、探春省亲等现象播演。到朝廷恩顾巧姐获救，我们已经厌倦了！宝玉与胖大和尚接洽，说破真身，开启归程，贾府延世泽，宝钗诞贵子，把无尽联想留给读者去破闷猜谜。一个重要关目就是"甄宝玉送玉"，也是红学家聚讼不已的公案。他们认定贾宝玉的口衔之物失落在与甄宝玉有涉的某个地方，然后甄宝玉拾得送还。这是科学猜想，与曹雪芹的人性参悟毫无关系，也没有文本依据。漫长的后四十回里除一百十五回"证同类"外，甄、贾宝玉没有任何情节关联，我们想象不出拥挤的最后篇章如何搭建一个甄宝玉送玉的基础，正所谓"胶柱鼓瑟"！送玉者，失相知也。那块宝玉本来就是贾宝玉的法相，无所谓失，更遑论还！幻出幻入，甄贾分别，只为离尘出境、回归真我。"甄宝玉送玉"只是一个说法：浪子回头，就是顽石灵性彻底消泯；离尘出家，就是捐弃世尘回归自性。所谓冰炭不投！胖大和尚以索债激发贾宝玉恢复灵性，赖此走完最后的尘间岁月，就是所谓"甄宝玉送玉"。贾宝玉走了，甄宝玉来了，"假去真来真胜假，无原有是有非无"：一个污浊恶俗的世界留给甄宝玉，一堆世俗饥荒就由他算计去吧，这是多么辛辣的讽刺和多么深刻的荒诞！

与失玉相应的就是泪尽。早在第九十一回"宝玉妄谈禅"，黛玉就说："原是有了我，便有了人；有了人，便有无数的烦恼生出来；恐怖，颠倒，梦想，更有许多缠碍。"这个"我"就是个性，就是本我真性，"道生一"那个"一"。有了这个"我"，就有了对象，所谓"人我"；有"人我"就有了尘心所幻的现象世界，所谓"恐怖，颠倒，梦想，更有许多缠碍"。如此简洁明了，又如此精湛深挚，可知黛玉已了悟，所以宝玉说："很是，很是。你的性灵，比我竟强远了。怨不得前年我生气的时候，你和我说过几句禅话，我实在对不上来。我虽丈六金身，还借你一茎所化。"黛玉其后的关切就一门心思在宝玉，在婚姻上。这是林黛玉生命的余存部分，是她尘世间最后的依恃。泪是什么？就是黛玉生命灵性的结晶。世俗缠碍，灵性枯竭，生命走到尽头。第九十四回"赏花妖"众口一词花妖作怪。探春就想："必非好兆。大凡顺者昌，逆者亡；草木知运，不时而发，必是妖孽。"唯黛玉不这么想，反自欢喜："和尚道士的话真个信不得。果真'金''玉'有缘，宝玉如何能把这玉丢了呢？或者因我之事，拆散他们的'金玉'，也未可知。"思了半天更觉安心，把这一天的劳乏竟不理会，重新倒看起书来。

> 黛玉虽躺下，又想到海棠花上，说："这块玉原是胎里带来的，非比寻常之物，来去自有关系。若是这花主好事呢，不该失了这玉呀。看来此花开的不祥，莫非他有不吉之事？"不觉又伤起心来。又转想到喜事上头，此花又似应开，此玉又似应失：如此一悲一喜，直想到五更方睡着。

此时的林妹妹已是大俗人一个，诗泪煎熬转为心火炽盛，便是泪尽的兆头。前面分析过：元春悲剧也是一种伤春悲秋，一种人之于天道、人之于世间无所依托、无所依恃的悲剧，本质上影射黛玉——不久元妃薨逝了，死因正是"圣眷隆重，身体发福，未免举动费力"。第八十三回王大夫为林黛玉诊断可证：

> 六脉弦迟，素由积郁。左寸无力，心气已衰。关脉独洪，肝邪偏旺。木气不能疏达，势必上侵脾土，饮食无味；甚至胜所不胜，肺金定受其殃。气不流精，凝而为痰；血随气涌，自然咳吐。理宜疏肝保肺，涵养心脾。虽有补剂，未可骤施。姑拟"黑逍遥"以开

其先，后用"归肺固金"以继其后。

关脉独洪，肝邪偏旺，灵性暗昧，心气枯竭。即"还泪"已毕，仙缘已了，世间行程走完了。所谓贾府伦理压制，宝、黛沟通不够，乃至王熙凤的调包诡计，都只是"许多缠碍"，最深刻者乃本性迷失，"恐怖，颠倒，梦想"。第八十五回黛玉生日，贾母已下决心，她对薛姨妈说："林丫头那孩子倒罢了，只是心重些，所以身子就不大很结实了。要赌灵性儿，也和宝丫头不差什么；要赌宽厚待人里头，却不济他宝姐姐有耽待、有尽让了。"至第九十回就明确了："林丫头的乖僻，虽也是他的好处，我的心里不把林丫头配他，也是为这点子；况且林丫头这样虚弱，恐不是有寿的。只有宝丫头最妥。"而这个灵性乖巧、慧无可比的林妹妹恰在大事上冒傻气，对此一无所知。生日那天，凤姐领着众丫头，都簇拥着黛玉来了——

> 那黛玉略换了几件新鲜衣服，打扮得宛如嫦娥下界，含羞带笑的，出来见了众人。湘云、李纹、李绮都让他上首坐，黛玉只是不肯。贾母笑道："今日你坐了罢。"薛姨妈站起来问道："今日林姑娘也有喜事么？"贾母笑道："是他的生日。"薛姨妈道："咳！我倒忘了。"走过来说道："恕我健忘！回来叫宝琴过来拜姐姐的寿。"黛玉笑说："不敢。"

如此恐怖虚伪的世相，林黛玉一无所觉，比湘云当年的香梦沉酣有过之而无不及，傻得令人落泪。所以黛玉泪尽时竟有一个意象：笑。第九十七回贾母最后一次看黛玉，都心知肚明，她们已是陌路！所谓亲情，所谓伦理，不再是生命关联，而是仙凡阻隔——

> 见黛玉颜色如雪，并无一点血色，神气昏沉，气息微细，半日又咳嗽了一阵，丫头递了痰盂，吐出都是痰中带血的。大家都慌了。只见黛玉微微睁眼，看见贾母在他旁边，便喘吁吁地说道："老太太！你白疼了我了！"
>
> 贾母一闻此言，十分难受，便道："好孩子，你养着罢！不怕的！"黛玉微微一笑，把眼又闭上了。

这个被世人指责为刻薄乖僻的女孩表现了她自性深处的宽厚，把那包含了无限意味的笑留给世间，留给那些虚伪地活着的人们，包括这位白发如银的老太太。

四、恶性事件

"走水""走火""失盗""升官""暴亡"——《红楼梦》有大量恶性事件，大致分为三种：预事，预人，预神。三者浅深有别，规模不同，比如"走水"预兆祸事，只一个远影，就浅得多。妙玉"走火"就是灵性走失，是预人，离大祸就近了许多。"失盗"是家族祸难，神意走失，已属劫数。与之相比，赵姨娘、二姐、三姐、司棋、晴雯、鲍二家的、夏金桂之"暴亡"，就是恶性事件，宣告着伦理道德的惨淡和颓堕。赵姨娘是一个伦理符号、一个道德成果。她身上凝结了伦理世界的毒恶，与夏金桂同科，乃是薛宝钗热毒的变异和极致。这些节奏衍化成一种急切和警心，与贾政江西粮道升迁之类凶兆比，又显得伶俐单薄，尚处事态进行阶段。"升迁"就是朝廷降旨传讯，直接把一个阴影罩在家族头上，意指"抄家"，大劫临期的感觉令人毛骨悚然。景物谶言、人物异象直到恶性事件，包含一个从物到人、由心到天的逻辑过程，呼应着"因空见色，以色生情，传情入色，自色悟空"的主题延展进程。宝钗"撤离"，湘黛联诗，宝玉"失玉"，黛玉"泪尽"乃至"闻鬼哭""驱妖孽"直到宝玉出家，可以理解为一种共时性内在灵秽景象，尚未臻"恶性"程度，但已让人心下惊警。总之，影射谶言系统并不能以浪漫主义或封建迷信来解释，而应该回到中国传统文化，尤其是佛学理趣。由于规避这一理趣的把握，不能从文本的思想脉络和情节的整体逻辑去理解，又执着脂批的片言只语，所以认定后四十回是高鹗伪续，这真令人吐血。我相信脂批从第八十回以后断掉是有原因的，但是完全不认可后四十回伪续的观点；缺席影射谶言系统的佛学推衍就无法与后四十回一脉相承，前八十回就丧失了本体性主题，《红楼梦》就是任何一部话本，不能形成对于中国文化的反思。

天人感应思想是影射谶言系统的根本哲学支撑。"天""人"在商代甲骨文中已经出现，天的本义是头，引申出"上"和"大"，最初只是人体的生理部位。《尚书·大诰》："天亦惟休于前宁人。"天帝也想着嘉惠我们的先辈文王！这个"天"已是人格神，可以降福祸，"人"亦非一般民众，而是指统治者。春秋时期，子产说"天道远，人道迩"，他认为天象离我们很远，而人事离我们很近。这已是星象学的天，亦如《国语》："国之存亡，天命也。"[1] 国家兴亡、人事成败皆有定数，"天命也"。孔子的"人"是指主观努力，"天"指未经努力自然实现的东西，近于"命运"。孟子把仁义忠信等道德观念说成是天赐："牛马四足，是谓天；穿牛鼻，落（络）马首，是谓人。"[2] 庄子的天即本性或本然，就与今天的"自然"或"天然"接近；人是指有目的、有计划的活动或行为。董仲舒对"天人之际"作了系统性建构，天既指日月星辰四时风雨，又被赋予神性，能对人类的行为予以奖惩，降下灾异或示以祥瑞，天人之间构成神性监护和灵性感应关系。至魏晋，郭象的"天"即自然或本然，而非自然界，社会事象各在其位，不僭越乱动者均谓之天。程朱把"天"定义为"天理"和"伦理"，是永恒至上的本体，也指称宇宙万物的秩序，包括了家族制度和纲常伦理。"人"则包括：一是人的本性，所谓"天命之性"，是人对"天"和"天理"神性的领悟及自觉。这一命题导向伦理实践和道德修为，天人遂成为同一关系。二是物质欲求，亦即人欲。天理与人欲是对应的，但更是对立的，所谓"存天理，灭人欲"，是指人当无限回归神性，正是人的本性，而不应该受困于人欲。王阳明心学昌盛，天直等于心，天人合一逆转为人天同一。李贽《童心说》将日用伦常与天理人心同一起来，取消了天理和天道的神性存在。基督教传入，西学东渐，"天"翻译为 nature，在严复《天演

1　上海师范大学古籍整理组校点：《国语》，上海古籍出版社 1978 年版，第 145、421 页。

2　曹础基：《庄子浅注·秋水第十七》，中华书局 1982 年版，第 248 页。

论》中，天人关系已包含了人与自然界的关系这一全新内质。总之，天人感应观念具有普世影响，讲求天人相通，尤其讲求人对于天的敬畏和虔诚，讲求格物致知体天悟道，基本成为神学。现在看来，这门天理之学并不能彻底否定。

《诗经·敬之》："敬之！敬之！天维显思！命不易哉！无曰高高在上，陟降厥士，日监在兹。"[1]翻译过来是：恭敬吧！上天是明察的，获得天命不易啊！他的使者来往于天庭，时刻注视着你们！（1）寿夭。有德者寿之，无德者亡之；（2）陟黜。统治者有德，天乃降明哲以辅翼之；无德就配设昏庸之辈。西周以来，天人关系衍变为自然异象与不良行为之间的奖惩报应关系。《国语》伯阳父言："天地之气，不失其序，若过其序，民乱之也。阳伏而不能出，阴迫而不能烝，于是有地震。"[2]《诗经》则将地震日蚀解释为"不用其良"[3]的结果，天人感应遂转化为天对于统治者的惩戒或警示，天不再直接操作，而是借自然异象转喻之，自然秩序作为领承天道和天意的前定义域从而成为检验人的根本依据。《墨子·尚同中》："既尚同于天子，而未尚同乎天者，则天灾将犹未止也。故当若天降寒热不节，雪霜雨露不时，五谷不熟，六畜不遂，疾灾戾疫，飘风苦雨，存臻而至者，此天之罚也。"[4]虽人民与天子的意志统一，但天子与上天的意志未统一，天灾还会发生。《吕氏春秋·明理》把灾异分为风雨、寒暑、阴阳、四时、人、禽兽、草木、五谷、云、日月、星气、妖孽诸多方面，每种感应又区分出复杂情况。[5]董仲舒完成了天人感应关系的神秘化和学理化。《春秋繁露·郊义》："天者，百神之大君也。"[6]对吞玄鸟卵而生契，姜嫄履大人迹生后稷之类

1　周振甫译注：《诗经译注·敬之》，中华书局 2010 年版，第 483—484 页。

2　（春秋）左丘明：《国语》，华龄出版社 2002 年版，第 89 页。

3　周振甫译注：《诗经译注·十月之交》，中华书局 2010 年版，第 279 页。

4　朱越利校点：《墨子·尚同中第十二》，辽宁教育出版社 1997 年版，第 22 页。

5　参见张双棣、张万彬等《吕氏春秋译注·明理》，北京大学出版社 2000 年版，第 168—170 页。

6　苏与撰，钟哲点校：《春秋繁露义证·郊义第六十六》，中华书局 1992 年版，第 402 页。

传说深信不疑，认承帝王是神的化身，所以主张"屈君而伸天"[1]，表面是通过天的权威来限制君权，背面则是君权天授。"受命之君，天意之所予也。故号为天子者，宜视天如父，事天以孝道也。"[2]视天人为父子，主张恢复郊祭，重建伦理体系。"阴者阳之合，夫者妻之合，子者父之合，臣者君之合。物莫无合，而合各有阴阳。阳兼于阴，阴兼于阳；夫兼于妻，妻兼于夫；父兼于子，子兼于父；君兼于臣，臣兼于君。君臣父子夫妇之义皆取谐阴阳之道，君为阳，臣为阴；父为阳，子为阴；夫为阳，妻为阴。"[3]董仲舒将人的存在返还天道播演的神性范畴，以规约人的伦理建构，三纲五常就是这么提出来的。为了证明天为最高主宰，王道来源于天，他还提出人副天数的思想，认为人不仅具有与天相同的意志和道德，就连生理构造也是天的复制品。

> 人之人本于天，天亦人之曾祖父也。此人之所以上类天也。人之形体，化天数而成；人之血气，化天志而仁。

> 天地之精所以生物者，莫贵于人。人受命乎天也，故超然有以倚。物疢疾莫能为仁义……唯人独能偶天地。人有三百六十节，偶天之数也；形体骨肉，偶地之厚也；上有耳目聪明，日月之象也；体有空窍理脉，川谷之象也。

> 天以终岁之数成人之身，故小节三百六十六，副日数也；大节十二分，副月数也；内有五藏，副五行数也；外有四肢，副四时数也。

> 天地之象，以要为带。颈以上者精神尊严，明天类之状也；颈而下者，丰厚卑辱，土壤之比也。足布而方，地形之象也。是故礼，带置绅必直其颈，以别心也。带而上者尽为阳，带而下者尽为

1　（汉）董仲舒著，周桂钿译注：《春秋繁露·玉杯第二》，中华书局 2011 年版，第 21 页。

2　（汉）董仲舒著，周桂钿译注：《春秋繁露·深察名号第三十五》，中华书局 2011 年版，第 133 页。

3　（汉）董仲舒著，周桂钿译注：《春秋繁露·基义第五十三》，中华书局 2011 年版，第 160—161 页。

阴，各其分。阳，天气也，阴，地气也。故阴阳之动，使人足病喉痹起。则地气上为云雨，而象亦应之也。[1]

董仲舒还以同类相动的原理作为天人感应的依据："美事招美类，恶事召恶类，类之相应而起也。如马鸣则马应之，牛鸣则牛应之。帝王府井之将兴也，其美祥亦先见；其将亡也，妖孽亦先见。物固以类相招也。"[2]他认为自然现象背后有一个无形主宰，即"天命"。如周代将兴，赤鸟之瑞便是天命发出的征兆。自然现象的相互感应衍展为天人感应，天人感应又将自然现象纳入神学框架，人的好坏会招致天的福佑或惩罚。"王若配天，谓其道。天有四时，王有四政，四政若四时，通类也，天人所同有也。"[3]他还将五行顺逆纳入："王者与臣无礼貌，不肃敬，则木不曲直，而夏多暴风。风者，木之气也，其音角也，故应以暴风。"[4]深察名号，敦隆秩序，所谓"三纲五常，可求于天"，天地大义亦即君臣忠孝原则。等级秩序就成为不可颠倒的了。

宋儒重新解释天人感应。张载主张天心即民心："人所悦则天必悦之，所恶则天必恶之……大抵众所向者必是理也，理则天道在焉。"[5]朱熹用气来理解社会和自然现象的因果联系，反对把天说成是活灵活现、谆谆诰命的人格神。"自天地言之，只是一个气。自一身言之，我之气即祖先之气，亦只是一个气，所以才感必应。"[6]"精神血气与时运相为流通。到凤不至，凰不出，明王不兴，其征兆自是恁地。"[7]直到王夫之还是张载的观点："民之视听明威，皆天之神也，故民心之大同者，理在

1　（汉）董仲舒著，周桂钿译注：《春秋繁露·人副天数第五十六》，中华书局 2011 年版，第 164 页。

2　（汉）董仲舒著，周桂钿译注：《春秋繁露·同类相动第五十七》，中华书局 2011 年版，第 169 页。

3　苏与撰，钟哲点校：《春秋繁露义证·四时之副第五十五》，中华书局 1992 年版，第 353 页。

4　（汉）董仲舒著，周桂钿译注：《春秋繁露·五行五事第六十四》，中华书局 2011 年版，第 180 页。

5　张载：《经学理窟·诗书》。

6　（宋）黎靖德编，王星贤点校：《朱子语类·鬼神》，中华书局 1986 年版，第 47 页。

7　朱熹：《正蒙注·明道行状》，《朱子语类》卷三十四《论语十六》。

是，天即在是，而吉凶应之。"[1]

我们如此繁复地引述典籍是想说明：曹雪芹的根本思想就是天命论，就是儒家天人学说，虽然他质疑之、拷问之。由于没有更新颖的思想资源，他的质疑和拷问又回到人欲的批判和否定上来，因而并不曾为我们提供诸如初步民主主义思想之类，这是他最终不能使贾府在一片天火中焚烧殆尽的哲学心理原因。既不否定天道，曹雪芹只能走别样的道路，就是佛家的空、道家的游，儒家的世间荣华就成为彻底否定的对象。换言之，从世间荣华看到的是道德堕落和纵欲无耻，因而通过影射谶言的方式发出惩戒。

> 桀、纣皆圣王之后，骄溢妄行，侈宫室，广苑囿，穷五彩之变，极饬材之工，困野兽之足，竭山泽之利，食类恶之兽，夺民财食，高雕文刻镂之观，尽金玉骨象之工，盛羽旄之饰，穷白黑之变，深刑妄杀以陵下，听郑卫之音，充倾宫之志，灵虎兕文采之兽，以希见之意，赏佞赐谗，以糟为丘，以酒为池，孤贫不养……[2]

这段记述完全可以概括贾府的道德危机，背后是人性险恶，用贾母的祷天话语讲叫作"骄奢淫逸，暴殄天物"，正是曹雪芹对于大家旧族的痛切反思。

阴阳五行说是影射谶语系统的另一重要思想依据，《红楼梦》医方病理、黄道吉日、春秋典祭、家族节日等，无不包含这一思想，这在曹雪芹看来，它是天道运演的规律之一。

（一）《红楼梦》六回为一单元、十二回为一大单元、五十四回为大关节，前后六回之回合结构蕴含了六、九、五之数的变化，其宇宙意识和天道观念非常鲜明。数的演化体现道的规律：太极分为二，二又发展为三，二是个过程数字，表示在发展，但是还不完善，最终要发展到

1　（宋）张载撰，（清）王夫之注：《张子正蒙注》，上海古籍出版社2000年版，第112页。

2　苏与撰，钟哲点校：《春秋繁露义证·王道第六》，中华书局1992年版，第105页。

"三生万物"去。所以《红楼梦》的人物都是阴阳对置、互根互补：或雅或俗，或才或德，或礼或欲，或出世或入世，或僧或道，人物位次又以哲学命义分派为不同的相位。

《红楼梦》四个世界是一个扩散状态，大荒山是个母数，按照"一生二，二生三，三生万物"的模式分散到下位境界及多样人物，到极致就开始回复，再回到三、二、乃至大荒山这个"一"。"九"是阳之极亦阴之至，乃死数。六九五十四就是阴生至阳极从而返回阴，渐进渐衰，直到一。所以凡九之数如十八、三十六、四十五、五十四都是大关节，都有重大事件发生。阴消阳长，阳消阴长，先喜后悲，先悲后喜，纷繁世相中分流出宇宙大道，所谓运数，所谓宿命。

（二）《红楼梦》阴阳五行思想还体现于人物设计，阴阳动静的互补互根，美丑雅俗的表里反证，祸福生死的反动之道。第一是阴阳互根、静极思动。顽石通灵是静极思动，神瑛侍者乃阳之极，一位动中求静之人，体现为贾宝玉骨子里对于女孩的喜欢和对于男人的厌恶，每至繁杂热闹，总是失魂落魄，用贾政的话说："全无一点慷慨挥洒的谈吐，仍是委委琐琐的。"此乃心性。第二是人物关系相反相成。我们知道黛玉与晴雯相互影射，却不理解黛玉与袭人亦相影射：袭人据桃花之名，从云雨情私中来，一路走下来是宝钗一路，与黛玉无涉，其实不然。黛玉归程以《桃花行》为标志：芙蓉诔变成桃花行，世俗生命行将完结，从影射角度看，黛玉此时与袭人是叠合的。所以当贾母决定娶宝钗弃黛玉时，正是这个名声不看好的女孩涕泪交加，报告了黛玉的病情和宝玉的情私，跪求王夫人并劝告贾母这自然不排斥袭人从自身处境出发表达对黛玉而不是宝钗的担忧，但她毕竟是第一个，也是最真切地陈述宝、黛情爱的人，有惺惺相惜之意。

> 老太太、太太那里知道他们心里的事？一时高兴，说给他知道，原想要他病好。若是他还象头里的心，初见林姑娘，便要摔玉砸玉；况且那年夏天在园里，把我当作林姑娘，说了好些私心话；后来因为紫鹃说了句玩笑话儿，便哭得死去活来。若是如今和他说

要娶宝姑娘，竟把林姑娘撂开，除非是他人事不知还可，倘或明白些，只怕不但不能冲喜，竟是要催命了！我再不把话说明，那不是一害三个人了么？

这篇话可以理解为臣妾向主子报告隐情，也没有偏私黛玉抵触宝钗的意思，但的确为宝、黛担忧。于势利纷争的浊世，能有如此清明真实的言说，其心性之纯真善良可见。这与把袭人简单地划入封建卫道士的观点完全不相应，却是曹雪芹人物塑造阴阳互根互渗、五行相克相生理念的体现，也是最人性化的。第三是美丑雅俗表里反证。刘姥姥来自乡间，一个贫穷的告贷者，卑微至极，粗俗之至，美是谈不上了，脏也不好遮掩的，误入怡红院，酒屁臭气满屋，何谈一个雅字！可正是这位刘姥姥，在贾府败灭离乱无绪的时候，从农忙中抽身来探望，绝无延祸系累之念。而且成功地接引巧姐离家避毁，那样的至诚至真，与当年砸杯示洁的妙玉比较，她要干净得多，也高雅得多。第四是祸福消长的尘间变数。同样是从表里反证、前后颠倒来体现的。刘姥姥初到贾府，拜见的是王熙凤，手炉皮裘，盛气凌人，根本不把村妪姥姥放在眼里。到了抄家败亡之日，王熙凤连亲生骨肉也顾及不到了，而刘姥姥反倒成了唯一的救命神祇和托孤人选，拯救者与被拯救者颠倒了相位，见证了天道弄人的不可思议。第五是生死反动的天命之数。香菱与夏金桂、黛玉与宝钗、贾母与刘姥姥，无不如此。香菱与夏金桂都是薛家女眷，但伦理地位和人格旨趣完全相反：香菱之死乃是劫数之完结，回归太虚幻境；夏金桂之亡则咎由自取，死有余辜。黛玉与宝钗一死一生，一败一成，但黛玉之死是潇湘妃子的复位，宝钗之生则变生不测；黛玉之败是婚姻之败，从情爱看来是圆满成功的，而宝钗之胜是婚姻之胜，从夫妻恩爱讲一无可言。贾母养尊处优福高齐天，可是晚年败家，儿孙离散，死于忧患；刘姥姥几近乞者，但老年强健，无病无灾，古道热肠，尚能急难。天地间的道理正不可直道取之矣。按脂批的说法，归结《红楼梦》之日发生大颠倒，程高本后四十回正体现了这一预设，虽不是十分恰切，可能与曹雪芹改稿未毕有关，意脉还是很明白的。阴阳五行之说不仅与大易之道相契，与道家祸福相倚之理合，而且与佛家轮回报应、福善祸淫、因缘聚散、悲喜无常的佛家学说相关，成为《红楼梦》人物结局和家族命运的根本依据。

阴阳家是先秦时期的哲学派别。他们掌握了某些自然界规律，是古代具有较多科学知识的人。他们专长以天象预测吉凶祸福，一方面，掌握"见伏有时，赢缩有度""春生夏长，秋收冬藏"的天象运行来解释农作物生长周期，描述事物变化的客观规律；另一方面，他们又把自然和社会混同起来，用自然界的天象变化来比附、隐喻吉凶祸福，在说明世界的统一性时宣传天人感应的神秘主义思想。《阴阳应象大论篇》如是定义："阴阳者天地之道也，万物之纲纪，变化之父母，生杀之本始。"《内经》亦有类似言说："故积阳为天，积阴为地，阴静阳躁，阳生阴长，阳杀阴藏。阳化气，阴成形。"用阴阳代表矛盾对立，体现了古人对于矛盾普遍性的理解，重要的是体现了对于世间万物的本源性探索及本体论拷问。这就是阴阳五行说：首先，五行既是构成世间万象的"本原"，又是其分门别类的依据。《阴阳应象大论篇》有详细叙述，择其要归纳为下表：

五行	季节	气候	方向	颜色	五脏	组织	开窍
木	春	风	东	青	肝	筋	目
火	夏	热	南	红	心	血	舌
土	长夏	湿	中央	黄	脾	肉	口
金	秋	燥	西	白	肺	皮毛	鼻
水	冬	寒	北	黑	肾	骨	耳

其次，五行之间存在生克和乘侮关系：木生火，火生土，土生金，金生水，水又生木，一个轮回；反之而有，木克土，土克水，水克火，火克金，金又克木，又一个轮回。按照五行分类，万物之间都存在这种生克关系，显然是牵强附会的。但其类比法（analogy）并非一无是处，尤其在天象观察中融入巫术因素。其春夏秋冬四时匹配东西南北四方的

本体观念有着更开阔、更深刻的概括力和阐释性。他们不仅认为春夏秋冬是由金、木、水、火、土五行盛衰决定的，邹衍更是把阴阳五行说推广到政治，以"阴阳消息""五德转移"解释王朝更，为即将出现的封建统一王朝提供理论依据。所谓"仁义节俭，君臣上下六亲之施"，有力推进了伦理化进程。司马谈说："尝窃观阴阳之术，大祥而众忌讳，使人拘而多所畏；然其序四时之大顺，不可失也。"[1] 刘歆讲阴阳家"敬顺昊天，历象日月星辰，敬授民时，此其所长也；及拘者为之，则章于禁忌，泥于小数，舍人事而任鬼神"[2]。这表明，对于阴阳家的理论并不完全迷信，而是有所批判的。曹雪芹在他的时代援用阴阳家的思想当然不仅是艺术手段的考虑，而是有着呼天不应抢地不灵的时代苦闷和人性困厄，所以，《红楼梦》的醒世和警世意味远远浓于它的批判和控诉价值。

（三）佛学思想的影响。首先是灵魂不灭观点，这显而易见。梦游幻境乃灵魂之旅，太虚幻境是灵性境界，即"幽微灵秀地"。从个体看，太虚幻境是一个伦理性质的、但是作为宿命和因缘等前定因素的先验存在；从逻辑看是"人"的起点，"无明缘行"这一段，蕴含父精母血结孕成胎的生物模式，是一个大子宫；从价值看又是一个"真如福地"，是众儿女世间存在的最高和最后，亦即归宿。所有灵魂都感应着藏识本体的神意，运演为各自的因缘，挂号下凡，缘了回归。《红楼梦》有大量关于灵魂的描写：黛玉的潇湘妃子之仙品，晴雯芙蓉花神之神位，鸳鸯主管情痴一司的果位，乃至凤姐之现世报应、赵姨娘之冥间报等，都以灵魂存在为前提。

其次是因果轮回、善恶报应的观点。《红楼梦》以德、才、情为据，将女儿分为正册、副册、又副册，总归一个善字，是因果轮回、善恶报应的根本依据及最后分野。曹雪芹一方面描写她们的世间苦况，控诉封建伦理虐杀人性、间阻情感的阴狠心性，另一方面又表现女儿们挣离

1　（汉）司马迁：《史记·太史公自序》，岳麓书社 1988 年版，第 941 页。
2　（汉）班固撰：《汉书·艺文志·诸子略》，中华书局 1962 年版，第 1734—1735 页。

世尘、回归幻境的天命运数，表达了无限的悲悯和悲悼。我们看到曹雪芹的无力和无奈：看着那些美好而无辜的女孩，一个个走向悲剧，他坚信因果、执信善恶必报的佛家理念，煞费心机地为她们设计灵魂超升的故事，比如晴雯，比如鸳鸯，比如金钏，比如秦可卿。当他看到人性肆欲无视天理伦常的时候，更坚执天道有常伦理神圣的理念，使那些骄奢淫逸、暴殄天物者现世现报，自取恶果，比如贾赦，比如王熙凤，比如夏金桂，比如赵姨娘。曹雪芹不是一个死心塌地的宿命论者，他坚信天道和伦理是为了惩戒人性罪恶，他相信因果执认轮回是为了拯救天道颓堕，收拾人性污烂的局面。骨子眼儿里，他还是一个原儒主义者。但是他的反思带有浓郁的宿命论色彩。

再次是万境归空、万法唯心的观点。如果说曹雪芹坚执天道自然的本体观念，在世间价值的把握上就是万境归空、万法唯心的佛家观点。在他看来器世界是藏识本体的幻化，总归一心。所谓"三界本无一法建立，皆是真心起妄，生万种法"[1]。亦即宇宙间本来无物，都是真心起念，生出千千万万。所以有即是无，色即是空，妄即是真。烦恼即菩提，众生即诸佛。一念迷惑，即分别心物、无有、空色、真妄，乃至菩提烦恼、诸佛众生；一念觉悟则诸范畴皆一。大荒山、太虚幻境、大观园乃至贾府都不过是一念所幻的不同境界。色如此，空亦如此；世界如此，灵性亦复如此，所以宝玉历幻正是藏识缘真幻妄、灭尽诸相、回复真性的过程——反封建、扬独立、自由、平等之类西学观念只有在这一根本观念和宇宙观点上，才是有意义的。贾宝玉的悲剧乃是人类存在的悲剧，本质是一种幻相，无所谓悲亦无所谓喜；真正的悲剧乃是执幻为真，胶柱鼓瑟。只有超越现象之后，曹雪芹才从价值上否定了伦理，否则他就是一个道德家，《红楼梦》也只是一本道德劝谕书而已。

最后是真空妙有，世间为幻相、人身为假身的观点。曹雪芹毕竟活在现实中，对伦理世界的感情相当复杂；从佛理上予以价值认肯的正是

---

1 虚云和尚《答蒋公问法书》。

"真空不碍妙有"的部分。所谓"假作真时真亦假，无为有处有还无"。那些活生生的人才是曹雪芹关切的对象，悲悼、哀伤、忧郁、矛盾，无不为此。所谓"假去真来真胜假，无原有是有非无"就是这个"真"和"有"。贾宝玉是假，但有胜于甄宝玉；他既入世即为有，有即非无。真心动念处必有幻妄，即大观园、贾府及伦理世界。曹雪芹提供的是人类存在的思考，是人类自身的反思。我们知道，有史以来，人类就面临各种不能解决的问题。震耳欲聋的雷鸣，惊心动魄的闪电，山洪地震、狂风骇浪、火山冰雹、瘟疫疾病等，给人类带来灾难是有限的人力所不能抗拒的。可是，人的状况更令人担忧，穷凶极恶，贪得无厌，略无节制。《圣经》写到人类的第一个儿子该隐就是一个杀人犯。[1]中国古人讲："夫天者，人之始也；父母者，人之本也。人穷则反本。故劳苦倦极，未尝不呼天也，疾痛惨怛，未尝不呼父母也。"[2]可是也有眼睁睁抗天逆道惩良伐善的人，天谕之，灾侵之，鬼神惩戒之，可他们是铁石心肠、怙恶不悛，尤其是威权在握、营谋在胸时节，殊乏忏悔自罪之心！"昔者汤克夏而正天下，大旱五年不收。汤乃以身祷于桑林，曰：'余一人有罪，无及万夫，万夫有罪，在余一人。无以一人之不敏使上帝鬼神伤民之命。于是剪其发其手，以身为牺牲，用祈福于上帝。民乃甚说，雨乃大至。"[3]经典儒学发祥的时代，帝王臣民，无不虔心向道忏悔己过，以道自任更是贤君明主的美德。"凡我造邦，无从匪彝，无即慆淫，各守尔典，以承天休。尔有善，朕弗敢蔽，罪当朕躬，弗敢自赦。惟简在上帝之心，其尔万方有罪在予一人，予一人有罪，无以尔万方。呜呼，尚克时忱，乃亦有终。"[4]这与贾府主人用马粪塞焦大的嘴是怎样的对比啊！敬德用命成为圣君明主的人格操持。"王乃初服……呜呼！若生子，罔不在厥初生，自贻哲命。今天其命哲，命吉凶，命历年；知今我初服，

1　《旧约·创世记》第四章生该隐亚伯，第4页。

2　（汉）司马迁：《史记·屈原贾生列传》，岳麓书社1988年版，第626页。

3　张双棣、张万彬等：《吕氏春秋译注·顺民》，北京大学出版社2000年版，第234页。

4　蔡沈注：《书经集传·汤诰》，上海古籍出版社1987年版，第45页。

宅新邑，肆惟王其疾敬德，王其德之用，祈天永命。"[1]人间世虽然是假有幻相，但天道与人，唯德可通，真心所在，无不用命，乃是存在之根本。子疾病，子路请祷。子曰："有诸?"子路对曰："有之，《诔》曰：'祷于上下神祇。'"子曰："丘之祷久矣。"[2]天与人是相通的，天能干预人事，人的行为也能感应上天，所谓"天人感应""心诚则灵"。唯敬虔天道乃可"天人合一"。然而，人的罪孽成为天人沟通的根本阻塞。"耶和华的膀臂，并非缩短不能拯救；耳朵并非发沉，不能听见。但你们的罪孽使你们与上帝隔绝，你们的罪恶使他掩面不听你们。"[3]中国古人苦口婆心："天矜于民，民之所欲，天必从之。"[4]《诗经》直言："上帝临汝!"有一位上帝时刻在监察着你们啊！可是人闭目塞听的。第七十五回中秋夜宴，气象萧森，死亡已迫在眉睫，可贾珍之辈略无警醒。生命从哪里来，又到哪里去？人为什么会死，人死之后又怎样？我是谁？是命躯还是灵魂，或二者集合？人有灵魂吗？灵魂不朽吗？如何获得永生？孔子说："原始反终，故知死生之说。"[5]不幸的是古往今来，原始要终之道无人解得，说空说有无人悟得，曹雪芹假语村言托假言真，不得不以历幻演示生命和存在的实相。

从宇宙深处，从荒郊大野，从庭院深处，以不同方式进入大观园或贾府，奔赴一场盛筵，每个人演了一场戏，然后散场。就盛筵中人、那些主宾来说则主要是逃离和死亡，如黛玉、宝钗、湘云、妙玉，如贾家四春，如袭人、金钏、司棋、晴雯、鸳鸯。死亡也是一种逃离，有的情愿，有的被迫，都是从盛筵走向幕后，走出大野，走入宇宙深处……有过巨大孤独和悲伤，经历了生与死、情与礼、爱与欲、美与乐的洗礼，最终决定于一种冥冥天意，就是《红楼梦》的基本模式。大荒山无稽崖青埂峰那块顽石对于红尘世俗的渴念和向往乃是全部生命的缘起，太虚

1　蔡沈注：《书经集传·召诰》，上海古籍出版社 1987 年版，第 97 页。

2　（春秋）孔丘：《论语·述而第七》，中华书局 2006 年版，第 102 页。

3　《圣经·马赛福音·以赛亚书》，第 59 章。

4　蔡沈注：《书经集传·泰誓》，上海古籍出版社 1987 年版，第 66—67 页。

5　南怀瑾、徐芹庭译注：《白话易经·系辞上传》，岳麓书社 1988 年版，第 358 页。

幻境一干女鬼则乘缘而来，结缘而住，因缘悲喜，缘尽而散。正所谓"三春去后诸芳尽，各自须认各自门"——大家都是路人，又都有缘分，都依照自己的方式扮演角色，最终走回冥冥之中，消失得无影无踪。盛筵总是要散的，擅场总是要收的，人总是要走的。"白茫茫大地真干净"。这就是大结局。

参考文献

赵宪章：《文体与形式》，人民文学出版社 2004 年版。

〔美〕雷·韦勒克、奥·沃伦：《文学理论》，刘象愚、邢培明、陈圣生、李哲明译，生活·读书·新知三联书店 1984 年版。

黄霖、吴建民、吴兆路：《原人论》，复旦大学出版社 2000 年版。

严云受：《诗词意象的魅力》，安徽教育出版社 2003 年版。

程金城：《原型批判与重释》，东方出版社 1998 年版。

马明奎：《艺术生存论》，学林出版社 2007 年版。

〔英〕马丁·艾思林：《戏剧剖析》，罗婉华译，中国戏剧出版社 1981 年版。

胡志毅：《神话与仪式：戏剧的原型阐释》，学林出版社 2001 年版。

林方直：《红楼梦符号解读》，内蒙古大学出版社 1996 年版。

蔡元培：《石头记索隐》，上海世纪出版集团、上海书店出版社 2008 年版。

马明奎：《暗夜孤航——〈红楼梦〉艺术精神研究》，内蒙古人民出版社 2001 年版。

（汉）王逸注，（宋）洪兴祖补注：《楚辞章句补注》，吉林人民出版社 1999 年版。

〔德〕恩斯特·卡西尔：《人论》，甘阳译，上海世纪出版集团、上海译文出版社 2003 年版。

李劼：《历史文化的全息图像——论〈红楼梦〉》，东方出版中心 1995 年版。

谢选骏：《神话与民族精神》，山东文艺出版社 1986 年版。

〔加〕诺斯洛普·弗莱：《批评的剖析》，陈慧、袁宪军、吴伟仁译，百花文艺出版社 1998 年版。

胡文彬、周雷编：《海外红学论集》，上海古籍出版社1982年版。

梅新林：《红楼梦哲学精神——石头的生命循环与悲剧归指》，学林出版社1995年版。

温儒敏编：《中西比较文学论集》，北京大学出版社1988年版。

［英］彼得·柯文尼、罗杰·海菲尔德：《时间之箭——揭开时间最大奥秘之科学旅程》，江涛、向守平译，湖南科学技术出版社1995年版。

［英］史蒂芬·霍金：《时间简史——从大爆炸到黑洞》，许明贤、吴忠超译，湖南科学技术出版社1995年版。

［美］浦安迪编释：《红楼梦批语偏全》，北京大学出版社2003年版。

中国《山海经》学术讨论会编辑：《山海经新探》，四川省社会科学院出版社1986年版。

宣化上人：《大佛顶首楞严经浅释》，上海佛学书局印行，1992年。

韩少功：《马桥词典》，作家出版社2009年版。

南怀瑾：《楞伽大义今释》，复旦大学出版社2001年版。

蒲松龄：《聊斋志异》，岳麓书社1988年版。

南怀瑾：《论语别裁》，复旦大学出版社1990年版。

曹础基：《庄子浅注》，中华书局1982年版。

董小英：《叙述学》，社会科学文献出版社2001年版。

司马迁：《史记》，岳麓出版社1988年版。

袁珂：《古神话选释》，人民文学出版社1979年版。

杨伯峻译：《白话四书》，岳麓书社1989年版。

梁海明译注：《老子》，山西古籍出版社1999年版。

周汝昌：《红楼夺目红》，作家出版社2003年版。

《五人诗选》，作家出版社1986年版。

马瑞芳：《从〈聊斋志异〉到〈红楼梦〉》，山东教育出版社2004年版。

周汝昌：《红楼小讲》，北京出版社 2002 年版。

巴赫金：《拉伯雷研究》，李兆林等译，河北教育出版社 1998 年版。

周汝昌、周伦苓：《红楼梦与中华文化》，工人出版社 1989 年版。

（清）陈其泰评，刘操南辑：《桐花凤阁评〈红楼梦〉辑录》，天津人民出版社 1981 年版。

刘子芬：《玉说汇编》，书目文献出版社 1993 年版。

（魏）王弼注，楼宇烈校释：《老子道德经注校释》，中华书局 2008 年版。

（汉）董仲舒著，周桂钿译注：《春秋繁露》，中华书局 2011 年版。

叶玉麟译文：《白话译解：庄子》，天津市古籍书店 1987 年版。

汤一介：《离象与魏晋玄学（增订本）》，北京大学出版社 2000 年版。

（明）李贽：《焚书　续焚书》，中华书局 1975 年版。

（明）李贽：《藏书》，中华书局 1978 年版。

周群：《儒释道与晚明文学思潮》，上海书店出版社 2000 年版。

（清）戴震撰，汤志钧校点：《戴震集》，上海古籍出版社 1980 年版。

［美］艾梅兰：《竞争的话语：明清小说中的正统性、本真性及所生成之意义》，罗琳译，江苏人民出版社 2005 年版。

周振甫：《文心雕龙今译》，中华书局 1986 年版。

孔颖达：《周易正义》，上海古籍出版社 1997 年版。

陈戍国点校：《周礼·仪礼·礼记》，岳麓书社 1989 年版。

谢浩范、朱迎平译注：《管子全译》，贵州出版集团，贵州人民出版社 2009 年版。

刘小枫：《拯救与逍遥——中西方诗人对世界的不同态度》，上海人民出版社 1988 年版。

《二十五史》第八册，《宋史（下）》，上海古籍出版社、上海书店 1986 年版。

（明）张岱著，弥松颐校注：《陶庵梦忆》，西湖书社 1982 年版。

应必诚：《红学何为》，复旦大学出版社 2006 年版。

一粟编：《古典文学研究资料汇编》，中华书局 1964 年版。

（宋）苏轼著，孔凡礼点校：《苏轼文集（一）》，中华书局 2004 年版。

宗白华：《美学散步》，上海人民出版社 1981 年版。

中国社会科学院文学研究所编：《唐诗选（上）》，人民文学出版社 1978 年版。

孔凡礼、刘尚荣选注：《苏轼诗词选》，中华书局 2005 年版。

胡云翼选注：《宋词选》，上海古籍出版社 1982 年版。

《京本通俗小说》，上海古典文学出版社 1956 年版。

（明）詹詹外史评辑：《情史》，春风文艺出版社 1986 年版。

欧阳健：《还原脂砚斋——二十世纪红学最大公案的全面清点》，黑龙江教育出版社 2003 年版。

刘义庆撰，张艳之校点：《世说新语》，辽宁人民出版社 1997 年版。

蘅塘退士编，陈婉俊补注：《新评唐诗三百首》，广东人民出版社 1982 年版。

王文诰辑注，孔凡礼点校：《苏轼诗集（三）》，中华书局 1982 年版。

（宋）郭若虚：《图画见闻志》，人民美术出版社 1963 年版。

（汉）班固撰，（唐）颜师古注：《汉书》，中华书局 2005 年版。

（清）丁耀亢：《天史·卷七》。

上海师范大学古籍整理组校点：《国语》，上海古籍出版社 1978 年版。

（战国）韩非撰，秦惠彬校点：《韩非子》，辽宁教育出版社 1997 年版。

（春秋）左丘明：《国语》，华龄出版社 2002 年版。

朱越利校点：《墨子》，辽宁教育出版社 1997 年版。

张双棣、张万彬等:《吕氏春秋译注》,北京大学出版社 2000 年版。

苏与撰,钟哲点校:《春秋繁露义证》,中华书局 1992 年版。

(宋)黎靖德编,王星贤点校:《朱子语类》,中华书局 1986 年版。

(宋)张载撰,(清)王夫之注:《张子正蒙注》,上海古籍出版社 2000 年版。

(汉)班固撰:《汉书·艺文志》,中华书局 1962 年版。

张双棣、张万彬等:《吕氏春秋译注·顺民》,北京大学出版社 2000 年版。

蔡沈注:《书经集传》,上海古籍出版社 1987 年版。

(春秋)孔丘:《论语》,中华书局 2006 年版。

南怀瑾、徐芹庭译注:《白话易经》,岳麓书社 1988 年版。

后　记

　　拙著是前一本书《暗夜孤航——〈红楼梦〉艺术精神研究》的延展和深化。2003 年开始酝酿，2005 年书稿初成，直到 2023 年出版，整整 20 个年头。就像是一场幻渺而凄寂的盛筵：轰轰烈烈，熙熙攘攘，喜庆妙乐，如梦似幻……

　　2020 年突发白内障，继而视神经发炎，视力不能看路。杭州、上海、北京往返奔波，医治了两年，学术被迫停滞。2021 年我的母亲去世。2022 年恩师姚建业先生病逝。那时的我是孤独而悲默：研究《红楼梦》为了什么？学术观点与出版书籍意味着什么？人类文化与人性的关系又怎样？天道还存在吗？那些被裹挟着收放熙攘的人、事，以及梦幻和绝望、祝福和诅咒、喜剧和悲剧……一切的一切，需要一个解答。审美先于劳作；巫性大于冲突；所有历史都是神话的优雅；不服气、不屑于、不拒绝任何侵袭的集体无意识……这个民族要强盛，要生长，谁也挡不住。归来依旧年轻，我们不减韶华。

　　我是幸运的。谷卿博士是第一位通读并认可拙稿的学者，他推荐给文化艺术出版社的蔡宛若老师；蔡老师又认真审读，与我交流。这对我非常重要。去年年底进入二校，蔡老师生病在家，她的声音微弱而低哑，还与我讨论问题：贾雨村与甄士隐，大观园与太虚幻境，以及大荒山；哲学与语用……她的严谨犀利，她的细致和耐心，她的博学和谦逊，都促逼我重温了许多概念和范畴：情感原型，介质与介体，舜与二妃的哲学距离，余英时的两个世界……就像花的含苞、绽放，在阳光下的每一刻寂静，都蕴蓄着存在的急切和庄严。与拙书一起呈现的不仅是观点或方法，而且是编辑老师的人格境相和学术力量。拙著从文艺心理学进入，有些观点可能与名家不侔，蔡老师阐明她的观点，耐心地听我阐释。这是一种真正对出版的敬业。我固以为编辑有删改的权利，既以出书的方式求学求教，编辑老师的审改就是权威性的。但是，对于每一处疑问，蔡老师既不断然删改，也不适然顺随。她的编辑风格清新明洁，持之以素……

天道自然，随缘成就，生意盎然。感谢湖州师院人文学院的资助及看病期间给予的宽松和关切；感谢源幻的插画和书法，为拙著增加了逸趣和高致；感谢我的家人贾莉娟女士，所有注释、引文以及补辑的校对勘误都自她手。作为第一读者，她力主删除一些躁急语段。她告诉我：良玉之工在于温润。就此作结，祝福万方。

2023 年 5 月于碧潮苑南轩